KOM JE SPELEN?

M.J. Arlidge bij Boekerij:

Iene miene mutte
Piep zei de muis
Pluk een roos
Klikspaan
Naar bed, naar bed
Wie niet weg is
Klein klein kleutertje
In de maneschijn
Kom je spelen?

E-booknovelles:
Schuitje varen
Alles in de wind

www.boekerij.nl

M.J. Arlidge

KOM JE SPELEN?

Wat als jij eerder dan de politie weet
waar de moordenaar zal toeslaan?

BOEKERIJ

ISBN 978-90-225-8416-3
ISBN 978-94-023-1116-7 (e-book)
NUR 330

Oorspronkelijke titel: *A Gift for Dying*
Vertaling: Harmien Robroch
Omslagontwerp: Wil Immink Design
Omslagbeeld: © iStock
Zetwerk: Mat-Zet bv, Soest

Voor Jennie,
je cadeaus zijn echt

*

Niets in het leven hoeft gevreesd te worden;
het hoeft alleen begrepen te worden.

MARIE CURIE

DEEL 1

1

De schok van de klap, gevolgd door een vriendelijk gebaar.

Het was spitsuur en razend druk op North Michigan Avenue. Op het trottoir was er geen doorkomen aan door de stroom van kantoormedewerkers, winkelende mensen en toeristen die de magie van de Magnificent Mile van Chicago wilden meemaken. Met haar hoofd gebogen baande Kassie zich moeizaam een weg door de menigte. Ze kwam bijna nooit in het centrum, ging alleen naar het noorden om kleren en make-up te jatten bij chique winkels en wilde graag terug naar de vertrouwde buitenwijken in het zuidelijk deel van de stad.

Ze had haar blik naar de grond gericht, zag voeten naderen en ontweek ze op het laatste moment, maar kennelijk had ze niet goed gekeken, want opeens botste ze tegen iets stevigs aan wat niet meegaf. De klap was zo hard dat ze naar achteren werd geduwd. Haar tas gleed van haar schouder en de gestolen kleren tuimelden op het trottoir, terwijl zij op het met kauwgum besmeurde beton achteroverviel en hard op haar stuitje terechtkwam. Ze kreeg even geen lucht en voelde zich licht in haar hoofd worden. Even bleef ze zitten, en ze besefte hoe bespottelijk ze eruitzag, maar was niet in staat om overeind te komen. Tot haar schaamte voelde ze tranen in haar ogen prikken.

'Gaat het?'

De stem kwam van ver, maar wist haar door het getoeter van taxi's op de drukke weg toch te bereiken.

'Helemaal mijn schuld. Ik zag je niet...'

Kassie zag dat er een man op zijn hurken naast haar kwam zitten.

'Soms ben ik zo in gedachten dat ik gewoon niet uit m'n doppen kijk...'

Zijn stem was warm, rustig. Kassie voelde zich nog dommer – als de botsing iemands schuld was, dan was het wel die van háár. Haar moeder zei altijd dat ze onhandig was.

'Ik hoop dat ik je geen pijn heb gedaan,' vervolgde de stem. 'Als je je wilt laten nakijken...'

'Het gaat best,' zei Kassie snel. 'Ik wil je niet ophouden.' Ze had hem niet aangekeken, maar kon aan zijn glanzend gepoetste schoenen en dure pak zien dat hij niet uit haar wereld kwam. Hij had duidelijk status, geld en waarschijnlijk weinig tijd om spijbelaars bij te staan.

'Kom, laat me je helpen.'

Er werd een hand naar haar uitgestoken. Sterk, zelfverzekerd, open. Dankbaar pakte ze hem vast en even later stond ze overeind. De pijn was verdwenen en ze wilde nu alleen nog maar heel snel weg hier, bang dat de vele politieagenten die op North Michigan patrouilleerden de spullen op het trottoir zouden zien.

'Dank je wel,' mompelde ze, met haar blik strak op de grond gericht.

'Weet je zeker dat ik niets voor je kan doen? Wil je geen taxi...?'

Zijn stem was zo aardig, zo geruststellend dat ze de verleiding niet kon weerstaan. Ze keek op en zag de sterke gladgeschoren kin, de dikke bruine krullen en zijn diepliggende lichtbruine ogen. De man glimlachte en er lag een vriendelijke glinstering in zijn blik, maar plotseling verstijfde Kassie.

Ze had gehoopt goedheid te zien, misschien zelfs een blik die rust uitstraalde. In plaats daarvan keek ze de dood in de ogen.

2

Hij daalde af naar de onderwereld.

Cook County Jail zag er vanbuiten imposant uit met zijn hoge torens en hekwerken van harmonicagaas, maar vanbinnen was de gevangenis veel verontrustender. De ondergrondse tunnels naar de cellen leken wel een doelbewust doolhof; bordjes en instructies waren verwijderd om vluchtpogingen te voorkomen en zelfs vaste bezoekers raakten hier de weg kwijt. Het lawaai dat je vergezelde – de fluitconcerten, het geschreeuw en gejoel – was onophoudelijk en zorgde ervoor dat je nóg zenuwachtiger werd voor wat je aan het eind van de tocht te wachten stond. Het was niet prettig, het was niet juist, maar het was de dagelijkse realiteit in de grootste onofficiële psychiatrische instelling van de Verenigde Staten.

Adam Brandt kwam hier al jaren. Als ervaren forensisch psycholoog werkte hij nauw samen met de politie. Met twee academische titels van Harvard op zijn naam, voor kinderpsychologie en psychologie voor volwassenen, had hij goudgeld kunnen verdienen met een eigen praktijk in Lincoln Park. Toch was hij zijn nederige afkomst nooit vergeten. Bovendien kon hij zijn geweten niet negeren en daarom was hij regelmatig onder de grond in Cook County Jail te vinden.

De gezichten in de cellen waren deprimerend vertrouwd en Adam vond het zorgwekkend dat hij vanmorgen opnieuw tegenover Lemar Johnson zat.

'Ik hoor hier niet, man. Ik hoor hier niet...'

'Dat begrijp ik, Lemar, en ik ga mijn best doen om je hier weg te halen. Maar je moet me even aankijken. Ik kan niet met je praten als je me niet aankijkt...'

De eenentwintigjarige man wiegde heen en weer in zijn stoel, zijn gezicht nauwelijks zichtbaar in zijn grote handen, die onder de littekens zaten. Zijn leven was verwoest door geweld – zijn vader was vermoord, een neef was bij een schietpartij omgekomen – en zijn geestelijke gezondheid was altijd kwetsbaar geweest. Hij had een bipolaire stoornis, had PTSS en gebruikte regelmatig heroïne om te kunnen slapen. De laatste keer dat hun wegen elkaar hadden gekruist, was Adam erin geslaagd Lemar te verwijzen naar buurtzorg en de jongen had het na zijn vrijlating goed gedaan... met wat hulp van prozac en hydroxyzine. Adam keurde het gebruik van de drugs niet goed, maar ze leken te helpen – althans, tot gisteravond, toen Lemar een man met een mes had bedreigd in een kiprestaurant in South Shore.

'Neem je je medicijnen wel in?'

'Ja, ja...'

'Kijk me aan, Lemar.'

'Shit man, het was op,' antwoordde de jongeman zonder op te kijken.

'Hoe komt dat?'

'Ze zeiden ik vier maanden moest wachten voordat ik een vervolgafspraak kon krijgen.'

Adam voelde zich ontmoedigd. Dit was een vaak gehoorde klacht, gezien de recente bezuinigingen op de geestelijke gezondheidszorg en het onvermogen van het Capitool om met een staatsbudget te komen. De onbuigzaamheid van beide kanten was om woest van te worden – het waren nooit de politici die leden als ze politiek bedreven.

'Ik heb er zo lang mogelijk mee gedaan. De ene dag wel, de andere niet, maar ik werd er gek van.'

'Wanneer waren ze op?'

'Twee weken geleden.'

'Je had contact met me moeten opnemen. Met het Centrum.'

'Dat heb ik geprobeerd, man.'

Adam negeerde de leugen. Lemar had duidelijk in een manische fase gezeten – had met iedereen willen feesten, had het weinige geld dat hij had uitgegeven en had zijn borgtocht dus niet kunnen betalen – maar begon nu langzaam weg te zakken in een depressie.

'Oké, we gaan voor medicijnen zorgen en dan wil ik dat je me precies vertelt wat er is gebeurd. Je wordt morgen voorgeleid en ik wil dat je advocaat alle informatie krijgt die ze nodig heeft om te pleiten voor een kort verblijf op een psychiatrische afdeling. Ik neem aan dat je dat liever hebt dan hier blijven?'

Lemar stopte lang genoeg met wiebelen om snel te knikken.

'Goed, begin dan maar.'

Een uur later stond Adam weer op de parkeerplaats van de gevangenis. Hij liep met grote stappen naar zijn Lexus SUV – een uitspatting die hij zichzelf had gegund met het oog op de aanstaande geboorte van zijn eerste kind – en keek ondertussen op zijn horloge. Lemar was niet erg spraakzaam geweest en het had een tijd geduurd voordat Adam een samenhangende samenvatting van het gebeurde uit de jongen had gekregen. Het was bijna zes uur. Hij hoopte maar dat het niet al te druk op de weg was, zodat hij nog even langs kantoor kon én op een redelijke tijd thuis zou zijn. Hij versnelde zijn pas, trok het portier open en gooide zijn tas en jas naar binnen. Tegelijkertijd begon zijn telefoon te trillen.

Telefoontjes op dit tijdstip voorspelden niet veel goeds en Adam was niet verrast toen hij het nummer herkende. Het was Freddie Highsmith, inspecteur van de jeugdinrichting van Chicago.

'Ik ben op weg naar huis, Freddie,' zei Adam behoedzaam.

'Ik weet het, ik weet het,' zei Freddie opgewekt. 'Maar als je de beste nodig hebt…'

'Met mooie woorden kom je er niet…'

'… en er is gewoon niemand anders. Ik heb de gebruikelijke kandidaten al gebeld, maar iedereen heeft het razend druk. Moet je horen, ik weet dat ik veel van je vraag… maar ik kan deze niet afschuiven op een stagiaire.'

Adam zei niets, geïntrigeerd door de stilte die viel. Freddies joviale houding was verdwenen en de ongerustheid van de man was duidelijk merkbaar. Ingespannen luisterde Adam toen Freddie concludeerde: 'We hebben er nu eentje…'

3

Jacob Jones dronk zijn Goose Island op, zette het lege glas met een klap op de houten bar en gebaarde naar de barkeeper dat hij er nog een wilde. Er zat een dikke laag condens op het lege bierglas. De gejaagde barkeeper griste het mee en trok een wenkbrauw op bij het tempo waarin Jacob zijn drank achteroversloeg. Jacob reageerde niet. In gedachten was hij ergens anders, en trouwens, hij kende de bar en de barkeeper niet. Greene's Tavern was een van de vele ouderwetse kroegen in de buurt die nog stamden uit de tijd van de drooglegging. Toeristen kwamen hier graag om te zwelgen in nostalgie en selfies te maken met een biertje onder het toeziend oog van Al Capone, maar voor Jacob was dit niet meer dan een tijdelijk toevluchtsoord – een haven in de storm.

De barkeeper werkte zijn rekening bij en schoof het glas naar hem toe. Schuim klotste over de rand, maar Jacob pakte het glas en bracht het dorstig naar zijn lippen. Terwijl het bier over zijn tong liep en de achterkant van zijn keel raakte, besefte hij dat zijn hand trilde en snel zette hij het glas weer op de bar. Opeens werd hij overspoeld door emoties, zijn hart ging weer tekeer, en hij moest zijn gezicht laten zakken, zodat niemand zijn gekwelde blik zag.

'Doe effe normaal,' mompelde hij zacht, in de hoop dat de luidruchtige groep Britse toeristen hem niet zou horen.

Hij wist dat hij overdreef. Hij had in zijn werk vaker schokkende gebeurtenissen meegemaakt, ook al had hij zich zelden in het oog van de storm bevonden. Zelfs nu, meer dan een uur na de confrontatie, moest hij zijn best doen om te beseffen wat er was gebeurd.

Hij had zo graag naar huis gewild dat hij het meisje pas had gezien toen hij haar omvergooide. Hij had tijdens zijn studie football gespeeld en dat kwam hem vaak goed van pas op de drukke straten van Chicago; met zijn schouder naar voren werkte hij zich door de mensenmassa's heen. Maar deze keer had hij zijn aanvalslijn verkeerd ingeschat en de geschrokken tiener geraakt.

Hoe graag hij ook terug wilde naar West Town, hij had geleerd zijn hand op te steken als hij iets fout had gedaan. En dus had hij gevraagd of alles goed met haar was en had hij haar overeind geholpen. Vervolgens had hij geprobeerd een gesprek met haar aan te knopen en eerst leek alles goed, ze had beschaamd een bedankje gemompeld. Maar vervolgens was de situatie compleet uit de hand gelopen. Wat had hij verwacht? Dankbaarheid? Een verontschuldiging? Een meisjesachtige blos? Hij wist dat hij een aantrekkelijke man was – lang, goedgebouwd, met een vriendelijk gezicht – en hij had meegemaakt dat vrouwen aangenaam zenuwachtig werden als ze opeens met hem in gesprek kwamen. Maar die aantrekkelijke bedeesdheid was in de blik van de tiener ver te zoeken geweest – ze had doodsbang gekeken.

Hij was tegen haar blijven praten, maar zij had hem alleen maar trillend en sprakeloos aangestaard, en uiteindelijk was hij maar vertrokken. Van zijn stuk gebracht en boos om haar ondankbaarheid was hij haastig verder gelopen. Nancy was niet thuis – ze had een congres in San Francisco – maar toch wilde hij naar huis en het merkwaardige voorval uit zijn hoofd zetten.

Maar toen hij met grote stappen door North Michigan Avenue was gelopen en slome toeristen ontweek, was hij zich ergens bewust van geworden. Iemand riep iets, en even later waren voetstappen dichterbij gekomen. Hij had zich snel omgedraaid – wat had hij precies verwacht? – en zag nog net dat het meisje op hem afsprong.

Jacob bracht het glas weer naar zijn lippen en dronk het halfleeg. Wat er daarna was gebeurd, was nog steeds een waas. Het meisje had zich aan zijn rechterarm vastgeklampt en vervolgens aan zijn revers in een wanhopige poging hem vast te grijpen. Hij had geprobeerd zich los te maken, terwijl zij – manisch en verward – aan het ratelen was. Omdat ze niet los wilde laten, had hij haar met kracht weggeduwd, maar daar was ze alleen maar bozer door geworden. Ze was gaan schreeuwen – had hem nota bene bedreigd – en intuïtief had hij zijn rechterarm losgerukt om haar te slaan. Goddank was dat niet nodig geweest, omdat een paar agenten tussenbeide waren gekomen die het meisje afvoerden. Nog altijd was ze niet te bedaren geweest en krijsend naar Jacob was ze naar een wachtende patrouillewagen gesleept.

Jacob had zijn kleren rechtgetrokken en zich omgedraaid. Hij kon het niet aanzien. Het jonge meisje zag er niet langer boos of verongelijkt uit.

Ze leek compleet gestoord.

4

'Hoe lang doet ze dat al?'

Adam keek via de doorkijkspiegel in de cel. Een tienermeisje liep te ijsberen en gebaarde al roepend driftig naar de deur.

'Vanaf het moment waarop ze hier binnenkwam,' zei de arrestantenbewaker lijzig. 'Eerst eiste ze dat ze eruit gelaten werd. Vervolgens probeerde ze de deur te vernielen. Nu neemt ze genoegen met schelden.'

Adam luisterde zonder zijn blik van het meisje af te halen. Een half uur geleden had hij ernaar uitgekeken om zijn administratie af te ronden en naar huis te gaan, naar Faith, maar nu nam de klinisch psycholoog in hem het over. Deze tiener – ze was veertien, hoogstens vijftien – zat duidelijk midden in een psychose.

'Ze is een uur geleden binnengebracht. Probeerde een vent op North Michigan te beroven terwijl twee agenten er met hun neus bovenop stonden. Kennelijk had ze ook nog eens dertig gram skunk bij zich, dus ik weet niet of je iets zinnigs uit haar kunt krijgen.'

Adam glimlachte beleefd, nam de papieren van hem over en bladerde erdoorheen. Minderjarigen die in bewaring werden gehouden, werden altijd eerst onderzocht, en het was de taak van psychologen als Adam om te beoordelen of ze ondervraagd konden worden.

Kassandra Wojcek. Duidelijk van Poolse afkomst en met een interessant strafblad: bezit van harddrugs, diefstal, verzet bij arrestatie, handelen onder invloed en, volgens de bijbehorende schoolpapieren, een indrukwekkend spijbelverleden. Ze kwam uit Back of the Yards, een buitenwijk in het zuiden, in de buurt van het oude veeterrein waar vroeger veel Poolse arbeiders zaten, maar dat nu was achtergelaten voor de Puerto Ricanen.

'Moeder? Vader?' vroeg Adam.

'De vader is overleden. We hebben geprobeerd haar moeder te bereiken, maar... Hopelijk kunnen we haar hier krijgen voor het verhoor...'

'Laten we eerst maar eens kijken of het zover komt,' onderbrak Adam hem, en hij gaf aan dat de agent de deur kon openen.

De agent keek hem aan, zag Adam duidelijk als een slappe liberaal en deed toen de deur open. Adam liep de ruimte binnen, legde het dossier van het meisje rustig op de stoel en keek toen naar haar.

'Dag, Kassandra. Mag ik even bij je komen zitten?'

De tiener zei niets, maar stopte eindelijk met ijsberen.

'Ik ben Adam. Ik ben psycholoog en wil graag met je praten. Vind je dat goed?'

Een grom, meer kreeg hij niet als antwoord.

Adam had direct het gevoel dat het meisje niets met psychologen ophad. 'Hoe zal ik je noemen? Kassandra? Kass...'

'Kassie,' antwoordde ze van onder haar pony.

Adam knikte en bekeek haar nu eens goed. Ze zag er merkwaardig uit: lang, slungelig, maar niet onaantrekkelijk, met lang roodbruin haar rond haar bleke gezicht. Ze droeg een gescheurde spijkerbroek, een verbleekte Motörhead-hoody en afgetrapte gympen. Hij kon niet zeggen of deze slonzigheid een bewuste tienerlook was of een gevolg van armoede, maar gezien haar achtergrond vermoedde hij het laatste. 'Goed dan, Kassie,' ging hij verder, en hij deed een stap opzij om haar smalle gezicht met sproetjes wat beter te zien. 'Ik heb begrepen dat je vandaag wat problemen hebt gehad. De politie heeft me hun kant van het verhaal al verteld... ik wil nu graag de jouwe horen.' Zijn toon was open en bemoedigend, toonde medeleven voor de gevangene.

Nieuwsgierig en geïntrigeerd wierp het meisje een snelle blik op hem. Ze leek verrast, zelfs geschokt toen ze hem zag en trok zich onmiddellijk terug, draaide zich om en ging in een hoekje van de kamer staan.

'Ik weet dat je bang en in de war bent,' ging Adam geruststellend verder. 'En dat is helemaal niet erg. Niemand vindt het fijn om achter in een politieauto hiernaartoe gebracht te worden. Ik wil er alleen zeker van zijn dat alles goed met je is, zodat we dit kunnen oplossen en ervoor zorgen dat je naar huis kunt. Wil je me daarbij helpen?'

Een lange stilte en daarna een bijna onmerkbaar knikje.

'Je liep dus op North Michigan Avenue. Was je op weg naar huis? Naar de metro?'

'Naar huis.'

'Wat gebeurde er toen?'

Weer volgde een lange stilte. In de verte kon Adam voetstappen horen, maar hij negeerde ze en richtte zijn aandacht op Kassie.

'Ik botste tegen iemand aan...'

'Letterlijk?'

'Ja.'

'Iemand die je kende?'

'Nee.'

'En toen?'

Het meisje aarzelde. De voetstappen werden luider en Adam ging snel verder. 'Kassie...?'

'Hij hielp me overeind... en toen liep hij weg.'

'Heb je met hem gesproken?'

'Eerst niet.'

'Maar later wel...?'

Ze knikte.

'Waarom was dat? Waarom ging je achter hem aan?'

Weer een stilte, alsof het meisje een beslissing nam, en toen: 'Ik wilde hem spreken.'

Ze had veel meer dan dat gedaan en moest letterlijk van haar slachtoffer af worden getrokken.

'Waarom? Wat wilde je tegen hem zeggen?'

Kassie aarzelde nu, terwijl de voetstappen bij de deur tot stilstand kwamen.

'Ik wilde hem... waarschuwen,' zei ze zacht.

'Waarvoor?'

De deur ging open en de arrestantenbewaker stak zijn hoofd om een hoekje.

'We hebben de moeder te pakken gekregen. Ze is er over twintig minuten.' Met een klap ging de deur weer dicht.

Adam draaide zich weer naar zijn cliënt, maar Kassie had zich afgewend en zat in elkaar gedoken, zichtbaar geschrokken bij het vooruitzicht van de komst van haar moeder.

'Waarom maakte je je zorgen om hem, Kassie?' Hij zei het opgewekt, maar zag dat hij haar kwijtraakte – het tere vertrouwen tussen hen was versplinterd door de onhandige onderbreking van de arrestantenbewaker. 'Je zei dat je hem wilde waarschuwen,' hield Adam vol, en hij deed een stapje haar kant op.

De tiener verroerde zich niet en staarde naar de muur.

Adam deed nog één poging om tot haar door te dringen: 'Alsjeblieft, Kassie. Waar wilde je hem voor waarschuwen?'

5

'Ik wil geen aanklacht indienen. Ik wil het hele voorval gewoon vergeten.'

Jacob Jones stond in de donkere hal van zijn huis met de hoorn tegen zijn oor. Hij had de voordeur nog niet opengemaakt of de telefoon was gegaan. Haastig was hij naar binnen gegaan en had opgenomen in de veronderstelling dat het zijn moeder was, die vaak belde als Nancy niet thuis was. Maar het was alleen een vervolgtelefoontje van de politie naar aanleiding van het incident met het meisje.

Jacob vroeg zich bezorgd af of hij niet dronken klonk. Hij had in korte tijd drie biertjes achterovergeslagen – die had hij nodig gehad om te kalmeren, maar nu baalde hij ervan dat hij zo zwak was geweest. Op zijn meest zakelijke toon gaf hij rustig antwoord op de vragen van de politieagent en maakte duidelijk dat hij de kwestie verder wilde laten rusten. De agent klonk teleurgesteld, misschien niet verrassend gezien Jacobs beroep, maar hij drong verder niet aan.

'Het is aan u...'

'Absoluut. En hartelijk dank voor het telefoontje. Dat stel ik zeer op prijs.'

Jacob was een geoefend leugenaar en tevreden hing de agent

op, nadat hij hem opgewekt een prettige avond had gewenst.

Hoofdschuddend om de gekte van de afgelopen paar uur legde Jacob de hoorn op de haak, duwde alsnog de voordeur dicht en deed hem op slot. Hij had het huis vanavond voor zich alleen en keek uit naar de wedstrijd van de White Sox… en misschien nog een koud biertje.

Hij liet zijn tas en jas op de grond vallen en deed het licht aan. Tot zijn verbazing gebeurde er niets. Het kostte hem moeite om niet boos te worden – wéér een lamp kapot – en hij liep met grote passen naar de keuken om daar het licht aan te doen. Maar ook hier gebeurde niets en het bleef donker. Hij duwde de schakelaar heen en weer – een, twee, drie keer – maar zonder succes.

'Godver…'

Haastig liep hij naar het raam en keek door de stille voorstedelijke straat. Overal om hem heen twinkelden lichten van achter de ramen.

'Ja hoor, alleen hier doet de boel het niet,' mompelde hij, en zijn goede humeur was nu definitief verdwenen.

Hij draaide zich om, liep door de gang en trok de kelderdeur open. Aan de binnenkant hing een zaklamp en Jacob deed hem aan voordat hij de duisternis in liep. Stof danste in de lichtstraal voor hem, terwijl hij behoedzaam de gammele trap afliep. Hij kwam bijna nooit in de kelder – Nancy al helemáál niet – en was bang dat hij de laatste tree zou missen of zou struikelen over een vergeten stuk rommel. Met zijn drukke baan had hij geen tijd voor een stomme blessure, dus liep hij behoedzaam verder tot hij uiteindelijk in de kelder stond.

Hij keek om zich heen en zag de stoppenkast aan de achterkant tegen de muur zitten. Zigzaggend tussen dozen met jaarboeken van de middelbare school en sportspullen waar het weer in zat, bedacht hij hoe groot deze ruimte eigenlijk was. Ze zouden er iets mee moeten doen – een extra kamer kon de waarde van het huis met duizenden dollars vermeerderen. Maar niet vandaag. Vandaag wilde hij zitten en zich ontspannen. Hij trok de stoppenkast open en keek waar de hoofdschakelaar zat.

Die stond omlaag, zoals het hoorde, en toen hij wat beter keek, zag Jacob dat geen van de stoppen was doorgeslagen.

'Wat krijgen we n...?'

Moest hij iemand laten komen? Op dit tijdstip? Hij pakte de hoofdschakelaar vast, duwde hem omhoog, hield hem een seconde vast en duwde hem resoluut omlaag. Nog altijd stond hij in het donker. Dus probeerde hij het nog een keer. En nog een keer. Niets. Jacob leunde met zijn vermoeide hoofd tegen de stoppenkast en vloekte zachtjes.

Opeens werd hij zich bewust van iets anders. Hij hoorde iemand ademhalen.

Dat kon toch niet, of wel? Het huis had op slot gezeten, er waren geen sporen van...

Nu hoorde hij iemand dichterbij komen. Jacob raakte in paniek en zwaaide met de zaklamp om zich heen.

Op hetzelfde moment zag hij een man met een bivakmuts op zich af duiken.

6

In de Union Stock Yard had het altijd naar de dood geroken. Het lag in Back of the Yards en had migrantenarbeiders aangetrokken die met duizenden tegelijk naar de slachthuizen waren getrokken. In de tijd dat Chicago de meeste varkensslachterijen ter wereld had, lagen de banen voor het oprapen en meer dan een miljard dieren hadden hier hun laatste reis door de hekken gemaakt. Maar het terrein was nu vervallen, opgedoekt, achterhaald door efficiëntere operaties ergens anders.

Kassie en haar moeder liepen er zwijgend langs. Kassies vader, Mikolaj, was op dit terrein overleden en de aanblik ervan deed hen altijd weer zwijgen. Niet dat dat vandaag een probleem was – Natalia had nog geen woord gezegd sinds ze haar dochter bij de jeugdinrichting had opgehaald. Ze had het telefoontje gekregen toen haar werk er net op zat, daar was ze blij om, maar niet blij genoeg om Kassie te ontzien.

Ze sloegen South Ada Street in en passeerden de laatste dertig meter nog een paar dichtgetimmerde huizen. Het huis waarin Kassie de afgelopen vijftien jaar had gewoond viel erg uit de toon. Het was een kleine, keurig onderhouden bungalow van baksteen. Het kleine gazon aan de voorkant was netjes gemaaid, de treden naar de veranda waren schoon en de sierlijke metalen traliedeur voor de voordeur was pas geschilderd. Je kon zeggen wat je wilde van het Wojcek-huishouden, maar het was altijd onberispelijk.

Kassie staarde naar haar vuile gympen, terwijl haar moeder de traliedeur van het slot haalde. Veel mensen hadden bewondering voor Natalia's hoge eisen, maar Kassie schaamde zich er altijd een beetje voor. Ze refereerden aan een vervlogen tijd, toen het in de wijk wemelde van keurige katholieke gezinnen die allemaal met elkaar wedijverden om hun pas ontdekte voorspoed tentoon te spreiden. Maar de Poolse gezinnen waren vertrokken, andere groepen mensen waren in de wijk komen wonen en de meeste nieuwkomers kozen straten die aantrekkelijker waren. Er stonden diverse verlaten huizen bij hen in de straat – makelaars konden ze aan de straatstenen niet kwijt – maar het was alsof Natalia dat niet zag, alsof ze nog steeds een jonge vrouw was die zojuist hoopvol en met een hoofd vol dromen van de boot was gestapt.

Het leven was voor hen allebei zwaar, en Kassie voelde de druk op haar schouders toen ze de stille bungalow binnenliepen. Kassie – Kassandra Alicja Marta – was Natalia's enige kind en aangezien hertrouwen uitgesloten was voor een nette weduwe waren ze altijd met z'n tweetjes gebleven. Jaar in, jaar uit hingen ze om elkaar heen in deze ouderwetse gezinswoning.

Natalia liep naar de keuken en legde met een doffe dreun haar tas op tafel – een dreun die voor haar was bedoeld, wist Kassie. Normaal gesproken zou ze direct naar haar kamer zijn gegaan, maar deze keer bleef ze in de deuropening naar haar moeder staan kijken. Ze wist dat ze in de nesten zat, maar feit was dat ze nog steeds van streek was door de gebeurtenissen van die middag en ze hoopte dat haar moeders humeur wat zou verzachten, dat ze een beetje steun zou krijgen.

Natalia trok de koelkast open en haalde er een schoteltje met een halve worst en een verse tomaat uit. Zonder naar haar dochter te kijken liep ze naar de woonkamer en deed de tv aan terwijl ze in de leunstoel ging zitten.

Kassie draaide zich om en keek naar haar; ze besefte opeens hoe klein haar moeder leek in deze grote kamer met de oude tv en de vele foto's van paus Johannes Paulus II. Deze scène hadden ze vaker gespeeld: dat haar moeder deed alsof ze televisiekeek zonder dat er iets tot haar doordrong. Het eten lag onaangeroerd op haar schoot en de televisiepresentator praatte in het luchtledige, terwijl Natalia met de rozenkranskralen speelde die ze van haar grootmoeder had geërfd. Het was een absurde vertoning, maar de boodschap was duidelijk: Kassie zou vanavond geen eten krijgen en niet getroost worden.

Er was hier geen vergiffenis.

7

Het was rustig op de weg, op radio WKSC was 'November Rain' te horen en gedachten aan de pittige dag begonnen gaandeweg uit Adams gedachten weg te drijven. Hoewel zijn rit van Zuid-Chicago naar het groene, kleinburgerlijke Lincoln Park vaak gepaard ging met schuldgevoelens, werd hij er ook ontspannen van en vrolijkte het uitzicht op Lake Michigan hem altijd op. Vanavond lag het er bijzonder mooi bij, de zon schitterde op het wateroppervlak en verschillende vogels die er elk voorjaar nestelden, cirkelden loom door de lucht. Maar zijn rit over Lake Shore Drive betekende voor Adam meer dan alleen een mooie omgeving. Het betekende dat hij naar huis ging.

'Thuis' was een prachtig rijtjeshuis van twee verdiepingen. Ze hadden het vorig jaar gekocht – een fikse uitgave – en er geen moment spijt van gehad. Hun nieuwe woning had vier mooie slaapkamers – ruimte voor hen allebei om thuis te werken als dat nodig was – en, het mooiste van alles, een grote tuin. Adam zag al voor zich hoe hun kind door de achtertuin zou kruipen, er zijn eerste stapjes zou zetten – het was die tophypotheek meer dan waard geweest. Zo deed je dat per slot van rekening: hard studeren, hard werken, zodat je een mooi huis kon kopen en huisje-boompje-beestje kon spelen.

Omdat Adam het volgende nummer van Bryan Adams niet mooi vond, zette hij de radio uit, draaide North Lincoln Avenue op en parkeerde even later voor het vertrouwde grijze stenen huis. Hij fantaseerde soms dat Faith met een cocktail in de deuropening stond om hem te verwelkomen, maar dat was nog nooit gebeurd. Faith had het druk en trouwens, zoiets was veel te burgerlijk voor haar. Dat had Adam altijd geweten – sterker nog, het was een van de redenen dat hij met haar was getrouwd.

Hij deed de deur achter zich dicht, liet zijn tas op de grond zakken en stak zijn hoofd om een hoekje van de keuken. Die was leeg, maar tot Adams vermaak lag de krant op het aanrecht opengeslagen bij de horoscopen – het heimelijke pleziertje van zijn vrouw. Snel liep hij langs de woonkamer en de logeerkamer naar de studio aan de achterkant. Dit was Faiths rijk en eerbiedig duwde hij de deur open en liep op zijn tenen naar binnen. Tot zijn verrassing zat zijn hoogzwangere vrouw op haar kruk met de rug naar haar schilderij en keek hem recht aan.

'Als een olifant in een porseleinkast...' Faith keek hem bestraffend aan, maar er lag een glimlach in haar ogen.

Ze was Britse en Adam genoot altijd van haar manier van praten. Ondanks het feit dat ze al meer dan tien jaar samen waren, kwam ze nog steeds met woorden en uitdrukkingen die hem verbaasden.

'Maar goed, fijn dat je thuis bent,' ging ze verder, en ze draaide zich weer naar haar schilderij. 'Ik had de hoop al bijna opgegeven.'

Ze zei het om een reactie te ontlokken en Adam liep direct naar haar toe, liet zijn armen rond haar buik glijden en trok haar tegen zich aan. 'Lange dag,' mompelde hij, terwijl hij haar in haar nek zoende.

'Dat is het toch altijd?'

‘Als mensen me nodig hebben…’

‘Mijn held. Nu we het er toch over hebben, ik luier op dit moment voor twee, dus heb ik niets aan het eten gedaan.’

‘Ga ik regelen.’

‘Je bent écht mijn held,’ antwoordde Faith, terwijl Adam haar nogmaals in haar nek kuste. Ze begon weer te schilderen.

Adam maakte zich van haar los en staarde even naar haar. De eerste keer dat hij haar had gezien – in de wachtkamer van zijn chique, nieuwe kantoor – had ze hem verblind, maar inmiddels had ze hem compleet veroverd. Door haar hartelijkheid, haar wijsheid, haar talent, haar schoonheid. Hij vond het heerlijk om naar haar te kijken als ze schilderde, naar de manier waarop ze met geoefend gemak penseelstreken zette en zeer geconcentreerd volledig opging in het moment. Dan had hij het gevoel dat alles goed was in de wereld. Dan voelde hij liefde.

Hij liep naar de deur en keek nog één keer om. Momenten als deze gaven hem het gevoel dat hij de gelukkigste man op aarde was.

8

Jacob kwam met een schok bij en rilde van de kou. Zijn hoofd bonkte, zijn nek deed pijn, maar het waren zijn rillende ledematen die om aandacht vroegen. Hij had kippenvel en wilde over zijn blote onderarmen wrijven… om tot de ontdekking te komen dat zijn armen achter hem vastzaten. Hij probeerde op te staan, maar zijn blote benen zaten ook vast. Tot zijn afschuw besefte hij dat hij naakt, kwetsbaar en alleen aan een metalen stoel vastgebonden zat.

Opeens wist hij het weer. De kelder. De gemaskerde figuur. Het afschuwelijke gevoel dat hij stikte. Een snik van angst ontsnapte aan zijn lippen en toen tot hem doordrong dat zijn mond niet bedekt was, riep hij: 'Hallo?'

Stilte.

Hij tuurde door de armoedige ruimte, maar zo te zien was er niemand. 'Alsjeblieft… kan iemand me horen?'

Het geluid weerkaatste tegen de muren, maar er kwam geen reactie. Al wiebelend met zijn ijskoude tenen in een zwakke poging om warm te blijven, zag hij iets. Er lag iets onder zijn voeten. Het voelde koud en glad en ritselde toen hij bewoog. Verward keek hij naar omlaag. Hij verstijfde. De stoel waarop hij was vastgebonden, stond in het midden van een groot plastic zeil.

Hij raakte in paniek en begon te worstelen in een poging de stoel naar voren te schuiven. Doodsbang spande hij zijn spieren en schokte op de stoel heen en weer. De stoel schoof een paar centimeter naar voren, toen nog een paar, maar plotseling schoot zijn hoofd opzij. Duizelig en gedesoriënteerd vroeg hij zich af wat er was gebeurd, maar toen hij rechtop ging zitten, drong tot hem door dat iemand hem hard in het gezicht had geslagen.

'Zit stil.'

De stem was kalm en zond rillingen over zijn rug. Het geluid kwam van achteren en Jacob deed zijn best om zijn aanvaller te bekijken, maar met zijn armen en schouders stevig vast, kon hij zich niet ver genoeg omdraaien.

'Alsjeblieft,' zei Jacob hijgend. 'Ik geef je alles wat je wilt...'

'Ik heb alles wat ik nodig heb,' antwoordde een zachte stem.

De man bleef vlak achter hem staan. Onmiddellijk onderdrukte Jacob zijn gekreun – hij voelde iets kouds en glads tegen zijn nek. Langzaam gleed het omhoog, stopte toen en kantelde. Een seconde later voelde Jacob een korte, scherpe steek gevolgd door een warme sensatie, toen bloed langs zijn nek omlaag druppelde.

'Doe dit alsjeblieft niet,' smeekte hij met tranen in zijn ogen. 'Ik ga binnenkort trouwen...'

Een harde hand greep hem bij de schouder. Jacob worstelde weer, probeerde wanhopig te bewegen, maar kwam niet vooruit. En nu voelde hij die afschuwelijke sensatie opnieuw... koud staal dat zijn huid streelde.

9

Kassie sloop door de gang en keek zenuwachtig achterom.

Ze had het ijzige stilzwijgen van haar moeder een paar uur uitgehouden en was uiteindelijk geholpen door pure uitputting. Natalia had drie banen om de eindjes aan elkaar te knopen en viel vaak voor de televisie in slaap. Een paar keer dacht Kassie dat het zover was – haar moeders oogleden hadden getrild, waren dicht gezakt, maar direct daarop was Natalia weer rechtop gaan zitten en had wantrouwig om zich heen gekeken, alsof iemand een smerig spelletje met haar speelde. Maar uiteindelijk had ze het gevecht opgegeven en had haar zachte gesnurk in de spartaans ingerichte kamer geklonken.

Kassie was behoedzaam uit haar leunstoel opgestaan en naar de achterkant van het huis gelopen. Een klein stukje door de donkere gang – over de krakende plank heen stappen – en even later stond ze in de achterkamer, een kleine bergruimte met een gootsteen, een wasmachine en verschillende dozen goedkoop wasmiddel. Ze haastte zich naar de gootsteen en trok de kastdeurtjes daaronder open. Op haar hurken dook ze in het kastje, duwde flessen bleekmiddel en schoonmaakmiddel opzij en zag toen een oud blikje zilverpoets liggen. Ze draaide het deksel open en haalde er een klein pakje uit. Snel liet ze het pakje in haar zak glijden, draaide het deksel terug op het blikje en zette alle flessen weer op hun plek. Ze controleerde of alles goed stond, deed de kastdeurtjes dicht en liep weg.

Na een snelle blik op de oude klok – het was al over elven – trok Kassie de achterdeur open. Koude lucht begroette haar en ze zette haar capuchon op om haar gezicht in duisternis te hullen. In de verte blafte een hond. Kassie keek om of haar moeder niets had gehoord, maar er bewoog niets en Kassie kon haar in de verte horen snurken.

Opgelucht liep ze naar buiten en verdween in het donker.

10

Rechercheur Gabrielle Grey liep haastig in de richting van het reusachtige, roodbetegelde gebouw en ging naar binnen. Het was nog vroeg, maar het was al druk op het hoofdbureau van politie in Chicago aan South Michigan Avenue: politiemensen, analisten, perswoordvoerders en ondersteunend personeel passeerden Gabrielle toen ze naar de beveiliging liep. Sommigen herkenden haar, anderen niet, maar er was één gezicht dat bijna net zo vertrouwd was als dat van haar zelf: dat van Norm, de agent van dienst die de balie al bemande zolang ze zich kon herinneren. Het hoofdbureau van politie had het nieuwe kantoor in Bronzeville in 2000 betrokken en sindsdien had niemand Norm ooit zien staan, iets waar op het bureau veel grappen over werden gemaakt. 'Gerechtigheid slaapt nooit,' zei haar team altijd goedmoedig over Norm, 'die zit.'

'Goeiemorgen, Norm. Hoe is het?'

'Rustig. Hoskins zit een spoedvergadering voor in het commandocentrum...'

'Alweer een?'

'Altijd hetzelfde liedje. Verder schijnt de zon, de lucht is strakblauw en de Cubs zijn het beste...'

'... team ter wereld,' vulde Gabrielle tot Norms zichtbare genoegen aan.

Gabrielle liep verder en nam de lift naar de zevende verdieping. Vandaar was het een korte wandeling naar de afdeling Recherche, de meest prestigieuze afdeling in het gebouw en al drie jaar haar persoonlijke leengoed.

'Goeiemorgen, chef.'

Verschillende aspiranten begroetten haar toen ze naar haar hoekkantoor liep. Ze groette hen terug en haalde ondertussen een bagel uit haar tas. Ze verging van de honger, had geen ontbijt gehad omdat ze de jongens op tijd naar school had moeten krijgen en keek ernaar uit om haar tanden in het broodje spek met tomaat te zetten, maar bij het zien van drie nieuwe foto's op het recherchebord bleef ze staan. Haar rechterhand, rechercheur Jane Miller, was al op pad, dus kwam rechercheur Suarez nu haastig op haar af. Suarez werkte al vijf jaar met Gabrielle samen en was een betrouwbare, sterke kracht.

'Wat hebben we hier?' vroeg Gabrielle, en ze keek naar de gezichten.

'Eén dode in South Shore,' antwoordde Suarez, en hij wees naar de blanke man op de eerste foto. 'Een bendemoord. Drie schoten in hoofd en nek, terwijl het slachtoffer in zijn auto zat. De schutter is op een motor gevlucht.'

Gabrielle knikte bars en gebaarde naar de anderen. 'En die?'

'Een dubbele moord in South Lawndale. Vermoedelijk twee schutters met semiautomatische wapens. In een populaire hamburgertent die de hele nacht open is, maar raad eens, niemand heeft iets gezien.'

'Stuur toch maar wat extra mensen,' antwoordde Gabrielle. 'Misschien kunnen we iemand met een geweten vinden…'

'Iemand met *cojones*,' corrigeerde Suarez haar.

'En praat ook met de lokale religieuze leiders en maatschappelijk werkers,' ging Gabrielle verder. 'Die weten vast iets…'

Suarez liep weg om de bevelen uit te voeren en riep een paar collega's bij zich. Gabrielle keek hen na en wierp een blik door de kale ruimte. Ze had een groot team – het grootste van de politie van Chicago – maar toch waren ze voortdurend onderbemand, gezien het grote aantal vuurwapengerelateerde moorden waarmee ze te maken hadden. De burgemeester had beloofd om bendegeweld hard aan te pakken – had niet alleen extra geld vrijgemaakt voor meer politie, maar ook voor maatschappelijke ontwikkelingen en jeugdinitiatieven – maar er was tot nu toe weinig vooruitgang te zien.

Gabrielle staarde naar de foto's. Drie mannen die in koelen bloede waren neergeschoten – waarom? Waren ze lid van een rivaliserende bende geweest? Waren ze in een verkeerde wijk terechtgekomen? Hadden ze iemand op Twitter beledigd? Er werden mensen om minder vermoord. Het was aan Gabrielle en haar team om de moordenaar voor het gerecht te brengen, maar ze wist dat zij het voordeel niet aan hun kant hadden. Gemeenschappen durfden niets te zeggen. Drugsbaronnen hadden er alles voor over om te overleven. Politieagenten en rechercheurs raakten ontmoedigd door het voortdurende bloedvergieten. Toch zouden ze – zou zíj – er alles aan doen om ervoor te zorgen dat de families recht werd gedaan, aangewakkerd door haar eigen plichtsgevoel, haar vastberadenheid en een koud broodje spek met tomaat. Terwijl Gabrielle naar de foto's staarde, moest ze denken aan iets wat commissaris Bernard Hoskins had gezegd op haar eerste werkdag.

Niemand wordt rechercheur in Chicago omdat hij een makkelijk leven wil.

11

Toen Adam wakker werd, rook hij pancakes. Faith kon goed koken als ze er zin in had, maar 's morgens vroeg was ze niet op haar best en de geur van beslag in een hete pan kon maar één ding betekenen: Christine.

In tegenstelling tot veel mannen was Adam erg gesteld op zijn schoonmoeder. Ze was hartelijk, bedachtzaam en vrijgevig tot op het absurde af. Maar haar gewoonte om zichzelf binnen te laten vond hij wel verontrustend, hoe lekker het eindresultaat ook kon zijn. Omdat de baby elk moment geboren kon worden, kwam Christine steeds vaker onverwachts langs, en tegenwoordig ging er geen dag voorbij waarop Adam zijn schoonmoeder niet zag, meestal als hij half aangekleed of doodmoe was. Als hij al kritiek op haar kon hebben, dan was het dat ze té attent was, maar zelfs dat kon haar vergeven worden. Ze woonde alleen – haar waardeloze echtgenoot niet meer dan een vage herinnering – en de geboorte van haar eerste kleinkind was natuurlijk een belangrijke gebeurtenis.

Adam draaide zich om en zag verrast dat het bed leeg was. Faith verborg zich vaak voor haar moeder, dan deed ze alsof ze nog sliep, tot ze eraan toe was om uitgehoord te worden over de plannen voor de baby. Hij pakte zijn badjas, stommelde naar de keuken en zag tot zijn verbazing dat zijn vrouw aangekleed en wel, onder het toeziend oog van haar goedkeurende moeder, een laatste hap van een gezond ontbijt nam.

'Ben ik iets vergeten?' mompelde Adam, terwijl hij koffie voor zichzelf inschonk. 'Je bent vandaag toch niet uitgerekend, hè?'

'Ik ben pas over een paar dagen uitgerekend,' corrigeerde Faith hem. 'Maar mama helpt me vandaag met het afschilderen van de babykamer.'

'De klok tikt,' viel haar moeder haar bij, en ze kon haar opwinding nauwelijks bedwingen.

'Tenzij jíj wilt helpen?' ging Faith verder.

'Dat zou ik graag willen, maar ik heb het druk...'

Het was waar. Het mooie aan Amerika was dat er altijd mensen waren die een psycholoog nodig hadden. Met een laatste goedmoedige belediging ten aanzien van zijn twee linkerhanden verlieten Faith en haar moeder de keuken en bleef Adam alleen achter met zijn agenda, terwijl hij zijn pancakes naar binnen schrokte. Hij had een druk programma met een paar lastige zaken, maar moest toegeven dat hij in gedachten eigenlijk ergens anders was. Hij had een onrustige nacht achter de rug, waarin hij eindeloos aan zijn gesprek in de jeugdinrichting had gedacht. Als je maar lang genoeg in een bepaald vakgebied werkte, werd je werk vanzelf routine. Hij kwam even vaak in de jeugdinrichting als in de districtsgevangenis, maar toch had Kassie hem verrast. Hij kon de blik op haar gezicht toen ze hem had gezien niet van zich afschudden. Was het schrik? Afschuw? Angst? Ook kon hij niet van zich afzetten wat ze tegen hem had gezegd. Hij had verwacht dat de tiener met smoesjes zou komen waarom ze haar slachtoffer had aangevallen, misschien zelfs zou beweren dat hij háár had aangevallen, dat deden ze zo vaak. Maar het meisje had gezegd dat ze hem had willen waarschuwen en hoewel ze vervolgens haar mond had gehouden, had ze het zo overtuigend gezegd dat Adam onwillekeurig geïntrigeerd was. Wat had ze bedoeld? Waarom dacht ze dat die man gevaar liep? En belangrijker, was dat gevaar echt?

Adam maakte zich zorgen om het meisje. Hallucineerde ze? Was ze in de greep van 'magisch denken' waarbij haar fantasieën voor haar werkelijk waren? Of wist ze iets over deze man, over een ongezien gevaar voor zijn welzijn? Dat waren de vragen die door Adams hoofd bleven spoken, hoewel hij wist dat het zinloos was.

Waarschijnlijk zou hij de intrigerende Kassandra Wojcek nooit meer zien.

12

Kassie liep haastig over straat en negeerde de nieuwsgierige blikken van moeders achter hun kinderwagens. Ze was lang voor haar leeftijd, maar zag er nog steeds te jong uit om zo vroeg al uit school te zijn. Ze liet haar blik naar de grond zakken en liep verder. De censuur van de burgerlijke huismoeders kon ze wel aan; een politieagent tegen het lijf lopen was een heel andere kwestie. Trouwens, ze had maar even de tijd voordat de secretaresse van school haar moeder zou bellen, dus moest ze snel zijn.

Het was zoals altijd druk in West Town; de trottoirs waren gevuld met welvarende winkelende mensen en keurig geklede kleuters met hun verzorgers. Kassie moest goed opletten terwijl ze tussen de mensen met hun keurige schoenen door zigzagde, maar het ging vlot en algauw stond ze bij Jacob Jones' woning.

De villa die in een buitenwijk stond, zag er verlaten uit: de gordijnen waren dicht, er brandde geen licht en de voordeur zat op slot. Het was zo'n populaire, dure straat waar mensen, op hun hoede voor alles wat vreemd was en dus gevaar betekende, van achter hun gordijnen over straat loerden, dus liep Kassie snel door de steeg langs de zijkant van het huis. Ze probeerde de openslaande deuren aan de achterkant en daarna de zijingang naar de bijkeuken, maar beide zaten op slot.

Na wat verder zoeken vond ze een raam aan de zijkant dat geschikt was. Het had een ondeugdelijk slot – geen grendel – en dus aarzelde Kassie geen moment en sloeg ze met haar elleboog de ruit in. Dat had ze vaker gedaan en ze wist dat ze met een korte felle tik zo min mogelijk kans op verwondingen had. Ze trok haar arm terug, veegde de scherven weg en zag tot haar tevredenheid dat ze een groot gat had geslagen. Met een paar wollen handschoenen aan, niet passend bij het warme lenteweer, stak ze haar hand door het gat, maakte behoedzaam het raam open en klauterde naar binnen.

Even later stond ze in de gang. Haar hart ging tekeer en opnieuw vroeg ze zich af of het verstandig was om hier te zijn. Ze was een paar keer bijna teruggegaan, want ze liep een groot risico, maar toch stond ze nu hier.

Snel liep ze door de kamers op de begane grond – niet dat ze verwachtte daar iets te vinden – en ging toen naar boven. Hoewel ze zo stil mogelijk het huis was binnengeslopen, verwachtte ze toch en half en half Jones' verloofde te zien, die de trap afrende om te zien wat er aan de hand was. Maar het was doodstil in huis en alleen de krakende planken boden Kassie gezelschap toen ze over de overloop sloop.

Voorzichtig duwde ze de slaapkamerdeur open en keek naar binnen. Hij was zo te zien leeg, dus liep ze snel naar binnen, liet haar hand over de satijnen sprei van het kingsize bed glijden en keek in de inloopkast. Ook die was leeg, waarna ze naar de logeerkamer liep en vervolgens de studeerkamer. Niets. Toen Kassie de trap afliep naar de gang, begon ze zich zorgen te maken. Had ze dit allemaal voor niets gedaan?

Vertwijfeld en boos bleef ze stilstaan en dacht na over wat ze nu moest doen. Toen viel haar blik op een andere deur. Een deur die op een kier stond. Ze liep ernaartoe, pakte aarzelend de deurkruk vast en trok de deur een klein stukje verder open. Terwijl ze naar de stoffige trap keek die naar beneden leidde, voelde ze een koude tocht langs haar lichaam glijden.

Even keek ze om, alsof ze bang was dat het een hinderlaag was, maar alles was stil, en dus richtte ze haar blik weer op de trap. Ze stak haar hand uit en vond een haak waar waarschijnlijk een zaklamp of iets dergelijks aan had gehangen, maar nu hing er niets. Ze pakte haar iPhone, deed de zaklamp aan en stapte de deur door.

Het eerste wat haar overviel was de stank. Stoffig, rottend, onaangenaam. Ze hield haar mouw voor haar mond en neus en keek om zich heen tot ze aan het donker gewend was. Er waren voetafdrukken zichtbaar in het stof op de trap, maar ze kon er niet uit opmaken hoe lang die daar al zaten. Moest ze haar voeten in de vage voetafdrukken plaatsen om haar aanwezigheid te verhullen, of moest ze van ze afblijven? Ze koos voor het laatste, liep omlaag en zette haar voeten zo dicht mogelijk bij de rand om geen sporen achter te laten.

Een stap, nog een stap en nog een stap. Kassies hart bonkte in haar keel en ze moest zich dwingen haar benen te verplaatsen. Haar zaklamp was sterk, maar zijn bereik beperkt. Ze kon alleen delen van de kelder zien en kreeg de zenuwen van de enge schaduwen die de lichtstraal op de muren wierp. Toch liep ze verder, in de overtuiging dat ze zo dadelijk een gruwelijk bloedbad zou aantreffen. Ze hoopte maar dat ze het aankon.

Na de laatste trede zette ze behoedzaam een stap op de grond. Ze was zo gespannen dat ze bijna geen lucht kreeg. Ze wist precies wat ze zou aantreffen en eigenlijk wilde ze zich het liefst omdraaien en wegrennen. Maar Kassie was geen lafaard. Ze was nu al hier en dus zwaaide ze met een plotselinge beweging met haar zaklamp over de keldervloer. Ze hapte naar adem, sloeg haar hand tegen haar borst… maar zag niets. De ruimte was leeg, geen mens te zien; het leek er wel een verlaten magazijn voor jaarboeken en oude sportattributen.

Kraak.

Terwijl ze de ruimte verder onderzocht, trapte ze met haar voet ergens in. Ze bukte zich en zag tot haar verbazing glasscherfjes op de grond, die glinsterden als diamanten toen ze er met haar licht over scheen. Verward verplaatste ze het licht en zag toen, half verborgen onder de flap van een kartonnen doos, een zaklamp liggen. Met de punt van haar gymschoen duwde ze hem onder de doos vandaan. Zoals ze al had verwacht, was het glas gebroken, het lampje ook.

Haar hart sloeg over. Er kon natuurlijk een onschuldige verklaring zijn voor de aanwezigheid van een kapotte zaklamp – misschien had Jacob hem laten vallen en had hij hem in het donker niet kunnen terugvinden – maar die gedachte verwierp ze direct. Om redenen die ze niet goed kon verklaren, wist Kassie opeens dat het hier was gebeurd.

Hier was Jacob Jones' lot bezegeld.

13

Politieagent Dwayne Reid liet een luide boer terwijl hij keek naar de voorbijrazende auto's. Zijn partner – een stijve muts van een vegetariër die Lesley heette – slaakte een diepe zucht, maar hij negeerde haar en liet de smaken van zijn snack door zijn mond glijden. Elke ochtend ging hij bij Taco Bell langs voor een broodje worst en kaas. Deels om de honger in zijn rommelende maag te stillen en deels om zijn partner te sarren. Zelfs als hij de vette pittige worst en dikke rubberachtige kaas niet lekker had gevonden, zou hij het broodje nog nemen om haar te stangen. Met een beetje geluk was haar geduld bijna op en zou ze een verzoek voor een andere partner indienen.

Het kon hem niet gauw genoeg zijn. Patrouilleren was saai werk – urenlang over drukke wegen rijden, op zoek naar incidenten – en dan was een goede partner essentieel. Agent Michael Garvey was dat geweest – grappig, luid, politiek incorrect – maar ze waren uit elkaar gehaald na ongegronde geruchten dat ze tijdens hun werk hun plicht hadden verzaakt. En dus zat hij nu naast deze brave juf.

'Ga je nog wat leuks doen vanavond, Lesley? Heb je een afspraakje?'

'Doe niet zo lullig, Dwayne. Je weet dat ik getrouwd ben.'

'Je moet het eens proberen. Hoe hou je het anders een beetje pittig in de slaapkamer?'

Lesley schudde vermoeid haar hoofd, maar zei niets.

'Vertel me eens,' ging Dwayne verder. 'Val jij altijd al op mannen? Of heb je het wel eens met een meisje gedaan?'

'Godsamme.' Met een nijdige blik draaide ze zich naar hem toe. 'Denk je nou echt dat ik jou over mijn seksleven ga vertellen?'

Dwayne wilde net bemoedigend ja zeggen, toen hij iets zag. Een zwarte Lincoln Continental reed door rood, stak de kruising over en miste ternauwernood een vrachtwagen. 'Daar gaan we,' riep hij vrolijk, terwijl hij de sirene aanzette en de weg opreed.

Het werd stil in de auto nu beide agenten zich op de auto voor hen concentreerden. Meestal eindigden achtervolgingen snel wanneer de geschrokken burgerlijke automobilisten of doodsbange pubers de auto langs de kant van de weg zetten bij het zien van het blauwe zwaailicht. Maar de Lincoln leek niet van plan om te stoppen – sterker nog, hij maakte vaart en reed nogmaals door rood om aan hen te ontkomen.

'We achtervolgen een zwarte Lincoln Continental in zuidelijke richting op de Dan Ryan Expressway. Kenteken H23 3308. Verzoek om ondersteuning.'

Lesleys stem was helder en duidelijk, en zelfs Dwayne moest toegeven dat ze in dit soort situaties goed was.

'Vraag of ze de helikopter kunnen inzetten,' voegde hij eraan toe. 'Die lui in de auto spelen geen spelletje.'

Lesley gaf het verzoek door, dat even later werd ingewilligd. Er waren de laatste tijd te veel vluchtmisdrijven en te veel dodelijke achtervolgingen geweest om niet alle beschikbare middelen in te zetten.

Dwayne volgde de auto en hoopte vurig dat de Lincoln er bij de volgende afrit af zou gaan. Als ze rechtdoor bleven rijden, kon het wel eens een lange achtervolging worden, omdat de snelweg onmogelijk afgesloten kon worden op dit tijdstip. Het was toch zeker veel slimmer om hun achtervolgers te proberen af te schudden door van richting te veranderen? Maar nee, ze bleven zo te zien rechtdoor gaan.

'Stelletje achterlijke gangbangers...'

Opeens schoof de Lincoln een paar banen op en dook de weg af, de afrit op.

'Goed zo, jongen!' schalde Dwayne, en hij gaf een ruk aan het stuur om de Lincoln te volgen. Hij wist dat het gevecht nu over was en, ja hoor, toen ze onder aan de afrit kwamen, zag hij dat de Lincoln stilstond en werd geblokkeerd door twee patrouillewagens. De chauffeur opende het portier en wilde wegrennen, maar Dwayne aarzelde geen moment, trapte op het gaspedaal en kwam vlak voor de vluchtende verdachte tot stilstand.

'Handen waar ik ze kan zien!'

Lesley stond al op straat met haar vuurwapen op de verdachte gericht, die met een schok bleef staan. Dwayne volgde zijn partners voorbeeld, stormde de auto uit en richtte zijn wapen op de bijrijder, die ook wilde vluchten. Twee jongemannen, Puerto Ricanen en zeer agressief.

'Rustig aan, Diego. Zorg nou dat je geen nummertje wordt...'

De verdachten beseften dat het een hopeloze zaak was en gaven zich over. Even later werden ze voorover op de motorkap geduwd en geboeid.

'Goeie keus, jongens. Eens even kijken wat jullie bij je hebben,' zei Dwayne snoevend, terwijl hij ze fouilleerde. 'Vijftig dollar, wat sigaretten... en een vuurwapen.'

'Het is niet geladen, hoor.'

'Ik denk niet dat de rechter daarvan onder de indruk zal zijn,' antwoordde Dwayne, terwijl hij de gebutste Smith and Wesson in een bewijszak liet zakken die Lesley hem aanreikte. 'Hebben jullie nog meer bij je?'

De verdachten schudden hun hoofd en nadat Dwayne zich ervan had verzekerd dat ze de waarheid hadden verteld, controleerde hij de auto vanbinnen. Hij opende het dashboardkastje en bekeek de inhoud.

'Een zakje snoepjes, een kaart van Illinois en...' Hij haalde een boek tevoorschijn. '... *Fodor's Guide to Romantic Hotels in Montana*. Jongens, weten jullie zeker dat die auto van júllie is?'

'We hebben 'm geleend,' mompelde de chauffeur somber.

'Ja, vast,' grinnikte Dwayne, en hij wierp een blik op de vloer van de auto, waarna hij naar de achterkant liep.

Daar bleef hij staan. De kofferbak was dicht, maar zijn aandacht werd getrokken door een donkerbruine vlek op de klep. Lesley keek hem aan, geïntrigeerd door zijn ernstige blik, en dus maakte hij voort.

'Zo dan, jongens, eens kijken wat jullie hier hebben...'

Hij trok aan de hendel en opende de achterklep.

De tijd leek stil te staan. Hij verroerde zich niet, reageerde niet eens, volledig verbijsterd door wat hij zag.

'Wat is er, Dwayne?' Geschrokken door zijn blik en onverwachte zwijgen wilde Lesley een stap zijn kant op zetten om te zien wat er aan de hand was. Maar voordat ze daar de kans toe kreeg, draaide Dwayne Reid zich opeens om en kotste zijn ontbijt op het koude asfalt uit.

14

De stank van bederf was overweldigend. Kassie deed haar best om het niet te ruiken, om ergens frisse lucht vandaan te halen, maar dat was onmogelijk. Verzorgingstehuis Lake View was verstikkend: veel te warm, bedompt, en het stonk er naar urine. De vele ogen die haar aankeken, waren van hulpeloze en hopeloze gevallen.

In een poging hun nieuwsgierige blikken buiten te sluiten, bleef Kassie kwebbelen. Ze was zo geschrokken van de toestand bij Jones thuis dat ze direct hiernaartoe was gegaan in plaats van naar school. Ze had behoefte om bij iemand te zijn die van haar hield.

'Ik doe meer mijn best op school,' zei ze zacht. 'Om betere cijfers te halen. Mijn lerares Engels, mevrouw Wilson, zegt dat ik het goed doe...' Ze keek onderzoekend naar het gezicht van haar oma, in de hoop die vertrouwde liefdevolle twinkeling in haar ogen te zien, maar de oude vrouw reageerde niet.

Wieslawa zat al bijna tien jaar in het tehuis, afgeschreven als seniel en gek, en ze kreeg weinig stimulans of bezoek om haar verzwakte hersenen bezig te houden. Kassie probeerde één keer per week langs te komen, deels om te compenseren voor het feit dat haar moeder weigerde haar op te zoeken, en zo nu en dan had ze het idee dat de oude vrouw reageerde. Dan dacht Kassie aan gelukkiger tijden, toen Wieslawa – die altijd een struise vrouw was geweest – de jonge Kassie stevig omhelsde, lieve dingen in haar oor fluisterde en haar verwende met chocolademuizen en snoep. Maar vandaag liet de oude vrouw niets merken.

'Maar ik vind het wel moeilijk, hoor...' ging Kassie hakkelend verder. 'Ik kan me niet concentreren... er gebeurt zo veel om me heen...' Ze keek in de diepblauwe ogen van haar oma. 'Ik probeer ze uit te bannen, maar dat lukt niet. De dingen die ik zie... ze blijven maar door m'n hoofd malen...'

Het gezicht van de oude vrouw bewoog even, alsof ze Kassies woorden in zich opnam en een reactie probeerde te formuleren. Aangemoedigd ging Kassie verder: 'Wat moet ik doen, *babcia*? Zeg het me alsjeblieft. Moet ik ze negeren? Of onder ogen zien? Ik weet niet wat het beste is.'

De oude vrouw opende haar mond een beetje. Ze gleed met haar tong over haar lippen en bevochtigde de barstjes en scheurtjes.

Kassie keek haar ingespannen aan in de hoop dat ze wat advies zou krijgen, maar in plaats daarvan begon haar oma verrassend genoeg te zingen.

'*Kosi kosi łapci, pojedziem do babci. Babcia da nam mleczka, a dziadzius pierniczka...*'

Tranen sprongen in Kassies ogen. Ze had het rijmpje als kind vaak gehoord – haar oma zong het altijd voor haar als ze op bezoek mocht komen – en het had haar altijd getroost. Maar nu onderstreepte het hoever haar dierbare demente oma heen was. Kassie vond het even triest als eng, en nadat ze twintig minuten lang een haperend, eenzijdig gesprek had gevoerd, stond ze op en gaf ze Wieslawa een zoen. Haar oma leek het nauwelijks te merken en bleef zachtjes zingen.

Kassie liep langs de eenzame, hoopvolle gezichten en sloop via de openslaande deuren naar buiten. Het verzorgingstehuis lag aan de oever van Lake Michigan, met schitterend uitzicht over het water en de metropool Chicago in de verte. In de zomer was het bijna aangenaam om hier te zijn en te genieten van de zon en het uitzicht, maar vandaag was het meer grijs en levenloos, op wat vogels na die erboven cirkelden.

De wind trok aan en Kassie voelde zich koud en eenzaam. Ze haalde een halfgerookte joint uit haar jaszak, stak hem op en nam een stevige trek. De krachtige, geurige wiet vulde haar mond en neus. Kassies leven was nooit gemakkelijk, nooit duidelijk geweest, maar vandaag had ze het gevoel dat ze door een dichte mist liep. Ze had hulp nodig, advies, en had gehoopt dat haar babcia, de enige die haar ooit had begrepen, haar zou kunnen helpen. Maar haar oma was verloren, gek geworden door een leven vol trauma.

Er waren hier geen antwoorden.

15

Gabrielle Grey baande zich een weg door de toegestroomde mensenmeute en dook onder de politietape door. Ze toonde haar penning aan de dichtstbijzijnde agent in uniform en liep met grote stappen naar de zwarte Lincoln die deels werd afgeschermd door de technische recherche. Rechercheur Jane Miller kwam haastig naar haar toe en liep vervolgens met haar mee.

Haar rechterhand was ambitieus, nog jeugdig en zo nu en dan overenthousiast, maar intelligent en hardwerkend. Ze had aanbiedingen van andere afdelingen afgeslagen om onder Gabrielle te kunnen werken en die was daar maar wat blij mee – als er een groot onderzoek gaande was, was er niemand die harder werkte dan Miller. De persoon die haar hart zou weten te veroveren, mocht in zijn of haar handjes knijpen, dacht Gabrielle, terwijl ze naar de slanke vrouw met het keurig geknipte, bruine, korte haar keek, maar Miller leek getrouwd met haar werk. Ze bracht Gabrielle snel op haar eigen efficiënte manier op de hoogte.

'Een blanke man van een jaar of dertig, veertig, door politieagenten ongeveer een uur geleden aangetroffen in de kofferbak van een auto. Twee mannen van Puerto Ricaanse afkomst zijn in hechtenis: Edmundo Ortiz en Pancho Martin. We denken dat ze bij de Humboldt Park-bende zitten, maar dat onderzoeken we nog.'

'Hebben ze iets gezegd?'

'Geen woord.'

'En weten we wie het slachtoffer is?'

'Nog niet, al staat de auto op naam van een zekere Jacob Jones, een assistent-officier van justitie. Ik heb z'n werk al gebeld – hij zou vandaag vroeg naar kantoor komen voor een conferentiegesprek, maar is nooit gearriveerd.'

Gabrielle merkte dat ze gespannen werd. Een officier van justitie die was vermoord en in een kofferbak gedumpt? Dat had ze niet verwacht toen ze het telefoontje kreeg.

'Hebben we een foto? Iets wat we kunnen gebruiken voor een eerste identificatie? Voor hetzelfde geld is Jones de dader, níét het slachtoffer.'

'Eh, ja, dat wel, maar… Je moet maar even kijken.'

Gabrielle zag nu hoe bleek Miller eruitzag. Terwijl ze naar de auto liep, weken de mensen van de technische recherche – die hun eerste forensisch onderzoek hadden afgerond en de nodige foto's hadden genomen – uiteen, zodat ze erbij kon.

Onwillekeurig hapte Gabrielle naar adem. Er lag iemand in plastic gewikkeld in de kofferbak, hoewel ze het slachtoffer maar moeilijk 'een man' kon noemen. 'Wat óver was van een man' was een betere beschrijving. Alle belangrijke lichaamsdelen waren er nog, maar de armen en benen lagen in zulke vreemde hoeken dat dit onmogelijk hun natuurlijke positie kon zijn. De tenen en vingers waren zo te zien allemaal weg, het bovenlijf was zwaar gekneusd en het ergste van alles was dat de keel van de man volledig was doorgesneden, bijna tot aan de ruggengraat. Zijn hoofd bungelde op gruwelijke wijze naar achteren en zijn levenloze ogen staarden naar de binnenkant van de kofferbak. Gabrielle bleef even zwijgend kijken naar datgene wat ongetwijfeld het ergste was dat ze in haar twintig jaar als rechercheur had gezien. Deze man was niet alleen vermoord, er was niets van hem over.

Ze draaide zich om en ving een glimp op van de lijkbleke leden van de technische recherche, met daarachter, bij de afzetting, de groeiende groep omstanders met hun telefoons in de aanslag. Witheet draaide Gabrielle zich weer naar de auto en sloeg de achterklep dicht.

16

Faith deed de deur zachtjes dicht en liep haar studio binnen. Dit was haar ruimte – stil, geordend, rustgevend – en daar had ze behoefte aan. Het was leuk geweest om de babykamer helemaal af te maken – nee, meer dan dat, het was belangrijk geweest, ontroerend zelfs, gezien de lange weg die ze had moeten gaan om zwanger te worden – maar het urenlange gekloek van haar moeder, die haar voortdurend voor de voeten liep, was meer dan genoeg. Ze had wat tijd alleen nodig en dus trok ze zich terug in haar heiligdom.

Haar zelfportret was bijna klaar – een elegante, moderne afbeelding in grijs en zwart – en ze wilde het graag af hebben voordat de baby werd geboren. Ze had het doek al toegezegd aan galerie Fourwalls, en die hadden haar zo goed behandeld dat ze ze niet wilde teleurstellen. Als zij er niet waren geweest zou ze nooit zijn doorgebroken in Chicago, laat staan in de rest van het land.

Veel vriendinnen met kinderen zeiden wel dat ze na de geboorte hun carrière weer wilden oppakken, maar er waren er maar weinig die er de tijd voor hadden gevonden. Ze wilde niet zo'n vrouw zijn die toezeggingen deed waaraan ze zich niet kon houden, en trouwens, ze wilde helemaal niet dat het zo zou gaan. Ze wilde juist dat het moederschap al haar tijd in beslag zou nemen, ze had er lang genoeg op gewacht. Ze vond het geweldig om kunstenaar te zijn, het gaf haar leven betekenis en was haar redding geweest, en ze hield van de mensen die ze door haar werk had ontmoet. Maar ze was nu zevenendertig, Adam bijna tweeenveertig, en het had ze drie lange, stressvolle jaren van ivf gekost om dit te bereiken, dus waarom zou ze niet volledig op willen gaan in deze ervaring?

Alsof op commando schopte de baby. Met een glimlach legde Faith een hand op haar buik en bracht de andere omhoog om te schilderen. Met het gevoel van leven in haar ene hand probeerde ze de illusie van leven met haar andere over te brengen op het doek en ze streek met het puntje van de kwast langs de contouren van het gezicht van haar alter ego. Dit portret was de belangrijkste artistieke ervaring in haar leven geweest, omdat het schilderij zo was veranderd gedurende het proces. Ze was begonnen met een duidelijk beeld voor ogen – vrouw zonder kind, het laatste stukje van zichzelf voor aanvang van het moederschap – maar op de een of andere manier had de baby zich eraan opgedrongen. Niet fysiek, althans niet zichtbaar, omdat het een portret was, alleen haar hoofd en schouders. Was het dan haar wat vollere gezicht dat het verraadde, of de blik in haar ogen, haar serene gezichtsuitdrukking? Misschien alle drie, ze wist het niet zeker, maar feit was dat het schilderij was veranderd omdat zíj was veranderd. Tien jaar geleden was ze verloren geweest – had ze op ramkoers gelegen – maar toen had Adam haar wonden genezen en nu de baby. Ze hadden haar geholpen om te groeien. Wat was ze nu blij met hun tussenkomst.

Faith plaatste de kwast op haar palet en legde haar andere hand op haar buik, omarmde de baby. Ertegen vechten was zinloos – de liefde die ze voor haar baby voelde, voor haar nieuwe leven, was sterk, allesverterend. Zoiets had ze nog nooit meegemaakt.

Zo was de band tussen een moeder en haar kind.

17

'Waar ben jij mee bezig? Wíl je soms dat ik ontslagen word?'

Kassie staarde boos maar ook een beetje beschaamd naar haar moeder.

'Ik moest eerder weg van mijn werk. Dat is de derde keer in twee weken tijd. Dat pikt mijn baas niet.'

'Dat weet ik mama. En het spijt me...'

'Stel dat ik mijn baan kwijtraak?' ging Natalia verder, en ze negeerde de verontschuldiging van haar dochter. 'Wat dan? Ga jij dan zorgen dat er eten op tafel komt? Ga jij de rekeningen betalen? Nieuwe kleren kopen?'

'Wat voor nieuwe kleren?'

Natalia's hand schoot uit en kwam hard tegen Kassies linkerwang aan. 'Wees niet zo brutaal. Als ik er niet was, zwierf je allang op straat.'

Kassie bracht haar hand naar haar wang en had spijt van haar sarcasme. Ze verafschuwde haar moeder als ze in zo'n bui was, maar het was waar – Natalia was terecht boos. Kassie was zo overstuur geweest na haar bezoek aan haar oma dat ze niet meer naar school was gegaan, en na een telefoontje van de schoolsecretaresse had Natalia haar dochter uiteindelijk thuis aangetroffen met de geur van wiet nog op haar adem.

'Je mag blij zijn dat je nog steeds naar school kunt. Ik heb rector Harrison moeten smeken om je nog een kans te geven en gezegd dat ik je zou aanspreken op je gedrag. Maar hij is een trotse, intelligente man, hij zal geen misbruik van zich laten maken.'

'Dat weet ik, ik zal hem morgenochtend mijn excuses aanbieden...'

'En je leraar. En je klasgenoten. Voor alle problemen die je hebt veroorzaakt.'

'Oké, oké...'

'Het is een goede school. Je mag van geluk spreken dat je daar zit, *kochanie*... Waarom kun je niet een beetje rustig doen? Je huiswerk maken? Je bent niet dom, je zou iets van je leven kunnen maken.'

Haar stem klonk nu zachter – spijt en verdriet doorboorden haar boosheid – waardoor Kassie zich nog beroerder voelde. 'Ik zal het proberen...' De blik op haar moeders gezicht zei Kassie hoe ze daarover dacht. 'Nee, echt...'

'Waar was je trouwens?'

Kassie was even stil en wist niet goed wat ze moest zeggen.

'Nou?'

'Bij oma.'

'De hele ochtend?' vroeg Natalia, die haar twijfel nauwelijks kon verhullen. 'Die oude vrouw krijgt nog geen zinnig woord uit haar mond.'

Kassie wist het niet: wat was beter, liegen of de waarheid vertellen? Haar moeder staarde haar ingespannen aan en rook – verwachtte? – de leugen, en dus mompelde Kassie uiteindelijk: 'Nee, daarvoor was ik in West Town. Ik wilde die man zien...'

'Wie?' wilde Natalia weten.

Kassie haalde diep adem en ging toen verder: 'Die man tegen wie ik op was gebotst op North Michigan Avenue.'

Haar moeders gezicht trok wit weg en hoofdschuddend wendde ze haar blik af.

'Mama...'

'Waarom doe je dat nou?' vroeg Natalia, en ze keek weer naar haar dochter met een blik vol ongeloof op haar gezicht.

'Dat weet je.'

Natalia's hand schoot weer uit en verraste Kassie. Het jonge meisje struikelde even, tranen sprongen in haar ogen, maar haar moeder toonde geen berouw.

'Genoeg, Kassie. Ik heb je gewaarschuwd.'

'Ik kan er niets aan doen.'

'Natuurlijk wel.'

Natalia pakte haar bij haar pols vast en trok haar naar zich toe. 'Je doet het omdat je het wilt.' Ze fluisterde fel in Kassies gezicht. 'Omdat je me pijn wilt doen, me wilt kwellen.'

'Nee, nee, ik wil niet dat het gebeurt, maar het gebeurt gewoon.'

'Je verzint het, net als je oma.'

'Dit zit in me...'

'Nee, je kíést ervoor,' snauwde Natalia op harde, wrede toon. 'En ik pik het niet langer.'

'Dit is niet mijn schuld, mama...'

'Het is allemaal jouw schuld, Kassandra. Je bent altijd een achterbaks kind geweest dat heel veel aandacht vraagt, maar nú is het afgelopen. Ik laat me niet langer vernederen, niet na alles wat ik voor je heb gedaan.' Woedend keek Natalia naar haar dochter. 'Laat het maar eens goed tot die botte hersenen van je doordringen: er wordt niet meer gespijbeld, er worden geen drugs meer gebruikt...' Ze trok Kassie nogmaals naar zich toe en zei tot slot: '... en ik pik geen leugens meer.'

18

'Ik heb niks gedaan.'

Gabrielle Grey leunde achterover in haar stoel en schudde bedroefd haar hoofd. Edmundo Ortiz was net zo oud als haar oudste zoon, maar het zeventienjarige bendelid had een totaal ander pad gekozen. De middelbare school was een vage herinnering, hij had verschillende pleeggezinnen versleten. De enige echte 'familie' die hij ooit had gehad, waren zijn maten binnen de Spanish Cobra's: een goed uitgeruste, geruchtmakende drugsbende, die met de Latin Kings vocht om macht en invloed aan de West Side.

In de ogen van Gabrielle zag hij er uit als zo veel andere hooligans die Humboldt Park verwoestten. De chagrijnige, heimelijke blik, de bendetatoeages, de broek tot halverwege de kont – een manier om te laten zien dat je in de cel had gezeten – en als hij ooit al een broekriem had gehad, dan was die nu eigendom van de politie van Chicago. Hij droeg nog steeds het zwart-groene T-shirt waarin hij was opgepakt – ook een teken van zijn link met de bende – een detail dat Gabrielle verder deprimeerde. Tijdens haar beginjaren als wijkagent had ze gezien hoe kinderen op de kleuterschool Micky Mouse in bendekleuren tekenden – keihard bewijs dat de bendes al heel vroeg kleine kinderen beïnvloedden.

'Ik denk dat we allebei weten dat dat niet waar is, Edmundo,' antwoordde Gabrielle. 'We hebben je wegens bezit van een vuurwapen, autodiefstal, moord...'

'Dat was ik niet.'

'Dat is anders niet wat je maat zegt. Pancho werkt héél prettig mee.'

Maar Edmundo schudde zijn hoofd. 'Die heb niks gezegd.'

Hij had natuurlijk gelijk. Pancho had toegegeven dat hij de auto had gestolen, maar verder niets. Iets anders zou neerkomen op zelfmoord.

'Je moet het zelf weten,' ging Gabrielle stug verder. 'Maar als ik jou was, zou ik m'n mond opendoen. Je hebt toch een zusje? Wat gebeurt er met haar als jij in de cel zit?'

'Word ik nou bedreigd?' Edmundo richtte die laatste vraag tot zijn advocaat, een overwerkte staatsfunctionaris die zwaar gedeprimeerd leek door de hele kwestie.

'Ze zou niet durven,' antwoordde de advocaat zwaarmoedig.

'Oké dan, want ze moet mooi niet aankomen met...'

'En jij ook niet,' ging de advocaat verder, en hij staarde indringend naar zijn cliënt. 'Dit is gewoon een vriendelijk gesprek.'

'Over een vermoorde officier van justitie die in de achterbak van een auto is aangetroffen die jíj bestuurde,' voegde Gabrielle eraan toe.

'Ik heb die vent nog nooit gezien, weet niet wie dat is.'

Gabrielle helaas wel. De gebitsgegevens hadden inmiddels uitgewezen dat het slachtoffer Jacob Jones was, een advocaat uit West Town.

'Dat is niet goed genoeg, Edmundo. Want de politie van Chicago, de burgemeester en alle andere wetshandhavers zullen pas rusten als er íémand wordt aangeklaagd voor dit misdrijf. En diegene mag in z'n handjes knijpen dat deze staat de doodstraf niet kent.'

Als Gabrielle al hoopte dat dit een ontluisterende gedachte voor Edmundo was, dan kwam ze bedrogen uit. De tiener bleef aan zijn nagels pulken en weigerde haar aan te kijken.

'Moet je horen, we kunnen dit spelletje spelen tot we een ons wegen,' ging Gabrielle bewust langzaam verder, 'maar het probleem blijft hetzelfde. Het slachtoffer is gevonden in de auto die jíj bestuurde. Er zijn geen andere verdachten, alleen jij en Pancho, en vroeg of laat zal ik íémand in staat van beschuldiging moeten stellen. Als het op een rechtszaak aankomt, wie zal de jury dan geloven? Een gelauwerde rechercheur van de politie van Chicago? Of een stelletje Cobra's? En de rechter – denk je dat die mild zal zijn? Terwijl de kranten het uitschreeuwen en de burgemeester zich keihard opstelt. Degene die dit gedaan heeft, verdwijnt voor de rest van zijn leven achter de tralies.'

Gabrielle staarde de jonge verdachte ingespannen aan en wachtte op zijn reactie.

'Oké, misschien heb ik de auto gejat. Misschíén...'

'Tuurlijk,' antwoordde Gabrielle joviaal, blij dat ze eindelijk wat voortgang boekten. 'Hij is gestolen ten zuiden van Logan Park, dat is vlak bij jouw stek in Humboldt Park.'

'Ik zei misschíén...'

'En dat is heel lief, maar we hebben je vingerafdrukken op het autoportier, het dashboard en het stuur. Die autodiefstal is een gegeven, Edmundo, dus laten we het over de rest hebben...'

'Kappen, man.'

'Waar hebben jij en Pancho de auto gestolen?'

'Lyndale,' mompelde hij.

'West Lyndale Street?'

Edmundo knikte en Gabrielle maakte een aantekening. Pancho had West Lyndale Street ook genoemd als de plek waar ze de auto hadden gestolen.

'Hebben jullie de eigenaar daarnaartoe gevolgd?'

'Echt niet.'

'Hebben jullie hem aangevallen?'

'Wat een gelul, man.'

'Het slot was niet geforceerd, de ruiten waren nog heel. Dat lijkt sterk op een carjacking.'

'Hij zat niet op slot.'

'Kom op, Edmundo, deze auto kost een paar centen. Denk je nou echt dat de eigenaar...'

'Hij zat niet op slot. We hadden eerst een paar andere geprobeerd, maar die hadden een alarm, deze was een makkie.'

'Dus jullie zijn er zo in gesprongen en ermee weggereden?'

'Ja, die kun je voor tienduizend verkopen.'

'En de sleutel zat in het contact?'

'Ja.'

'Dat klinkt wel heel simpel, Edmundo,' antwoordde Gabrielle, en ze leunde achterover in haar stoel. 'Maar ik geloof het niet. Van wie moest je dat doen? Wie heeft je opdracht gegeven hem te vermoorden?'

'Níémand. Hoe vaak moet ik dat nog zeggen? Ik ken die vent niet.'

'Het slachtoffer was een federale aanklager, Edmundo. Hij heeft al heeft wat compadres van jou opgesloten. Ik heb het hier allemaal zwart op wit.'

Edmundo schoof in zijn stoel heen en weer en wierp een zenuwachtige blik op zijn advocaat.

'Dus je snapt wel wat ik denk,' ging Gabrielle verder. 'Dat het tijd was voor wraak...'

'Bullshit.'

'Dacht je dat we dit niet zouden uitzoeken? Je kunt niet zomaar een officier van justitie omleggen.'

'No way, zo ging het niet.'

'Volgens de technische recherche zat er verse modder op de banden. Heb je hem ergens mee naartoe genomen?' drong Gabrielle aan om de druk erop te houden. 'Ergens waar je hem kon martelen en vermoorden?'

'Moet ik hiernaar luisteren?'

De vraag was meer op de advocaat gericht, maar Gabrielle gaf antwoord: 'Ik zal je zeggen waarom dit niet verdwijnt, Edmundo. Waarom dit héél slecht voor jou gaat uitpakken...' Terwijl ze het zei, haalde ze de foto's van de plaats delict uit een dunne map. 'Jacob Jones was een aantrekkelijke, succesvolle man. Had een mooi huis, een beeldschone verloofde... En zo ziet hij er nu uit.'

Ze schoof de foto over tafel, maar Edmundo wendde zijn hoofd af.

'Kijk ernaar.'

Edmundo wierp een blik op zijn advocaat, die ongeïnteresseerd zijn schouders ophaalde.

'KIJK ERNAAR!'

Onwillig liet Edmundo zijn blik over het afschuwelijke beeld voor zich glijden.

'Deze is vanuit een andere hoek genomen,' ging Gabrielle verder, en ze schoof nog een gruwelijke foto over de bekraste formicatafel. Ze keek ingespannen naar Edmundo; hij zat te zweten en schudde zijn hoofd. 'En dit is een close-up...'

Had ze een bekentenis verwacht? Een heftige verklaring van onschuld? Ze kreeg ze geen van beide, want toen ze de laatste foto in de richting van de verdachte schoof, viel Edmundo Ortiz flauw, gleed van zijn stoel en kwam met een klap op de harde grond terecht.

Een half uur later zette Gabrielle haar auto stil voor het huis van Jacob Jones.

Het was druk in deze anders zo rustige voorstedelijke straat. Medewerkers van de technische recherche liepen het huis in en uit met bewijszakken, terwijl agenten in uniform hun buurtonderzoek voortzetten. Jones' verloofde, Nancy, was onderweg uit San Francisco en Gabrielle hoopte vurig dat zij opheldering kon geven over dit merkwaardige en wrede misdrijf.

'Hoe ging het?'

Jane Miller had zich losgemaakt uit de drukte.

'Het is nog vroeg,' antwoordde Gabrielle ontwijkend. 'Wat heb je voor me?'

'Niet veel in huis. Geen tekens van een worsteling, geen zichtbare forensische sporen, maar zo te zien heeft iemand de elektriciteit uitgeschakeld. De kabel aan de achterkant van het huis was doorgeknipt.'

'Interessant.'

'Verder hebben we een getuige die mogelijk waardevolle informatie heeft...' Miller gebaarde naar een bejaarde dame die aan de overkant van de straat in het gezelschap van twee rechercheurs stond.

'En?'

'Nou ja, het past niet helemaal in het verhaal.'

'Hoe bedoel je?'

'Ze vertelde dat ze vanmorgen de plantjes aan het water geven was,' ging Miller snel verder, 'toen ze iemand uit het raam aan de achterkant van het huis zag komen die vervolgens haastig wegliep.'

Nu had ze Gabrielles aandacht.

'Kan ze de persoon beschrijven? Kleding, haar, bouw...'

'O ja, er is niets mis met haar ogen... maar je gaat het niet leuk vinden.'

Gabrielle staarde verontrust naar haar collega toen die haar zin afmaakte.

'Volgens haar was de indringer een lang tienermeisje met lang roodbruin haar.'

19

Adam Brandt keek op toen de deur openzwaaide. Hij had al een half uur in de familiekamer zitten wachten en werd met de minuut meer gespannen, maar eindelijk waren ze er. Hij stond op van de gehavende bank en liep snel naar ze toe.

'Dag Kassie. Ik ben Adam Brandt, we hebben elkaar gisteren ontmoet.'

De tiener knikte, maar keek niet op. Ze leek terug te deinzen voor haar omgeving, zelfs bang.

'Dan bent u mevrouw Wojcek,' ging hij verder, en hij richtte zijn aandacht op de moeder. 'Ik ben een forensisch psycholoog die de politie van Chicago assist...'

'Ik weet wie je bent.'

Hij wist niet goed tegen wie haar vijandigheid gericht was. Hem? De politie? Haar dochter? Misschien wel alle drie.

'Zullen we even gaan zitten? Ik heb koffie, water, koekjes...'

Hij leidde hen naar de vaalgroene bank en de salontafel. Adam was een uur geleden door rechercheur Grey gebeld, net toen hij zijn laatste cliënt uitliet. Grey had geërgerd geklonken en had uitgelegd dat een tienermeisje dat Adam gisteren had gesproken nu de hoofdverdachte was in een moordzaak; ze had het slachtoffer kort voor zijn dood belaagd. Ze had gevraagd of Adam zo snel mogelijk naar het hoofdbureau wilde komen en Adam was bereid om haar te helpen, maar had wel duidelijk gemaakt dat hij Kassie en haar moeder in de familiekamer wilde spreken, die minder grimmig, minder intimiderend was dan de verhoorkamer.

'Zo, ik weet dat jullie rechercheur Grey al uitgebreid hebben gesproken...' Versnaperingen waren afgewezen en dus kwam Adam direct ter zake. '... dus zal ik jullie hier niet lang houden. Maar ik wil nog wel duidelijkheid over een paar dingen die je rechercheur Grey hebt verteld tijdens je ondervraging.'

Kassie keek nog altijd niet op, maar Natalia Wojcek kneep haar ogen samen.

'Je hebt de rechercheur verteld dat je vanmorgen bij meneer Jones langs bent geweest, geloof ik?'

Kassie knikte.

'Hoe wist je waar hij woonde?'

'Ik zag zijn naam en adres op wat papieren toen ik werd aangehouden. De agent wilde dat ik wist dat die man een of andere wetshandhaver was en dat ik diep in de shit zat.'

'En waarom ging je daarnaartoe? Kun je me dat vertellen?'

'Hier hebben we het allemaal al over gehad,' onderbrak Kassies moeder hem ongeduldig.

'Ik begrijp dat het frustrerend is,' antwoordde Adam. 'Maar het is echt belangrijk, dus als je goed na zou willen denken...' Hij keek naar Kassie.

Het tienermeisje haalde diep adem en mompelde toen: 'Ik wilde weten of alles goed met hem was.'

'Je dacht dat hem misschien iets was overkomen?'

'Ja.'

'Waarom dacht je dat?'

'Hemeltjelief, we hebben deze hele poppenkast al gehad. Waarom moet dit nog een keer?'

Elke vorm van beleefdheid was verdwenen.

'We moeten naar huis,' ging mevrouw Wojcek volhardend verder. 'Kassie heeft huiswerk. Al deze onrust, al die vragen maken het er alleen maar...'

'Zou het misschien beter zijn als u even buiten wacht, mevrouw Wojcek?' vroeg Adam beleefd, maar resoluut. 'Als Kassie dat goedvindt, natuurlijk.' Hij keek naar Kassie.

Haar moeder deed hetzelfde en zag nog net dat haar dochter aarzelend knikte. 'Kassandra...'

'Het is wel goed,' fluisterde haar dochter met trillende stem.

Er gleed een geschrokken blik over het gezicht van de vrouw van middelbare leeftijd, gevolgd door gelaten boosheid. Daarna kwam ze stijfjes overeind en liep naar de deur.

Adam wachtte tot ze weg was voordat hij zijn aandacht opnieuw op Kassie richtte. 'Kun je me in je eigen woorden vertellen waar je je zorgen om maakte?'

Er viel weer een lange stilte. Nog altijd weigerde de tiener hem aan te kijken. Adam moest aan haar eerste reactie op hem denken. 'Kassie?' vroeg hij vriendelijk.

'Ik was bang,' antwoordde ze haperend, 'dat hij was aangevallen. Vermoord...'

'Aha. En waarom dacht je dat?'

Weer zweeg de tiener.

'Je zei eerder dat je Jacob niet kende,' zei Adam. 'Had iemand soms iets tegen je gezegd? Had je gehoord dat hij bedreigd werd?'

'Ik zag het.'

'Wat zag je?'

'Zijn dood.'

Nu was het Adams beurt om te aarzelen, omdat Kassies antwoord hem volledig verraste. Was dit het begin van een bekentenis? Was dit tengere pubermeisje op de een of andere manier betrokken bij de moord op deze man? Adams hart ging tekeer, maar hij hield zijn stem zo beheerst mogelijk toen hij vroeg: 'Wanneer was dat?'

'Toen ik tegen hem aan botste op North Michigan Avenue,' antwoordde ze, alsof dat niet meer dan logisch was.

'Sorry, ik begrijp het niet. Er was niets met hem aan de hand toen je bij hem wegliep, dus hoe kon je dan…'

'Ik kan de dood zien… voordat hij komt.'

Adam zweeg en vroeg zich af of hij het soms verkeerd had gehoord, maar Kassie zei verder niets. 'Sorry, maar jij zegt dat je…?'

'Als ik naar iemand kijk,' ging Kassie snel verder, 'dan zie ik hoe zijn of haar leven zal eindigen. Wannéér het zal eindigen…'

Adam staarde haar aan voordat hij uiteindelijk zei: 'En dat zag je bij Jacob Jones?'

Kassie knikte, staarde naar de grond en zei: 'Ik keek in zijn ogen en toen zag ik het.'

'Beschrijf het eens voor me,' zei Adam rustig.

'Allemaal beelden achter elkaar, gevoelens. Eerst een afschuwelijke kilte en gruwelijke pijn…'

Haar hand gleed naar haar keel, al leek ze het zelf niet in de gaten te hebben.

'En daarna een akelige, verstikkende angst… alsof hij wist dat hij doodging… en toen… niets.'

Kassie huiverde en sloeg haar armen om zich heen. Het effect van haar woorden was zo heftig dat het bijna was alsof zíj degene was die had geleden.

'En daarom ben je hem achternagegaan?'

'Já.' Ze zei het verzuchtend, alsof ze opgelucht was dat er eindelijk iemand was die het begréép. 'Daarom ben ik naar hem toe gegaan. Ik moest hem waarschuwen…' Ze slikte, hapte naar adem en eindigde toen: '… dat hij nog maar een paar uur te leven had.'

20

'En, is ze gek? Of bespeelt ze ons?'

Adam Brandt stond met Gabrielle Grey in haar kamer. Ze hadden zich daar teruggetrokken en de deur dichtgedaan.

'Zie je haar echt als verdachte?' vroeg Adam op zijn beurt.

'Nee, we hebben niet genoeg om haar vast te houden. Maar ze is beslist iemand die we in de gaten willen houden.'

'En die andere twee? De mannen die in de auto...'

'We hebben de kofferbak drie keer onderzocht, evenals het plastic zeil, maar hun vingerafdrukken zijn niet aangetroffen. Bovendien lijkt het erop dat hun alibi standhoudt. Een beveiliger die uit zijn werk kwam, zag de auto van Jacob Jones rond negen uur bij zijn huis wegrijden. Edmundo en zijn maat zaten op dat moment in een pizzeria in Humboldt Park, waar ze pas rond middernacht weggingen. We zijn er vrij zeker van dat Jones vanaf zijn huis is ontvoerd – zijn telefoon, portemonnee en legitimatie lagen daar nog – dus zolang ze niet in staat zijn terug in de tijd te reizen, zal het lastig worden om de aanklachten overeind te houden. Ga je nog antwoord geven op mijn vraag?'

Ze zei het met een knipoog, maar Adam kon de onderliggende spanning voelen. 'Kassie heeft duidelijk problemen.'

'Nogal.'

'Ze is kwetsbaar, geïsoleerd, eenzaam. Mogelijk is ze een verward meisje dat aandacht wil.'

'Maar...' zei Gabrielle, die het gevoel had dat er meer ging komen.

'Maar mogelijk is het ingewikkelder. Ze gebruikt drugs... Volgens haar dossier rookt ze al sinds haar elfde wiet. Langdurige blootstelling aan sterkere wietsoorten kan je paranoïde maken en zelfs waanideeën geven. Als je daarbij rekening houdt met het overduidelijke bewijs van psychiatrische aandoeningen in de familie...'

'Dus ze is gek?'

'Ze heeft problemen, zei ik. Maar ze komt ook helder en duidelijk over. Ze lijkt niet in een psychose te verkeren, ze is zich bewust van haar omgeving, beseft waarom ze ondervraagd wordt, begrijpt waarom jij haar verdenkt. Die mate van begrip is ongebruikelijk bij iemand die psychotisch is.'

'Doet ze alsof?'

'Zou kunnen, maar in dat geval is het een indrukwekkende vertoning.'

'Kon je enige vijandigheid bij haar ontdekken naar Jones toe? Een reden waarom ze hem kwaad zou willen doen?'

'Integendeel, ze zegt dat ze hem wilde beschermen.'

'En dat geloof jij?'

'Daar ben ik nog niet over uit.'

'Ze belaagt de man op de dag dat hij vermist raakt. Een dag later, nadat zijn lichaam is gedumpt, wordt ze gezien als ze het huis verlaat. Ze moet íéts weten.'

'Ze zegt dat ze daarnaartoe ging om te ontdekken of haar angst gegrond was.'

'Schei toch uit.'

‘Waarom zou ze bij hem inbreken als ze hem de vorige avond had ontvoerd?’

‘Misschien wilde ze het bewijs wegwerken, de boel opruimen.’

‘Wat wil je nou zeggen? Dat Jones haar de vorige avond vrijwillig heeft binnengelaten? Dat ze elkaar kénden?’

‘We zijn nog bezig om verbanden te leggen, maar zeg nooit nooit…’

Adam ging hier niet op in. Het was niet overtuigend, maar feit was dat ze geen van beiden wisten waar ze precies mee te maken hadden.

‘Je zei dat het slachtoffer ergens naartoe gebracht is,’ ging hij uiteindelijk verder. ‘En daar verminkt en vermoord is…’

‘Klopt. Er zat zwarte modder op de autobanden.’

‘Denk je echt dat Kassie tot al die dingen in staat is?’

‘Misschien heeft ze een handlanger. Misschien is het… hoe noemen jullie dat ook alweer… een folie à deux?’

‘Heb je daar bewijs voor?’

‘Bespeur ik daar enig medeleven voor onze verdachte?’ was Greys nijdige reactie.

‘Ik maak me zorgen om haar.’

‘Heb je nog iets met haar afgesproken?’

‘Ik heb aangeboden haar te helpen en ze heeft beloofd daarover na te denken. Ik ben er wél in geslaagd haar ervan te overtuigen zich aan te melden bij een NA-programma voor verslaafde tieners, dat is al heel wat. Er zijn best goeie in de buurt, speciaal voor tieners met drugsproblemen.’

Grey knikte, maar leek eerder ontmoedigd dan opgemonterd. ‘Moet je horen, we kunnen haar niet vasthouden, dus zeg jij maar waar we mee te maken hebben. Ze is overduidelijk een onverbeterlijke leugenaar.’

‘Dat is niet eerlijk…’

‘Kijk dan naar haar verleden. Ze heeft herhaaldelijk tegen de politie gelogen, ze heeft onder ede gelogen.’

‘Misschien liegt ze inderdaad. Omdat ze er iets mee te maken heeft… of omdat ze zich voor de verandering eens belangrijk wil voelen. En misschien ligt het veel ingewikkelder.’

Grey zweeg en keek hem nieuwsgierig aan.

‘Mijn gevoel zegt me dat zij gelooft wat ze zegt, dat het voor haar echt is…’ Adam praatte bijna tegen zichzelf toen hij concludeerde: ‘De grote vraag is waarom.’

21

Kassie en haar moeder liepen zwijgend naar de auto. Ze hadden een eind van het politiebureau moeten parkeren en dat maakte het nu alleen maar erger. Kassie kon niet wachten tot ze thuis was, op haar eigen kamer. Alles om maar aan haar moeders boosheid en teleurstelling te ontsnappen.

Gezichten passeerden, maar Kassie keek niet naar ze; ze slalomde om iedereen heen terwijl ze haar best deed om haar moeder bij te houden, alsof ze met een onzichtbare draad met haar verbonden was. Het was het enige wat ze kon bedenken om te laten zien dat ze niet expres moeilijk deed, dat ze haar moeder niet in verlegenheid wilde brengen, haar geen verdriet wilde doen. Maar het kwam niet over: haar moeder liep met grote stappen over het trottoir, zich nauwelijks bewust van Kassies aanwezigheid.

Uiteindelijk kwamen ze bij hun wrak van een stationwagen. Haar moeder stak de sleutel in het slot en Kassie wachtte geduldig tot ze opzij leunde en de passagiersdeur van het slot haalde. Even dacht ze dat haar moeder zou wegrijden, haar aan de kant van de weg zou laten staan. Maar nee, dacht Kassie boos, toen ze haar moeder opzij zag buigen, dat was te gemakkelijk. Haar moeder speelde veel te graag de martelaar en zou deze kans niet aan zich voorbij laten gaan.

Kassie stapte in en maakte zich op voor de lange zwijgzame rit naar huis. Maar haar moeder bleef stil zitten, bracht niet eens de sleutel naar het contact en toen Kassie opkeek, zag ze tot haar schrik dat haar moeder zat te huilen.

'O mama... alsjeblieft, niet huilen...'

Schuldbewust stak Kassie haar hand uit, maar haar moeder sloeg hem weg. Met een pijnlijke hand bleef Kassie naast haar zitten en ze voelde zich volkomen leeg. Ze wilde iets doen om haar moeders leed te verzachten. Ze wilde iets zeggen om haar te laten weten dat ze ondanks alles van haar hield. Maar toen ze haar best deed om de juiste woorden te vinden, was haar moeders reactie wreed en vernietigend: 'Je bent een smet op deze familie.'

22

Saus druppelde langs zijn kin omlaag, maar Adam wist nog net te voorkomen dat er een druppel op zijn smetteloos witte overhemd viel.

'Wat is het toch een vieze ouwe man. Waarom ben je ooit met hem getrouwd?'

Faith haalde haar schouders op en gaf haar man een knipoog. Adam was gek op een broodje rundvlees – hij zei altijd dat die in Chicago het allerlekkerst waren – en hij en Faith kwamen vaak bij Al's Shack. Deze keer waren ze samen met Brock, Adams beste vriend en getuige, en zijn vrouw Fernette. Brock was Adams huisgenoot geweest tijdens zijn studie. Hij was een treinengek, vogelaar en IT-nerd, maar Adam grapte vaak dat hij hem dat niet kwalijk nam. Ze zagen elkaar steevast een of twee keer per week. Fernette, met wie Brock na jaren eindelijk getrouwd was, kwam vaak mee, en met haar gevoel voor humor wist ze altijd iets van hun avonden samen te maken.

'Moet je horen, het is een schatje hoor,' ging Fernette verder. 'En hij is slim en stéénrijk, maar serieus, hoe kun je dat aanzien? Ik bedoel, alsof hij het ding in één hap wil verzwelgen...'

'Kom nooit tussen een man en zijn broodje rundvlees,' zei Faith, terwijl ze een glimlach onderdrukte.

‘Wijze woorden, Faith,’ beaamde Brock, en hij nam een gezonde hap van zijn eigen broodje. ‘Die man is de hele dag aan het werk, elke dag opnieuw. Hij heeft voedsel voor de hersenen nodig.’

‘En veel ook,’ bemoeide Fernette zich er weer mee.

Iedereen was het met haar eens. Adam speelde mee – hij vond het prima om het slachtoffer van hun goedmoedige grapjes te zijn. Het was fijn om aan het eind van een erg verwarrende dag even te ontspannen. Kassies getuigenis had hem van zijn stuk gebracht en zijn daaropvolgende gesprek met Gabrielle ook. Ze was altijd verstandig en redelijk, iemand die graag van zijn diensten gebruikmaakte en zijn adviezen opvolgde, maar vandaag had ze zich ogenschijnlijk ongemakkelijk gevoeld, was ze zelfs wantrouwig geweest, alsof ze bang was dat ze bedonderd werd.

Het had Adam na afloop een paar uur gekost om zijn zorgen van zich af te schudden, maar langzaamaan hadden lekker eten, goed gezelschap en een paar ambachtelijke biertjes zijn bloeddruk omlaag gebracht. Hij genoot van het onwrikbare, luchtige optimisme van zijn vrienden, maar boven alles vond hij het heerlijk om bij Faith te zijn. Zo was het altijd geweest, maar nu nog meer; hij hoefde maar naar haar en haar volmaakt ronde babybuik te kijken of er gleed een glimlach over zijn gezicht.

‘Vind je soms dat ik genoeg heb gehad?’ vroeg Faith, en ze gebaarde naar haar buik en haar halfgegeten broodje. ‘Ben je soms bang dat ik dik word?’

Adam rukte zich los uit zijn gedachten en besefte dat hij had zitten staren.

‘In dat geval weet je wat je kunt doen…’

Ze zei het met een glinstering in haar ogen, en terwijl Adam de saus van zijn kin veegde, leunde hij opzij en duwde zijn neus in haar dikke krullen. 'Ik hou van je,' fluisterde hij, en hij gaf haar een tedere zoen op haar wang. 'Van jullie allebei...'

'Jezus, doe dat lekker thuis,' klaagde Fernette.

'Ja, je verpest het voor de rest van ons,' viel Brock haar bij.

Zo ging het gesprek verder tot ze Navy Pier verlieten. Het wemelde van de mensen bij de belangrijkste toeristische attractie van Chicago, en normaal gesproken zou Adam de plek vermijden, maar Faith wilde nog één keer als stel in het reuzenrad. Het was maf en romantisch en natuurlijk kon Adam geen nee zeggen. Dus liepen ze naar het enorme rad, bereidden zich in gedachten voor op de belachelijk dure kaartjes en genoten toch.

Het was een moeilijke dag geweest, maar voor het eerst was Adam helemaal ontspannen. Hij pakte de hand van zijn vrouw stevig vast, liep vrolijk over de pier en ging in de drukke vrijdagavondmassa op.

23

Het was nog vroeg en gelukkig was er weinig verkeer. Het ontbijt had eindeloos geduurd – waarom waren Eden en Zack zulke dagdromers? – maar toch was Gabrielle voor acht uur onderweg. Het was stil in de auto: de ochtendjournaals spuiden hun sensationele berichtgeving over de moord op Jacob Jones en ze had geen zin om naar de slecht onderbouwde speculaties te luisteren. In plaats daarvan keek ze naar de wereld die aan haar voorbijging en hoe de omgeving veranderde vanaf haar huis in Albany Park tot aan West Town. De wijk waar ze woonde lag iets buiten het centrum en was altijd ongelooflijk gevarieerd geweest: grote gemeenschappen Koreanen, Mexicanen en Afro-Amerikanen. West Town was misschien ook zo geweest, ooit, maar nu niet meer.

Gabrielle reed over West Chicago Avenue en zag welvarende moeders in sportkleding ontbijten en hipsters op terrasjes bij platenwinkels koffiedrinken. Ze verbaasde zich over het feit dat een stad zo veel gezichten kon hebben. Toen ze bijna tien jaar geleden naar Chicago verhuisde, had ze het idee gekoesterd om hier te wonen, maar één blik op de makelaarswebsites had daar een einde aan gemaakt. Tegenwoordig kwam ze hier alleen in haar hoedanigheid als politievrouw.

Gabrielle verliet de doorgaande weg en reed nu weer op West

Erie Street. De politietape was nog steeds rond het verzegelde huis van Jones gespannen en daarbuiten stonden verschillende mediawagens. Plaatselijke verslaggevers vielen bewoners lastig op jacht naar uitingen van medeleven en informatie over de overledene. Gabrielle koos voor de meest directe aanpak, reed tot aan de tape, die agenten in uniform voor haar omhooghielden, zodat ze er met haar tweedehands Pontiac onderdoor kon en tot de oprit kon doorrijden.

'Rechercheur Grey, hebt u iets toe te voegen aan de verklaring van gisteravond? Zijn er arrestaties geweest? Wat is uw theorie?'

Toen Gabrielle uitstapte, werd ze begroet door een kakofonie van bekende stemmen, maar ze negeerde ze en liep snel het huis binnen. Ze deed de deur achter zich dicht, genoot even van de stilte – de kreten van hoopvolle verslaggevers stierven weg – en ging toen aan de slag. Ze had het huis gisteren bekeken, maar toen was het er erg druk geweest. Ze wilde even op haar gemak rondkijken.

Het huis was precies wat je zou verwachten van een succesvol advocaat: smaakvol ingericht, dure meubels en keurig opgeruimd. Zoals Miller al had aangegeven, leek niets verstoord en er waren geen zichtbare sporen van een worsteling. Kassie Wojcek had bekend dat zij het zijraam had ingetikt, wat betekende dat de kapotte zaklamp en de voetafdrukken in het stof op de trap en de vloer van de kelder de enige andere tekenen van verstoring waren. Verder zag alles eruit zoals het hoorde. Overal hingen of stonden ingelijste foto's van Jacob en Nancy – een liefhebbend stel dat hun hele leven nog voor zich had. Wat leken die beelden nu wreed.

Gabrielle klapte haar notitieboekje open en raadpleegde de tijdslijn. Jacob Jones was eergisteravond thuisgekomen, hij was rond acht uur door een agent van het hoofdbureau gebeld en was ongeveer een uur later verdwenen. Kassandra Wojcek was de enige logische verdachte – ze had duidelijk iets tegen Jones en haar alibi was zwak. De moeder had bekend al vroeg op de avond voor de tv in slaap te zijn gevallen. Maar was het meisje in staat een volwassen man, een voormalige footballspeler, te laten verdwijnen?

In gedachten verzonken drentelde Gabrielle door de keuken naar de deur die naar de garage leidde. Jacob Jones' Lincoln was hier eergisteravond weggereden, vermoedelijk met Jones zelf erin. Vastgebonden? Onder bedreiging van een vuurwapen? En vervolgens was hij... waar naartoe gereden? De zwarte modder op de banden duidde erop dat het een plek was met water in de buurt. Een van de vele rivieren van Chicago misschien? Het meer? Het was moeilijk te zeggen. De auto was gewoon verdwenen, net als de man zelf, totdat Edmundo en Pancho hem toevallig hadden gevonden.

Gefrustreerd liep Gabrielle het huis weer binnen en op hetzelfde moment zoemde haar telefoon. Ze haalde hem uit haar zak en zag dat het rechercheur Montgomery was.

'Wat heb je voor me, rechercheur?'

'Alleen wat context, chef, maar wel interessant.'

'Vertel.'

'Ik heb Wojceks rechtbankverleden bekeken. Een half jaar geleden heeft ze een voorwaardelijke straf gekregen voor mishandeling en handelen onder invloed. Ze weet haar gedrag aan de medicatie die ze op dat moment nam, maar de aanklager geloofde dat niet en de rechter ook niet. Ze kreeg een fikse boete en wist alleen door haar leeftijd een celstraf te ontlopen. De aanklager maakte gehakt van haar getuigenis. De officier van justitie die dag was...'

'Jacob Jones,' vulde Gabrielle aan.

'Precies. Ik heb het dossier op je bureau gelegd.'

'Dank je wel. Goed werk, rechercheur.'

Gabrielle hing op en had weer wat meer energie. Het was tot nu toe een worsteling geweest om deze wrede moord te verklaren – maar eindelijk hadden ze een concreet verband tussen Jacob Jones en de mysterieuze Kassie Wojcek.

24

'Weet je moeder dat je hier bent?'

Kassie keek met een ruk op.

'In dat geval moet ik misschien wat persoonlijke bescherming regelen, want volgens mij vindt ze me niet erg aardig.' Tot Adams genoegen verscheen er een schaapachtige glimlach op Kassies gezicht. Het was hun eerste echte sessie samen in zijn praktijk en het was essentieel om een goede band – vertrouwen – op te bouwen voordat ze konden beginnen. Kassie was nog steeds zichtbaar gespannen en hij wilde haar graag op haar gemak stellen.

'Volgens mij vindt ze mij ook niet aardig,' was Kassies zachte reactie. 'En nee, ze weet niet waar ik ben. Ik heb gezegd dat ik naar de dokter moest. Tegen school ook.'

'Dat is ook min of meer zo,' zei Adam met een glimlach. 'Maar we hoeven het je moeder niet precíés uit te leggen, of wel? Als wij de enige twee zijn die van onze gesprekken af weten, vind ik het prima.'

Kassie knikte snel, opgelucht – misschien verrast – dat ze een bondgenoot had.

Adam begon te beseffen hoe geïsoleerd dit jonge meisje leefde. Ze had geen vader, geen broers of zussen, geen echte vrienden en ze had op verschillende scholen gezeten, was vaak verzocht te vertrekken na te veel spijbelen of opstandig, zelfs gewelddadig gedrag. In eerste instantie was hij ervan uitgegaan dat dit het gevolg was van niet-gediagnosticeerde psychische problemen, maar hij begon zich nu af te vragen of Kassie niet moedwillig haar eigen pogingen om erbij te horen had gedwarsboomd en of ze de eenzaamheid soms opzocht en niet opgelegd had gekregen. Dat intrigeerde hem, omdat ze als gevolg daarvan onvermijdelijk meer bij haar moeder was, iemand met wie ze duidelijk een moeizame relatie had.

'Zeg, wat wil je drinken. Cola? Sprite? Water?'

'Cola, alsjeblieft.'

Adam knikte en liep over de hardhouten vloer naar de koelkast. Terwijl hij een blikje cola pakte, nam hij even de tijd om door de plafondhoge ramen naar Lincoln Park te kijken. De enorme lap groen, met de stadsdierentuin, honkbalvelden en nog veel meer, zag er in de ochtendzon prachtig uit, begrensd door Lake Shore Drive en daarachter Lake Michigan. Even nam hij de tijd om zichzelf een schouderklopje te geven – dit kantoor was echt een vondst geweest – waarna hij terugliep naar Kassie.

'Alsjeblieft,' zei hij, en hij reikte haar het blikje aan. 'Ik zou er ook wel een willen, maar ik krijg er heel erg last van winderigheid van.'

Kassie schoot in de lach – het was de eerste keer dat hij haar blij zag. Hij besefte opeens wat een mooi meisje Kassie was als ze er niet zo vreselijk opgejaagd uitzag.

'Ik meen het, dat is precies de reden dat mijn vrouw niet wil dat ik het samen met cliënten drink.'

Kassie vond dit kennelijk grappig – het idee van een gezagdrager die zichzelf voor paal zette – en Adam vroeg zich af hoeveel strenge artsen, politieagenten en docenten ze in haar korte leven had ontmoet. Hij ging zitten en keek haar aan.

Hij was blij met wat hij zag. Toen ze er net was, had ze weinig gezegd, was ze zenuwachtig geweest, had ze oogcontact vermeden en uitgestraald dat ze liever ergens anders was. Ze had in elkaar gedoken gezeten, met haar benen onder zich en haar armen over elkaar, alsof ze zich zo klein en afgesloten mogelijk wilde maken. Maar nu zat ze er iets ontspannener bij. Ze keek hem nog steeds niet recht aan, maar ze zat op de rand van haar luie stoel, slingerde met haar benen en keek nieuwsgierig om zich heen.

Na een tijdje doorbrak hij de stilte. 'Zeg, Kassie...'

Haar benen stopten met slingeren.

'Ik heb je hier uitgenodigd omdat ik graag nog een keer met je wil praten over Jacob Jones. Zoals je weet zit ik hier in mijn hoedanigheid als psycholoog en is alles wat je zegt strikt vertrouwelijk. Ik werk niet namens de politie van Chicago, ik wil jou helpen.'

'Moet ik dan betalen?'

'Alleen als ik je in mijn administratie zet, maar dat ben ik nog niet van plan...'

'Ik ben geen liefdadigheidsgeval,' onderbrak ze hem, waarmee ze een eerste teken van een eigen wil toonde.

'Dat weet ik,' zei hij rustig. 'En dat is dit ook niet. Als ik contact opneem met jouw verzekeraar, wordt je moeder erbij betrokken en ik weet niet of we dat op dit moment wel willen.'

Opnieuw een glimlachje van Kassie.

'Ik wil graag meer horen over je ervaring met Jacob op North Michigan Avenue. Wat je voelde, zag, waarnam...' Hij vermeed bewust woorden als 'voorgevoel' of 'visioen'. Die zouden hen niet helpen; ze zouden Kassies eigen analyse van haar ervaringen misschien versterken en hij wilde het nuchter houden.

'Nou ja, ik liep tegen hem aan, zoals ik al zei. Hij raakte me behoorlijk hard, dus viel ik op m'n kont.'

'Bood hij zijn excuses aan?'

'O, ja. Hij hielp me overeind, vroeg of alles goed was, of ik een taxi wilde.'

'En toen?'

'Toen keek ik naar hem op. En toen gebeurde het. Dan gebeurt het altijd...'

'Dit gebeurt dus regelmatig?' vroeg Adam nieuwsgierig.

'Al m'n hele leven, elke dag.'

Adam hoorde de vermoeidheid in haar stem. Moe van het leven? Van zichzelf? Hij maakte een mentale aantekening en ging verder: 'Hoe gaat het precies?'

'Als ik mensen niet aankijk, gaat het wel. Maar als ik ze aankijk, ze in de ogen kijk, dan zie ik het.'

'De ogen als de vensters van de ziel?'

'Zoiets,' zei Kassie scherp, alsof ze bang was dat hij haar belachelijk maakte.

'En wat zag je deze keer?'

'Beelden die snel achter elkaar kwamen. Het was er donker en somber... Ik rook lampolie, of zoiets. Het was een kelder... of een werkplaats... Er dwarrelden allemaal schaduwen om me heen...' Ze volgde zijn reactie, keek hem steeds even aan om te zien of hij haar wel geloofde, niet uitlachte. Maar Adam hield zijn blik bewust neutraal en langzaam liet ze haar blik weer zakken, ervan overtuigd dat ze niet belachelijk werd gemaakt. 'Maar het was niet echt wat ik kon zien,' ging ze verder. 'Het was wat ik vóélde...'

'Wat voelde je, Kassie?'

'Ik kreeg het koud. Echt heel koud. Mijn voeten drukten tegen iets aan wat glad en levenloos was. Ik weet niet wat het was, maar het was niet fijn.'

Adam dacht aan het plastic zeil waarin Jacob Jones was gevonden, maar hij duwde de gedachte weg. Hij wist wel beter dan overhaaste conclusies te trekken.

'En toen?'

'Ik had het gevoel dat iemand voor me stond en even later drukte er iets kouds en hards tegen mijn huid...'

Kassie had haar ogen stijf dichtgeknepen. Ze praatte zo snel dat Adam haar bijna niet kon bijhouden met zijn aantekeningen.

'En toen... kreeg ik geen lucht. Het was alsof ik verdronk...'

Adam hield zijn pen stil en keek haar even aan. Hoewel Kassie de pijn van een ander beschreef, was het alsof het haar zelf overkwam.

'En ik was bang... zo bang... het was alsof mijn hart uit elkaar barstte omdat ik wist dat dit het was... dat ik doodging en toen...' Haar hand ging naar haar mond en haar ogen schoten open. 'En toen kon ik iemand horen lachen. Een afschuwelijke, hoge lach...'

Voor het eerst keek ze op, alsof ze zich uit de afschuw losmaakte.

'Die arme man, dat hij zo is doodgegaan,' zei ze hijgend. Ze sloeg haar handen tegen haar wangen en staarde voor zich uit. 'Hij is met die afschuwelijke lach in zijn oren doodgegaan.'

25

Het stoffelijk overschot van Jacob Jones lag voor haar. Aaron Holmes, de potige patholoog-anatoom, die al sinds mensenheugenis het stadsmortuarium bestierde, had het lichaam en de ledematen van het slachtoffer in de anatomisch correcte houding neergelegd, maar toch zag het er intens pervers en gruwelijk uit, vond Gabrielle. Jones leek meer op een legpuzzel dan op een man.

Ze slikte haar walging weg en richtte haar aandacht op Holmes.

De norse, bebaarde Southsider kreeg drie, vier, vijf lijken per dag te verwerken en was niet ontvankelijk voor emoties of aanstellerij. Op rustige, afstandelijke toon deelde hij haar zijn bevindingen mee. 'Eerst de kleinere zaken,' mompelde hij, en hij wees naar de gevlekte torso voor zich. 'Forse kneuzingen op het bovenlijf en ook in de hals, wijzend op wurging.'

'Met een voorwerp of met de hand?' vroeg Gabrielle beheerst.

'Moeilijk te zeggen, maar ik vermoed dat de moordenaar het slachtoffer in een bepaalde greep had. Met een arm rond de nek en dan hier...' Hij wees naar een reeks gelijkmatig verdeelde paarse vlekjes op de wang van het slachtoffer. 'Wat zie jij daarin?'

Gabrielle kwam wat dichterbij. 'Aan de grootte en de verdeling te zien, zou ik zeggen dat het de vingertoppen van een hand zijn.'

'Precies. Misschien had de moordenaar een arm rond de nek en pakte hij het gezicht van het slachtoffer vast om goed grip te krijgen. Hoe harder hij of zij klemde, hoe sneller het slachtoffer geen zuurstof meer kreeg.'

'Waarom zijn de afdrukken paars? Komt dat door de druk?'

Holmes schudde zijn hoofd. 'Als je goed kijkt, zie je dat de huid iets gezwollen is, alsof er een allergische reactie heeft plaatsgevonden. Je moordenaar droeg waarschijnlijk handschoenen – we hebben geen DNA of afscheiding op het slachtoffer gevonden – en ik vermoed dat het slachtoffer allergisch was voor het materiaal.'

'Leer?'

'Leer, latex, suède… Ik moet verder onderzoek doen om dat vast te stellen.'

Gabrielle nam het in zich op en ging toen verder: 'Is dat de doodsoorzaak? Wurgi…'

Maar Holmes schudde zijn hoofd al. Hij gebaarde naar de met bloed besmeurde mond van het slachtoffer. 'Je kunt wel zien dat zijn tong afgesneden is.'

Gabrielle huiverde toen ze naar het bloederige stompje keek.

'De vingers en tenen zijn ook verwijderd. Gezien het bloedverlies kunnen we concluderen dat het slachtoffer nog leefde toen dat gebeurde. Het scheiden van de armen en benen van de romp is na zijn dood gebeurd.'

Gabrielles gedachten draaiden overuren. Was hij in stukken gesneden om hem beter te kunnen vervoeren of had het een veel duisterder reden? Had deze wrede moord een ritualistisch aspect?

'De daadwerkelijke doodsoorzaak,' ging Aaron verder, 'is dit.' Hij wees naar de lange, diepe snee waarmee het hoofd bijna van de romp was verwijderd.

Opnieuw ging Gabrielle wat dichterbij staan.

'Het strottenhoofd is verbrijzeld, de luchtpijp is doorgesneden en verschillende grote bloedvaten zijn geraakt. Het bloedverlies moet fataal zijn geweest, het gebrek aan zuurstof compleet, dus zal de dood binnen een minuut zijn ingetreden.'

Misschien iets om dankbaar voor te zijn, dacht Gabrielle bij zichzelf. Maar hoe lang had hij geleden voorafgaand aan deze genadeklap? 'Hoe is het gebeurd? Is hij meerdere keren geraakt of...'

'Nee, het is met één haal gedaan. Als een executie, maar dan van voren.'

'Is het mogelijk...' Gabrielle aarzelde voordat ze haar vraag voltooide. '... dat een tiener een wond als deze heeft toegebracht? Een tienermeisje in het bijzonder?'

'Het is niet onmogelijk,' antwoordde Holmes rustig. 'Maar het lijkt me onwaarschijnlijk. Dit is met forse kracht gebeurd. Gezien de vingerwijdte van de afdrukken op het gezicht van het slachtoffer, zou ik zeggen dat de moordenaar een volwassen man is.'

Gabrielle peinsde nog steeds over Holmes' woorden toen ze met de voorlopige bevindingen in haar hand het mortuarium verliet. Wojcek was hun enige verdachte, en toch was het onwaarschijnlijk dat zij verantwoordelijk was voor de onmenselijke wreedheid waarmee de ongelukkige Jacob Jones was vermoord. Ze had er de kracht niet voor, bovendien was er geen bewijs dat ze kon autorijden of dat ze de slinksheid had om zo'n ontvoering en moord vlekkeloos uit te voeren. Ze had wel een mogelijk motief en móést er op de een of andere manier iets mee te maken hebben, dus kwam er een interessante vraag bij Gabrielle op.

Had deze probleemtiener soms een handlanger?

26

'En dit gebeurt dagelijks, zeg je?'

Adam had bewust voor een veilige vraag gekozen om hun gesprek te hervatten. Na haar beschrijving van Jones' dood was Kassie onrustig geworden en hadden ze noodgedwongen even gepauzeerd. Een tweede blikje fris op het balkon had geholpen, maar toen ze hun sessie hervatten, had Kassie haar benen weer opgetrokken en zat ze continu aan haar mouwen te frunniken; haar lichaamstaal schreeuwde angst en een verlangen om te vluchten uit. Adam wist dat hij heel voorzichtig moest zijn, wilde hij haar niet kwijtraken, en hij had besloten zijn vragen heel algemeen te houden.

'Drie of vier keer per dag… op doordeweekse dagen. In het weekend ben ik nogal op mezelf.'

Adam had al neiging tot terugtrekken opgeschreven en onderstreepte de woorden nu.

'En… gaat het altijd op dezelfde manier? Vóélt het hetzelfde?'

Kassie schudde haar hoofd al. 'Hoe eerder de dood komt, hoe meer ik het voel. Hoe pijnlijker het is, hoe meer ik het voel.'

'Dus de intensiteit van de ervaring varieert?'

'O, ja. Sommigen overlijden in hun slaap, pijnloos. Ik voel hun dood amper, vooral als ze nog lang te leven hebben. Anderen worden door een auto geraakt, dan is het pijnlijk maar snel. Weer anderen lijden echt...' Kassie huiverde en ging toen verder. 'Maar het begint altijd hetzelfde. Ik word kortademig... duizelig, en dan overvalt het me. Na afloop voel ik een leegte...'

Onwillekeurig leefde Adam met haar mee. Wat voor psychose zich ook meester had gemaakt van dit meisje, ze voelde zich omringd door de dood. Het was een afschuwelijke situatie voor haar.

'En die herinneringen blijven je bij?'

'Natuurlijk. Al zou ik liegen als ik zei dat de wiet niet hielp...'

'Daar hebben we het over gehad,' antwoordde Adam op vriendelijke toon.

'Dat wéét ik en ik heb al gezegd dat ik de behandeling zal doen,' kreunde Kassie. 'Maar het is moeilijk. Je weet niet hoe het is...'

'Je hebt gelijk. Ik weet niet hoe het is,' gaf Adam toe. 'Maar ik ben bang dat de drugs jouw angsten kunnen versterken en je waarneming van gewone gebeurtenissen en situaties kunnen vervormen.'

Kassie haalde haar schouders op, maar wendde zich af, zichtbaar niet blij met deze mededeling.

'Waarom denk jíj dat je deze episodes ervaart?' ging Adam verder, omdat hij Kassie graag een kans wilde geven het gesprek te leiden.

'Het is moeilijk uit te leggen.'

'Probeer het.'

Kassie speelde met het pakje sigaretten in haar hand terwijl ze nadacht. 'Ik weet niet of ik het echt begrijp, maar... het is alsof... alsof we allemaal een bepaalde tijd op aarde hebben en als die tijd erop zit, dan zit het erop. Ik voel wanneer dat is.'

'En dat kun je nauwkeurig voorspellen?'

'Tot op de dag.'

'Hoe?'

'Ik heb geleerd de kracht van mijn reactie in te schatten,' antwoordde Kassie schouderophalend. 'Hoe ik mijn gevoelens moet lézen. Ik weet de precieze tijd niet, niet tot op het uur of de minuut, maar ik weet altijd wanneer het je laatste dag op aarde is.'

'Betekent dat dat de timing van onze dood onwrikbaar vaststaat. Vanaf onze geboorte, bedoel ik?'

'Ja, ik denk het wel...'

Adam zag dat Kassie onzeker, zelfs ongemakkelijk, keek, maar hij wist dat hij door moest vragen. 'Dat zou erop wijzen dat we dus geen vrije wil hebben. Dat we allemaal op weg zijn naar een vaststaand einde.'

Kassie knikte behoedzaam. 'Het is alsof we allemaal met elkaar verbonden zijn...' ging ze langzaam verder. 'Dat alles wat er gebeurt met een bepaalde reden gebeurt, dat alles ons naar een vast punt stuurt.'

Adam nam dit in zich op. Het kon natuurlijk niet waar zijn, maar het was niettemin een intrigerende en beangstigende gedachte.

'En zijn deze... voorgevoelens wel eens níét waar gebleken? Heb je het wel eens mis gehad?'

Het bleef even stil voordat Kassie haar hoofd schudde.

'Ben je wel eens eerder geneigd geweest om er iets aan te doen? Zoals bij Jacob? Je moet honderden van dit soort ervaringen hebben gehad, of niet?'

'Eén keer,' gaf Kassie onwillig toe. 'Ik bedoel, ik kan niet veel doen. Ik zie vrijwel elke dag mensen die zullen worden doodgeschoten of doodgestoken, maar...'

'Vertel me eens over die keer,' moedigde hij haar aan.

Opnieuw gleed er een frons over Kassies gezicht.

'Het was een kind... een kleuter die voor ons huis speelde. Ik zag hem heel vaak met zijn zussen, zijn moeder. Ik wist... Ik wist dat hij die dag aangereden zou worden, dus probeerde ik hem te pakken, te voorkomen dat hij de straat op zou gaan...'

Haar stem stierf weg, maar Adam deed geen moeite de stilte op te vullen.

'Naderhand zeiden sommige mensen dat ik hem had geduwd. Dat het mijn schuld was. Toen heb ik het nooit meer geprobeerd.'

Voor het eerst keek Kassie hem recht aan. Haar blik was er een van pure kwetsbaarheid, alsof ze steun, zelfs vergiffenis bij hem zocht. Adam glimlachte meelevend, maakte een aantekening en zei toen: 'Laten we even een stapje terug doen. Kun je je herinneren wanneer je zoiets voor het eerst ervaarde?'

Onmiddellijk zag hij haar verstijven.

'Moet je luisteren, Kassie, we kunnen dit helemaal in jouw tempo doen. Als je mijn vragen niet wilt beantwoorden, hoeft dat niet. Het is niet aan mij om jou een rotgevoel te bezorgen.' Hij was niet zo ongeïnteresseerd als hij deed voorkomen, moest hij eerlijk toegeven, maar het was belangrijk dat ze op haar voorwaarden verdergingen.

'Mijn vader.'

Twee woorden, zacht en stil, die zichtbaar zwaar waren. Adam bladerde terug in zijn aantekeningen.

'Je vader overleed toen je vijf was, klopt dat?'

'Ja.'

'Was je bij hem toen je deze gevoelens voor het eerst had?'

Kassie zag er opeens erg overstuur uit, maar slaagde erin antwoord te geven. 'Ik was te jong om te beseffen wat ik voelde... Ik was nog maar een klein kind... maar ik wist dat er iets niet klopte. Ik wilde nooit dat hij me vasthield, wilde nooit dat hij naar me keek...'

Adam knikte en schreef op: Bindingsproblemen? Misbruik? 'En dat veroorzaakte problemen?'

'Natuurlijk. Hij was een goeie man, een líéve man. En mama werd er gek van, ik klampte me altijd aan haar vast.'

Adam maakte weer een snelle aantekening, maar hield zijn blik op Kassie gericht.

'Hoe voelde je je? Wat zag je? Als hij naar je keek…?'

'Ik kreeg geen lucht. Dat was niet zo gek, dat gevoel had ik heel vaak. Maar bij hem… voelde ik een afschuwelijke, overweldigende druk. Alsof er iets op mijn borst lag wat het leven uit me perste…'

Adams ogen gleden naar zijn getypte aantekeningen. Bij FAMILIE stond: vader overleden, arbeidsongeval.

'Toen ik ouder werd, zag ik het beter. Een grote, metalen constructie die boven op me viel, vlak voor dat afschuwelijke gevoel. Toen wist ik zeker dat er iets ergs ging gebeuren. Ik probeerde mijn vader tegen te houden als hij naar zijn werk ging, smeekte hem om thuis te blijven, maar we hadden het geld nodig en mama zei dat ik het alleen maar deed om aandacht te trekken.'

Kassie zweeg, en woede vermengde zich met haar zichtbare verdriet.

'Pas later, toen ik foto's van het veeterrein zag, begreep ik het. Je had een grote, metalen loopplank waar de varkens overheen liepen op weg naar het slachthuis. De "Brug der Zuchten" noemden ze die… Die is boven op hem gevallen…'

Kassies stem stierf weg, alsof het verhaal haar had uitgeput. Maar Adam voelde zich helder en energiek. Het feit dat Kassie haar ervaringen verwerkte door erop terug te kijken vond hij bijzonder interessant.

'Toen je vader overleed, begreep je toen wat er was gebeurd? Dat hij weg was?'

'Nee, ik was nog maar vijf.'

'Ben je bij de uitvaart geweest?'

'Dat mocht niet…'

'Heeft je moeder geprobeerd zijn dood uit te leggen.'

'Pas veel later.'

'Dat moet heel erg verwarrend en verdrietig voor je zijn geweest. Het ene moment was je vader er, en het volgende moment…'

Kassie knikte. Tien jaar later was haar verdriet nog steeds heel vers.

'Hoe heeft jou dat beïnvloed, denk je?'

'Ik weet niet hoe ik was voordat het gebeurde… maar ik denk dat ik er stil en teruggetrokken van werd. We waren nog maar met z'n tweeën in huis, mama en ik.'

'Hoe bracht je je tijd door, waar vond je afleiding?'

'Ik las, tekende veel, maar dat vonden ze niet fijn.'

'Waarom niet?'

'Omdat… mijn tekeningen anders waren dan die van andere kinderen.'

'In welk opzicht?'

Kassie zweeg, slaakte een zucht en ging toen iets zachter verder: 'Volwassener…'

'Met de dood als onderwerp?'

'Ja… ik tekende wat er in me opkwam en in het begin hielp dat.'

'Denk je dat je de beelden in je hoofd probeerde te begrijpen door ze te reproduceren?'

'Misschien…'

Adam keek naar haar, vroeg zich af of hij verder moest gaan of niet en zei toen: 'En denk je dat het mogelijk is dat de beelden van je vaders dood… dat die hetzelfde deden?'

Kassie bracht met een ruk haar hoofd omhoog, verward, maar ook wantrouwig.

'Wat ik bedoel is... je was natuurlijk erg overstuur toen hij overleed. Je had een moeizame relatie met hem, maar vlak voordat hij je werd afgenomen, werd jullie band hechter. Je wilde niet dat hij naar zijn werk ging, je wilde dat hij bij je bleef en opeens was hij weg. Natuurlijk begreep je dat niet. Waarom liet hij je opeens in de steek?'

Kassie staarde hem zonder iets te zeggen aan, maar haar blik werd harder.

Het was te laat om van koers te veranderen, en dus ging Adam verder. 'Misschien begon je je schuldig te voelen toen je zijn dood – zijn ongeluk – beter begon te begrijpen. Je had geprobeerd hem thuis te houden, maar dat was niet gelukt en dit was het gevolg. Misschien had je zelfs wel het idee dat je zijn dood had veroorzaakt?'

'Nee, dat heb ik nooit gedacht,' was Kassies weerwoord.

'Niet letterlijk, natuurlijk. Maar als je zijn dood had voorzien en niet kon voorkomen, zou zijn dood logisch lijken, of niet? Iets wat ogenschijnlijk willekeurig, beangstigend en verdrietig is, zou dan opeens een soort logica hebben.'

'Jij denkt dat ik het allemaal heb verzonnen? Om me beter te voelen?' Haar toon was vernietigend, en de teleurstelling en het gevoel van verraad dropen ervan af.

'Niet bewust, maar onze hersenen houden ons vaak voor de gek...'

'Je denkt dus wél dat ik gek ben.'

'Natuurlijk niet, Kassie, maar onze hersenen zijn een krachtig orgaan. De kunst van de hersenen om informatie te verwerken en te vervormen tot verdraagbare vormen is goed vastgelegd...'

'Dit is zinloos.'

Kassie sprong op en Adam deed hetzelfde.

'Toe, Kassie. Ik wil je gevoelens niet bagatelliseren en je eerlijkheid niet in twijfel trekken,' ging hij verder, en hij stak zijn hand naar haar uit.

'Gelul!' snauwde ze, en ze sloeg zijn hand weg. 'Denk je dat ik mezelf die vragen niet heb gesteld? Ik praat al zowat mijn hele leven met psychologen en allemaal hebben ze hun eigen theorie.'

'Dit is geen spelletje, Kassie. Ik wil je helpen…'

'Maar er is er niet een geweest die geprobeerd heeft om me gewoon… te geloven.' Kassie haalde zwaar adem en de teleurstelling stond op haar gezicht te lezen. 'Niet een.'

27

Kassie liep met grote stappen over het gras en vocht tegen haar tranen. Wat was ze dom geweest. Heel even had ze gedacht dat ze iemand had gevonden die haar niet zou veroordelen, die geen etiketje op haar zou plakken, maar Adam Brandt was net als iedereen. In zijn ogen was ze een halvegare die moest worden ontleed en volgestopt met pillen.

'Kassie!'

Kassie draaide zich om en zag dat Adam haar achternarende. Ze had niet geweten hoe snel ze weg moest komen – ze was North Lincoln Avenue door gerend en beende nu door Lincoln Park – en had niet gezien dat hij haar had gevolgd. Daar was hij – hij zag er belachelijk uit in zijn slobberige houtje-touwtjejas, half lopend, half rennend over het gras.

'Kassie, toe, wacht.'

Ze draaide zich om en liep verder. Vlak voor haar was een softbalwedstrijd bezig, maar verderop zag ze Lake Shore Drive en daarachter het strand. Ze had opeens een overweldigende behoefte om aan de oever van het meer te zijn, om in haar eentje aan het water te zitten. Ze versnelde haar pas, negeerde de verontwaardigde kreten van basisschoolleerlingen en liep dwars door hun wedstrijd heen.

'Hé, we zijn hier een wedstrijd aan het spelen, hoor.'

Ze liep verder, steeds sneller. Eerst op een drafje, maar nog altijd kon ze haar achtervolger achter zich voelen, en dus voerde ze het tempo op.

'Kassie!'

Hij kwam dichterbij. Ze begon te rennen. Als ze de overkant van Lake Shore Drive wist te halen, de oostgrens van het park, snapte hij het misschien en zou hij het opgeven. Nog vijftien meter, twaalf...

Maar hij snapte het niet. Ze kon zijn voetstappen achter zich horen, steeds dichterbij.

Met een onverwachte sprint haalde Brandt haar in en hield haar tegen, net toen ze bij de weg kwam.

'Kassie, alsjeblieft. Ga niet op deze manier weg.' Hij klonk buiten adem, maar gedecideerd. 'Ik wilde je niet overstuur maken. Ga mee terug naar de praktijk. Ik beloof je dat ik geen woord zal zeggen, ik zal alleen luisteren.'

'Wat heeft het voor zin? Terwijl je niet eens probéért om het te begrijpen?' Ze klonk wanhopig, zeurderig, wat haar alleen nog bozer maakte.

'Dat wil ik wel. Ik begrijp het.'

'Niet waar. Je doet alsof je het begrijpt, maar dat is niet hetzelfde.'

'Zo is het helemaal niet...'

'Geloof je me?'

'Het is niet aan mij om je te geloven, alleen om je te begríjpen.'

'O, schei toch uit,' was Kassies reactie, en ze liep langs hem heen.

'Kassie, wat jij me hebt verteld, is ongelooflijk uitzonderlijk. En als je het gevoel hebt dat ik je niet goed gesteund hebt, dan is dat alleen omdat ik niet over de middelen beschik om te verwerken wat je me hebt verteld. Dat ligt aan mij, niet aan jou.'

Kassie aarzelde. Zijn toon was zo berouwvol, zo bezorgd, dat ze zich opeens schuldig voelde dat ze zomaar weggelopen was. Ze zweeg en keek hem nogmaals met haar armen over elkaar geslagen aan. Ze was nog steeds woest, maar was bereid hem nog één kans te geven.

'Leer het me,' ging hij verder. 'Help me om te zien wat jij ziet. Maar probeer te begrijpen dat ik mijn hele leven hersenfuncties, psychologische constructies en de rationele en irrationele processen van de geest heb bestudeerd. Ik ben een wetenschapper: ik ontcijfer de wereld op basis van het bewijsmateriaal voor me, dus als ik soms... een gebrek aan verbeelding toon, oordeel dan niet te hard. Ik doe mijn best, maar misschien heb ik wat hulp nodig.'

Hij klonk serieus, alsof hij haar echt graag wilde helpen, maar Kassie had die woorden al zo vaak gehoord uit de mond van ze wist niet hoeveel naïeve weldoeners.

'Geef me je sjaal.'

Adam keek haar verward aan en leek nu pas door te hebben dat zijn wijnrode sjaal uit zijn jaszak hing.

'Oké,' antwoordde hij aarzelend, en hij trok hem uit zijn zak. 'Heb je het koud of...'

'Zoals ik al zei, het is voor ons allemaal een keer tijd.' Kassie draaide zich om en liep de laatste meters naar Lake Shore Drive met de sjaal in haar hand.

'Kassie... wat doe je, verdorie?'

De betonnen afscheiding langs de weg was nog geen dertig centimeter hoog en Kassie stapte er met gemak overheen. Ze keek even voor zich, naar de acht banen van voorbijrazend verkeer langs de kust, legde de sjaal toen voor haar ogen en knoopte hem op haar achterhoofd vast.

'Kassie, verdomme, je hoeft mij niets te bewijzen.'

Adams stem was schel, wanhopig, maar Kassie aarzelde geen moment. Hoewel ze niets kon zien door de kriebelwol, zette ze een stap op de weg. Ze kon trucks voorbij horen bulderen, voelde de wind aan zich trekken toen ze de eerste baan naderde, maar ze ging door.

Uit het niets werd er keihard getoeterd. Kassie maakte een sprongetje van schrik toen een truck langsraasde. Ze voelde dat iemand haar hand vastpakte – Adam, nam ze aan – maar trok hem weg en liep door. Haar hart ging tekeer, zweet druppelde over haar voorhoofd, maar er was geen weg terug.

'Kassie, doe dit alsjeblieft niet.' Zijn stem klonk gedempt door het lawaai van alle auto's.

Opeens hoorde Kassie piepende remmen naast zich, gevolgd door een barrage aan scheldwoorden.

'Stom takkewijf!'

Steeds verder, steeds sneller liep ze. Weer een keihard getoeter, vlak voor haar. Even dacht ze dat ze geraakt was, maar de auto raakte de punten van haar schoenen en scheurde langs.

Meedogenloos dwong ze zichzelf verder te lopen, maar haar scheen raakte iets hards, hield haar tegen en een brandende pijn schoot door haar scheen. Op de tast graaide ze met haar handen voor zich en voelde de vangrail van de middenberm die de rijbanen in noordelijke en zuidelijke richting van elkaar scheidde. Ze klauterde eroverheen.

'Wil je soms dood?'

De beschuldiging dwarrelde weg toen opnieuw een geschrokken automobilist doorreed. Met haar kiezen op elkaar geklemd liep Kassie verder, maar vrijwel direct viel ze naar voren: de drukgolf van een vrachtwagen bracht haar uit balans. Ze probeerde overeind te blijven, graaide in de lucht, maar het was te laat. Ze viel tegen de grond en kwam hard met haar handen en knieën op het hete asfalt terecht.

En toen hoorde ze het. Een dreigend, hoog gekrijs op het moment dat remmen blokkeerden en piepende banden over de droge, harde ondergrond op haar afkwamen. Ze besefte dat dit een vergissing was geweest, dat ze zo geraakt zou worden. Ze zag al voor zich hoe ze over de auto heen naar achteren gelanceerd werd in de richting van het tegemoetkomende verkeer...

Maar het gekrijs stopte plotseling en ze voelde de voorkant van de remmende auto zachtjes tegen haar wang aan komen. Ze pakte de bumper van de auto vast en hees zich eraan op. Het portier ging open.

'Goeie genade, meisje, gaat het?'

Strompelend liep ze verder, ze wilde zijn bezorgdheid, zijn vragen, niet horen. Ze kon voelen dat ze nog maar een paar meter bij de andere kant vandaan was, dus liep ze verder, sneller, half struikelend, half rennend. Ze was er bijna, bijna...

Haar voet raakte massief beton en abrupt bleef ze staan. Ze rukte haar blinddoek af, keek naar de begrenzing voor zich en draaide zich toen om naar de overkant van de achtbaansweg.

Adam Brandt stond nog steeds vanaf de andere kant naar haar te staren, zijn gezicht lijkbleek van angst.

28

Ze werd omringd door de dood.

Rochelle Stevens keek om zich heen en zag een muur van sensatiekranten, alle met de wrede moord op een plaatselijke officier van justitie op de voorpagina. Meestal genoot ze van het metroritje – het was twintig minuten van Loyola naar Cermak – maar vandaag was het verontrustend, zelfs een beetje eng. De krantenkoppen waren bloederig en onaangenaam en gingen uitgebreid in op het in plastic gewikkelde verminkte lichaam van een aardige kleinburgerlijke advocaat die in de kofferbak van een auto was gevonden. Verschillende kranten strooiden al praatjes rond over de onbekwaamheid van de politie – één krant beweerde dat een vijftienjarig meisje gearresteerd en weer vrijgelaten was en dat de politie van Chicago nu met de handen in het haar zat. De verslaggeving van de krant die zij in handen had, de *Tribune*, was al niet veel beter: het grootste deel van de voorpagina was gewijd aan de gruwelijke ontdekking en verderop waren twee bladzijden gevuld met informatie over het leven en de dood van de toegewijde staatsambtenaar. Volgens de berichten zou de arme man later dat jaar gaan trouwen.

Treurig sloeg Rochelle de bladzijden om en ging snel van het nieuws naar het reiskatern. Dat was meer iets voor haar. Er stonden verschillende advertenties in de krant voor vakanties naar het Caribisch gebied – Puerto Rico, Cuba, Jamaica – maar moest ze het misschien niet verder weg zoeken? Kon ze genoeg geld bij elkaar sprokkelen om naar Hawaii te gaan? Ze werd giechelig bij de gedachte en besefte opeens dat ze een glimlach op haar gezicht haar. Ze was de enige in het rijtuig.

Stik er maar in, dacht ze bij zichzelf, ze weigerde om vandaag treurig te zijn. Ze had geen controle over wat er in de wereld gebeurde, maar kon haar eigen lot wel bepalen. Het had haar zo veel moeite gekost om zich over haar ervaringen tijdens haar studie heen te zetten, om te accepteren en te verwerken wat er was gebeurd en er beter, constructiever mee om te gaan. Beetje bij beetje had ze haar zelfvertrouwen opnieuw opgebouwd en ze weigerde haar leven te laten bepalen door de verkrachting door een goede vriend. Nu ze zich eindelijk wat zekerder voelde, was ze vastbesloten te genieten van het leven. Verdomme, ze had wel wat geluk verdiend.

Ze moest zich niet zo veel zorgen maken, niet piekeren over gedane zaken en naar de toekomst kijken. Misschien hadden haar vriendinnen wel zin in een spontane voorjaarsvakantie, en anders wilde haar zus vast wel mee. Rochelle bruiste opeens van de energie, de mogelijkheden en het gevoel van vrijheid. De dagen van zelfverwijten en beschuldigingen waren voorbij.

Het was tijd om te leven.

29

Hij liet een vinger over de ladekast glijden, waarna hij hem op een van de ingelijste foto's legde. Hij had de neiging het stof van het glas te vegen – Rochelle was echt een viespeuk – maar hij mocht zijn aanwezigheid niet op die manier verraden, dus nam hij genoegen met het kijken naar de familiekiekjes. Ze waren overduidelijk al een paar jaar geleden genomen: Rochelles haar was veel langer, slecht geverfd en ze stond er een beetje ongemakkelijk bij naast haar moeder, vader en zus. Ze was zo kwetsbaar, zo onzeker. Nu was ze een stuk sterker, maar ondanks al haar zogenaamde vooruitgang had ze nog steeds een bepaalde kwetsbaarheid die hij aantrekkelijk vond.

Zorgvuldig zette hij het lijstje terug op de ladekast en hij draaide zich om om de rest van de slaapkamer te bekijken. Rochelle hield niet van opruimen, vaak maakte ze haar bed niet op en liet spullen en kleren op de grond slingeren. Behoedzaam stapte hij over ze heen, liep naar het bed en ging erop zitten. Het was stil, niets bewoog in huis en opeens was hij zich er intens van bewust dat zijn hart tekeerging.

Zijn opwinding nam toe, zijn verwachting van wat ging komen maakte hem duizelig en zweterig. De eerste was goed geweest, maar hij was ervan overtuigd dat de tweede beter zou gaan. Rochelles breekbaarheid zou haar reactie sterker maken, haar angst extremer.

Terwijl hij hieraan dacht, ging hij terug in de tijd. Naar de dag dat zijn moeder slaperig en verward haar ogen had opengedaan en hem naast haar bed had zien staan. Hij had het broodmes alleen maar in zijn hand gehad en was niet van plan geweest het te gebruiken, maar de schrik… de angst in haar koude grijze ogen stond onuitwisbaar in zijn geheugen gegrift. Hij had een pak slaag gekregen voor zijn wangedrag – hij was halfdood gemept – maar elke klap was zoet geweest. Hij had de klappen gekoesterd, evenals haar verbitterde, loze verwensingen. Hij had zich nooit zo belangrijk gevoeld als op die dag.

Buiten werd er getoeterd. Snel kwam hij overeind, liep de slaapkamer uit en ging terug naar de woonkamer. Hij moest nog een keer zijn ronde doen, wilde zijn plannen nog eens extra nalopen en het was niet goed om zelfgenoegzaam te zijn. Niet nu er zo veel op het spel stond.

Rochelle woonde alleen in een rustige straat in een buitenwijk en had geen huisdieren, dus als ze niet thuis was, hing er een eerbiedige sfeer in huis. Daar bewoog hij zich nu doorheen, snel en stil, hij genoot van de vrijheid, de stilte. Het gaf hem het gevoel dat het huis van hem was, wat in zekere zin ook zo was. En straks zou Rochelle ook van hem zijn. Zij was natuurlijk druk bezig met haar leven – ze was aan het winkelen, plande vakanties – zich er niet van bewust dat het allemaal zinloos was.

Haar leven hing aan een zijden draadje.

30

'Weet je zeker dat je je wel goed voelt? Je hebt nauwelijks iets gegeten...'

Adam rukte zich los uit zijn gedachten, zich er opeens van bewust dat zijn vork in de lucht hing.

Faith keek hem onderzoekend aan, terwijl hij de vork in zijn mond stak en bedachtzaam op zijn linguini kauwde. De verandering in zijn houding was opvallend. Toen hij net thuis was, had hij zijn mond niet kunnen houden, en toen ze had gehoord wat hij met Kassie had meegemaakt, begreep ze best waarom. Maar langzamerhand had Adam zich teruggetrokken en na een tijdje had hij niets meer gezegd.

'Sorry,' zei hij uiteindelijk, en hij legde zijn vork op zijn bijna volle bord. 'Ik ben een beetje afwezig...'

'Moet je horen, als je je zo veel zorgen om haar maakt, moet je haar dan niet laten opnemen? Als je denkt dat ze zichzelf of anderen iets zal aandoen?'

Adam keek op. Hij was blij met haar advies, maar het loste zijn dilemma niet op.

'Ik heb haar maatschappelijk werker gesproken, dat moet voorlopig genoeg zijn,' was zijn antwoord. 'Als ik haar laat opnemen, creëert dat allemaal nieuwe problemen met haar moeder, met school, met buurtzorg, bovendien maak ik daarmee het kleine beetje vertrouwen dat we hebben opgebouwd weer kapot.'

'Ga je nog een afspraak met haar maken?'

'Ik moet wel. Het is meer de vraag of ze mij wil zien. Ik was haar vandaag bijna kwijt.'

'Denk je dat ze een psychose heeft? Heeft ze waanideeën?'

Adam dacht na en leek moeite te hebben om de juiste woorden te vinden. 'Als je me dat vanmorgen had gevraagd, zou ik zeggen dat ze een soort psychose heeft. Ze heeft genoeg meegemaakt om dat te veroorzaken, bovendien leeft ze erg geïsoleerd en drugs helpen ook niet...'

'Maar?'

'Maar ze klinkt niet gek, ze gedraagt zich niet gek.'

'Behalve dan dat ze achtbaanssnelwegen oversteekt. En bij anderen inbreekt.'

'Behalve dat,' moest Adam toegeven.

Tot Faiths opluchting slaagde hij erin even te glimlachen.

'Ze reageert helder, kalm, logisch. De meeste mensen met een psychose hebben moeite uit hun woorden te komen, je kunt aan hun merkwaardige spraakpatronen horen dat hun hersenen als het ware overslaan, ze kunnen geen logische uitspraken doen, zijn gedesoriënteerd. Bovendien nemen ze het niet meer zo nauw met hun eigen hygiëne, vergeten schone kleren aan te trekken, zich te wassen, ze raken blut... Maar zij ziet er verzorgd en beheerst uit. En als je het vanuit haar gezichtspunt bekijkt, zijn haar handelingen heel logisch.'

Faith zag dat Adam het moeilijk had en dus stak ze haar arm uit en pakte zijn hand vast, wat haar een hartelijke, goedkeurende blik opleverde van een vrouw van middelbare leeftijd aan het tafeltje naast hen. Ze zaten in de brasserie van het Institute of Art, Faiths lievelingsplek in Chicago. Zij en Adam hadden hier aan het begin van hun relatie vele uurtjes doorgebracht; dan zaten ze urenlang in de Monet-ruimte, omgeven door die schitterende doeken, op gedempte toon lieve woordjes tegen elkaar te fluisteren. Toen Adam haar daarstraks had gebeld en overstuur had geklonken, had ze direct voorgesteld om hier te lunchen in de hoop dat de omgeving hem zou kalmeren.

'Hoe gevaarlijk was het...?' Om de een of andere reden kon Faith haar zin niet afmaken.

'Ze is vijf, misschien zes keer bijna geraakt. De auto's gingen echt rakelings langs haar heen.'

'En je weet zeker dat ze niets zag? Het was geen... ik weet het niet hoor... truc?'

'Nee,' zei Adam afwerend, en onwillekeurig wierp hij een blik op zijn sjaal die nu in zijn jaszak zat. 'Ze was geblinddoekt en zelfs als ze erlangs kon gluren, was het ongelooflijk gevaarlijk...'

'Maar als ze niet in orde is, als ze niet helder kan nadenken...'

'Dat is het 'm juist. Ze wist precies wat ze deed. Ze wilde iets bewijzen. In haar gedachten is het haar tijd nog niet en daarom leek ze ook totáál niet bang.'

'In dat geval spreekt ze misschien de waarheid.'

'Doe niet zo flauw, Faith,' zei Adam berispend en een beetje geërgerd.

'Ik meen het. Shakespeare zei het al: "Er is meer tussen hemel en aarde dan wij vermoeden, Horatio, of kunnen dromen,"' berispte ze hem.

'Hoor eens, het is niet mijn gewoonte om andermans spirituele overtuiging belachelijk te maken, dat weet je.'

Faith zag dat Adam zijn woorden met zorg koos. Ze had altijd meer opengestaan voor dit soort dingen dan haar man. Ze geloofde in het lot, in voortekens, zelfs in mediums – hield vol dat een waarzegster op de kermis ooit had voorspeld dat ze met een medisch specialist zou trouwen – en hoewel Adam haar mening niet deelde, had hij haar er nooit om bespot.

'Maar dit is echt bizar en… het maakt me bang. Ze is nog maar vijftien.'

Faith keek hem aan en was bezorgd om zijn koortsachtige toon. Ze had vandaag met hem willen praten, maar dit was niet het moment om hem lastig te vallen met háár zorgen. Die zouden moeten wachten. 'Is het dan misschien een goed idee om haar te verwijzen? Naar iemand die er met een frisse blik naar kan kijken.'

Adam schudde zijn hoofd al. 'Ze heeft al te veel hulpverleners gezien. Ze heeft vastigheid nodig.'

'Maar waarom moet jij dat zijn? Je hebt al zo veel te doen.'

'Omdat het me raakt. Omdat ik haar misschien kan helpen.'

'Je helpt elke dag mensen en je kunt niet alles.'

'Dat weet ik, maar toch…'

'Ik probeer te begrijpen waarom zij zo bijzonder is. Waarom je de behoefte hebt om juist haar te helpen.'

'Omdat ze niemand anders heeft.'

De woorden vulden, eenvoudig maar triomfantelijk, de ruimte tussen hen. Faith was een enig kind en had zich vroeger vaak eenzaam gevoeld. Bewust of onbewust had Adam de enige gevoelige snaar geraakt die Faith gegarandeerd tot andere gedachten zou brengen.

'Dan moet je doen wat jij het beste vindt. Als je denkt dat je haar kunt helpen.'

'Ik wil het proberen…'

'Goed zo.' Ze zei het met een knipoog, maar ook met liefde. Ze kon hem niet weerstaan als hij in zo'n bui was. Ze pakte zijn handen vast en kuste ze teder.

Onmiddellijk leunde hij naar voren en legde zijn voorhoofd

tegen het hare. En zo bleven ze zitten, Faith vol liefde voor haar man. Maar ook iets anders.

Trots.

31

Nancy Bright zat met trillende vingers rond een kop koffie in de verhoorkamer. Ze dronk er niet van, maar staarde alleen diep in het donkere vocht. Ze zag er bleek, afgetobd en rusteloos uit en verkeerde nog steeds in diepe shock.

'Ik weet dat het moeilijk is. Het is veel om te bevatten,' zei Gabrielle meelevend. 'Maar toch moet ik je deze vragen stellen.'

Nancy knikte, maar zei niets. Tot nu toe had ze alleen korte antwoorden gegeven.

'Heeft iemand je verloofde onlangs bedreigd?'

Langzaam schudde Nancy haar hoofd, met een lichtelijk verbijsterde blik op haar gezicht.

'Iemand die iets met zijn werk te maken heeft? Iemand met wie hij problemen had of die mede door hem was veroordeeld?'

'Hij heeft het er nooit over gehad.'

'Iemand in zijn privéleven dan?' Rechercheur Miller nam het over. 'Een familielid? Een vriend of vriendin? Een ex?'

'Nee, nee...' hield Nancy vol. 'Zo was hij niet. Iedereen kon het goed met hem vinden. Jeetje, zijn exen waren allemaal nog verliefd op hem.' Ze zei het gekscherend, maar onmiddellijk sprongen de tranen in haar ogen.

'Misschien is je de afgelopen weken dan iets opgevallen,' drong

Miller voorzichtig aan. 'Iemand die rond het huis hing? Iemand die niet in de buurt thuishoorde?'

Nancy keek naar het plafond alsof ze haar hersenen pijnigde. Een traan rolde over haar wang, maar ze veegde hem weg. 'Volgens mij niet. We zijn pas naar West Town verhuisd, maar het leek er altijd heel veilig.'

'Jacob heeft niet gezegd dat hij zich ergens zorgen om maakte? Hoe onbeduidend ook, het kan belangrijk zijn voor de zaak,' opperde Gabrielle.

'Alleen de gebruikelijke beleidspolitiek. Hij... het ging goed met ons. We hadden het huis net gekocht, we hadden trouwplannen...' Opnieuw werd ze overvallen door emoties. Ze keek naar de grond, duwde haar nagels in haar hand en vocht tegen haar verdriet.

Gabrielle gaf haar een ogenblik en knikte toen naar Miller, die het dossier voor zich opensloeg.

'Nancy, ik wil je een paar foto's laten zien. Ik zal je niet om details vragen, ik wil alleen weten of je iemand herkent.'

Miller had de politiefoto's verzameld toen Gabrielle van het mortuarium naar het bureau was gereden. Het waren gezichten van gewelddadige criminelen die Jacob het afgelopen jaar met succes had vervolgd.

'Herken je deze man?'

Nancy kreeg de foto van een kaalgeschoren, jonge Colombiaan te zien. Ze bekeek hem en schudde haar hoofd.

'En deze man?'

Een jonge Afro-Amerikaan met vlechtjes en een arrogante blik.

'Nee, sorry...'

'En deze?' Zo ging het verder. Een korte blik, waarna ze haar hoofd schudde. Tot er nog één foto over was.

'En deze?'

Ondanks Millers bewust neutrale toon besefte Nancy dat er iets bijzonders aan deze laatste foto was. Ze bestudeerde de foto van Kassandra Wojcek zorgvuldig, terwijl Gabrielle onderzoekend keek of ze een reactie bij haar kon bespeuren. Maar toen Nancy met diezelfde verbijsterde blik opkeek, zei ze alleen: 'Nee. Ik heb dat meisje nog nooit gezien.'

32

Overal waar ze kwam, werd ze bekeken.

Kassie had zich op school nooit thuis gevoeld en op dagen als deze vroeg ze zich af waarom ze überhaupt haar best deed. Was het haar kleding die hen intrigeerde? Haar manier van praten? Of was het feit dat ze hondsbrutaal consequent alle schoolregels aan haar laars lapte de reden dat haar medeleerlingen naar haar staarden.

Kassie liep door de lange gang. Het was pauze en het was zo druk bij de kluisjes dat ze mensen opzij moest duwen om erbij te kunnen. Terwijl ze dat deed, stokten gesprekken, werden er gebaren gemaakt en geluidloos dingen gezegd. Zo ging het altijd – iedereen vond haar een freak – maar Kassie had het idee dat de belangstelling groter was dan anders. Hadden haar leeftijdgenoten gehoord dat ze was gearresteerd? De politie had de school moeten informeren, dus het zou heel goed kunnen.

'Hé Mandy, moet je kijken. Wist je dat ze uitverkoop hebben bij de uitdragerij?'

Kassie maakte haar kluisje open en legde haar boeken erin. Ze kreeg dit soort opmerkingen vaker naar haar hoofd, en even vroeg ze zich af of ze het misschien toch nog niet wisten. Maar de volgende sneer verjoeg die aantrekkelijke gedachte.

'Ik heb gehoord dat ze een paar nieuwe armbanden heeft voor haar "look". Van staal, met elkaar verbonden door een kettinkje...'

Het waren Amanda en Jessie, twee typische schoolbitches. Meestal begonnen ze met hun beledigingen als ze zich verveelden en er geen jongens waren om mee te flirten.

'Ja, schattig hè?' koerde Mandy, als reactie op Jessies belediging. 'Waarschijnlijk de duurste sieraden die ze ooit heeft gedragen.'

Kassie sloeg de deur van haar kluisje dicht, draaide zich om en keek ze aan. Normaal gesproken negeerde ze hun getreiter, maar vandaag was ze niet in de stemming. 'Had je wat?' vroeg ze, en ze keek Mandy recht aan.

'Nee, maar jij vast wel,' was de reactie van het meisje, en ze grijnsde.

'Maar ik moet je waarschuwen,' kwam Jessie ertussen, terwijl ze over de schouder van haar vriendin hing, 'alles wat je zegt kan tegen je gebruikt worden in een rechtszaak...'

'O flikker toch op, Jessie.'

Kassies woorden hadden het gewenste effect en een geschokte Jessie hield haar mond.

'En als je me nu niet kwalijk neemt...' Kassie liep langs hen heen en kwam hard in aanraking met Jessies schouder. Er volgden luid protest en boze woorden, maar Kassie bleef niet staan om terug te schelden en liep in plaats daarvan met grote stappen door de gang. Het voelde goed om ze eens op hun nummer te zetten, al wist ze dat ze het zou bezuren. Mandy en Jessie waren vervelend en voorspelbaar, maar haakten snel af als ze niet uitgedaagd werden. Deze overduidelijke uitdaging zouden ze niet kunnen negeren, al helemaal niet van iemand met zo weinig vrienden. En dat was de bittere ironie van school voor Kassie:

hoeveel opwinding en vermaak ze op Grantham High ook genereerde, ze was altijd alleen.

Hun blikken volgden haar door de gang. Ze kon onmogelijk terug naar de les – Jessie en Mandy zouden ongetwijfeld een manier vinden om wraak te nemen – dus liep ze een paar gangen door, dook de nooduitgang uit en liep de brandtrap af.

Nadat ze had gekeken of het schoolterrein leeg was, liep ze haastig over de basketbalvelden en verdween achter het afvalhok. De gemeentelijke afvalcontainers waren groot en boden goede dekking; aan de vele sigarettenpeuken te zien, kwamen hier vaker opstandige leerlingen.

Kassie trok haar pennenzakje open, viste er een pas gerolde joint uit en stak hem op. Gretig inhaleerde ze omdat ze zichzelf wilde verliezen te midden van het stinkende afval. Maar toen ze een tweede trek nam, moest ze opeens aan Adam Brandt denken. Sinds die vervelende ontmoeting van vanmorgen had ze alle gedachten aan hem weggewuifd, maar nu dwong zijn bleke, bange gezicht zich aan haar op. Waarom had ze hem dat aangedaan? Waarom had ze hem zo'n angst aangejaagd? Ze was boos geweest, had niet goed nagedacht, maar nu vond ze het rot dat ze hem zo had weggeduwd. Misschien geloofde hij haar niet, misschien dacht hij dat ze gek was, maar hij was zo ongeveer de enige in heel Chicago die bereid was om haar een helpende hand te bieden.

Moest ze naar hem toe gaan? Haar excuses aanbieden? Hem om hulp vragen? Eigenlijk wilde ze hem op afstand houden, om wat ze wist, maar deels had ze het gevoel dat er een hogere macht aan het werk was. Was het mogelijk dat ze met een reden bij elkaar gebracht waren? Was dit het duwtje dat ze nodig had om tegen deze vloek te vechten? Dit voor eens en voor altijd op te lossen?

Het was geen fijne keus: vrijwillig het gevaar omarmen om het gevecht met haar geboorterecht aan te gaan, of alleen en ellendig hier tussen de stinkende containers blijven zitten. Kassie nam een stevige trek van haar joint, in de hoop wat chemische inspiratie te krijgen, een beeld, een teken, iets om haar bij haar keus te helpen.

Maar ze had zich nog nooit zo verloren gevoeld als vandaag.

33

'Keer haar niet de rug toe, Natalia. Je moet haar helpen.'

Ze wilde hem niet aankijken, was bang dat hij haar zwakheid zou zien, maar Natalia wist dat ze wel moest. Als ze zijn blik ontweek, zou ze er onbetrouwbaar uitzien, of nog erger, dan zou ze de indruk wekken dat ze niet naar zijn advies wilde luisteren. En wat had ze zijn advies hard nodig. Sinds de onverwachte dood van haar man had ze zich niet zo stuurloos gevoeld.

'Ik weet dat het moeilijk is. Ik weet dat ze kwetsende dingen zegt, dat ze heeft gezondigd en berouw heeft getoond en vervolgens opnieuw heeft gezondigd... maar jij bent haar moeder. Je bent hier op aarde om haar te beschermen en te verzorgen.'

'Ja, eerwaarde...' Ze mompelde de woorden dankbaar. Alles leek altijd zo veel duidelijker, zo veel eenvoudiger als ze met eerwaarde Nowak had gepraat. Hij was als een opa, vader en oudere broer ineen.

Met een glimlach ging hij verder: 'Laten we bedenken hoe we Kassie kunnen helpen om het juiste pad terug te vinden...'

Samen zaten ze op een bankje in de lege St. Stanislaus Kostka en spraken op gedempte, samenzweerderige toon. St. Stanislaus was nog altijd de populairste kerk voor Polen in Chicago, een plek die hen deed denken aan hun geboorteland, en meestal was het er druk met mensen die troost en steun zochten.

Hoewel de kerk ver van Back of the Yards vandaan lag, nam Natalia altijd de moeite om hier drie of vier keer per week te komen. Ze had veel vertrouwen in eerwaarde Nowak, hield van de traditionele diensten, maar was ook erg gesteld op de periodieke sociale gelegenheden en liefdadigheidsbuffetten waarbij ze zich tegoed kon doen aan de geliefde gerechten uit haar jeugd: gevulde koolrolletjes, pittige worst en met spek omwikkelde pruimen.

Met zijn baard, bolle buik en opgewekte aard vormde eerwaarde Nowak al vele jaren het hart van de gerespecteerde kerk en hij verzorgde zijn plichten en parochianen nog altijd met de energie en gedrevenheid van een jongeman. Zijn woorden spoelden nu over Natalia heen, verjoegen haar twijfel en verlichtten de weg die voor haar lag.

'Ja eerwaarde, ik denk dat ze wel wil komen als ik met haar praat. Ze heeft altijd een zwak gehad voor de kerk, voor u...'

Het was misschien wat overdreven, maar geen leugen. Kassandra had het als kind leuk gevonden om hier te komen en had nooit iets naars over eerwaarde Nowak gezegd. Natalia vond het opeens belangrijk dat de priester dat wist, dat hij wist dat de moeite die hij voor hen deed gewaardeerd werd. Hij was altijd een rots in de branding geweest voor Natalia.

'Goed, dat is dan geregeld. Samen Natalia, samen kunnen we Kassie helpen. Om te ontsnappen aan haar zwakheden en zondes, om weer beter te worden. Het lijkt me gepast om te bidden tot de Heilige Maagd. Bid je met me mee, Natalia?'

Natalia sloeg haar handen ineen. De woorden rolden over haar lippen en ze voelde zich steeds sterker en vastberadener worden. Ze had zich laten afleiden door het gedrag van haar dochter, had gezwolgen in zelfmedelijden, maar nu had ze een doel. Nu wist ze wat ze moest doen.

Ze zou Kassie koste wat het kost terugbrengen bij de kudde.

34

'Zeggen we nu dus met zekerheid dat dit een tweemansklus is geweest?'

Het was een goede vraag van rechercheur Montgomery. Ze was relatief nieuw, maar Gabrielle had een goed gevoel over haar. 'We zeggen dat het een mogelijkheid is,' was haar antwoord, waarna ze zich tot de schare rechercheurs in de kleine recherchekamer wendde. 'Dit was een naadloze ontvoering en een wrede moord. Mogelijk gaat het om één dader, mogelijk heeft Wojcek een handlanger, maar op dit moment zijn we op zoek naar verbánden.'

Een zee aan hoofden knikte beamend.

Gabrielle was blij dat ze hun aandacht had en dat ze zo vastberaden waren. Ze had commissaris Hoskins al aan de telefoon gehad – hij was op zijn beurt door de burgemeester gebeld – en hij wilde dat ze voortmaakten, dus had ze het hele onderzoeksteam in de verwaarloosde, afgebladderde recherchekamer bijeengeroepen. De voorlopige bevindingen waren binnen en nu kwam het erop aan om die te combineren en de mogelijkheden te beoordelen. Twaalf wisten meer dan een.

'Jullie hebben allemaal de meest recente informatie van Pathologie en het gerechtelijk lab. Als het goed is, hebben jullie ook

Kassie Wojceks strafblad en de getuigenverklaringen in je geheugen geprent. Rechercheur Miller en ik hebben zo-even Jones' verloofde, Nancy Bright, gesproken. Zij was niet in staat om iemand aan te wijzen, dus is het aan ons om verbanden te leggen. Suarez, hoe staat het met Jones' rechtbankverleden?'

'Ik ben nog steeds met de bendes bezig. Misschien waren de Cobra's er niet direct bij betrokken, maar Jones heeft wel veel van die gasten opgesloten. Was iemand misschien op wraak uit? Vormde hij daadwerkelijk een gevaar voor hun operaties? Andre Hill is een mogelijkheid, hij werkt vanuit Humboldt Park. Vier van zijn dealers zijn vorige maand veroordeeld en Jones was bij alle vier de aanklager. Hill heeft een strafblad voor zware mishandeling, mishandeling met een dodelijk wapen, heeft altijd een joekel van een jachtmes bij zich.'

'Pak hem op,' was Gabrielles snelle reactie. 'Onderzoek met wie hij omgaat, of hij een fatsoenlijk alibi heeft. Rechercheur Miller?'

Haar collega deed een stap naar voren toen Gabrielle zich tot haar wendde. 'Mijn mensen zijn aanwijzingen aan het opvolgen uit Jones' privéleven. Jacobs vorige partners stonden allemaal op goede voet met hem, maar Nancy Bright heeft een ex die niet zo gecharmeerd was van haar verloving met Jones. Ik zie hem niet als de dader, maar hij heeft een motief en zijn beste vriend heeft een strafblad. Dale McKenzie, een voormalig fitnessinstructeur die nu uitsmijter is. Meerdere arrestaties wegens drugsvergrijpen, mishandeling, bovendien is hij een keer een liefdesrivaal te lijf gegaan met een bandenlichter, sloeg hem halfdood.'

'Niet heel waarschijnlijk,' antwoordde Gabrielle direct, tot Millers zichtbare teleurstelling. 'De persoon die dit heeft gedaan, was voorzichtig en zorgvuldig. Aaron Holmes heeft bevestigd dat Jones allergisch was voor latex, dus weten we dat zijn aanvaller handschoenen droeg. Maar praat met de ex. Misschien kun je een inschatting maken van hoe boos hij op Nancy is. En onderzoek zijn digitale verleden. Het zou goed zijn om te weten of hij betrokken was bij Nancy Brights leven. Wat nog meer?'

'Jones had een broer met wie hij geen contact had,' antwoordde rechercheur Albright, die graag van zich wilde laten horen. 'Maar het is alsof die man van de aardbodem is verdwenen. Voor het laatst vier maanden geleden gezien in Minneapolis.'

'Blijf zoeken.'

'We onderzoeken ook recente vrijlatingen uit Cook County, mannen die lang hebben gezeten, nog steeds psychische problemen hebben en van dit soort actie houden,' kwam Suarez ertussen. 'Mogelijk is Jones een willekeurig doelwit geweest.'

'Zou kunnen, maar niet waarschijnlijk gezien de zorgvuldige planning die voor deze moord nodig was. Ik vermoed dat hij met een reden is uitgekozen, hoe verknipt ook. Verder nog?'

'Ik heb misschien een naam...' opperde Montgomery een beetje beschroomd.

'Ga door,' reageerde Gabrielle bemoedigend.

Montgomery schraapte haar keel. 'Zoals je weet heb ik Kassie Wojceks strafblad bekeken. Ze werd steeds alleen gearresteerd, het waren allemaal overtredingen die ze in haar eentje had gepleegd, en ik zie geen duidelijke banden met bendes. Het kind heeft weinig vrienden en lijkt de voorkeur te geven aan haar eigen gezelschap.'

'Mee eens.'

'Maar ze heeft in de jeugdinrichting contact gehad met heel foute types. En ze is daar al jaren een draaideurklant...'

'Ga door...' moedigde Gabrielle haar geïntrigeerd aan.

'Ik heb mijn vraagtekens bij deze vent,' ging Montgomery verder, en ze gaf Gabrielle een vel papier. 'Kyle Redmond.'

Gabrielle keek naar de kopie van het strafblad en de kleurenfoto van een norse jongeman. Hij had een kaalgeschoren hoofd, waardoor zijn opvallende wijnvlek des te meer opviel. Tatoeages verborgen hem deels in zijn hals, maar toch werd de aandacht getrokken naar de rechterkant van zijn gezicht, waar de wijnvlek aan zijn lippen trok en flirtte met zijn neus en oor. Hij droeg een neusring en zijn oor zat vol met knopjes, waardoor hij er nog opvallender uitzag. Gabrielle nam zijn gelaatstrekken in zich op, vooral zijn ogen. Was dat boosheid die ze zag? Of iets anders?

'Ze zaten er tegelijkertijd, toen Redmond vijftien was en Kassie elf. Dat weten we uit een proces-verbaal uit die tijd. Op bladzijde vier heb je een kopie.'

Gabrielle bladerde naar de relevante pagina, terwijl Montgomery verderging.

'Een van de mannelijke gevangenen viel Kassie lastig, probeerde haar te versieren. Redmond was daar niet van gediend en sloeg de jongen het ziekenhuis in. Redmond is tuig en misschien wilde hij gewoon knokken, maar de bewaarder had het idee dat Redmond misschien een oogje op Kassie had en haar wilde beschermen.

'En zij was waarschijnlijk wel blij met haar beschermengel, vooral op zo'n plek,' viel Gabrielle haar bij.

'In die tijd gebeurde daar van alles: meisjes die zwanger werden, messengevechten, noem maar op,' beaamde rechercheur Albright opgewekt.

'Mogelijk is er een vriendschap ontstaan,' ging Montgomery verder. 'Of zelfs een relatie. Redmond is inmiddels negentien, maar hij heeft niet stilgezeten.'

Gabrielle bekeek zijn arrestaties: vrijheidsberoving, marteling, lichamelijk letsel en, intrigerend genoeg, aanrandingen van mannen én vrouwen. Zijn 'cv' rook naar een man met sadistische trekjes die genoot van macht. Ze gaf het papier aan Miller, die zachtjes floot bij het zien van zijn misdrijven.

'Wat een zieke figuur.'

'Waar is hij nu?' wilde Gabrielle weten.

'Geen idee. Hij is vijf weken geleden uit beeld verdwenen. Een van zijn borgvoorwaarden is dat hij zich één keer per week op het hoofdbureau meldt, maar daar hebben ze hem niet gezien.'

'Dan moeten we hem vinden. Miller coördineert, samen met Montgomery en Albright.'

Het trio knikte, maar verroerde zich niet.

'Waar wachten jullie nog op?' blafte Gabrielle, en ze richtte haar vraag op alle aanwezige rechercheurs. 'Aan de slag.'

Allemaal vlogen ze naar hun bureaus. Gabrielle keek ze met hernieuwde energie na. Voor het eerst sinds die afschuwelijke ontdekking in de kofferbak had ze het gevoel dat ze voortgang maakten. En het werd tijd. De hoofdcommissaris maakte zich druk, de media schreeuwden moord en brand, en de inwoners van het centrum van Chicago waren gespannen en zenuwachtig. Maar nu begon de tegenaanval.

35

Adam bevond zich in een zee van mensen. Zijn volgende afspraak was pas om vier uur, dus was hij teruggelopen in de richting van Lincoln Park en naar de dierentuin gegaan in een poging zijn hoofd leeg te maken. Hij was hier als jongen vaak geweest en in zijn herinnering was het een enorm terrein met eindeloos veel paden waar je kon verdwalen.

Maar vandaag leek de dierentuin kleiner dan vroeger. Bovendien was het er druk met gezinnen en scholieren die genoten van de voorjaarszon. Adams eerste neiging was om te vertrekken. Hij had nog geen entree betaald en er waren andere plekken in het park waar hij naartoe kon, maar na enig aarzelen besloot hij toch verder te gaan. Hij had geen behoefte aan eenzaamheid, maar aan afleiding en hij was niet bereid deze kans om herinneringen op te halen te laten schieten.

Met elke stap die hij zette, klaarde zijn humeur op. Sommige delen van de dierentuin herkende hij, en andere, zoals het leeuwenverblijf, waren nieuw voor hem. Bij de leeuwen was het, zoals te verwachten, het drukst, en terwijl Adam bij het hek stond en naar het tafereel keek, besefte hij dat hij een glimlach op zijn gezicht had. Tientallen verrukte kleuters klauterden bijna over de hekken heen om dichter bij de leeuwen te komen – ze kenden geen angst, waren gebiologeerd, nieuwsgierig. Op die leeftijd was hij net zo geweest.

Dit was een van zijn lievelingsplekken geweest en vaak had hij bij zijn ouders gezeurd of hij hiernaartoe mocht. Hoewel ze weinig geld en tijd hadden, hadden ze altijd ja gezegd. Zijn vader draaide dubbele diensten, zes dagen in de week, en was op zondag doodop, maar toch nam hij dan samen met zijn zoon de bus naar de andere kant van de stad. Dan praatten ze met elkaar, hadden het over honkbal, vertelden elkaar onwaarschijnlijke verhalen en deelden een zak snoep. Hoewel het voor Adam bitterzoet was om hier terug te zijn nu zijn vader er niet meer was, vervulden de herinneringen aan hun bezoekjes hem met liefde. Terwijl hij naar de gejaagde ouders om zich heen keek, die worstelden met hun kinderen, kinderwagens, picknicks en meer, besefte hij hoe toegeeflijk zijn vader was geweest. Maar was dat misschien niet de taak van een ouder, om eigen verlangens en interesses ondergeschikt te stellen, in de hoop een evenwichtig, gelukkig kind groot te brengen? Zo was het voor zijn ouders in elk geval wel geweest.

Adam liet de leeuwen achter zich en slenterde naar de watervogels. Nog altijd was hij in gedachten bij zijn ouders die hij zes maanden na elkaar had moeten begraven. Dat was meer dan tien jaar geleden, maar de herinnering bracht nog altijd een sterke emotionele reactie in hem boven, voornamelijk vanwege de onverwachte dood van zijn vader. Het ene moment nog gelukkig, gezond, bruisend van energie, en even later morsdood, het slachtoffer van een zware hartaanval. Zijn moeder was erbij geweest en in paniek had ze eerst haar zoon gebeld om hem te vragen wat ze moest doen, in plaats van het alarmnummer. Adam was kort na de ambulance gearriveerd, maar toen was het al te laat. De gezondheid van zijn moeder liet op dat moment al te wensen over en het was misschien niet zo verrassend dat zij kort daarna bezweek, maar zijn vaders plotselinge dood was voor iedereen een grote schok geweest. Pas later hadden ze te horen gekregen dat zijn vader het al jaren aan zijn hart had, net als zijn vader voor hem.

Adam liep snel bij de vogels weg toen een andere, nog verontrustender gedachte in hem opkwam. Kassie. Hij had haar tijdelijk uit zijn hoofd gezet, maar nu moest hij weer aan hun gesprekken denken. 'Ik kan de dood zien voordat hij komt.' 'Ik weet hoe mensen doodgaan, wannéér ze doodgaan...' Onwillekeurig merkte Adam dat hij aan zijn eigen lot dacht. Naarmate de datum waarop Faith was uitgerekend dichterbij kwam, ging zijn bloeddruk omhoog en hij had zich afgevraagd of hij zich niet moest laten nakijken. Er stond nu veel meer op het spel en gezien de geschiedenis van hartproblemen in zijn familie...

Adam dacht aan de manier waarop Kassie vol energie over de afschuwelijke vloek van haar kennis had gepraat, en even probeerde hij zich voor te stellen wat het zou betekenen als er een kern van waarheid zat in wat ze zei, zoals Faith had geopperd. Als Kassie echt 'helderziend' was.

Het was spannend, maar ook doodeng. Niet alleen het idee dat hij geen controle had over zijn eigen lot, maar dat Kassie zijn einde kon zien. Als ze zijn toekomst werkelijk kon voorspellen, zou hij dat dan willen weten? Als zij hem precies kon vertellen dat hij op zijn vijftigste zou komen te overlijden door een hartaanval, of op zijn negentigste na een goed leven, zou hij dan de moed hebben om het haar te vragen? Normaal gesproken niet, absoluut niet, maar omdat er zo veel familieleden van hem waren overleden aan...

Adam bleef staan en zag tot zijn verbazing dat hij pal voor de uitgang stond. Hij was zo opgegaan in zijn morbide fantasieën dat hij niet had opgelet waar hij naartoe liep. Zijn gedachten waren met hem aan de haal gegaan, terwijl hij zou moeten bedenken hoe hij Kassie kon helpen. Wat voelde hij zich dwaas dat hij zó was opgegaan in zinloze overpeinzingen dat hij zonder er erg in te hebben zijn bezoek vroegtijdig had beëindigd. Maar goed, misschien betekende het iets – dat nutteloze afleiding alleen leidt tot navelstaren en dat werk het beste medicijn tegen onrust is. Dát had de ervaring hem op z'n minst moeten leren. Snel wierp hij een blik op zijn horloge, baande zich een weg door de menigte en stond even later buiten.

Het was bijna tijd voor zijn afspraak van vier uur.

36

Faith staarde naar de klok en keek hoe de minutenwijzer voorbijkroop. Waarom duurde het zo lang? Ze lag nu al twintig minuten ongemakkelijk en bloot op het bed. Ze vond het niet netjes dat ze op deze manier was achtergelaten, terwijl ze zo bezorgd en gespannen was.

'Sorry, sorry, sorry...' De verloskundige kwam haastig binnen en verontschuldigde zich zonder Faith aan te kijken. 'Het lijkt wel alsof iedereen vandaag een kind krijgt,' ging ze op vriendelijke toon verder. 'Nou, eens even kijken of we je kunnen geruststellen.' Ze reed het echoapparaat naar het bed en trok een paar handschoenen aan.

Faith keek toe en werd iets rustiger door de ontspannen houding van de vrouw en haar geoefende, efficiënte bewegingen. Misschien overdreef ze, misschien was het dwaas geweest om te komen. De baby was wel vaker stil; ze grapte vaak met Adam dat hun kind haar luiheid had geërfd.

'Als je je schort even wilt optillen...' De verloskundige smeerde Faiths buik in met gel en zoals altijd huiverde Faith: de zachte substantie voelde koud aan op haar strakke, warme buik. De eerste echobeelden waren enkele van de gelukkigste momenten van haar leven geweest, maar Faith kon niet zeggen dat ze er echt van genoot. Ze voelde zich altijd vernederd en kwetsbaar, en ze verafschuwde de echokop die de verloskundige tegen haar huid aan duwde. Terwijl ze luisterde naar de ruis van de scanner speelde ze met de amazonesteen die ze altijd droeg voor geluk.

De verloskundige was nu stil en leidde de echokop zorgvuldig over Faiths dikke buik, terwijl ze ingespannen naar het kleine scherm voor zich keek.

Faith zag haar baby op de monitor, een klein, spookachtig beeld in een zee van zwart dat bewoog en reageerde op het porren van de verloskundige. Ze snakte ernaar het vertrouwde 'boem, boem, boem' van haar baby's hartslag te horen. Dat vond ze nog altijd het mooiste geluid dat er bestond. Maar het bleef stil in de ruimte en Faith wendde zich nu tot de verloskundige. 'Hoe gaat het?' Ze had het luchtig willen vragen, maar haar bezorgdheid was duidelijk. Hoewel de verloskundige kort glimlachte, had Faith het idee dat de vrouw gespannen was. 'Is alles in orde? Kun je een hartslag vinden?'

De verloskundige deed haar best, probeerde het nogmaals en richtte zich toen tot Faith. 'Nog niet, maar eerlijk gezegd is dit niet het meest betrouwbare apparaat. Ik vraag al weken om een nieuwe. Ik ga die van hiernaast pakken, dan proberen we het nog een keer. Voordat ze wegliep, legde ze nog even een hand op Faiths arm. 'Maak je nou geen zorgen, lieverd. Er is vast niets aan de hand.'

Maar Faith maakte zich wel zorgen. Terwijl ze keek hoe de verloskundige haastig de kamer uit liep, voelde ze paniek in zich opwellen. Opeens was ze ervan overtuigd dat er iets vreselijk, vreselijk mis was.

37

'Het spijt me dat ik je heb laten schrikken.'

Het werd zo oprecht en met zo veel gevoel gezegd dat Adam antwoordde: 'Het geeft niet.' Het was een kansloze opmerking, en nog niet waar ook, aangezien Kassie vanmorgen bijna dood was geweest, maar hij kon zich er niet toe brengen om boos op haar te worden.

'Het was niet mijn bedoeling. Ik dacht niet goed na…'

'Het is al goed. Ik begrijp het.'

Opnieuw keek ze hem met een hartverscheurende blik van dankbaarheid aan. Voor het eerst in hun korte relatie besefte hij dat ze hem moeiteloos recht aankeek. Haar schuldgevoel had haar kennelijk geholpen om haar verlegenheid en wantrouwen te overwinnen.

'Blijf je nog even? Wil je wat fris? Tv-kijken? Mijn dag zit erop, dus…'

'Nee, ik kan niet blijven. Ik wilde alleen mijn excuses aanbieden.'

Adam had zijn afspraak van vier uur net uitgelaten toen hij Kassie aan de overkant van de straat had zien staan, met haar handen in haar zakken. Ze had er ongemakkelijk uitgezien, wipte van de ene voet op de andere, maar was snel overgestoken toen zijn cliënt was verdwenen. Hij had haar meteen binnengelaten, weg van nieuwsgierige blikken.

'Excuses zijn niet nodig. Zoals ik al zei, het was mijn schuld dat ik niet goed had geluisterd, niet goed had gereageerd.'

Kassie haalde haar schouders op, maar sprak hem niet tegen.

Opnieuw voelde Adam een golf van medeleven voor deze onhandige, geïsoleerde tiener. Wat was het toch een vloek om anders te zijn. 'Maar ik wil het nog een keer proberen, als jij dat ook wilt. Gratis, dat had ik al gezegd.'

'Ik moet jouw proefkonijn zijn?' was Kassies weerwoord.

Adam wist niet goed hoe hij haar moest inschatten. 'Nee, gewoon een cliënt.'

Dat leek ze prettig te vinden. 'Oké dan. Ik wil alleen maar...'

'Ja?'

'Ik wil alleen maar dat iemand probéért het te begrijpen.'

'Natuurlijk.'

'Dat iemand me helpt, misschien. Ik weet dat het moeilijk is, dat ik niet... normaal ben, maar het is zo moeilijk. Ik voel me altijd alleen, maar ook weer niet alleen. Alsof er van iedereen een stukje in mij zit...'

Adam keek haar aan, maar zei niets.

'Als ik goed was, als ik sterk was...' ging ze haperend verder, 'dan zou ik met ze allemaal willen praten. Ze zeggen dat... dat ze geen tijd meer hebben en dat ze hun kinderen moeten kussen. Of dat ze juist wel tijd hebben en die auto of dat huis moeten kopen...'

'Dat is niet jouw verantwoordelijkheid, Kassie. Wat je ook voelt, wat je ook denkt te zien, dat is níét jouw taak.'

'Nee?'

'Natuurlijk niet. Jij bent alleen verantwoordelijk voor jezelf, je hoeft alleen voor jou te zorgen.' Kassie leek niet overtuigd, dus ging hij verder: 'Stel je voor, Kassie. Zelfs als je die mensen kon helpen, hoe zou je kiezen? Alleen al in Chicago zijn miljoenen mensen.'

'Dat moet je niet zeggen.'

'Toch is het zo. En het is niet eerlijk dat jij de verantwoordelijkheid voor hun levens op je zou moeten nemen.'

'Maar als dat nou mijn lot is? Stel dat ik daarvoor gebóren ben. Anderen hebben het geprobeerd...'

'Wie?'

'Familieleden,' antwoordde Kassie vaag. 'Mensen vóór mij.' Kennelijk zag ze iets op zijn gezicht – verrassing? Scepsis? – want ze fronste haar wenkbrauwen. 'Geloof je me niet?' vroeg ze opeens zacht.

'Ik geloof dat jij het gelooft,' zei Adam behoedzaam. 'En ik wil graag onderzoeken wat dat betekent.'

Het was een gekunsteld antwoord, maar wel waar. Adam vermoedde dat het waarschijnlijk een vorm van magisch denken was, de overtuiging dat ze door middel van haar eigen gedachten de wereld om zich heen kon veranderen, maar voor haar bestwil was hij bereid om open te staan voor haar, om met haar samen te werken om de oorzaak van haar aandoening op te diepen.

'Dank je,' mompelde ze.

Nogmaals werd Adam getroffen door haar trieste blik. Hij wilde haar net verder geruststellen toen de mobiele telefoon op zijn bureau ging. Hij wierp er een blik op – Faith. Intuïtief wilde hij opnemen – hij hield zijn telefoon continu in de gaten naarmate de datum waarop ze was uitgerekend dichterbij kwam – maar hij bedacht zich. Hij drukte het telefoontje weg en zette het geluid uit. Hij draaide zich weer naar de tiener en zag dat ze hem recht aanstaarde.

'Ik wil niet "genezen" worden,' ging ze snel verder. 'Ik wil niet dat je me naar de mond praat.'

'Ik beloof je dat ik dat niet zal doen,' zei Adam. 'Misschien begrijpen we over een tijdje beter wat je ervaart. We kunnen doorgaan zolang je wilt, en wie weet kunnen we de band met je moeder, de politie, zelfs je rector verbeteren, zodat je naar het schoolfeest kunt, dronken kunt worden, een fijne zomer kunt hebben...'

Het was bedoeld om een glimlach aan haar te ontlokken, maar opeens zag Kassie er bezorgd uit. Ze liet haar blik zakken, begon aan haar nagels te pulken en weigerde om hem aan te kijken.

'Wat is er, Kassie? Heb ik iets verkeerd gezegd?'

Kassie gaf geen antwoord en wierp in plaats daarvan een snelle blik op de deur.

'Is het school? Heb ik...'

'Dat is het niet. Helemaal niet.'

'Wat dan?' Terwijl hij het vroeg, bekroop hem een afschuwelijke gedachte. Toen hij naar dit eenzame, trieste kind keek, wist hij opeens precies wat ze dacht. 'Je denkt dat jij geen tijd hebt, is dat het? Is dat waar je je...'

Kassie knikte.

Adam staarde haar aan en was opeens heel bezorgd. Intuïtief leunde hij naar voren. 'Kassie, heb je je éígen dood gezien?'

'Natuurlijk.'

'En hoe... hoe ga je dood?' Het was een bizarre vraag, maar hij moest hem stellen. Als Kassie ervan overtuigd was dat ze niet veel tijd meer had, moest hij dat weten.'

'Ik word vermoord.'

Drie simpele woorden die zijn adem deden stokken. Niet vanwege de inhoud, al was die schokkend genoeg, maar meer door de stelligheid waarmee ze ze zei. Een paar seconden zaten ze gevangen in stilte, waarna hij haperend vroeg: ‘En weet je… door wie je wordt vermoord?’

Opnieuw volgde er een lange, afschuwelijke stilte, waarna Kassie haar hoofd ophief en zei: ‘Door jou.’

DEEL 2

38

De twee vrouwen stonden onverzettelijk tegenover elkaar. Met haar een meter tweeëntachtig was Gabrielle Grey een sterke, indrukwekkende aanwezigheid, maar haar tegenstandster liet zich niet zomaar intimideren.

'Ik wil het er niet over hebben. Nu niet. Nooit niet.'

'Je hebt geen keus, Dani. Het tegenwerken van de politie bij het uitoefenen van hun taak is strafbaar.'

'Arresteer me dan maar.'

Gabrielle was bijna geneigd dat te doen. Omdat ze geen enkel adres hadden gevonden op naam van Kyle Redmond, had ze haar energie ergens anders op gericht. Het had een paar dagen geduurd voordat haar team Kyles ex had gevonden en het leverde nu teleurstellend weinig op: vanaf het moment dat Dani Rocheford Gabrielle had binnengelaten, was haar houding buitengewoon vijandig geweest. De graatmagere achttienjarige had geen zin in de politie; een trekje dat ze gemeen had met de andere vroegtijdige schoolverlaters in dit kraakpand in Southside.

'Moet je horen, Dani, ik snap best dat het niet gemakkelijk is om erover te praten.'

'O ja?' snauwde de jonge vrouw.

'Ik weet wat je hebt meegemaakt, wat je waarschijnlijk nog

stééds meemaakt, en geloof me, ik vind het heel erg voor je.'

Dani snoof, duidelijk niet overtuigd.

'Toch moet ik je deze vragen stellen. Het is van groot belang dat we Kyle zo snel mogelijk vinden.'

'Als jullie gewoon je werk hadden gedaan, zou hij niet zoek zijn of wel?'

'Nee, dat is zo en ik kan je alleen zeggen hoe erg ik dat vind. Maar ik wil niet dat iemand anders nog iets overkomt door hem. Dat zul jij vast en zeker met me eens zijn.'

De vrouw haalde haar schouders op, alsof ze dit met tegenzin moest beamen, maar ze weigerde Gabrielle aan te kijken.

De politievrouw vermoedde dat een deel van haar vijandigheid kwam door een misplaatst gevoel van schaamte. Redmond had Dani een weekend lang gegijzeld, gemarteld en vernederd in de trailer die ze voorheen samen hadden gedeeld. De herinnering aan het trauma lag nog vers in haar geheugen.

'Zeg me dan wanneer je hem voor het laatst hebt gezien.'

'Drie maanden geleden, misschien iets langer. Hij was het huis binnengedrongen en zat op me te wachten toen ik thuiskwam.'

'Heeft hij je pijn gedaan?'

'Een blauw oog.' Ze haalde haar schouders nonchalant op, alsof dat nog meeviel.

'Wat wilde hij?'

'Geen idee, hij probeerde met me praten, maar ik heb de boel bij mekaar geschreeuwd.'

'Zei hij waar hij was geweest? Waar hij woonde?'

'Nee. Hij heeft een tante aan West Garfield waar hij wel eens logeert.'

'Daar zijn we al geweest.'

'Dan zou ik het niet weten. Ik heb niks meer met hem te maken.'

Gabrielle bespeurde opluchting in de halsstarrig gesproken woorden. 'En toen jullie nog samen waren, hoe was jullie relatie toen?'

'Serieus?' vroeg het meisje ongelovig.

'Ik weet dat het moeilijk is, Dani, maar ik zou deze vragen niet stellen als het niet nodig was. Het is belangrijk.'

De houding van de jonge vrouw verzachtte door de oprechte toon van Gabrielle. Ze viste een pakje sigaretten uit haar zak en antwoordde: 'Onvoorspelbaar... bazig... gewelddadig.'

'Hoe vaak deed hij je pijn?'

'Als hij er de energie voor had.'

'Wat deed hij?'

'Hij heeft me heel erg toegetakeld. Lichamelijk... seksueel...'

'Sneed hij je?'

'Ja.'

'Waarmee?'

'Messen, hakmessen... Een keer met een betonschaar...'

Die laatste bekentenis deed pijn. Gabrielle zag hoe Dani een sigaret uit het pakje liet glijden en hem met een trillende hand tussen haar lippen duwde. 'Hoe lang hebben jullie samengewoond?'

'Zes, zeven weken.'

'En werkte hij in die periode?'

Weer haalde ze haar schouders op. 'Hij werkte voor een verhuisbedrijf. Een schoonmaakbedrijf. Aannemers. Maar hij werd overal ontslagen wegens diefstal, mishandeling...'

Gabrielle schreef het op en nam zich voor om Miller zo te bellen.

'Maar zo zul je hem niet vinden,' ging Dani somber verder. 'Die vent verandert zijn naam vaker dan dat hij schoon ondergoed aantrekt.'

'Toen hij hier was,' zei Gabrielle, die de waarschuwing in haar hoofd noteerde, 'heeft hij toen plekken genoemd waar hij wel komt? Een café? Een vriend? Een club?'

Dani aarzelde, dacht na en antwoordde toen: 'Hij had een trailer. Daar bewaarde hij de spullen die hij heelde. Volgens mij ergens in Lower West Side, het adres weet ik niet.'

Dani bleef Gabrielle aankijken, met de niet-aangestoken sigaret tussen haar lippen. Het was duidelijk dat ze hoopte dat dit gesprek snel afgelopen zou zijn. Gabrielle kreeg medelijden met haar; een bezoek van de geest van degene die haar pijn had gedaan, had de jonge vrouw duidelijk erg overstuur gemaakt.

'Dank je wel, Dani. Je bent erg behulpzaam geweest. Ik vind het heel fijn dat je me te woord hebt willen staan.'

Gabrielle stak haar hand uit en onwillig, beschaamd, schudde Dani haar snel de hand, waarna ze haar arm weer langszij liet vallen. Het was een korte handdruk, maar lang genoeg voor Gabrielle om te zien dat ze twee vingers miste.

Kennelijk had ze naar de hand staan staren, want Dani wees haar nu zonder pardon de deur. 'Doe de deur achter je dicht.' Ze draaide zich om en stak haar sigaret aan.

Even later stond Gabrielle weer op straat. Allerlei gedachten tuimelden door haar hoofd, terwijl ze naar haar auto liep. Bij de oude Pontiac wierp ze nog even een blik achterom op het kraakpand en Dani's woning. Tot haar verrassing stond Redmonds ex nu gehuld in een rookwolk bij het raam en keek haar recht aan. Het was een beeld dat Gabrielle nog lang zou bijblijven.

Het beeld van een vrouw die gekweld werd door het leven.

39

Faith zat op een kruk naar zichzelf te staren. Ze had bijna twee maanden aan dit zelfportret gewerkt, en nu herkende ze zichzelf niet eens. Haar haar had dezelfde glans, haar prachtige lichtbruine ogen en ondeugende kuiltjes had ze perfect weergegeven en toch had ze het gevoel dat ze naar een vreemde keek.

Ze was voor het eerst op sinds ze terug was uit het ziekenhuis. Ze had de veilige omgeving van haar slaapkamer niet durven te verlaten zolang Adam en haar moeder thuis waren; hun betuttelende bezorgdheid was om gek van te worden. Maar nu haar moeder weg was en ze Adam er eindelijk van had weten te overtuigen naar zijn praktijk te gaan, had ze het huis voor zich alleen. Aarzelend had ze haar slaapkamer verlaten – ze voelde zich nog steeds niet lekker en lopen deed pijn – en wist uiteindelijk haar studio te bereiken.

Eenmaal binnen had ze om zich heen gekeken. Alles was vertrouwd, haar snuisterijen, borstbeelden en souvenirs, maar ze voelde zich een indringer, alsof ze de ruimte voor het eerst bekeek. Ze was niet verrast of geschrokken door deze verwarring; sinds die afschuwelijke dag in het ziekenhuis had niets meer goed gevoeld. Alles leek op afstand te gebeuren, alsof ze buiten zichzelf stond en van bovenaf toekeek hoe de dingen zich ontvouwden.

Adam zou dat vast een vorm van ontkenning noemen, een poging om afstand te nemen van de gebeurtenissen, en misschien was dat ook zo. Maar de pijn werd er niet door verzacht.

Toen de verloskundige geen hartslag had kunnen vinden, was Faith in paniek geraakt. Toen ook een tweede verloskundige geen teken van leven had kunnen vinden, deze keer met een nieuw apparaat, was Faiths hart gebroken. Wat er in de uren daarna was gebeurd, was een waas. Ze had geprobeerd Adam te pakken te krijgen en had het uiteindelijk opgegeven: zijn afwezigheid was ook een onderdeel van de meedogenloze nachtmerrie. Na een hele tijd was haar moeder als eerste gearriveerd, en die had bij haar gezeten terwijl ze de onderzoeken onderging die bevestigden dat de placenta had losgelaten van de baarmoederwand, waardoor haar baby geen zuurstof en voedingsstoffen meer kreeg.

Na een tijd was Adam gekomen – hoe laat wist ze niet meer – en hij was natuurlijk ook overstuur, maar ze had geen plek voor zijn verdriet, niet terwijl haar gevraagd werd of ze ingeleid wilde worden. Nee, ze wilde niet ingeleid worden. Nee, ze wilde geen keizersnee. Ze wilde alleen dat haar dochtertje nog leefde. Maar uiteindelijk had ze ingestemd met een cocktail van pillen, en twaalf gruwelijke uren later was Annabelle geboren. Natuurlijk was ze volmaakt – het evenbeeld van haar moeder, tot de kuiltjes en het dikke, zwarte haar aan toe – zo volmaakt zelfs dat ze wel een engeltje leek dat even lag te slapen voordat ze haar buiging naar de wereld maakte. Die momenten waren intens kostbaar geweest, maar zelfs die waren bezoedeld door de geluiden van andere moeders op de kraamafdeling die luidruchtig gelukkige, gezonde kinderen baarden.

Een paar uur later was Annabelle verdwenen. Weggebracht naar het ziekenhuismortuarium. Adam was die nacht bij Faith in het ziekenhuis gebleven, maar ze hadden geen van beiden een oog dichtgedaan. Door de gangen lopen was ook geen optie, uit angst dat ze daar moeders, baby's en verpleegkundigen tegenkwamen die niet wisten waar ze moesten kijken. Faith had in het ziekenhuis kunnen blijven – de artsen wilden haar wat langer in de gaten houden, gezien haar verleden met depressie – maar ze had naar huis gewild. Uiteindelijk hadden ze haar aan de zorg van Adam overgedragen met een recept voor tramadol en een reeks afspraken ter controle.

Thuiskomen was niet gemakkelijk geweest. Ze had toegekeken hoe Adam de tas met ongebruikte luiers en babykleertjes discreet in de bijkeuken had gezet en was langs de gesloten deur van de babykamer gelopen, maar het was beter dan nog langer op die afschuwelijke plek blijven.

Thuis in bed had ze over Annabelle gedroomd, waarna de afschuwelijke realiteit weer tot haar was doorgedrongen. Ze had amper in de gaten of het dag of nacht was, at niet veel en was de weg kwijt. Hoe ging je om met zoiets? Adam had niet durven aanvoeren dat het wel beter zou gaan, dat de pijn minder zou worden, maar ze wist dat hij van plan was om hulp voor haar in te schakelen. Ze was niet ondankbaar – het had de vorige keer ook gewerkt en ze had dringend hulp nodig – maar het was nog te vroeg. Ze was er nog niet aan toe om haar wanhoop onder woorden te brengen.

Ze had gehoopt dat de studio wat belangstelling of energie zou opwekken, een verlangen om haar pijn in een abstracte vorm te uiten. Maar haar aanwezigheid had het tegenovergestelde effect. Haar zelfportret leek met haar te spotten met die smachtende, gelukkige blik, zich niet bewust van het feit dat ze de dood had gebaard.

Faith stond op en hing een doek over het schilderij zodat ze het niet hoefde te zien. Dit was zij niet meer, dit was haar leven niet meer – het klopte niet, leek onwaar. Alles was nu anders. Haar baby, haar allerliefste dochtertje, leefde niet meer.

En een deel van Faith zelf was ook dood.

40

'Zo bijzonder is mijn verhaal niet. Eerst waren het drugs en pillen – het gebruikelijke – maar vorig jaar heb ik iets meegemaakt waardoor ik... behoorlijk getraumatiseerd ben. Toen ging ik nog meer drinken... en ben ik uiteindelijk heroïne gaan gebruiken.'

Ze had gelijk, dacht Kassie, terwijl ze haar gerafelde mouw bekeek en aan een los draadje pulkte. Het verhaal van dit meisje was net als alle andere – de neerwaartse spiraal van drugsmisbruik, gevolgd door persoonlijk trauma, dan harddrugs en tot slot een totale inzinking. Niet dat Kassie geen medelijden met het meisje had – ze had medelijden met iedereen die het slecht had en ze wist hoe drugs je leven konden beheersen – alleen was het zo voorspelbaar, zo deprimerend.

Ze was de derde spreker vandaag. De hulpverlener – hoe heette ze? Rachel? Rebecca? – wilde per se dat iedereen aan de beurt kwam. Maar de verhalen begonnen wazig te worden. Kassie wist dat ze moest opletten, dat ze moest reageren en moest knikken bij de belangrijke delen, maar eerlijk gezegd wilde ze het allemaal niet horen. Het meisje beschreef nu een verkrachting – gepleegd door een vriend die ze had vertrouwd – die haar tot harddrugs had gedreven, maar Kassie was op dit moment simpelweg niet in staat om andermans pijn in zich op te nemen. Ze wilde hier niet zijn. Ze had wel vaker NA-groepen geprobeerd en was hier alleen maar omdat ze het Adam had beloofd. Bovendien wilde ze de basis van haar trauma niet met anderen delen. Dan zouden ze haar gegarandeerd belachelijk maken en, trouwens, ze was niet van plan om de drugs op te geven. Soms had ze het gevoel dat die de enige reden waren dat ze niet gek werd.

'En hoe lang ben je nu clean?'

De hulpverlener bracht het gesprek voorzichtig verder en verschoof de aandacht van het meisje naar haar huidige succes en toekomstplannen. Kassie trok zich verder in zichzelf terug en liet haar hand in haar zak glijden om het blokje hasj te pakken dat ze daar had verstopt. Ze speelde met het plastic zakje, voelde zich gerustgesteld en vond het grappig dat ze zo rebels was geweest om het hier mee naartoe te nemen.

'Ik ben zo dankbaar. Ik ben jullie allemaal zo dankbaar voor jullie steun en aanmoedigingen...' Het meisje zat nu te huilen.

Als Kassie haar vingers in haar oren had kunnen duwen, had ze het gedaan. Ze wist dat het niet eerlijk was, dat ze onaardig deed, maar haar gemoedstoestand was al kwetsbaar genoeg.

'Laten we zo een korte pauze nemen,' zei de hulpverlener, terwijl het meisje haar tranen droogde. 'Maar eerst lijkt het me een goed idee om ons nieuwste lid aan het woord te laten.'

Kassie werd losgerukt uit haar gedachten, geschrokken door deze onverwachte wending van het gesprek.

'Welkom, Kassie.'

De groep mompelde een hartelijke begroeting.

'Wat wil je vandaag met ons delen?' ging de hulpverlener verder.

Kassie frunnikte aan haar mouw en trok het draadje helemaal los. Wat ze *wílde* was hier zo ver mogelijk vandaan zijn. Ze voelde dat de anderen naar haar keken, had het opeens warm, voelde zich ongemakkelijk en opgesloten.

'Kassie?'

De hulpverlener – Rochelle, heette ze – keek haar indringend aan, maar nog altijd vermeed Kassie haar blik. Ze begon duizelig te worden, zelfs een beetje misselijk – waarom deden ze in dit soort ruimtes nooit de ramen open? – en voelde een stekende pijn in haar hoofd.

'Geen haast, maar het is wel de bedoeling dat iedereen deelneemt. Dus… vertel ons in je eigen tijd over jouw ervaringen.'

Haar woorden klonken ver weg. Kassies hart ging tekeer en ze voelde zweet over haar rug omlaag druppelen. Ze wilde hier weg, die benauwde ruimte ontvluchten, de koele frisse lucht in, maar iets hield haar tegen. Hoewel ze de onderzoekende blik van de vrouw had geprobeerd te vermijden, voelde Kassie zich nu gedwongen om haar ondervrager aan te kijken.

Ze vocht ertegen – vocht met alles wat ze had – maar kon zich er niet van weerhouden. Langzaam bracht ze haar hoofd omhoog en keek Rochelle recht in de ogen.

41

De recherchekamer gonsde van de activiteiten. Omdat er de afgelopen dagen meer mankracht was ingezet op deze verontrustende zaak, was het aantal analisten, operators en rechercheurs in de ruimte gestaag toegenomen. Normaal gesproken werden verzoeken voor extra middelen door Hoskins afgedaan met een botte weigering, maar deze keer niet. De druk van boven om deze zaak op te lossen was groot. De aanhoudende fascinatie van de *Tribune* voor deze zaak hielp niet, en een emotionele persconferentie van Jones' ontroostbare verloofde had alleen maar olie op het vuur gegooid. De heersende opvatting in de media en onder de bevolking was dat de politie van Chicago niet hard genoeg haar best deed.

Gabrielle staarde naar haar mobiel – haar man had haar zojuist herinnerd aan een honkbalwedstrijd op school later op de dag – en voelde, ook zonder naar haar team te kijken, de energie in de ruimte. Als al die negatievelingen hier nu waren en zagen hoe iedereen telefoontjes pleegde, aanwijzingen opvolgde, discussieerde en analyseerde, dan zouden ze een heel ander beeld krijgen van hun inspanningen.

'Chef...'

Gabrielle draaide zich om en zag Miller dichterbij komen.

'Volgens mij heb ik iets...'

Gabrielle liet de telefoon in haar handtas glijden. 'Vertel...'

'Zullen we even...?' Miller gebaarde naar Gabrielles kamer en liep naar binnen.

Gabrielle volgde haar en zag nog net dat Montgomery in de buurt hing. De vrouw keek ongemakkelijk, zelfs een beetje terneergeslagen, waardoor Gabrielle zich afvroeg of zíj het niet was geweest die deze aanwijzing had opgedoken. Maar goed, kantoorpolitiek moest wachten – keiharde info was wat ze nu nodig hadden.

'We hebben lokale aannemers en schoonmaak- en verhuisbedrijven gebeld,' begon Miller, terwijl Gabrielle langs haar heen liep en haar tas op haar bureau liet vallen, 'om te zien of iemand die voldoet aan Redmonds signalement het afgelopen half jaar voor hen heeft gewerkt, en dit hebben we gevonden...' Ze gaf Gabrielle een gefaxte kopie van een personeelsformulier van een bedrijf dat CleanEezy heette.

'Wat is dit voor bedrijf?'

'Een schoonmaakbedrijf, tapijten, gordijnen, dat soort dingen. Deze persoon heeft de afgelopen vijf maanden met tussenpozen voor ze gewerkt.'

Gabrielle las de naam op het formulier – Conor Sumner – en keek toen naar de foto. Het was een klein zwart-witkiekje, maar tenzij Redmond een dubbelganger had, was dit hem. De wijnvlek was onmiskenbaar.

'Hebben we het adres op het formulier gecontroleerd?' vroeg Gabrielle dringend. 'West Lamont Street 1566. Is dat in Cicero? Forest View?'

'Het bestaat niet,' antwoordde Miller. 'Het hoogste huisnummer is 1450. Maar dat is niet het interessante.'

Gabrielle zag een zweem van een glimlach over Millers lippen glijden toen ze haar baas nog een vel papier overhandigde. Gabrielle bekeek het, het was een kopie van een factuur van Clean-Eezy. Haar blik werd direct getrokken naar de naam van de klant: Jacob Jones.

'Van wanneer is deze?' wilde Gabrielle weten.

'Twee maanden geleden. Jones laat zijn tapijten twee keer per jaar reinigen, houdt zijn huis graag netjes. Degene die de klus deed, was…'

'Conor Sumner…' Gabrielle staarde naar Sumners naam, die in vetgedrukte letters op de factuur stond. 'Dus twee maanden voordat Jones verdwijnt,' dacht Gabrielle hardop na, 'heeft Kyle Redmond vrij spel bij hem thuis. Tapijten reinigen, dat duurt… wat? Drie, vier uur?'

Miller knikte.

'Een drukbezet man als Jones blijft daar niet voor thuis. Waarschijnlijk had Redmond het rijk alleen. Kon hij doen en laten wat hij wilde. Misschien lagen er reservesleutels…' Gabrielles stem stierf weg terwijl ze aan de mogelijkheden dacht. 'Akkoord, zorg dat iedereen de komende uren stopt waar hij mee bezig is,' ging ze plotseling verder. 'We moeten deze vent vandaag nog zien te vinden.'

Miller rende de kamer uit om Gabrielles opdracht uit te voeren. Elke gedachte aan de honkbalwedstrijd van haar zoon was verdwenen toen de vertrouwde adrenaline door haar lijf schoot. Vijf minuten geleden was Redmond een van vele verdachten geweest die ze onderzochten. Maar nu stond hij met stip boven aan de lijst.

42

Rochelle haastte zich over straat en haalde een pakje sigaretten uit haar tas. Ze bleef even staan om er een op te steken, maar liep toen snel verder. Ze had dit nooit een prettige buurt gevonden – er was een reden dat de huur voor het buurthuis zo laag was – en ze wilde het incident van zonet zo snel mogelijk achter zich laten.

Vreemd genoeg schaamde ze zich. Zij was niet degene die door het lint was gegaan, die tekeer was gegaan, dus waarom voelde ze zich zo dom? Het was niet háár schuld – al had ze kennelijk iets gezegd waardoor het meisje was ontploft. Tot dan toe was alles gewoon goed gegaan. Ze had bewust een aantal andere meisjes voor laten gaan om het nieuwste lid van de groep niet onder druk te zetten. Ze had gehoopt dat Kassie, die gesloten en vijandig overkwam, zich gedurende de sessie wat zou ontspannen en zou beseffen dat het een teken van kracht en niet van zwakte was om anderen in vertrouwen te nemen over haar verslaving.

Ze had geprobeerd vriendelijk te zijn, haar de tijd te geven die ze nodig had. En na wat bemoedigende woorden had Kassie ook even opgekeken alsof ze iets wilde zeggen. Rochelle had dat als een positief teken gezien… maar juist dat was het moment geweest waarop alles mis was gegaan. Kassie had Rochelle sprakeloos aangestaard en het volgende moment was ze opeens al schreeuwend op haar af gedoken.

Rochelle had de sessie beëindigd en de andere meisjes naar huis gestuurd. Ze had een taxi voor Kassie gebeld, maar de tiener weigerde weg te gaan, wilde per se met Rochelle praten, haar wáárschuwen. Maar waarvóór, in vredesnaam? Misschien had Rochelle moeten blijven, maar zodra de taxi was gearriveerd, was ze vertrokken en had ze Kassie achtergelaten. Haar kennis lag op het gebied van de verslavingstherapie, niet de geestelijke gezondheidszorg, en eerlijk gezegd was ze bang geweest. De tiener leek verward maar volhardend, had zich uit alle macht aan Rochelle vastgeklampt. Het meisje had haar echt pijn gedaan, en dus had Rochelle zich met zo veel mogelijk zorg losgemaakt uit de situatie en had gemaakt dat ze wegkwam. Misschien was het laf of verzaakte ze haar plicht, maar ze was al eens eerder aangevallen tijdens een sessie en zoiets wilde ze niet nog een keer meemaken. Zodra ze thuis was, zou ze Kassies buurtzorgteam bellen; dit was hun vakgebied, niet het hare.

Ze hoorde iets achter zich en draaide zich om. Ergens in de verte was een vuilnisbak omgegooid die nu in de goot rolde. Rochelle trok haar schoudertas op en liep snel verder. De straat was donker van de schaduwen en er kwamen allemaal steegjes op uit, zoals overal in Chicago. Opeens voelde Rochelle zich bang en eenzaam.

Ze versnelde haar pas en haastte zich in de richting van het metrostation. Ze wilde niet rennen – ze hield zich voor dat ze paranoïde was en dat rennen nergens voor nodig was. Sterker nog, als ze daadwerkelijk zou gaan rennen, was ze bang dat er plotseling iemand uit de schaduw tevoorschijn zou komen. Ze hield zich voor dat ze niet zo dom moest doen, maar haar gevoel liet zich niet verloochenen. Ze was vandaag echt op van de zenuwen.

Opnieuw hoorde ze iets achter zich. Zonder te verslappen keek ze even om. Tot haar afschuw zag ze haar achtervolger nu. Het was Kassie.

Rochelle liep struikelend verder, was even verbijsterd en sprintte toen in de richting van het metrostation aan het eind van de straat. De tiener had haar recht aangekeken, rende haar kant op – er was geen enkele twijfel dat ze werd achtervolgd. Ergens achter zich hoorde Rochelle een kreet, maar ze bleef niet stilstaan en holde verder, terwijl haar zware tas tegen haar zij aan klapte.

Nog honderd meter en ze was bij de metro, nog vijftig, nog twintig. Ze kon voetstappen achter zich horen, dus aarzelde ze geen moment en legde met een klap haar metrokaartje op de kaartlezer, waarna ze het station binnen stormde en met drie treden tegelijk de trap opging. Op hetzelfde moment hoorde ze het vertrouwde geratel en voelde ze de trillingen onder haar voeten: er kwam een trein aan.

'Rochelle, wacht!'

Haar achtervolger was over het hekje gesprongen en stond hijgend en met een verwilderde blik onder aan de trap. Rochelle draaide zich om en rende het perron op toen de trein net tot stilstand kwam. Ze liep naar links, baande zich een weg door de uitstappende forenzen en dook het achterste treinstel in.

'Kom op, kom op,' mompelde ze, in de hoop dat de deuren zouden sluiten.

Precies op tijd klonk het signaal en zuchtte het hydraulische systeem. Op hetzelfde moment verscheen haar achtervolger op het perron. Het gestoorde meisje keek van links naar rechts en stoof toen op de trein af op het moment dat de deuren dichtschoven. In een flits nam Rochelle een intuïtieve beslissing en stapte doelbewust de trein weer uit. De deuren zaten nu dicht en Rochelle zag tot haar grote opluchting dat haar achtervolger zat opgesloten.

De trein reed weg en Rochelle bleef alleen achter, gevangen in de blik van het meisje dat met haar gezicht tegen het raam gedrukt stond. Rochelle keek haar hijgend en opgelucht na en zag toen dat er een trein over het andere spoor vanuit de tegenovergestelde richting binnen kwam rijden. Zonder aarzelen rende ze de trap af, de gang door, de andere trap weer op naar het naastgelegen perron. Als ze deze trein nam, ging ze de verkeerde kant op… maar dan was ze in elk geval verder weg van háár. Bovendien was er op het volgende station een taxistandplaats en vandaag was ze bereid de prijs voor een ritje dwars door de stad te betalen.

Meer dan ooit wilde ze nu gewoon naar huis.

43

Adam stond in de verstikkende stilte van zijn praktijk. Hij werkte nu al een aantal jaren in dit mooie kantoor en had er veel interessante en verrassende ervaringen meegemaakt. Familieleden die met elkaar op de vuist gingen, onhandige pogingen tot verleiding, hij had zelfs achter een tiener aan moeten rennen die had gezworen de burgemeester te vermoorden (die een buitenaards wezen was dat zich voordeed als een mens). De ruimte was gevuld geweest met lawaai, tranen, bekentenissen, beschuldigingen en ruzies, maar nu leek het een levenloze plek.

Adam had hier helemaal niet naartoe gewild – Faith had hem zo ongeveer het huis uit geschopt – maar tijdens het korte ritje naar zijn praktijk was hij zich een klein beetje beter gaan voelen en hij had gehoopt dat zijn praktijk en zijn werk een prettige afleiding zouden zijn van het verdriet van de afgelopen dagen. Maar nu hij hier stond te luisteren naar zijn antwoordapparaat en naar zijn uitpuilende postvak keek, voelde hij zich juist beroerder. Hij voelde zich schuldig dat hij Faith alleen had gelaten en dat gevoel werd nu nog eens versterkt door het idee dat hij ook zijn cliënten in de steek had gelaten.

Hij had natuurlijk niet anders gekund. Faith kon maar moeilijk bevatten wat hun was overkomen en als hij heel eerlijk was gold voor hem hetzelfde. Hij was medisch onderlegd, hij wist hoe het menselijk lichaam werkte... maar toch was een doodgeboorte zo oneerlijk. Het was zo'n afschuwelijk, schokkend einde. Al hun hoop voor de toekomst en alle beelden van een vrolijke wolk van een baby leken nu een wrede grap. De opwinding was maand na maand groter geworden, om vervolgens te eindigen in verdriet, schrik en pijn.

Hij voelde zich als een man te midden van de wrakstukken van het leven. Faith was thuis en deelde zijn verdriet, maar hier waren heel veel anderen – hun dossiers op zijn bureau, hun e-mails waarvan er dag na dag meer kwamen – en zij hadden het ook moeilijk. Mensen die psychotisch, depressief, suïcidaal of misschien aarzelend op weg naar herstel waren. Vandaag begreep hij hun pijn iets meer, al voelde hij zich er niet beter door.

Op straat blafte een hond en Adam werd uit zijn gedachten losgerukt. Hij nam een laatste slok koude koffie, ging aan zijn bureau zitten en begon zijn cliënten te informeren. Al een paar dagen kregen ze het antwoordapparaat of een afwezigheidsbericht, zonder verklaring voor zijn verdwijning. Nu moest hij het onder woorden brengen, maar aangezien het grootste deel van zijn cliënten niets van zijn privéleven wist, kon hij het afdoen als 'een noodgeval in de familie'. Hij voelde zich een bedrieger – het was zo veel erger – maar dan hoefde hij in elk geval niet uit te wijden.

Hij werkte zijn lijst af en kwam al snel bij Kassie. Hij sloeg haar over, nam contact op met een paar andere cliënten op de lijst, maar kwam al snel bij haar terug. Wat moest hij doen? Hij had beloofd haar te helpen en vervolgens was hij verdwenen. Ondanks alles wat ze de laatste keer tegen hem had gezegd, ondanks een sluimerende wrok omdat zij er de oorzaak van was dat hij niet bij Faith was geweest tijdens haar afschuwelijke beproeving, wilde hij haar nog steeds helpen. Vertwijfeld gleed hij met zijn vinger langs de lijst op zoek naar een ander, minder ingewikkeld geval.

De intercom zoemde hard en Adam schrok op. Hij liep naar de deur, nam de hoorn van de haak en keek naar het flikkerende beeld op het schermpje. Hij herkende haar direct. Kassie keek naar haar voeten, wiebelde wat heen en weer en richtte haar blik toen op de camera. Adams eerste reactie was om de hoorn op de haak te leggen en te doen alsof hij er niet was, maar dat leek kinderachtig en Kassie keek zo serieus dat hij haar binnenliet.

Hij liep naar zijn bureau en wachtte, luisterde naar het kraken van de treden, terwijl Kassie de trap opliep. Even later stonde ze buiten adem en met een gespannen blik voor hem.

'Ik heb je een paar keer gebeld.'

'Het spijt me, Kassie. Ik moest een paar dagen vrij nemen. Is alles goed met je?'

'Ja. Nee...'

'Wat is er aan de hand?' vroeg Adam zorgvuldig, terwijl hij zich verbaasde over het feit dat hij zo snel weer in de rol van hulpverlener terugviel.

Kassie bleef even stil, kwam op adem en probeerde zichzelf tot rust te manen. Adam had sterk de indruk dat ze niet op hem wilde overkomen als 'gestoord'.

'Het is weer gebeurd...'

Adam kon aan de intense blik op haar gezicht zien wat ze met 'het' bedoelde.

'Ik was naar die NA-bijeenkomst gegaan, zoals ik had beloofd... en toen zag ik het. Bij iemand anders, maar hetzelfde.'

'Vertel me precies wat er is gebeurd.'

'Daar is geen tijd voor. We moeten haar waarschuwen.'

'Kassie...'

'Je kent haar. Rochelle… de groepsleider. Ik weet haar achternaam niet en ook niet waar ze woont, maar jij hebt haar adres toch wel?'

'Misschien,' antwoordde Adam ontwijkend. 'Maar doe eerst eens een stapje terug. Vertel me wat er is gebeurd.'

Kassie wilde protesteren, maar Adams toon was resoluut.

'Ik was daar dus,' ging ze ongeduldig verder. 'En toen het mijn beurt was, keek ik naar Rochelle en… toen zag ik het. Hetzelfde, precies hetzelfde als met Jacob Jones… Gruwelijke pijn en die akelige, verpletterende angst.'

Adam staarde haar aan, geschrokken door de verandering.

'Ik weet niet meer precies wat er toen gebeurde… ik ben geloof ik een beetje door het lint gegaan. Ik weet alleen nog dat ze een taxi voor me belde en er zelf vandoor ging toen die er was. Ik ben haar achternagegaan.'

'Je hebt haar gevolgd?' vroeg Adam ongelovig.

'Ja,' zei Kassie zenuwachtig. 'Tot aan de metro, maar daar is ze me ontglipt.'

'Kassie…'

'Wat had ik dan moeten doen?' protesteerde ze. 'Ze gaat vanávond dood en ze weet van niets.'

'We moeten hierover praten, Kassie,' drong Adam aan, en hij negeerde Kassies poging om hem te onderbreken, 'maar als het helpt, zal ik Rochelle bellen. Ik zal haar zeggen dat het je spijt van vandaag en vragen of ze…'

'Nee, we moeten naar haar toe. Ze heeft nog maar een paar uur.'

'Hoe kun je dat zo zeker weten?'

'Omdat ik dat zíé,' hield Kassie vol. Ze was nu zichtbaar boos. 'Ik weet hoe mensen doodgaan en wanneer ze doodgaan. Het is vandaag, geloof me, ze gaat vandaag dood.'

'Kassie, we hebben het hier al eens over gehad. Dit is niet aan jou. Het is jouw taak om van de drugs af te komen en je best te doen om beter te worden...'

'Je denkt dat ik gek ben.'

'Nee, ik hou niet van dat woord en ik zou dat nooit over jou zeggen...'

'Je ziet mijn dossier, mijn... achtergrond en... je doet me af als...'

'Nee. Absoluut niet.'

'Probeer dan te snappen dat dit écht is. Dit gaat gebeuren. Je zei dat je me zou helpen, dat je je best zou doen om me te begrijpen.'

'En dat doe ik ook. Maar denk even na, Kassie. Je hebt eerder gezegd dat alles wat jij "ziet" vaststaat. Wat kan jouw tussenkomst dan nog betekenen?'

'Ik moet toch íéts doen? Ik kan het niet zomaar laten gebeuren.'

'Maar als het niets uitmaakt?'

'Misschien maakt het wel wat uit. Misschien kan ik haar redden.' Ze staarde hem uitdagend aan, terwijl ze haar emoties in toom probeerde te houden. 'En als ik haar kan helpen... dan kan ik mezelf misschien helpen.' Ze zei het aarzelend, zelfs een beetje angstig.

Toen begreep Adam het. Ondanks zijn intense verdriet had Kassies macabere voorspelling van haar moord hem al die tijd beziggehouden. Nu besefte hij dat Kassies verlangen om Rochelle te 'redden' net zozeer uit eigenbelang als uit menselijkheid voortkwam. Als ze een van haar visoenen kon ondermijnen, kon ze misschien onder haar eigen doodstraf uit komen. Het was beangstigend om te zien hoe intens ze vastzat in haar alternatieve realiteit.

'Ik weet dat dit heel echt voor je lijkt, Kassie. En dat het je bang maakt. Maar geloof me, alles komt goed. Eerst zorgen we ervoor dat jij naar huis kunt, je hebt rust nodig, en daarna kunnen we praten over andere benaderingen. Misschien een vorm van medicatie, voor de korte termijn...'

'Godsamme...'

'Maar ik heb je gezegd dat ik Rochelle zal bellen. Dat kunnen we nu direct doen, als je wilt...'

'We moeten ernaartoe!'

'We?'

'Ja! Ik ben vijftien, Adam.'

'Maar zou jij niet heel hard voor mij op de vlucht moeten?' vroeg Adam, en er klonk wat ergernis door in zijn stem. 'Als wat jij zegt waar is...'

Het was een verachtelijk, oneerlijk argument, maar Adam wist niet hoe hij haar overtuiging anders kon doorboren.

'Misschien,' gaf ze kalm toe. 'Maar jij bent de enige die bereid is naar me te luisteren, me serieus te nemen, dus... misschien is er een speciale reden dat wij elkaar hebben ontmoet. Als het me niet lukt, verliezen we allebei. Maar als we Rochelle kunnen redden, als we kunnen voorkomen dat het gebeurt...'

Adam zei niets, tot zwijgen gebracht door haar opstandigheid.

'Alsjeblieft, Adam. Ik weet dat je me niet gelooft. Ik weet dat ik gestoord klink. Maar je moet me geloven. Je bent de enige die me kan helpen.'

'Dit is niet het beste moment.'

'Ik zal je nergens anders om vragen. Als ik het mis heb, heb ik het mis. Ik zal er nooit meer over beginnen. Maar ik heb het niet mis. Ze wordt vermoord, vanavond, tenzij wij iets doen...'

Adam keek naar de trillende, vastberaden tiener voor zich. Hij dacht aan haar moeder, de politie en de leraren die haar hadden gekleineerd, aan de kracht van haar ziekte, aan zijn belofte om haar te helpen… en vervolgens dacht hij aan Faith, haar tranen, haar intense verdriet en het baby'tje dat hij in zijn armen had gehad.

'Het spijt me, Kassie.'

'Alsjeblieft…'

'Ik wil je graag helpen, maar niet nu.'

'Als je nou alleen dit voor me doet…?'

'Nee.'

Kennelijk had hij het harder gezegd dan hij had bedoeld, want Kassie kromp ineen.

Hij verzachtte zijn toon en deed een stap haar kant op. 'Faith heeft me nodig.'

Kassie staarde hem aan en kon nauwelijks geloven wat hij zei.

'En jij moet naar huis. Ik bel je over een paar dagen, en als je vandaag nog met iemand wilt praten, dan kan ik je doorverwijzen naar een collega…'

'Je had beloofd dat je me zou helpen.'

'Kassie, ik doe wat ik kan, maar…'

'Je bent een leugenaar.' Woest draaide Kassie zich om.

'Kassie, ga alsjeblieft niet weg. Ik breng je wel…'

De deur werd dichtgeslagen en Adam bleef alleen achter.

44

Ze zette de motor af en deed de lichten uit. Even daarvoor hadden ze het deprimerende, stadse gezicht van South Morgan Street opgelicht, een halfrond lopende straat met pakhuizen en trailers aan de oever van de South Branch Chicago River, maar nu waren ze in duisternis gehuld.

'Klaar?' vroeg Gabrielle, en ze wendde zich tot Miller.

'Honderd procent,' antwoordde Miller opgewekt, en ze klopte op de holster onder haar vest.

'Kalm aan. We willen alleen met hem praten,' zei Gabrielle vermanend, terwijl ze haar zaklamp pakte en de auto uitstapte.

Er was een aantal telefoontjes voor nodig geweest, maar uiteindelijk hadden ze een medewerker van CleanEezy gevonden die zich meende te herinneren aan welke straat Redmonds trailer stond. Nader onderzoek had een trailer aan de oever opgeleverd die drie maanden geleden was gehuurd onder een van de aliassen die Redmond vaak gebruikte. Ze zagen hem nu aan de oever van de rivier staan, omlijst door de glinsterende duisternis van de Chicago River.

Gabrielles blik schoot van links naar rechts terwijl ze naar voren slopen, op zoek naar een teken van leven en mogelijk gevaar. Maar de weg die overdag heel druk was, lag er vanavond verlaten bij. Eenmaal bij de trailer stak ze haar arm op om Miller aan te geven dat ze afstand moest houden. Was het dom geweest om hier met z'n tweeën naartoe te gaan? Gabrielle had overwogen om met veel machtsvertoon te gaan en de afgelegen trailer met een voltallig team agenten te bestormen, maar had ervan afgezien. Redmond was nog altijd niet meer dan een verdachte, hield ze zich voor, en trouwens, een harde aanpak zou hem misschien vroegtijdig waarschuwen en dat was het laatste wat ze wilde. Er waren talloze vluchtroutes – de rivier, de bosjes achter de andere trailers – en ze kon niet riskeren dat hij hun zou ontkomen.

De zware deur van de trailer zat met drie stevige sloten dicht en dus liep Gabrielle naar het dichtstbijzijnde raam. Ze wilde naar binnen kijken, maar toen ze een blik door het metalen rooster wierp, zag ze alleen haar vage spiegelbeeld terug staren. Ze kwam wat dichterbij en zag dat de binnenkant van het raam met een zwart, ondoorzichtig materiaal was bedekt. Even verderop zat nog een raam, maar dat was waarschijnlijk op dezelfde manier geblindeerd. Dit was geen plek waar bezoek hartelijk werd ontvangen.

Gabrielle draaide zich om en vroeg zich af welke geheimen zich binnen bevonden. Op hetzelfde moment viel haar blik nogmaals op de gestaag stromende rivier en de modderige oever. Ze bukte zich, schraapte met haar vinger wat modder van de grond en scheen er met haar zaklamp op. Die was zwart, net als de modder op de banden van Jones' Lincoln.

'Enig teken van leven?'

Gabrielle draaide zich om en zag dat Miller behoedzaam dichterbij kwam.

'Tot nu toe niet,' antwoordde Gabrielle, en ze veegde de modder van haar vinger.

'Wat wil je doen?'

'We kunnen niet veel. Alleen de boel in de gaten houden, maar verder...'

Miller knikte alsof ze dit beaamde, maar zei vervolgens: 'Wil je binnen kijken?'

Gabrielle fronste haar wenkbrauwen. 'Niet zonder bevel.'

'Die ramen zijn oud, ze stellen niet zo veel voor,' ging Miller schaamteloos verder. 'En bij de rivier heb je 's nachts allerlei foute types...'

Haar bedoeling was duidelijk. En het zou zeker een dag duren voordat het bevel er was. Maar hoewel Gabrielle dringend wilde weten wat er achter de nietszeggende buitenkant van de trailer zat, was ze absoluut niet van plan een mogelijke gerechtelijke vervolging te riskeren door zich niet aan het protocol te houden.

'Als je wat meer ervaring hebt, rechercheur Miller, zul je begrijpen waarom dat geen goed idee is. Maar je enthousiasme wordt gewaardeerd.'

Miller keek teleurgesteld, maar vatte de vermanende woorden op zoals ze waren bedoeld.

Gabrielle draaide zich om en liep in gedachten verzonken naar de auto. Ze was hier gekomen in de hoop Redmonds schuilplaats te vinden, maar moest met lege handen terug. Er waren aanwijzingen die dit verwaarloosde terrein in verband brachten met hun plaats delict, maar ze hadden geen hard bewijs dat Redmond nog steeds gebruikmaakte van deze trailer. Ze konden nu alleen het korps naar hem laten uitkijken en hopen dat een scherpziende collega of burger hem ergens zou zien. Geërgerd stapte ze in en startte de motor. Ondanks al hun moeite waren ze geen stap dichter bij het vinden van hun ongrijpbare hoofdverdachte.

Waar was Redmond op dit moment? En nog belangrijker, waar was hij mee bezig?

45

Rochelle trok de deur achter zich dicht, deed hem op slot en schoof de ketting erop. Ze had meerdere keren gekeken of ze niet gevolgd werd, maar na de merkwaardige gebeurtenissen van vandaag nam ze geen enkel risico. Ze maakte een rondje door het huis, controleerde de ramen en keek of de openslaande deuren goed dichtzaten. Toen alles in orde leek, liep ze naar de keuken en liet zich opgelucht maar uitgeput op een stoel vallen.

Ze had behoefte aan een borrel. Een glas whisky, een wijntje, iets om haar tot rust te brengen. Maar terwijl ze overwoog om haar vermoeide lijf naar de koelkast te slepen, dacht ze aan haar voornemen om Kassies buurtzorgteam te bellen. Met een zucht liep ze terug naar de gang, viste haar telefoon uit haar tas en scrolde door haar contacten. Kassies maatschappelijk werker nam uiteraard niet op, het was al laat, maar Rochelle sprak een kort, weloverwogen bericht in waarin ze haar zorgen uitsprak, stelde voor om de kwestie morgen te bespreken en hing op.

Nu ze haar plicht had gedaan, liet Rochelle haar telefoon op tafel vallen. Op hetzelfde moment piepte hij luid; het alarm was bedoeld als herinnering. De afgelopen uren waren zo verwarrend geweest dat ze was vergeten dat haar lievelingsprogramma straks begon. Die borrel moest wachten. Ze zou snel onder de douche springen en dan Kat bellen om te vragen of ze zin had om langs te komen. Dan konden ze samen naar *Scandal* kijken, Ben & Jerry's eten en een fles pinot delen. Die gedachte vrolijkte haar op en ze glimlachte even, waarna ze met twee treden tegelijk naar haar slaapkamer liep.

46

Zijn ogen volgden haar toen ze de kamer binnenkwam en hij vroeg zich af wat ze als eerste zou doen. Hij had haar al vaak bespied en ontdekt dat ze een gewoontedier was. Meestal rookte ze op het balkon een snelle sigaret voordat ze haar werkkleren uittrok. Soms liet ze zich op bed vallen en scrolde ze eindeloos door Facebook. Maar als ze een slechte dag had, als ze in tranen was of juist boos, dan ging ze eerst douchen.

Ze trok haar kleren al uit, ritste haar jurk los en trok hem uit. Vanuit zijn positie in haar kast tuurde hij door de latjes en keek ingespannen hoe ze de jurk op de grond liet vallen en op de rand van het bed ging zitten om haar panty uit te doen. Hij was niet bang dat hij ontdekt zou worden, aangezien ze haar kleren altijd op de grond liet slingeren tot ze naar bed ging. Een netter mens zou hem problemen kunnen opleveren, maar zij niet.

Ze zat nu in haar ondergoed, een mooi setje. Ze kromde haar rug en maakte haar beha los, waarna ze opstond en haar slipje uittrok. Nonchalant stapte ze over het ondergoed heen en liep naar de aangrenzende badkamer. Even later hoorde hij de douchedeur dichtgaan, gevolgd door het bekende gesteun van de leidingen toen het water begon te stromen. Het was een geluid waar hij altijd om moest glimlachen, al kon hij het niet goed verklaren.

Hij telde tot vijftig, temperde zijn verlangen om haar op te jagen en kwam stilletjes uit de kast. Hij wierp een blik op de badkamer – de deur stond op een kier, maar hij zag dat de douchedeur beslagen was – en liep toen snel maar onhoorbaar over het tapijt. Hij legde een gehandschoende hand op de deurknop, trok de deur wagenwijd open en wachtte om te zien of zijn komst werd opgemerkt. Maar Rochelle leek niets in de gaten te hebben en stond al neuriënd onder de douche.

Het was tijd, nu moest hij handelen, maar hij aarzelde, niet in staat om te weerstaan wat hij voor zich zag. Hoewel het beeld door de condens wazig was, kon hij nog steeds de rondingen van haar dijen, de welving van haar borsten en haar lange blonde haar op haar rug zien. Hij voelde dat hij opgewonden werd, maar dit was niet het moment voor genotzucht, dus zette hij resoluut een stap en trok de badkamerdeur zachtjes achter zich dicht.

47

Adam bleef even op de drempel staan toen hij de sleutel in het slot stak. Hij probeerde kalm en beheerst te blijven, maar besefte opeens dat hij zenuwachtig was. Idioot eigenlijk, dit was zijn eigen huis – het mooie rijtjeshuis waar hij altijd met plezier naar terugkeerde – maar nu werd hij overvallen door ongerustheid over wat hij aan de andere kant van de deur zou terugvinden.

Hij wist dat hij zich aanstelde. Faith had vroeger met depressies geworsteld, maar was nu veel veerkrachtiger; bovendien was ze geen theatraal type, dus wist hij dat hij niets ergs zou aantreffen. Het was alleen zo akelig om haar verdrietig te zien. Ze zag eruit alsof de beproeving van de afgelopen dagen haar had uitgehold. Adam had zijn hele leven aan de problemen van anderen gewijd – de emoties en crises van vreemden – maar omgaan met Faiths leed was moeilijk. Hij vond het erg moeilijk om zijn eigen gevoelens in toom te houden terwijl de vrouw die hij aanbad voor zijn ogen instortte.

Hij draaide de sleutel om en liep het huis binnen. Alles leek rustig, alles leek stil. Op hetzelfde moment hoorde hij de waterkoker. Van deze simpele huishoudelijke handeling klaarde hij wonderlijk genoeg op en snel liep hij naar de keuken, waar Faith in joggingbroek en T-shirt tegen het aanrecht leunde.

‘Ta-da!’ grapte ze met een grimas, om nadruk te leggen op het feit dat ze aangekleed was.

‘Wauw.’ Hij deed zijn best joviaal te klinken, maar het klonk geforceerd. Hij zag dat Faith haar best deed, maar haar verdriet stond in haar ogen te lezen.

‘En dat is nog niet alles,’ ging ze verder, haar toon niet te ontcijferen toen ze zich omdraaide om een kop thee te zetten. ‘Ik ben vandaag in de studio geweest.’

‘Wat goed. Hoe was dat...?’

‘Te vroeg,’ was het korte antwoord.

‘Natuurlijk, geen haast. Stapje voor stapje.’ Dat laatste had hij de afgelopen dagen zo vaak gezegd dat het nu al een cliché leek.

Faith reageerde niet, zette de waterkoker in de houder en reikte hem een kop thee aan. ‘Hoe was het bij jou?’

‘Wel goed. Ik heb de meeste telefoontjes afgehandeld.’

‘Mooi.’

‘Ik moet er nog een paar, maar ik heb de nummers bij me. Ik kan ze hier bellen...’ Adams stem stierf weg en hij richtte zijn aandacht nadrukkelijk op zijn thee. Hij had besloten Faith niets te vertellen over zijn ontmoeting met Kassie, maar ze bleef hem aankijken alsof ze meer verwachtte.

‘Is alles wel goed? Je kijkt erg... gespannen.’

‘Alles is prima,’ antwoordde hij afgemeten.

‘Dus?’ Ze staarde hem recht aan, gaf hem geen ruimte voor uitvluchten of smoesjes.

‘Kassie kwam langs. Bij de praktijk.’

‘Ah,’ antwoordde Faith omzichtig. ‘Wat wilde ze?’

Adam wist niet goed wat hij moest antwoorden.

‘Adam?’

‘Ze wilde hulp.’

‘Omdat?’

'Omdat ze weer zo'n voorval heeft gehad.'

'Een visioen?'

Adam haalde half zijn schouders op en knikte alsof hij het liever niet zo noemde.

'En? Heeft ze je verteld om wie het ging?'

'Ja.'

'En...?'

'En, niks.'

'Hoe bedoel je?'

'Ik... ik heb haar weggestuurd.' Toen hij het zei, voelde hij zich een beetje beschaamd.

'Wat?' zei Faith, en ze klonk oprecht geschokt.

'Het is niet zo dat ik dat wilde... maar ik kan haar er op dit moment niet bij hebben. We hebben al te veel op ons bord...'

'Dat is werk...'

'Ja, en?'

'Dat heeft niets met ons te maken en als je haar kunt helpen...'

'Ik heb haar gezegd dat ik het niet kan, dus heeft het geen zin om er verder over te...'

'Ik vind dat je dat moet herzien.'

'Waarom?'

'Omdat ik verdomme niet van porselein ben.' De woorden kwamen er hard en boos uit.

Adam keek naar zijn vrouw en zag de emoties onder de oppervlakte borrelen.

'Ik weet dat je me wilt helpen,' ging Faith verder, en ze vocht om zichzelf onder controle te krijgen. 'Maar ik ben een grote meid. Ik red me wel.'

'Ik wil er alleen voor zorgen...'

'Me als een klein kind behandelen helpt niet. Hoe klote het ook is... het leven gaat door.'

Dat kon Adam niet ontkennen. Hoe graag hij de wereld de afgelopen dagen ook had willen uitbannen, het leven bleef zich opdringen.

'Dus als Kassie in moeilijkheden zit, als ze je zó hard nodig heeft dat ze uit zichzelf naar de praktijk komt…' Ze keek hem recht aan en concludeerde: '… dan moet je haar helpen.'

48

'Ga zitten, *kochanie*, eet wat.'

Kassie kon bijna niet bevatten wat ze voor zich zag. Haar moeder zat met een glimlach op haar gezicht in een mooie bloemetjesjurk aan tafel. Voor haar stond een waar feestmaal uitgestald: allemaal Poolse delicatessen, natuurlijk, maar ook een paar Amerikaanse lekkernijen die ze over het algemeen weigerde in huis te halen.

'Toe...'

Kassie ging behoedzaam zitten en nam een hapje van een Oreo. De hele situatie was zo gekunsteld, zo geforceerd, dat Kassie half en half verwachtte dat haar moeder met een aardige Poolse jongen op de proppen zou komen, als een goochelaar die een konijn uit een hoge hoed tovert. Ze had verwacht net als anders met vragen bestookt te worden of op z'n minst met een hoop verwijten, maar niet dít.

'Heb je een leuke dag gehad? Hoe was je... NA-bijeenkomst?'

Haar moeder had Kassie tot nu toe niets gevraagd over haar meest recente verslavingsbegeleiding, dus was ook dit een verontrustende constatering. 'Goed, dank je,' loog ze onhandig.

Kassie was vertwijfeld thuisgekomen en had haar hersenen gepijnigd over hoe ze achter Rochelles adres of mobiele nummer zou kunnen komen. Ze had geen idee wat haar achternaam was, had geen vrienden binnen de NA-groep en na vandaag was het zeer onwaarschijnlijk dat een van hen Kassie in vertrouwen zou nemen. Niet dat haar moeder daar iets vanaf wist, of dat het haar iets kon schelen. 'Hoe was jóúw dag?' vroeg ze op haar beurt, in een onhandige poging een gesprek te voeren.

'Goed, dank je. Ik ben na mijn werk naar de kerk geweest, en daarna kwam ik langs de delicatessenwinkel, dus heb ik een paar van je lievelingshapjes meegenomen…'

'Dank je wel,' mompelde Kassie. Ze pakte haar vork en leunde naar voren om een pierogi aan haar vork te spietsen. Ze stopte hem in haar mond, nam een plak gevulde kool en at die ook op.

Haar moeder liet haar een paar minuten begaan voordat ze hun gesprek weer oppakte. 'Ik sprak eerwaarde Nowak laatst…'

Kassies vork bleef in de lucht hangen en ze keek haar moeder aan. Nu kwamen ze bij de kern van het verhaal.

'Ken je eerwaarde Nowak nog?'

'Natuurlijk.' Even wilde Kassie zeggen, hoe zou ik die kunnen vergeten, maar ze hield zich in.

'Hij kent jou in elk geval nog wel en wil je graag in de kerk terugzien.'

'Ja, best,' antwoordde Kassie, niet overtuigend.

'Misschien kunnen we straks nog even gaan, als je hebt gegeten, natuurlijk…'

'Vandaag?'

'Over een uur begint er een dienst. Die kunnen we met gemak halen.'

Ze had het al helemaal uitgerekend, wist waarschijnlijk precies hoe laat bus 22 kwam en dus had het geen zin om te protesteren, ook al was een ritje naar St. Stanislaus Kostka het laatste waar Kassie zin in had. Ze had zo'n vermoeden dat haar moeder zou ontploffen als ze weigerde, en ach, ze kon de dienst gebruiken om na te denken. Ze móést Rochelle zien te vinden.

De rit door de stad verliep rustig en het duurde niet lang voor ze in de reusachtige kerk stonden die Kassie zich nog zo goed herinnerde uit haar jonge jaren. De dienst begon net, dus gingen ze snel op de vierde rij zitten. Precies op dat moment zag Kassie dat haar moeder en de priester een blik wisselden. Het was dus doorgestoken kaart, een plannetje dat was bekonkeld tussen een bezorgde moeder en haar welwillende biechtvader. Kassie probeerde haar toenemende boosheid weg te duwen en concentreerde zich op wat er gezegd werd; dat was ze haar moeder wel verschuldigd.

Eerst hield eerwaarde Nowak zijn gebruikelijke inleiding, daarna volgden het openingsgebed en de liturgie, en het duurde niet lang voordat Kassie zich op haar gebedskussen liet zakken toen de eucharistie begon.

'De Heer zij met u...'

Ze deed haar ogen dicht, sloeg haar handen ineen en prevelde de woorden die automatisch in haar opkwamen.

'En met uw geest.'

Ze wilde zich concentreren op hun betekenis, wilde weten of ze nog enige macht over haar hadden, maar haar gedachten gingen steeds opnieuw naar Rochelle en ze kon zich niet concentreren. Een por in haar zij was het bewijs dat haar moeder dit had gemerkt – maakte ze soms weer geluiden? – dus deed ze nog meer haar best.

'Gezegend die komt in de naam des Heren...'

Maar nu werd ze zich bewust van iets anders, een andere afleiding. Iemands telefoon ging. Nee, háár telefoon ging. Ze haalde hem tevoorschijn en keek op het schermpje.

Een paar mensen draaiden zich om en haar moeder pakte haar pols vast. 'Zet dat ding uit,' snauwde ze zacht.

Maar Kassie trok zich los. De beller was Adam Brandt. Eindelijk had iemand haar gebeden beantwoord.

49

‘Ik doe zo dadelijk het woord. Jij blijft in de auto.’

Kassie keek niet blij bij dit voorstel, maar haalde berustend haar schouders op. Of Adam erop kon vertrouwen dat ze zich hieraan zou houden als het erop aankwam, was een heel andere kwestie.

‘Wat ga je tegen haar zeggen?’

‘Ik ga zeggen dat ik heb gehoord dat er tijdens de sessie vandaag een incident is geweest en dat ik wil weten of alles goed met haar is, haar mijn excuses aanbieden.’

Adam kende Rochelle Stevens van een aantal congressen. Niet goed genoeg om bij haar thuis langs te gaan, maar hij had het idee dat hij er wel mee weg kon komen, en als Kassie er wat rustiger van werd, dan was het het waard.

‘En dan?’ onderbrak Kassie zijn gedachten.

‘Dan niets. We doen dit om jou gerust te stellen, niet om haar bang te maken.’

‘Dat er nu niets met haar aan de hand is betekent niet dat ze straks…’

‘Moet je horen, ik weet niet goed wat we verder kunnen doen,’ antwoordde Adam ongeduldig. ‘Tenzij je wilt dat ik haar opsluit.’

Kassie wilde reageren, maar Adam zag het en praatte snel door.

'We houden ons dus aan het plan. We kijken of alles goed met haar is en dan gaan we weer weg. Je moeder krijgt waarschijnlijk toch al een rolberoerte.'

'Dat regel ik wel.'

Adam wist niet goed hoe Kassie dat wilde doen en hoopte heel even egoïstisch dat ze zijn naam niet zou noemen. Wat hij deed was onprofessioneel en onethisch... en nog onbezonnen ook.

'Daar gaan we,' zei hij kalm, toen ze Washington Close insloegen. De straat was verlaten en slecht verlicht, maar de huisnummers waren duidelijk weergegeven en Adam telde af toen ze langzaam verder reden. 'Twintig... achttien... zestien...'

Nummer veertien kwam in beeld en Adam zette de auto bij de stoep.

'Blijf hier,' zei hij waarschuwend, toen hij het portier opende.

'Oké, oké, ik ben geen hond, hoor,' was haar stekelige reactie.

Adam bleef niet naar haar staan luisteren, maar sloeg het portier dicht en beende weg. Het huis leek levenloos; het was donker binnen, op een licht op de begane grond na. Hij duwde zijn twijfels weg, liep snel naar de deur en belde aan.

Het geluid echode lang en hard door het huis. Adams onrust werd groter – wat moest hij tegen haar zeggen? – maar binnen bewoog niets. Dus drukte hij nogmaals op de bel en hield zijn vinger daar.

'Nou?'

Adam trok zijn hand terug, draaide zich om en zag Kassie naast zich staan.

'Ik had je gezegd dat je in...'

'Heb je haar gezien?'

'Nee.'

Kassie stapte naar voren en duwde haar gezicht tegen het glas in de deur. Ze kneep haar ogen samen en probeerde in het donker iets te zien. 'Ik zie haar tas. Die had ze vanmiddag bij zich. En haar mobiel ligt op het tafeltje in de gang, dus ze is in elk geval thuisgekomen.'

'Misschien is ze al naar bed.'

'Maar ze doet niet open. Zo laat is het nog niet.'

'Misschien is ze uit,' opperde Adam.

'Zonder haar tas en haar telefoon?' Kassie was alweer in beweging, liep naar de garagedeur en trok aan de hendel. Er zat geen beweging in.

Adam keek nerveus door de straat. 'Kassie. Ga daar weg.'

Maar zijn waarschuwing deed haar niets. In plaats daarvan liep ze alweer verder, om het huis heen, en verdween aan de zijkant.

Omdat hij geen aandacht op zichzelf wilde vestigen, besloot Adam haar niet na te roepen. In plaats daarvan rende hij achter haar aan. Hij vond haar in de achtertuin, waar ze ingespannen door de openslaande deuren staarde.

'Op slot.' Ze sloeg op het raam, maar vanbinnen kwam geen reactie.

Adam keerde zich weer tot haar. 'Goed, we hebben gedaan wat we kunnen. Ik zal haar een berichtje sturen om te vragen of ze me morgen even wil bel...'

Kassie klom op de vensterbank.

'Kassie, wat doe je?'

'Deze deuren zitten alleen vanboven met een schuif dicht, dus als ik daar met mijn hand bij kan...'

'En hoe was je dat van plan?'

Kassie ramde haar elleboog door het kleine raam erboven. Ze veegde het glas weg, trok haar hand in haar mouw en stak hem naar binnen om de schuif open te maken, waarna ze weer omlaag sprong. Vervolgens trok ze de openslaande deuren open, draaide zich om en fluisterde tegen Adam: 'Kom je?'

50

‘Hallo?’

Kassies stem echode door het huis, maar een antwoord bleef uit. Adam stapte behoedzaam over de glasscherven en kwam naast haar staan. Eigenlijk had ze half en half verwacht dat hij haar bij de arm zou grijpen en het huis uit zou sleuren, maar hij keek haar nijdig aan, liep langs haar heen en riep: ‘Rochelle?’

Het bleef stil in huis.

‘Rochelle, ik ben het, Adam Brandt. Je hoeft niet bang te zijn, maar als je thuis bent, kun je dan even naar beneden komen?’

Er kwam geen reactie. Toch hoorden ze boven heel even iets kraken.

‘Rochelle?’

Nog steeds niets. Kassie stapte behoedzaam verder de woonkamer in. Het was er donker en leeg, dus liep ze naar de gang. Onmiddellijk viel haar blik op Rochelles schoudertas en de mobiele telefoon en sleutels op het tafeltje. Ze wilde ze pakken, maar Adam legde zijn hand op de hare om haar tegen te houden.

‘Zorg nou dat je niet nog dieper in de problemen komt.’

Bij uitzondering deed Kassie wat haar was gezegd.

Adam liep langs haar heen en wierp een blik in de kleine keuken. Ook hier was niets interessants te zien, dus draaide hij zich om en samen liepen ze de trap op. De derde tree kraakte luid; huiverend vervolgde Adam zijn weg maar zette zijn tenen nu op de rand van de treden. Kassie deed hetzelfde en al snel stonden ze op de overloop.

Hier kwamen maar twee deuren op uit, allebei zo te zien van kleine slaapkamers. Kassie liep voorzichtig de eerste binnen, maar toen ze het licht aandeed, zag ze dat het een heel gewone logeerkamer was. Het bed was keurig opgemaakt, aan een rek hingen pasgewassen kleren en toen Kassie haar vinger over de ladekast naast zich liet glijden, bleef er een klein laagje stof aan zitten.

Ze draaide zich om en liep naar Adam in de volgende slaapkamer. Daar stonden ingelijste foto's en een volle wasmand; een van de kastdeuren stond op een kier, maar verder zag de kamer er netjes en opgeruimd uit. Adam trok de kastdeur verder open en Kassie hield haar adem in – belachelijk, natuurlijk, want ze verwachtte heus niet dat er iemand in zat – waarna ze zich omdraaide om de wasmand te inspecteren. Het verbaasde haar niet dat de jurk die Rochelle had gedragen bovenop lag, samen met een beha, een slipje en een panty.

Kassie kon niet verklaren waarom dit haar zo gespannen maakte. Had ze zich verkleed en was ze weggegaan? Of was ze aangevallen op het moment dat ze naakt en kwetsbaar was? Snel liep ze verder en duwde de badkamerdeur open. Hier was het warmer dan in de slaapkamer, ook wat vochtiger, maar net als in de andere kamers leek alles er in orde. Niets leek verstoord, er waren geen sporen van een worsteling... of van Rochelle.

'En?'

Adam was naast haar komen staan. Kassie keek de badkamer rond en zei niets.

'Ze is er niet, Kassie. En niets lijkt overhoop.'

'Ze is thuisgekomen, heeft gedoucht…'

'Zoals normale mensen dat doen.'

'Er klopt iets niet. Waarom zou ze zonder haar tas en haar telefoon weggaan?'

'Misschien is ze ze vergeten. Of ze is even bij de buren.'

'Dat geloof ik niet.'

'Kijk dan, Kassie. Er zijn hier geen enge mannen.'

Kassie wierp een vuile blik op Adam – zijn toon stond haar niet aan – en liep weg. Ze wist dat hij hier alleen vanwege haar gemoedsrust was, maar ze liet niet met zich spotten.

Ze keek in de wasbak, naar de spiegel, de douche. De douchedeur was nog nat en toen ze op haar knieën ging zitten, legde ze haar hand op de douchemat. Hij was nat… Nee, hij was doorweekt.

Onmiddellijk begonnen haar gedachten overuren te draaien. Waarom was hij zo nat? Was Rochelle onder de douche aangevallen? Had haar aanvaller de mat gebruikt om het gemorste water op te dweilen? Of had ze het helemaal mis? Was het tafereel dat ze voor zich zag volkomen onschuldig? Hoe dan ook, ze kreeg geen kans om erover na te denken, want ze voelde Adams hand op haar arm.

'Zo is het genoeg, Kassie. Het is tijd om te gaan.'

51

Haar lippen bewogen geluidloos, maar niet-aflatend. Met haar hoofd gebogen en haar handen ineengeslagen smeekte ze om genade.

St. Stanislaus was bijna helemaal leeg en Natalia leek een eenzame figuur te midden van de lege banken. De kerkgangers waren vertrokken en eerwaarde Nowak had zich teruggetrokken om wat administratieve zaken te regelen, dit tot grote opluchting van Natalia, gezien Kassandra's plotselinge en onvergeeflijke vertrek. Ze had hem beloofd haar dochter mee te nemen om haar te genezen, haar band met de kerk aan te halen, maar Natalia's gebrek aan overwicht en autoriteit waren genadeloos zichtbaar geworden door haar dochters ongehoorzaamheid. Niet dat iemand iets had gezegd, natuurlijk, maar Natalia wist zeker dat ze allemaal over haar praatten – de zoveelste smet op haar gezin. Dat kon ze wel aan, ze was eraan gewend dat de oudere huisvrouwen over haar roddelden, maar het was de teleurgestelde blik van eerwaarde Nowak die haar diep had geraakt.

Schaamte was overgegaan in woede en uiteindelijk in wanhoop. Ze had geprobeerd streng te zijn, had geprobeerd lief te zijn, maar niets hielp. Ze voelde zich hulpeloos en alleen, en niet voor het eerst vervloekte ze haar man, die zo vroeg was overleden, waardoor ze het allemaal in haar eentje moest zien te rooien. Zoals altijd als ze werd overweldigd door dit soort akelige gedachten, wendde ze zich tot God. Ze was een plichtsgetrouw christen, zamelde geld in voor de kerk, liep mee met vredesmarsen, bad elke dag voor de paus en was ervan overtuigd dat ze niet in de steek gelaten zou worden als ze hulp nodig had. Dus bad ze vurig, aanhoudend en prevelde ze de woorden die haar, en Kassie, verlossing zouden bieden.

Toch kwamen haar woorden vanavond op de een of andere manier niet aan. De wind was tijdens de dienst aangetrokken, zoals zo vaak in Chicago, en floot door de enorme kerk. Hout kraakte, deuren klapten dicht, luiken klepperden in hun scharnieren. Eerwaarde Nowak had het volume van zijn microfoon harder moeten zetten om gehoord te worden. Daarna was de kracht van de wind alleen maar toegenomen. Natalia was niet paranoïde aangelegd, maar het was vanavond alsof de wind steeds gewelddadiger werd naarmate ze langer bad. Was God boos op haar? Op haar falen? Op haar zwakte?

Knal!

Een luik deed de kerk nogmaals trillen en Natalia schrok. Ze verhief haar stem, zei de woorden nu hardop en vocht tegen deze hindering van de natuur.

Knal! Knal!

De reactie kwam snel en intens, en klonk nog harder. De wind raasde nu door de kerk, floot door alle kieren en gaten, deed gezangboeken op wapperen en blies nieuwsbrieven de lucht in. Natalia kneep haar ogen dicht, riep om Gods genade, Zijn raad.

Knal! Knal! Knal!

Natalia schoot overeind, ze kon er niet meer tegen. Ze keek naar de krakende deuren en klepperende luiken en was opeens doodsbang, alsof ze in gevaar was, alsof de kerk op instorten stond. Even overwoog ze eerwaarde Nowak te roepen, maar opeens draaide ze zich om en vluchtte naar de uitgang.

Ze vloog de straat op en werd direct naar achteren geblazen door de wind die tegen haar aan bulderde. Het begon te regenen en dikke druppels spetterden op de stenen treden voor haar. Natalia trok haar sjaal wat strakker om zich heen en liep haastig weg.

Ze had hier verlossing gezocht, maar alleen woede en geweld gevonden.

52

'We moeten de politie bellen.'

Adam en Kassie zaten weer in de auto.

'En wat zeggen we dan?' vroeg Adam.

'Dat Rochelle vermist wordt.'

'Dat weten we niet.'

'Haar sleutels en haar telefoon liggen er nog, dat heb je zelf gezien. Waarom zou ze die thuislaten?' Ze draaide zich naar hem toe en keek hem indringend aan.

Het was een directe uitdaging en een die hij omwille van hen allebei moest aangaan. 'Luister, Kassie, in de ogen van de politie ben je nog steeds een verdachte in de moord op Jacob Jones...'

Kassie zweeg even, keek verward, zelfs een beetje geschrokken bij het horen van deze informatie.

'En ik ben een toegeeflijke psycholoog die jou niet je zin zou moeten geven. Ze zullen zeggen dat er geen bewijs is dat er een misdrijf is gepleegd.'

Kassie wilde iets zeggen, maar Adam was sneller.

'En dan hebben ze gelíjk. Ik geef toe dat Rochelles handelen...'

'Haar verdwijning, bedoel je.'

'... een beetje vreemd is. Maar dat is dan ook alles. Zolang we geen hard bewijs hebben dat ze is ontvoerd of dat haar iets anders is overkomen, zal de politie niets doen.'

'Dus laten we haar gewoon aan haar lot over?'

'We kunnen het morgenochtend nog een keer proberen. Misschien is ze dan weer thuis.'

'Dan is ze dood...'

'Dat weet je niet.'

'... en dat heb jíj dan op je geweten.'

De woorden kwamen als een explosie en Adam stond met zijn mond vol tanden. Kassie was van de wijs, haar gezicht zag rood en tot zijn verbazing stonden er tranen in haar ogen.

'Dit was een vergissing,' ging ze beschuldigend verder, en ze duwde het portier open.

'Loop nou niet weg, Kassie. Het is al laat... je moet zo laat niet in je eentje over straat.'

Ze luisterde niet en stapte uit.

'Laat me je dan in elk geval thuisbrengen...'

Maar zijn woorden dwarrelden door de avondlucht. Ze was al halverwege de straat en rende zo snel mogelijk weg.

Adam reed naar huis en trommelde met zijn vingers op het stuur. Hij was boos en afgeleid, maakte zich zorgen om Kassie, Rochelle en – als hij heel eerlijk was – ook om zichzelf. Waar was hij mee bezig? Waarom was hij bereid geweest Kassie te helpen als hij niet geloofde wat ze zei? Wat hoopte hij daarmee te bereiken? Als hij zich echt zorgen maakte om haar welzijn, zoals hij Faith had aangegeven, dan had hij haar dit uit het hoofd moeten praten, had hij haar moeten overhalen om niet achter Rochelle aan te gaan. Maar daar had hij grandioos in gefaald – Kassie was er nog steeds van overtuigd dat Rochelle in gevaar was en ze was vastbesloten er iets aan te doen. Zíj twijfelde in elk geval niet aan het belang en de nauwkeurigheid van haar 'gave', haar talent om de toekomst te voorspellen.

Heimelijk had Adam haar versie van de gebeurtenissen al direct niet geloofd. Niet alleen omdat het botste met zijn opleiding, met alles wat hij dacht te weten, maar ook vanwege de gevolgtrekkingen. Als Kassie gelijk had wat betreft Jacob Jones en Rochelle, als ze inderdaad het lot van mensen kon voorspellen... wat betekende dat dan? Dat hij een moordenaar was? Dat hij haar zou dóden?

Het was een belachelijk idee. Hij had zijn hele leven mensen geholpen, genezen. Hij was geen gewelddadig man. Bovendien mocht hij Kassie graag, dus in wat voor wereld was het mogelijk dat hij haar iets wilde aandoen? Hij duwde de gedachte weg, boos op zichzelf omdat hij er zelfs maar mee speelde. Hij moest het meisje helpen, niet haar wilde fantasieën aanmoedigen. Hij moest zijn oorspronkelijke aanpak weer toepassen en gebruikmaken van de vaardigheden die hij zich jarenlang eigen had gemaakt om de bron van haar psychose te behandelen. Dat was de juiste manier om haar te helpen, niet midden in de nacht detective spelen.

Tegen de tijd dat hij thuiskwam, voelde hij zich iets beter. Het was een verontrustende avond geweest, maar van nu af aan zou het anders gaan. Hij zou zijn uiterste beste doen om ervoor te zorgen dat alles weer normaal werd – op zijn werk, thuis en in zijn hart.

Voorzichtig deed hij de voordeur open en stapte het huis binnen. Faith was vast nog wakker; sinds ze terug was uit het ziekenhuis zat ze vaak tot laat in de avond tv te kijken.

Maar het licht was uit en het huis was in duisternis gehuld. Adam liet zijn sleutels op het tafeltje in de gang vallen en liep door de woonkamer, langs de lege keuken, naar de slaapkamer. Ook hier brandde geen licht en toen hij de kamer binnenging, zag hij Faith onder de dekens liggen. Ze was kennelijk vroeg naar bed gegaan, maar of dat een goed teken was of niet, wist hij niet. Of ze kon de wereld niet aan en was naar bed gegaan, of ze was eindelijk echt moe en had behoefte aan een goede nachtrust. God wist dat ze allebei in geen tijden lekker hadden geslapen.

In het donker trok hij zijn kleren uit, waarna hij naast haar in bed kroop. Ze bewoog zich niet en toen hij zachtjes op zijn helft van het bed ging liggen, luisterde hij ingespannen in de hoop haar rustige ademhaling te horen. Maar hij hoorde niets. Hij trok het dekbed tot zijn kin op, deed zijn ogen dicht en probeerde de gedachten die door zijn hoofd raasden weg te poetsen.

'Alles goed?'

Hij schrok van haar stem. Hij was ervan overtuigd geweest dat ze sliep.

'Met Kassie, bedoel ik.'

'Vals alarm,' antwoordde hij, en hij draaide zich naar haar toe.

'Gelukkig.'

'Ze is naar huis. Naar haar moeder.'

Het was een leugen – hij had geen idee waar ze naartoe was gegaan – en hij had er direct spijt van. Het riep een beeld op van een moeder en dochter thuis, en dat kon Faith alleen maar pijn doen.

'Fijn dat alles goed met haar is,' mompelde Faith, en haar stem sloeg iets over.

Ze draaide zich om en zei niets meer, maar aan de lichte beweging van haar schouders en de korte, zachte ademhaling kon Adam merken dat ze huilde. Heel even voelde hij zich volkomen verslagen, uitgehold door het geluid van zijn vrouw die verdriet had, maar toen vermande hij zich, rolde haar kant op en sloeg een arm om haar heen. Normaal gesproken zou hij hem om haar buik leggen, maar deze keer legde hij hem zachtjes op haar dij.

Hij hield haar vast in de hoop dat het genoeg was om haar verdriet te verzachten.

'Denk je... denk je dat we er ooit aan toe zullen zijn om het weer te proberen?'

Even was Adam sprakeloos. Waar kwam die gedachte vandaan? Het was veel te vroeg om daaraan te denken. Ze probeerden nog steeds de afschuw van Annabelles dood te verwerken, en trouwens, na alles wat ze hadden moeten doorstaan om zelfs maar zwanger te worden, leek het een enorme berg die ze moesten beklimmen. Iets wat ze alleen maar konden overwegen als ze hun huidige verdriet hadden verwerkt.

'Ik... ik weet het niet, Faith,' zei hij haperend, zich ervan bewust dat hij iets moest zeggen. 'Misschien... moeten we onszelf eerst wat tijd gunnen?'

De tijd was niet in hun voordeel. Faith was eind dertig en gezien hun achtergrond was de kans dat het zou lukken niet groot. Bovendien waren ze op dit moment geen van beiden in staat iets op zich te nemen wat zo pijnlijk en vernietigend kon zijn. Toch wist hij dat het niet was wat Faith wilde horen; zijn vage woorden klonken ontwijkend en niet overtuigend.

Adam wachtte vol verwachting – vol angst – op een reactie. Maar tot zijn verrassing reageerde Faith niet. In plaats daarvan schoof ze van hem weg en trok het dekbed tot aan haar kin op. Onwillig haalde hij zijn hand weg en ging weer op zijn helft van het bed liggen. Hij had het verkeerd aangepakt en wilde het wanhopig graag goedmaken. Maar er was niets waarmee hij haar pijn kon verzachten. Dus bleef hij naast zijn roerloze vrouw liggen. Man en vrouw verenigd in verdriet en stilte.

53

'Tjonge jonge, wie hebben we daar...?'

Gabrielle was gewend aan de goedmoedige plagerijtjes van haar man en trok zich er nooit iets van aan. Voornamelijk omdat zijn terechtwijzingen meestal terecht waren.

'Ik weet het en het spijt me... Zeg me dat de wedstrijd niet doorging.'

'Je oudste heeft twee homeruns geslagen, je jongste zelfs drie.'

'Nee...' kreunde Gabrielle, en ze liet haar tas en jas op een stoel vallen en plofte naast Dwayne op de bank neer. 'Ik zit diep in de problemen.'

'Dit gaat je een videogame kosten, denk ik. Misschien wel twee.' Hij stond op en gaf haar een tedere zoen op haar voorhoofd. 'Maar goed, zo erg was het ook weer niet. Ik heb de hele wedstrijd met de moeders doorgebracht en daar zitten een paar bloedmooie vrouwen bij.'

Gabrielle gooide een kussen naar zijn hoofd, maar hij was al bijna in de keuken.

'Ik pak het bier en de chips, zet jij Netflix op. Heb je al gegeten?'

'Chips is prima,' antwoordde Gabrielle, en ze pakte de afstandsbediening. Ze leunde achterover en scrolde door het menu tot ze *When We First Met* vond. Even later zat Dwayne weer naast haar en klonken ze met hun bierflesjes terwijl de film begon. Gabrielle genoot van deze momenten – dan was even alles normaal, in een leven vol stress, leed en gevaar. Ze wist dat haar baan een zware wissel op haar man, haar jongens en ook op haarzelf trok, als ze eerlijk was. Daarom waren die momenten waarop ze een normaal, gelukkig gezin konden zijn ook zo belangrijk.

De film begon en Gabrielle deed heel erg haar best om op te gaan in het verhaal. De romantische streken van Noah Ashby en vrienden zouden de zo nodige afleiding moeten bieden, maar vanavond kon ze geen rust vinden – ze bleef maar piekeren over hun zoektocht naar Kyle Redmond die niets had opgeleverd. Ondanks het feit dat hij in de hele stad gezocht werd, was hij nergens te bekennen. Chicago was groot, bijna drie miljoen mensen liepen er elke dag rond, maar was het echt mogelijk om compleet te verdwijnen?

'Au.'

Dwayne gaf haar met zijn elleboog een por in haar zij. 'Concentreer je. Je bent niet op je werk.'

Ze gaf hem een por terug en deed haar best zich te concentreren op het drama dat zich voor haar ontvouwde. Maar de realiteit was dat je tijdens een zaak als deze nooit helemaal vrij had. Elke vergissing, elke vertraging was belangrijk door wat die zou kunnen betekenen. Ondanks hun inzet waren ze niet dichter bij een arrestatie, niet dichter bij een bevredigende conclusie.

Ergens in Chicago liep een moordenaar rond.

54

'Praat alsjeblieft met me...' Haar stem klonk zwak en hees. 'Waarom zég je niets tegen me?'

De man met de muts negeerde haar en sleepte een plunjezak over de grond naar zich toe. Wanhopig begon Rochelle te huilen; zoute tranen en speeksel prikten in haar schorre keel. Ze had zich nog nooit zo afschuwelijk gevoeld, het was alsof ze een ernstig auto-ongeluk had gehad. Ze was duizelig, gedesoriënteerd en niet in staat haar hoofd te draaien zonder een stekende pijn in haar nek te krijgen. Tegelijkertijd besefte ze dat dat wel haar minste zorg was. Haar ontvoerder had geen woord gezegd sinds ze op deze akelige plek waren aangekomen en met elke seconde nam haar angst toe.

Ze was thuis geweest en had de zorgen van een moeilijke dag van zich afgespoeld toen de douchedeur opeens was opengevlogen. Ruwe handen hadden haar vastgepakt en voordat ze kon begrijpen wat er gebeurde, had ze op de badkamervloer gelegen en glibberden haar blote benen over de natte tegels. En toen dat afschuwelijke verstikkende gevoel.

Voor ze het wist zat ze hier, in het donker, naakt en kwetsbaar; haar armen en benen zaten achter haar lichaam vastgebonden en ze voelde dat akelige plastic onder haar tenen. Verward en doodsbang had ze geschreeuwd en geschreeuwd, maar haar ontvoerder had niet gereageerd en was rustig verdergegaan met waar hij mee bezig was. Hij had een overall aan en zag eruit als een doodgewone arbeider, behalve dan dat hij een bivakmuts droeg die zijn gelaatstrekken verborgen hield en genadeloos bleef zwijgen.

'Alsjeblieft,' zei ze schor. 'Zeg me wat je wilt. Ik heb geld... mijn vader heeft geld... Wat wíl je?'

De man zei niets, maar stopte met rommelen in zijn tas. Hij ging rechtop staan en draaide zich naar Rochelle. De ruimte was klein en donker, een olielampje bood een zwak licht, maar toch was zijn aanblik bloedstollend. In zijn rechterhand had hij een hakmes. Het flikkerende licht van de lamp danste op het glinsterende lemmet.

'Doe me alsjeblieft geen pijn...' Tranen stroomden over Rochelles gezicht. Haar overweldiger reageerde niet, hield alleen zijn hoofd schuin terwijl hij haar leed aanschouwde, waarna hij dichterbij kwam.

'Ik smeek je...' Ze snikte ongecontroleerd. 'Vermoord me alsjeblieft niet...'

Hij bleef vlak voor haar staan. Heel beheerst liet hij de botte kant van het mes over haar wang glijden. Het staal voelde koud en wreed op haar huid. 'Weet je wie ik ben?' fluisterde hij.

'Nee, nee, helemaal niet...'

'Weet je wat ik dóé?'

'Nee, ik weet helemaal niets van je...'

'Mooi.' Hij bracht het mes omhoog, klaar om het in haar schedel te rammen. Rochelle schokte en gilde van angst. Maar tot haar verrassing liet haar aanvaller zijn arm zakken en grinnikte zacht. Rochelle staarde hem even verbijsterd aan, terwijl haar hart als een bezetene tekeerging. Ze had verwacht dat ze dood zou gaan. Nu was ze bang dat er iets veel ergers ging gebeuren.

Alsof hij dat aanvoelde, ging de man op zijn hurken zitten. Ze zaten bijna neus aan neus. Ze rook tabak op zijn adem en de scherpe lucht van zweet.

'We hebben geen haast, Rochelle,' fluisterde hij.

Rochelle kon geen woord uitbrengen. De kwaadaardigheid in zijn stem, de glinstering in zijn ogen, was te veel. Ze wilde flauwvallen, wilde dat dit allemaal voorbij was, maar haar lichaam weigerde mee te werken. Ze zat opgesloten in deze nachtmerrie.

'We gaan het heel rustig aan doen...'

'Alsjeblieft, nee,' kreunde ze.

'Stukje bij beetje...' Hij streelde haar arm met het hakmes.

Rochelle had het gevoel dat ze moest overgeven; opeens wist ze precies wat er ging gebeuren.

'Om te beginnen met dat mooie tongetje van je.'

55

Ochtendlicht filterde door de gordijnen en verlichtte een troosteloos tafereel. Natalia zat in haar eentje op haar dochters keurig opgemaakte bed naar de vloer te staren en koortsachtig met haar rozenkranskralen te spelen. Ze was boos op haar dochter, schaamde zich, was gekrenkt, maar maakte zich boven alles zorgen. Kassie was de hele nacht niet thuisgekomen.

Wat was ze in vredesnaam aan het doen? Waar was ze? Ze had vrijwel geen vrienden, geen familieleden met wie ze een goede band had, dus wie had haar gebeld? De persoon in kwestie had het in elk geval geen twee keer hoeven vragen, Kassie was zonder omkijken de kerk uit gehold. Had ze een vriendje? Of een nieuwe vriendin van een van de vele zelfhulpgroepen waar ze door de jaren heen was geweest? Of was ze door die psycholoog gebeld, die haar waanideeën tot nu toe alleen maar had aangemoedigd. Ze verdacht de laatste ervan, al kon ze dat natuurlijk niet zeker weten.

Natalia stond op en liep naar het raam, trok de gordijnen open en tuurde voor de vijfde keer die ochtend door de straat. Ze was tot twee uur opgebleven en uiteindelijk naar bed gegaan met de gedachte dat Kassie wel vaker laat thuiskwam. Maar toen het heel langzaam vier uur, vijf uur en toen zes uur was geworden, had

Natalia de hoop op slapen opgegeven en had ze Kassie opnieuw gebeld, waarna ze zich had aangekleed en buiten op straat had gekeken of ze haar verloren dochter ergens zag.

Ontgoocheld was ze weer naar Kassies kamer gegaan in de hoop iets te vinden wat haar zou vertellen waar haar dochter was, maar er was niets. Alleen de gebruikelijke vuile kleren op de grond en de schoolboeken die kriskras op het provisorische bureau lagen. Ze was blijven wachten... in de hoop dat Kassie zou verschijnen. Maar ze kwam niet. Leefde ze nog? Was ze dood? Verkeerde ze in moeilijkheden? Natalia had het idee dat ze het zou weten als haar dochter iets ergs was overkomen, dat ze het in elke vezel van haar lichaam zou voelen, en het feit dat dat niet het geval was, gaf haar een sprankje hoop. Maar verder had ze geen idee wat er was gebeurd. Moest ze de politie bellen? Wat had dat voor zin, na alle recente problemen die ze met de autoriteiten had gehad? Ze zou de school moeten bellen om Kassies afwezigheid te verklaren, maar dat was geen telefoontje waar ze naar uitkeek. Ze hadden het bij rector Harrison toch al aardig verbruid.

Natalia liep weer naar het bed en voelde zich plotseling uitgeput en hopeloos. Toen ze zich op het doorzakkende matras liet zakken viel haar oog ergens op. Een ingelijste foto op het nachtkastje van een jonge Kassie en haar ouders die stralend in de camera keken, met op de achtergrond Wrigley Park. Een maalstroom van emoties kolkte door Natalia heen: blijdschap, trots, spijt, en dat alles gewikkeld in intens verdriet. Ze had zo haar best gedaan met Kassie. Ook al vond ze het moeilijk om haar gevoelens te tonen, toch had ze alles geprobeerd om haar lieve baby liefde te tonen: ze had haar in mooie kleertjes gehuld, het kind kreeg altijd goed te eten, ze hadden haar meegenomen op uitjes wanneer ze het zich konden veroorloven. Na Mikolajs dood was alles natuurlijk veel zwaarder geworden – ze had noodgedwongen meerdere baantjes moeten nemen om de eindjes aan elkaar te knopen en was vaak te moe om met haar moeilijke, onvoorspelbare kind om te gaan – maar ze had het geprobeerd, vastbesloten de fouten uit het verleden niet te herhalen.

Natalia's eigen jeugd was moeilijk en eenzaam geweest; haar moeder was een gekwelde vrouw die uiteindelijk haar verstand was kwijtgeraakt, maar niet voordat ze zes kinderen op de wereld had gezet. Vanaf het begin had ze lievelingen gehad en Natalia was daar niet een van geweest. Aleksy, de blonde jongen met blauwe ogen, en Emilka, haar koppige bekoorlijke oudste dochter, waren haar oogappels geweest. Beiden waren voor de puberteit overleden, maar toen ze nog leefden, had iedereen achteraan moeten sluiten. Deze verwaarlozing had Natalia diep geraakt en ze had ervoor gekozen het anders te doen. Ze had maar één kind, dat maakte het natuurlijk gemakkelijker, maar ze had haar best gedaan om ervoor te zorgen dat Kassie zich gewenst en verzorgd voelde en om haar de juiste manier van leven te leren. Hoe ze beleefd, nuttig en gehoorzaam moest zijn en altijd de kerk en haar voorvaderen moest respecteren.

En wat was haar dank geweest? Ongehoorzaamheid, afwijzing, eenzaamheid. Ze had geprobeerd haar dochter de liefde te geven die zij nooit had gekend, maar had er niets voor teruggekregen. En daarom zat ze nu alleen op het bed van haar dochter – verdrietig, verward en bang.

56

In zijn ergste nachtmerries had Adam zich niet kunnen voorstellen dat hij dit zou moeten doen. Het leek allemaal zo onwerkelijk – grúwelijk onwerkelijk – en hij had er spijt van dat hij deze zware last vrijwillig op zich had genomen.

Op het moment zelf had het de juiste beslissing geleken, de meest logische, maar een medische opleiding betekende ook niet alles. De kille logica van ziekte en dood is in beginsel eenvoudig te begrijpen, maar heel moeilijk zelf te ervaren. Het kan lastig zijn om om te gaan met mensen die verdriet hebben – Adam had het vaak meegemaakt – maar het was niets vergeleken met het verdriet van iemand om wie je gaf, van wie je hield. Adam zag nog steeds Faiths bleke, betraande gezicht voor zich toen hij vol excuses en verklaringen die avond de kraamafdeling binnen was gestormd. Zij had verdoofd, wezenloos gekeken, alsof ze zojuist een ongeluk had gehad. Ze verkeerde in shock, kon niet accepteren dat het leven zo genadeloos, zo meedogenloos, zo wreed kon zijn.

Sindsdien was ze van shock naar pure, ongebreidelde wanhoop gegaan, daarna naar verbittering en boosheid, en nu... tja, waar was ze nu? Vanmorgen was ze heel lief geweest, misschien omdat ze spijt had van hun ongemakkelijke gesprek van gisteravond, en hoewel ze niet veel hadden gezegd, hadden ze elkaar in elk geval vastgehouden, hadden ze zich woordeloos aan elkaar vastgeklampt terwijl de zon opkwam. Hij had het idee dat ze nu diep ondergedompeld was in haar verdriet, wat op lange termijn misschien niet zo slecht was. Zelf had hij dat stadium nog lang niet bereikt, moest hij toegeven. Hij verkeerde nog steeds in shock, had de gebeurtenissen die zijn wereld de afgelopen dagen op zijn grondvesten hadden doen trillen nauwelijks verwerkt.

'Neemt u gerust de tijd. Als u eraan toe bent.'

Hij keek op en zag de ziekenhuisdirecteur vriendelijk glimlachend naar hem kijken.

'Sorry, ik...'

'Er is geen haast, meneer Brandt. Geen haast.'

Adam glimlachte gespannen terug en keek, met zijn pen in zijn hand, naar het formulier voor zich. Het was zó eenvoudig – een handtekening zetten op de stippellijn – maar opeens leek het het moeilijkste wat hij ooit zou moeten doen. Het ziekenhuis had zijn toestemming nodig om Annabelles lichaam vrij te geven en natuurlijk zou hij die geven, maar vooralsnog aarzelde hij. Vreemd genoeg had het hem wat troost geboden dat ze veilig in Rush University Medical Center had gelegen, een ziekenhuis dat hij goed kende. Met het ondertekenen van het formulier zou hij haar lichaampje vrijgeven aan de uitvaartondernemer en zou het akelige proces beginnen: de uitvaartvoorbereidingen, de ceremonie, de wake. En plotseling wilde hij daar niets mee te maken hebben, het leek allemaal zo definitief. Het einde van hun hoop en dromen.

Tranen prikten in zijn ogen toen hij Annabelle voor zich zag. Ze had in zijn armen gelegen, had met die glazige, vriendelijke blik naar hem opgekeken, alsof ze aan het dagdromen was. Het was een herinnering waar hij zich aan vastklampte, hoewel ze intens verdriet teweegbracht. Hier, in de familiekamer, geflankeerd door een goedbedoelende vreemde, besefte Adam dat hun tegenspoed nog helemaal niet tot hem was doorgedrongen, dat zijn wanhoop nog op uitbarsten stond. Maar niet hier, niet in aanwezigheid van een vrouw die hij amper kende. Dus krabbelde hij zijn naam op het formulier en gaf het terug.

Hij moest sterk blijven. Voor zichzelf. Voor Faith. En ook voor Annabelle.

57

Ze was heel anders dan Kassie zich had voorgesteld.

Vanaf het moment dat Adam Brandt het voor het eerst over Faith had gehad, had Kassie een beeld in haar hoofd gehad van de vrouw van de prominente psycholoog: keurig verzorgd, geraffineerd, levend in een wereld die Kassie volkomen vreemd was. Kassie had zich voorgesteld hoe ze elegant door een indrukwekkend herenhuis liep waar ze feestjes gaf, succesvol was en mensen koesterde. De realiteit was heel anders. Adams huis was indrukwekkend, maar nog steeds lieflijk, en Faith was helemaal niet verfijnd. Ze zag er een beetje zweverig, onconventioneel en zelfs wat slonzig uit en ze leek gestrest en verward. Ze stond in de deuropening in haar badjas die afzakte en keek met een geërgerde blik naar Kassie.

'Het spijt me dat ik je stoor,' zei Kassie haperend. Ze liet haar blik naar de grond zakken, en haar van tevoren bedachte woorden vervlogen.

'Hoor eens, als je soms iets wilt verkopen...'

'Ik zoek Adam... Adam Brandt. Ik ben Kassie Wojcek.'

Stilte.

Kassie wierp een snelle blik op Faith en zag een subtiele verandering in haar blik. Herkenning, dat zeker, maar ook iets anders.

Verbazing? Nieuwsgierigheid? 'Ik had niet moeten komen, dat weet ik, maar hij is niet in de praktijk en hij neemt zijn telefoon niet op.'

'Nee, hij is...' antwoordde Faith aarzelend. 'Hij moest even weg.'

'O.' Kassie wist opeens niet wat ze moest doen. Ze wist dat er een spoedgeval in de familie was geweest – waarschijnlijk een overlijden, gezien Adams sombere toon, misschien een van Faiths ouders – en had gedacht dat hij thuis zou zijn om zijn vrouw te troosten. Ze had niet echt een plan B bedacht voor het geval ze het mis had. Ze wiebelde wat heen en weer en beet op haar nagels.

'Zal ik vragen of hij je belt?'

Faiths stem doorbrak haar overpeinzingen.

'Ja, graag,' mompelde ze. 'Zeg hem maar dat het dringend is.'

'Dat zal ik doen.'

Het gesprek liep dood. Kassie miste de sociale verfijning om te weten wat ze moest zeggen en of ze moest gaan of blijven, dus bleef ze maar staan. Het afgelopen uur gonsde het op de Twitter-accounts van lokale nieuwszenders over geruchten van een tweede lijk en Kassie had zich gedwongen gevoeld om Adam op te zoeken. Maar nu wist ze niet wat ze moest. Teleurgesteld en gefrustreerd draaide ze zich om; ze was boos op zichzelf omdat ze iemand had lastiggevallen die het duidelijk heel moeilijk had.

'Zeg, je mag hier wel op hem wachten, als je dat wilt.'

Verrast draaide Kassie zich om.

'Hij is over een half uurtje wel thuis. Hij was niet van plan om vandaag naar de praktijk te gaan, dus als het belangrijk is...'

Kassie wilde haar aanbod accepteren, maar hoorde zichzelf zeggen: 'Het is al goed. Ik wil je niet lastigv...'

'Het mag gerust.'

Het werd vriendelijk en resoluut gezegd. Kassie keek haar weer aan en zag tot haar verbazing vriendelijkheid en zelfs medeleven in Faiths blik. Het gevoel dat de ene gekwetste ziel een hand uitstak naar de andere. Kassie glimlachte dankbaar en stapte het huis binnen.

Vijf minuten later stond Kassie in een ruime studio aan de achterkant van het huis. Ze waren langs de woonkamer gelopen, die was ingericht met verschillende familiefoto's en vakantiesouvenirs, en waren direct naar de keuken gegaan. Daar was snel koffiegezet, waarna ze naar de achterkant van het huis waren gelopen, naar Faiths schatkamer.

Kassie had nog nooit zoiets gezien. De ruimte stond vol beelden en snuisterijen – dikke boeddha's die tegen Ierse feeën en Chinese gelukskatten aan stonden – en er hingen prachtige wandkleden. Maar het waren de schilderijen waar ze echt versteld van stond. Ze waren van verschillende afmetingen – klein en intiem, maar ook reusachtig en imposant – en in verschillende stijlen. Het waren allemaal portretten – sommige in prikkelende, bijna lichtgevende kleuren, andere in grimmige grijstinten – en stuk voor stuk trokken ze je naar zich toe, daagden ze je uit om de persoonlijkheid van het onderwerp te ontdekken.

'Zijn die allemaal van jou?' vroeg Kassie.

Faith keek om zich heen, alsof ze verrast was de schilderijen te zien en antwoordde achteloos: 'Ja.'

'Ze zijn waanzinnig.' Kassie besefte dat ze als een dweperige fan klonk, maar kon er niets aan doen. 'Hoe lang heb je erover gedaan om die allemaal te schilderen?'

'Jaren,' zei Faith ongeïnteresseerd.

'Die zouden in een galerie moeten hangen. Of een winkel,' kwebbelde Kassie verder.

'Ja...'

Faith klonk afwezig, alsof de schilderijen niet van haar waren, alsof ze niet interessant waren, al helemaal niet voor haar, en toen Kassie zich omdraaide om naar haar te kijken, zag ze hoe bleek Adams vrouw was. Ze leek verloren, uitgehold en toen Kassies blik verder langs Faiths lichaam gleed, zag ze voor het eerst de kleine bolling van haar buik. Opeens vermoedde ze wat dit gelukkige stel zo uit het lood had geslagen. 'Weet je, misschien moet ik toch maar gaan,' zei ze, en ze zette haar koffiekopje neer.

'Nee. Ik heb liever dat je blijft. Het is hier zo stil in m'n eentje.'

Kassie aarzelde en wist niet of ze haar gevoel moest volgen en moest gaan, of moest blijven om haar treurige gastvrouw gezelschap te houden.

'We hebben een baby verloren,' ging Faith snel verder.

'Wat erg.'

'Soms vind ik het fijn om alleen te zijn... het is gemakkelijker... maar op andere momenten...' Haar stem stierf weg, overmand door emoties.

Kassie had opeens een akelig duidelijk beeld van deze rouwende vrouw die door dit grote huis dwaalde, waar ze in de stille kinderloze kamers werd getergd door haar onvervulde hoop voor de toekomst. Intuïtief deed ze een stap naar voren en legde ze een hand op Faiths arm. Tot haar verrassing pakte Faith hem vast alsof ze vreesde voor haar leven. 'Dat moet afschuwelijk zijn,' hoorde Kassie zichzelf zeggen, en ze streelde Faiths arm met haar vrije hand, probeerde de diepbedroefde moeder wat te troosten.

Faith knikte heftig en een paar tranen rolden over haar wangen. 'Het is veel meer dan dat.'

Kassie mompelde instemmend en wist niet goed hoe ze moest reageren. Faith was zeker twee keer zo oud en de tiener was hier totaal niet op voorbereid. Opnieuw vroeg ze zich af of het niet beter was als ze ging – Adam zou het haar niet in dank afnemen dat ze zijn vrouw overstuur had gemaakt – maar op hetzelfde moment keek Faith op.

Ze keek Kassie even onderzoekend aan, alsof ze zich afvroeg of ze nog meer moest zeggen of niet, en vroeg toen: 'Denk je...' Weer aarzelde ze en ze bestudeerde Kassies gezicht. 'Denk je dat ze heeft geleden?'

Kassie had deze vraag niet verwacht, maar Faith staarde haar nu ingespannen aan, alsof ze snakte naar haar goede raad. Verward en ongemakkelijk keek Kassie naar de grond.

'Toen Annabelle overleed, had ze toen pijn?'

Kassie probeerde rustig te blijven, maar was van haar stuk gebracht, in de war, dit was te veel voor haar.

'Alsjeblieft, Kassie... Ik moet het weten.'

Wat moest ze zeggen? Wat had Adam Faith eigenlijk over haar verteld? Ze had geen idee wat het ongeboren kind had meegemaakt, ze had geen beeld van haar, geen notie van haar bestaan. Maar Faiths behoefte aan troost, aan hulp, was zo duidelijk dat Kassie tot haar eigen verbazing zei: 'Nee. Nee, ze heeft helemaal niet geleden.'

En tot Kassies diepe schaamte keek Faith haar met een glimlach door haar tranen aan.

58

Gabrielle was er letterlijk ziek van. Van het telefoontje vanmorgen vroeg, toen ze de jongens bij school afzette. Zo bizar was haar leven: het ene moment stond ze gezellig met de rector te babbelen over Zacks studieplannen en even later kreeg ze Suarez' warrige bericht te verwerken. Ze was direct naar de plaats delict gereden – een zeilvereniging aan de rand van het meer – in de hoop dat ze het incident kon sussen, maar zodra ze haar auto had geparkeerd, had ze beseft dat dat ijdele hoop was. De leden van de technische recherche waren al ter plaatse, evenals agenten in uniform, en daarachter stonden wat omstanders en een groeiend aantal journalisten.

De verlaten Ford Ranger stond op de lege parkeerplaats. Emily Bartlett, hoofd van de technische recherche, was net gearriveerd en kwam bij Gabrielle staan, die de inhoud van de kofferbak bekeek. Gabrielle wist wat ze kon verwachten, maar toch was het een schokkend gezicht. Een plastic zeil, besmeurd met geronnen bloed, met daarin een verminkt lijk. Uit het asgrauwe gezicht van het vrouwelijke slachtoffer sprak een en al afschuw en ontzetting, haar lange, met bloed aangekoekte haar hing over een gruwelijke diepe wond in haar hals. Ontsteld draaide Gabrielle zich om en gebaarde dat Bartlett met haar onderzoek kon beginnen. Ondertussen kwam Miller bij haar staan.

'Wie heeft haar gevonden?' vroeg Gabrielle, terwijl het haar nog duizelde.

'De voorzitter van de zeilvereniging. De auto stond er al toen hij het terrein op kwam. Hij zag dat de kofferbak niet goed dichtzat, en...'

'Hebben we enig idee wie ze is?'

'We hebben nog geen legitimatie gevonden... uiteraard,' antwoordde Miller behoedzaam, 'maar de auto staat op naam van een zekere Rochelle Stevens.'

Een uur later hadden Gabrielle en haar team een eerste huiszoeking gedaan in de nette voorstedelijke woning van Rochelle Stevens. De eigenaresse werkte in de verslavingszorg, en dus had Gabrielle zo'n vermoeden dat haar woning door de ouders gefinancierd was, aangezien er geen ingelijste foto's van een vriend of echtgenoot stonden. Er was weinig dat niet op z'n plek leek in dit goed onderhouden huis, maar aan de achterkant van het pand was een raampje ingeslagen en de openslaande deuren zaten niet op slot. Als er sprake was van een indringer, was die hier waarschijnlijk binnengekomen. De technische recherche had al een pad vrijgemaakt om te voorkomen dat de plek verstoord werd, en ze waren hard op zoek naar vezels, huidcellen en meer.

Gabrielle hoopte vurig dat ze iets zouden vinden, want op een kapot raam na waren er geen zichtbare sporen dat hier iets gebeurd was. De meubels stonden op hun plek, de bedden waren opgemaakt, de handdoeken hingen netjes in de badkamer. De portemonnee, sleutels en mobiele telefoon van de eigenaresse lagen naast de post van gisteren, en op de grond daaronder stond een grijze schoudertas met daarin een metrokaartje van gisteren.

Haar auto was weg, maar de garagedeur was afgesloten – in feite was er niets wat de eigenaresse van dit huis in verband bracht met het verwoeste lichaam in de kofferbak, behalve dan dat Rochelle vanmorgen niet op haar werk was verschenen.

Omdat ze weinig hard bewijsmateriaal had, onderzocht Gabrielle de mobiele telefoon van de vermiste vrouw. In haar recente e-mails en berichten stond niets interessants, dus keek ze daarna in haar agenda. Die leverde meer op. Rochelle was duidelijk een vrouw die van een georganiseerd leven hield. Alles stond ingepland, tot aan haar favoriete televisieserie Scandal aan toe, waar ze kennelijk trouw elke dinsdagavond naar keek. Gistermiddag had ze een NA-bijeenkomst in Lower West Side geleid. Het stempel op haar metrokaartje correspondeerde ongeveer met het einde van die bijeenkomst, en aangezien haar tas en sleutels hier lagen, was Rochelle gisteren waarschijnlijk direct na afloop naar huis gegaan… waarna ze van de aardbodem was verdwenen. Naar alle waarschijnlijkheid was ze voor het laatst gezien bij haar afkickgroep in Lower West Side.

En dat was precies waar Gabrielle nu naartoe ging.

59

Adam rukte het stuur scherp naar links, stak twee banen met tegemoetkomend verkeer over en reed een lege parkeerplaats op. Hij reed te snel, kwam niet goed uit en knalde met de wielen tegen de stoep, waardoor hij naar voren werd gesmeten in zijn stoel. Om hem heen toeterden auto's en toonden boze automobilisten met gebaren hun ongenoegen, maar hij besteedde er geen aandacht aan. Hij luisterde gebiologeerd naar de stem op de radio.

'... even voor zeven uur vanmorgen. Volgens een bron dicht bij het onderzoek...'

Met trillende vingers zette Adam het geluid harder.

'... het lichaam was ernstig verminkt en de keel van het slachtoffer was doorgesneden. Jacob Jones, een officier van justitie voor de staat Illinois, werd nog geen week geleden op dezelfde wijze vermoord; inmiddels worden vragen gesteld over het onderzoek dat geleid wordt door de recherche van Chicago.'

De woorden spoelden over hem heen, maar het kostte Adam moeite om ze te verwerken. Toen Kassie gisteravond wegliep, was er niets aan de hand geweest, niets had erop gewezen dat er een misdrijf was gepleegd. Het was natuurlijk mogelijk dat de twee misdrijven niets met elkaar te maken hadden, heel misschien, maar zelfs die vage hoop werd nu door de sombere nieuwslezer de grond in geboord.

'Het lichaam is nog niet officieel geïdentificeerd, maar we hebben begrepen dat het om een vrouw van eind twintig gaat, uit de omgeving West Town. We vermoeden dat ze bij de autoriteiten bekend was vanwege haar werk in de verslavingszorg en ze is al enige tijd woonachtig in Chicago…'

De nieuwsuitzending ging verder en de nieuwslezeres gaf zo veel mogelijk informatie zonder de naam van het slachtoffer te noemen. Maar Adam wist precies over wie ze het had. Rochelle Stevens was dood, precies zoals Kassie had voorspeld. Hoe was dat mogelijk? Adam besefte dat hij zich had vastgeklampt aan de hoop dat Kassie het verkeerd had, dat Rochelle gezond en wel boven water zou komen, wat de tiener zou dwingen om de dieperliggende redenen voor haar 'visoenen' onder ogen te zien. Maar wat nu? Wat voor spel speelde Kassie? Wat wíst ze?

Voor het eerst in zijn volwassen leven voelde Adam zich verloren. Hij leunde naar voren en zette de radio uit, niet in staat verder te luisteren. Een moeilijke, uitputtende dag was zojuist een heel stuk donkerder geworden.

60

'Wat afschuwelijk, hè? Zo jong nog. Ze had haar hele leven nog voor zich...'

Madelaine Baines had een druk programma die ochtend – kleren afgeven bij de stomerij, boodschappen doen, nog even naar de Phone Shack én de Nail Bar – maar sommige dingen waren te belangrijk om te negeren. Ze wist niet of de winkelbediende, die bezig was om haar nieuwe mobiel klaar te maken, hier hetzelfde over dacht, maar dat weerhield haar er niet van om haar gevoelens duidelijk te maken.

'Ze zeiden op het nieuws dat ze nog maar zesentwintig was. Om dan zo te eindigen, in de kofferbak van een auto. Ze zeggen dat ze het tweede slachtoffer is... na die arme man...'

'Ja...' gromde de winkelbediende, die met moeite de nieuwe simkaart erin stopte.

'Hoe heette hij ook alweer? Jacob nog wat?' Terwijl ze het zei, keek Madelaine of er iemand anders was die ze bij het gesprek kon betrekken.

Mannen waren soms zo nutteloos... maar het was vanmorgen druk in de winkel en er was geen ander winkelpersoneel dat haar afschuw deelde. Ze waren waarschijnlijk toch niet van hier en zouden niet begrijpen waarom het zo schokkend was. Niet dat er in Chicago nooit mensen werden vermoord, maar dit was van een heel ander kaliber.

Twee onschuldige mensen ontvoerd uit hun eigen huis en daarna wreed vermoord. Mensen uit West Town, nota bene, de wijk waar zij al twintig jaar woonde, sinds ze naar Chicago was verhuisd. Jacob Jones – zó heette hij – had een paar straten verderop gewoond. Woonde deze jonge vrouw soms ook in de buurt?

Madelaine bleef hierover piekeren toen ze snel terugliep naar haar auto. Ze had allerlei andere dingen waar ze zich mee bezig kon houden – de kinderen, Paul, haar liefdadigheidswerk – maar langzaam begon er een plannetje te ontstaan. Madelaine wist dat ze soms wat uitgesproken was – dat mensen haar soms bazig vonden, zelfs een tikkeltje dominant, maar je kon zeggen wat je wilde, in een crisis stond ze altijd paraat. Ze was altijd bereid om te doen wat er gedaan moest worden.

En dat ging ze nu ook doen. Ze lieten zich niet intimideren. Ze lieten zich niet kleinkrijgen. Het was tijd dat de mensen uit West Town terugvochten.

61

'Je kunt hier niet zomaar komen, Kassie. Zo werkt het niet.'

Adam staarde verbijsterd naar de tiener. De dag begon onwerkelijk te worden, alsof hij het zich allemaal inbeeldde: zijn hartverscheurende beproeving in het ziekenhuis, het nieuws dat Rochelle Stevens lichaam was gevonden en tot slot de ontdekking dat Faith en Kassie een serieus gesprek in haar studio hadden gevoerd, alsof ze elkaar kenden, alsof ze vríénden waren. Was dit soms een droom? Zou hij zo wakker worden en zien dat alles weer normaal was? Dat een gelukkige, zwangere Faith naast hem lag te doezelen?

'Dat weet ik en het spijt me,' antwoordde Kassie schaapachtig.

'Je weet dat ik je wil helpen, maar ik heb een leven – een privéleven – en als ik niet aan het werk ben…'

'Dat begrijp ik ook, echt waar. Ik wilde jou of Faith niet lastigvallen…'

Adam volgde Kassies snelle blik naar de studio, waar Faith zich discreet had teruggetrokken.

'Maar je snapt toch wel waarom ik moest komen? Heb je het nieuws gehoord?'

'Natuurlijk.'

Adam had aan niets anders meer gedacht in de auto. Het feit

dat Rochelle dood was – een vrouw die hij had gesproken, met wie hij wel eens wat had gedronken – was gruwelijk. Het feit dat hij en Kassie bij haar hadden ingebroken, maakte het nog veel erger.

'Kassie...' Hij aarzelde en worstelde om de juiste woorden te vinden voor zijn vraag. 'Kassie, als je informatie over deze moorden hebt, dan moet je me die vertellen. Als je in de problemen zit, dan kan ik je helpen, maar ik moet de waarheid weten.' Hij probeerde zijn stem beheerst te houden.

Kassie staarde hem aan alsof ze de vraag niet goed begreep. 'Waar heb je het over?'

'Je bent gisteravond na je therapie achter Rochelle aan gegaan.'

'Ze is me ontglipt. Dat heb ik je al gezegd...'

'Is er tijdens de therapiesessie iets gebeurd wat je van streek maakte?' drong hij aan. 'Iets tussen jou en Rochelle?'

'Ik heb je álles verteld,' hield ze vol. 'Ik was bang door wat ik zag. Daarom schreeuwde ik zo, dat was alles...'

'Waar ben je gisteravond naartoe gegaan nadat je bij mij wegging? Ben je naar huis gegaan?'

Voor het eerst keek Kassie een beetje bedeesd. Ze liet haar blik naar de grond zakken en antwoordde: 'Nee. Dat trok ik niet.'

'En dus...'

'En dus... heb ik de hele nacht in de metro gezeten. Ik heb tot vanmorgen rondjes gereden in de Loop. Dat doen zo veel mensen, zwervers, dronkaards, weglopers...' Ze keek hem aan terwijl ze sprak, alsof ze wilde inschatten of hij haar geloofde.

Adam kon niet zeggen wat de blik op haar gezicht betekende. Was dat schuldgevoel? Of schaamte? 'Je begrijpt toch wel waarom ik het je vraag?' ging hij verder, maar hij vermeed haar blik. 'Je kende Jacob Jones, hij heeft je bij de jeugdrechtbank vervolgd. En je kende Rochelle ook.'

'Ik heb haar één keer gezien. En ik kon me Jones niet eens herinneren. Ik heb een half uur in die rechtbank gezeten. Ik heb echt geen namen of gezichten onthouden...'

Adam zei niets en staarde naar de angstige tiener.

'En, nee, ik heb niets met hun dood te maken,' concludeerde ze boos. 'Ik wilde ze helpen, ik wilde die vent tegenhouden...'

'Kassie, je bent een meisje van vijftien.'

'Ik heb geen keus. Dat wéét je.'

Adam slaakte een diepe zucht en wreef met zijn hand over zijn gezicht. Feit was dat hij niets meer zeker wist.

'Daarom ben ik hier gekomen... om je om hulp te vragen.'

'Ik weet niet wat ik kan doen.'

'Ik wil dat je me mee terugneemt daarnaartoe.'

'Naar het huis van Rochelle?' vroeg Adam ongelovig.

'Nee, naar mijn visioen. Naar de dingen die ik heb gezien.'

Weer een schok op een dag die hem bleef verrassen.

'Het is overduidelijk dat je twijfelt aan wat ik voel, wat ik zíé, maar ik denk dat mijn ervaringen... kunnen helpen. Ik heb geprobeerd me te herinneren wat er is gebeurd, ik heb geprobeerd om in gedachten terug te gaan, maar ik kan me alleen flarden herinneren...'

'Ik zou niet eens weten hoe we moesten beginnen,' antwoordde Adam uit het lood geslagen.' Het zijn niet jouw herinneringen, ze zijn niet...' Hij weerhield zich ervan om 'echt' te zeggen, maar Kassie wist wat hij bedoelde.

'Hoe dan ook,' ging ze onbeschaamd verder. 'Ik heb ze erváren. Het voelde alsof ik bij haar was, en sommige dingen van Jones klopten ook – de kou onder zijn voeten, dat kan het plastic zeil zijn geweest...'

'Je trekt voorbarige conclusies, Kassie. Je laat je leiden door wat je wilt geloven...'

'Godsamme,' snauwde Kassie. 'Er zijn twee mensen dood. De politie weet nog niks, dus als er een kans bestaat dat ik kan helpen, vind je dan niet dat we dat moeten proberen?'

'En als het jou negatief beïnvloedt?' was Adams weerwoord. 'Als jij erdoor uit je evenwicht raakt, of het verergert het trauma dat je al hebt meegemaakt...?'

'Ik ben bereid dat risico te nemen.'

Haar antwoord was stellig en definitief, waardoor Adam nu een keus moest maken. Of met haar werken op haar voorwaarden, of haar wegsturen. 'Luister, er zijn defusietechnieken die we zouden kunnen gebruiken,' zei hij uiteindelijk. 'Zodat je die... ervaringen kunt aanspreken zonder er écht te zíjn...' Tot Adams verrassing glimlachte Kassie en ze legde een hand op zijn arm.

'Meer vraag ik niet van je,' zei ze zacht, en er sprongen tranen in haar ogen. 'Ik wil gewoon dat we het probéren.'

62

'Ik heb nog nooit zoiets meegemaakt. Het ene moment was er niets aan de hand en toen...'

Gabrielle Grey keek naar het betraande gezicht van het meisje voor haar.

Simone Fischer was een van zeker tien mensen die voor het verlopen buurthuis in Lower West Side stonden. Sommigen hadden bloemen bij zich, anderen zochten steun bij elkaar, allemaal zichtbaar geschokt door het nieuws dat Rochelle Stevens was vermoord.

'Ga door,' moedigde Gabrielle haar aan.

'Nou ja, het was heel raar... Rochelle moedigde de groep aan om te delen en dat deden we ook, en vervolgens sprak ze het nieuwe meisje aan,' ging Simone verder. 'Ze vroeg of zij ons iets wilde vertellen over wat ze had meegemaakt... en toen brak opeens de pleuris uit.'

'Op wat voor manier?'

'Het meisje... ze zei helemaal niets. Ze begon alleen rare geluiden te maken.'

'Wat voor geluiden?'

'Ze zat te kreunen en te snikken, alsof ze geen lucht kreeg. Vervolgens begon ze te schreeuwen, echt keihard. Ik dacht eerst dat ze een soort toeval had, maar toen keek ze met een... een gestoorde blik naar Rochelle, haalde naar haar uit...'

'Aha,' antwoordde Gabrielle, opeens zeer geïnteresseerd.

'Rochelle maakte natuurlijk direct een einde aan de bijeenkomst en stuurde ons naar huis – we waren blij dat we weg konden, serieus – en zij bleef bij het meisje.'

Simone zweeg opeens, vroeg zich misschien af of hun haastige vertrek Rochelle haar leven had gekost.

'En heeft dat meisje ook een naam?' vroeg Gabrielle, om het gesprek gaande te houden.

'Natuurlijk,' zei Simone snoevend. 'Volgens mij heet ze Kassandra. Maar Rochelle zei dat we haar Kassie moesten noemen.'

Tien minuten later liep Gabrielle met grote stappen over straat, zigzaggend langs omgevallen vuilnisbakken en afval dat er lag. Ze haastte zich naar het metrostation waarvandaan Rochelle na de afgebroken NA-bijeenkomst was vertrokken en zocht op de verlaten weg naar mogelijke getuigen. Haar eerste indruk was niet gunstig. De gebouwen in dit deel van Chicago waren veelal verwaarloosd; er waren maar weinig mensen die hier wilden wonen, laat staan een bedrijf beginnen, wat betekende dat er weinig mensen op straat waren. Ze liep de straat uit zonder iemand tegen te komen, en als de Colt .45 niet verscholen tegen haar ribben lag, zou ze zich hier behoorlijk kwetsbaar voelen.

Het duurde niet lang of ze was bij het metrostation. Ondanks haar frustratie had ze een idee en snel liep ze naar binnen. En daar zag ze hem: de beveiligingscamera die op de kaartverkoop gericht stond. Ze liep naar de kassa, klopte op het glas en liet haar penning aan de verraste medewerker zien die een jamdonut zat te eten.

'Neemt dat ding op?' blafte Gabrielle, en ze wees naar de camera.

'Ja, dat zal wel,' antwoordde de vrouw met haar mondvol.

Vijf minuten later zat Gabrielle voor een groezelig beeldscherm naar de bekende schokkerige beelden te kijken. Voor de verandering had ze geluk: de opnamen werden meestal na vierentwintig uur gewist, maar er was nog geen volle dag voorbij sinds Rochelle was verdwenen. Na geduldig scrollen vond ze wat ze zocht.

Het tengere postuur van Rochelle Stevens die haastig langs de kassa liep en ondertussen een blik over haar schouder wierp. Ze rommelde in haar portemonnee, legde haar kaartje op de kaartlezer, passeerde het hekje en keek toen plotseling op. Hoorde ze de trein aan komen? Vervolgens rende ze verder en sprintte de trap op. Hierna verdween ze uit beeld, maar Gabrielle bleef ingespannen naar het scherm kijken en even later werd haar geduld beloond.

Een lang meisje rende naar de kassa, sprong over het hekje en rende de trap op.

Gabrielle speelde de opname opnieuw af en wachtte tot de achtervolgende vrouw de kaartverkoop naderde en zette het beeld stil. Ze bestudeerde het ingespannen, slaakte een diepe zucht en leunde achterover in haar stoel.

Het was glashelder. Zelfs van opzij was overduidelijk te zien dat Kassandra Wojcek Rochelles achtervolger was.

63

Faith stond heel stil naar het doek voor zich te staren. Ze had niet naar de studio willen gaan, maar het was de lichtste, prettigste ruimte in huis. In de warme gloed van de ochtendzon had het de meest logische plek geleken om Kassie mee naartoe te nemen, terwijl ze wachtten tot Adam thuiskwam. Toen hij uiteindelijk al struikelend, bleek en afwezig binnen was gekomen, had hij Kassie direct meegevoerd naar zijn werkkamer om met haar zo te zien een behoorlijk verhit gesprek te voeren. Verloren en alleen in de gang had ze zich erg ongemakkelijk gevoeld. Er was nog nooit een cliënt van Adam thuis geweest en ze wilde er niet van beschuldigd worden dat ze hen afluisterde of zich met dingen bemoeide die haar niet aangingen, dus had ze zich nogmaals in haar studio teruggetrokken en de deur stevig dichtgedaan.

Nu leek de grote ruimte, die daarstraks zo fris en licht had geleken, onaangenaam warm en zelfs een beetje verstikkend. De schilderijen waar Kassie zo enthousiast over was geweest, leken haar op de huid te zitten en haar op te hitsen door te pronken met haar vroegere productiviteit, het gemak waarmee ze in het verleden haar inspiratie naar het doek had vertaald. Ze draaide zich om en stond weer tegenover haar zelfportret.

Faith staarde naar Faith, vlees en bloed tegenover haar geschilderde ik, als in een impasse. Het portret was bijna af. Er zat nog een ochtendje werk in, een dag op z'n meest. Een tube zwarte olieverf lag op de ezel waar ze hem die ochtend had laten liggen, en nu pakte ze hem heel voorzichtig, behoedzaam, op en kneep de glibberige inhoud op haar palet. Ze legde hem terug zonder de dop er weer op te doen en deed hetzelfde met een tube witte verf, waarna ze het eerste het beste penseel pakte om de twee kleuren te mengen. Algauw bedekte een dikke laag grijze verf de haren van haar penseel en langzaam bracht ze het omhoog.

Het puntje van het penseel raakte het doek, wat vreemd maar vertrouwd aanvoelde, en heel rustig maakte Faith de streek af. Daarna nog een. Deze was alleen haperend, minder zeker, en Faith zag dat ze de lijn had vervaagd. Ze wilde hem wegvegen, opnieuw beginnen, maar opeens stopte ze. Ze stond vlak voor het schilderij, keek direct naar haar eigen gezicht, haar blik gekluisterd aan haar gelaatstrekken. Maar opeens zag ze die gelaatstrekken niet meer, maar zag ze die van Annabelle. Haar kleine wipneusje, haar kin met het kuiltje, die schrijnend mooie blauwe ogen. Die glazige, levenloze ogen…

Trillend liet Faith het penseel vallen. Hij kletterde op de grond, maar ze zag het niet. Ze wankelde even alsof ze ging flauwvallen, leunde toen naar voren en legde haar hoofd tegen het strak gespannen canvas. Ze voelde de tranen over haar gezicht stromen en daarna op de verf vallen, maar het kon haar niets schelen. Ze had niet eens de kracht om weg te gaan.

Ze had het niet moeten proberen. Ze was er nog niet aan toe en vroeg zich af of ze ooit zover zou zijn. Ze wilde schilderen – had behoefte om te schilderen – maar het ging niet. Ze zag niets, voelde niets, alleen Annabelle. Ze werd gekweld door de geest van een kind van wie ze had gehouden en afscheid had moeten nemen.

64

Ze waren in stilte naar zijn praktijk gereden. Adam had Faith niet alleen willen laten, maar ze had hem boos weggestuurd toen hij zijn hoofd om een hoekje van de studio had gestoken. Ze konden de sessie niet thuis doen met Faith in de buurt, en dus had Adam Kassie in zijn Lexus gezet en was hij met haar naar Lincoln Park gereden.

Toen ze naar de bovenste verdieping liepen, viel Adam op hoe stil het in het gebouw was. Hij had vandaag natuurlijk geen cliënten ingepland, maar waar waren alle andere mensen, kantoormedewerkers en koeriers die hij anders regelmatig tegenkwam op de trap? Niets aan deze dag leek normaal. Alles leek net niet te kloppen.

Vijf minuten later zaten ze tegenover elkaar, Kassie rechtop in een van zijn luie stoelen. Ze wilde niets drinken en leek nogal ongeduldig. Nu de beslissing was genomen om dit te doen, wilde ze er kennelijk ook zo snel mogelijk mee aan de slag. Adam daarentegen was een stuk terughoudender, maar hij was tot de conclusie gekomen dat niemand er baat bij had als hij Kassies verzoek afwees. Als hij dit werkelijk tot de bodem wilde uitzoeken, als hij echt wilde helpen, dan moest hij de dialoog met haar aangaan.

‘Defusietechnieken werken op verschillende manieren,’ hoorde Adam zichzelf zeggen. ‘Maar ze hebben allemaal hetzelfde doel. Ze zorgen ervoor dat je een trauma kunt herleven vanaf een veilige plek, zodat je weet dat je niet geraakt of gekwetst kunt worden door de ervaring. Alsof je achter glas staat. We moeten iets zien te vinden wat voor jou als individu werkt. Sommige mensen stellen zich voor dat ze in een gezellige kamer zitten en naar hun ervaringen op tv kijken. Ze hebben zelf de leiding, kunnen de tv aan- of uitzetten. Anderen gaan de confrontatie met de ervaring liever direct aan, maar dan vanuit een veilige luchtbel. Ze kunnen niet geraakt of gekwetst worden en niemand in de originele ervaring kan die luchtbel zie…’

‘De luchtbel,’ onderbrak Kassie hem snel. ‘We doen de luchtbel.’

Adam zweeg even en wist niet goed of hij dit moest analyseren of moest laten gaan.

Kassie merkte zijn aarzeling kennelijk, want ze zei: ‘Die past het beste bij me. Het heeft geen zin om andere opties te bespreken.’

Ze leek zeker van haar zaak en dus ging Adam verder. ‘Ik ga je zo onder hypnose brengen, maar vergeet niet dat je in de luchtbel zit, compleet veilig.’

Kassie knikte en dus liet Adam haar van vijftig naar nul tellen, terwijl hij haar langzaam onder hypnose bracht. Toen hij er zeker van was dat het gelukt was, begon hij haar terug te leiden in de tijd.

‘Ik wil dat je je hoofd leegmaakt, Kassie. Stel je voor dat je door een lege ruimte zweeft. Zonder kleur, zonder kenmerken, niets. Het is een lege, pure ruimte. Je zweeft er heel rustig doorheen, tevreden, ontspannen, gewichtloos.’ Adam zweeg even om zijn woorden te laten doordringen. Toen Kassie goed leek te reageren, ging hij verder. 'Nu zie je iets in de verte. Het lijkt een licht, iets echts, iets tastbaars. Je gaat er heel rustig naartoe. Langzaam wordt het groter en groter en steeds duidelijker. Nu zie je wat het is. Het is je NA-groep en Rochelle en de anderen zijn er. Zie je ze, Kassie?'

De tiener knikte.

'Je zit in één ruimte met ze, maar je bent veilig. Er kan je niets gebeuren. Kijk naar ze vanuit je luchtbel. Kassie, nu wil ik dat je heel langzaam opkijkt. Ik wil dat je Rochelle in de ogen kijkt. Kun je dat voor me doen?'

Kassie reageerde direct. Ze hapte naar adem en speeksel spatte uit haar mond toen ze schreeuwde: 'O, god, nee! Doe me alsjeblieft geen pijn. Ik wil niet... ALSJEBLIEFT...!'

Het laatste woord was als een explosie uit haar mond toen ze naar voren helde en op de grond viel. Adam schoot overeind, rende naar haar toe en hielp haar overeind. Ze was bij bewustzijn, niet langer onder hypnose, maar Adam was verbijsterd door de verandering in haar. Zweet gutste van haar gezicht en ze zag lijkbleek.

'Alles is goed, Kassie,' zei hij zacht, en hij bracht haar terug naar haar stoel. 'Je bent veilig. Je bent hier bij mij, Adam Brandt, in mijn praktijk en...'

'Het gaat wel. Het gaat wel...' Ze fluisterde de woorden ademloos maar samenhangend. Terwijl ze sprak, kwam er alweer wat kleur op haar gezicht. 'Het spijt me. Dat had ik niet moeten doen,' zei ze zacht.

'Er is geen enkele reden om je excuses aan te bieden, Kassie.'

'Ik was gewoon zo bang...'

'Dat begrijp ik. Blijf maar even rustig zitten. Ik ga een glaasje water voor je halen en dan ga ik een taxi voor je bellen.'

'Ik wil het nog een keer proberen.'

'Absoluut niet.'

'We móéten het nog een keer proberen.'

'Nee. Ik zou mijn werk niet goed doen als ik...'

'Alsjeblieft,' onderbrak ze hem. 'Eén keer. Ik weet nu wat ik kan verwachten, ik kan het aan.'

Na een lange discussie zwichtte Adam eindelijk, al stond hij erop om een kwartier pauze te nemen voor wat frisse lucht en een glas water. De vijftien minuten op het balkon waren zo voorbij en al snel zaten ze weer tegenover elkaar. Ondanks ernstige twijfels bracht Adam Kassie opnieuw onder hypnose. Net als de eerste keer leidde hij haar naar het buurthuis en net als eerder vroeg hij haar om Rochelle recht aan te kijken.

Kassie had er sloom bij gezeten, maar ging nu rechtop zitten en begon zachte, klaaglijke geluiden te maken. Haar lichaam was verstijfd, haar gezicht verwrongen en de spieren bij haar mondhoeken trilden. Ze viel deze keer niet; in plaats daarvan leek ze te vechten; misschien vocht ze om in de ervaring te blijven.

'Hij wil me pijn doen,' zei ze opeens met een gespannen stem die omhoogschoot. 'Hij gaat me vermóórden. Ik voel zijn hand om mijn hals...' Ze stopte, schreeuwde lang en hard en werd toen opeens stil. Ze hijgde koortsachtig, haar borst ging snel op en neer.

Adams intuïtie zei hem dat hij de sessie moest afbreken, maar opeens begon Kassie weer te praten.

'Hij zit boven op me, ik kan hem ruiken. En...' Ze werd weer stil en alle kleur verdween uit haar gezicht.

'Wat is er, Kassie?'

'Hij gaat mijn keel doorsnijden.' Ze snikte en kreunde.

Onwillekeurig huiverde Adam, alsof hij kon voelen hoe Rochelles keel werd doorgesneden. 'Is hij alleen?'

'Ja... Nee... Ik hoor iemand lachen. Ik hoor een vrouw lachen...'

'Kun je haar zien? Is ze bij je?'

'Nee... Ik kan... ik kan niemand meer zien,' zei ze, nog steeds happend naar adem. 'Ik staar naar het plafond. Ik zie de maan. Een grote, roze maan...' Kassie begon te hoesten, hapte naar adem en klauwde met haar handen in de lucht.

Adam greep in en bracht haar snel terug uit de hypnose. Ze zag er erg overstuur uit en Adam had een vaag idee van wat ze voelde – hij had nog nooit een defusiesessie meegemaakt waarbij de cliënt in staat was geweest het trauma zo intens te voelen.

'Ben ik net zo bleek als jij?'

Kassies vraag doorboorde zijn zelfbeschouwing. Adam zag tot zijn verbazing dat er even een meewarige glimlach op Kassies gezicht lag.

'Bleker,' antwoordde Adam, zo luchtig mogelijk.

'Wat nu?'

'Nu... vertel je me alles wat je hebt gezien... Als je het aankunt.' Hij ging tegenover haar zitten met zijn pen in de aanslag. Hij had dit al vaak gedaan, maar zijn hand had nog nooit zo getrild.

'Ik zat in een schuur of een bijgebouw.'

'In dezelfde ruimte als de vorige keer?'

'Ja.'

'Maar je zei dat Jacob in een kelder zat.'

'Dat klopte niet, het is beslist boven de grond. Toen ik opkeek... zag ik kapotte dakspanten. Ik kon de maan zien, een grote, roze maan...'

Adam schreef roze maan op. Dit astronomische fenomeen vond in de lente plaats, dus Kassies timing klopte. Maar of dat toeval was of opzet, wist hij niet. 'Kon je zien wie er bij je was? De man?'

'Niet echt, het was donker. Maar ik kon sigarettenlucht op zijn adem ruiken. Ik kon zijn stem horen. Hij was dichtbij, hij treiterde haar, genoot ervan.'

'Had hij een accent?'

'Hij komt uit de Midwest, denk ik, maar dat weet ik niet zeker.'

'En de vrouw?'

Kassie schudde haar hoofd. 'Ik kon haar alleen horen lachen. Hoog en vals… zó vals… alsof ze niet kon stoppen.' Ze huiverde en sloeg haar armen om zich heen.

'En zij was ook bij je?'

'Ja… nee… Ik weet het niet. Ze klonk wat verder weg, maar wel heel duidelijk.

'Herkende je haar? Haar stem, bedoel ik.'

'Nee,' antwoordde Kassie resoluut, alsof de vraag haar stoorde.

'Had je kleren aan?'

'Nee, dat weet ik zeker. Ik had het zo koud…'

'En kon je het mes zien?'

'Nee, ik voelde het alleen op mijn huid. Het was lang en dun. Ik voelde het in mijn keel prikken, in me snijden…' Kassie begon zacht en angstig te snikken.

Adam maakte een einde aan de sessie, nam de tijd om haar te troosten en zette haar daarna voor de tv, zodat hij zijn aantekeningen kon uitwerken. Hoewel sommige dingen tegenstrijdig leken, waren Kassies gedachten duidelijk, krachtig en gedetailleerd. Maar de vraag was nog altijd: was er ook maar íéts van waar?

65

'Ik heb al gezegd dat ik geen idee heb waar ze is.'

Natalia's toon was gepijnigd, vurig. Ze zat aan de keukentafel en wierp geschokte blikken op de politiemensen die haar huis binnenstebuiten keerden. Wat zochten ze? Wat dachten ze te vinden?

'Ik heb haar gistermiddag voor het laatst in de kerk gezien. We waren in St. Stanislaus Kostka...'

'Hoe laat?' onderbrak rechercheur Grey haar.

'De dienst begon om acht uur. Ze vertrok ongeveer twintig minuten later. Kreeg een telefoontje en rende weg.'

De politievrouw schreef dit op.

Natalia volgde haar nauwgezet. Raakte Kassie verder in de problemen nu ze dit zei?

'Ze is vannacht niet thuisgekomen?'

'Nee, ik ben opgebleven, maar...'

'Blijft ze wel vaker de hele nacht weg?'

'Nee, nooit. Nou ja, bijna nooit.'

'Uw dochter wordt dus vermist?'

Natalia haalde haar schouders op ter bevestiging. Ze wilde het niet toegeven, maar het was waar.

'En u hebt haar niet als vermist opgegeven?'

Natalia aarzelde beschaamd, waarna ze zachtjes zei: 'Ik had het idee dat we al genoeg problemen hadden.'

'Daarover kunnen we het in elk geval eens zijn,' was de kernachtige reactie van de politievrouw. 'Er is gisteravond een vrouw vermoord... op gruwelijke wijze. Er zijn getuigen die hebben gezien dat uw dochter haar heeft gevolgd.'

Rechercheur Grey zei het heel rustig en zorgvuldig, waardoor Natalia nog banger werd. Waar was Kassie toch bij betrokken geraakt?

'Het is erg belangrijk dat we Kassie vinden,' ging Grey kordaat verder. 'Voor haar eigen veiligheid en die van anderen. Dus als u iets weet... bij wie ze logeert of waar ze naartoe is... dan is dit het moment om het ons te zeggen.' Ze keek Natalia indringend aan.

Natalia's hele wereld leek in te storten, maar ze wist dat ze iets moest doen om zichzelf en Kassie te beschermen. 'Ik zou willen dat ik kon helpen,' stotterde ze, omdat ze dolgraag behulpzaam wilde overkomen. 'Maar er is niemand... we zijn maar met z'n tweetjes. Echt, ik heb geen idee waar ze tegenwoordig naartoe gaat, maar...'

In Greys blik glinsterde nu een sprankje hoop.

'... ik heb wel een vermoeden wie haar gisteravond heeft gebeld en naar wie ze mogelijk toe is...'

Grey staarde haar nu recht aan.

Voor het eerst sinds het benauwende vraaggesprek had Natalia het gevoel dat ze in het voordeel was. 'Sterker nog,' concludeerde ze, en ze genoot even van het moment, 'het is iemand die u kent... Iemand aan wie u haar zelf hebt voorgesteld.' Natalia maakte zich op voor de clou, maar het gezicht van de rechercheur zei al genoeg.

Gabrielle Grey wist precies over wie ze het had.

66

Kassie trok zich in de schaduw terug toen Grey uit de hoekige bungalow kwam. Vanaf haar plek aan de overkant van de straat kon ze zien wat er allemaal gebeurde, maar ze vroeg zich af of haar schuilplaats wel goed genoeg was om haar te beschermen. De vuilnisbakken waren niet erg hoog of breed en de rechercheur zag er vastberaden en energiek uit.

Toen ze de praktijk van Adam had verlaten, had ze haar telefoon aangezet en een reeks berichten van Grey gezien, waarin de rechercheur haar dringend vroeg om contact met haar op te nemen. Ze had haar telefoon uitgezet en was snel naar huis gegaan. Maar zodra ze de straat in was gelopen, had ze ze gezien. Haar buurt was zo saai dat de drie politieauto's en de gedeukte Pontiac direct waren opgevallen. Natalia en Kassie kregen nóóit bezoek; dat er nu zo veel mensen over de vloer waren, was bijna lachwekkend. Maar niemand lachte: Grey niet, Kassie niet en haar moeder al helemaal niet. Kassie had Natalia door de keuken zien ijsberen. Zelfs op deze afstand kon Kassie zien dat haar moeder erg overstuur was.

Terwijl de andere politiemensen binnen bleven en hun huiszoeking in de kleine woning voortzetten, haastte Grey zich naar haar auto met haar telefoon tegen haar oor. Wat had ze ontdekt?

Wat had haar moeder tegen haar gezegd? Natalia zou misschien geneigd zijn om Kassie te beschermen, maar ze was geen goede of geoefende leugenaar. Waarschijnlijk had ze Grey verteld dat Kassie die nacht niet thuis was gekomen en dat ze tijdens haar gedwongen bezoek aan St. Kostka rusteloos en boos was geweest, maar wat had ze gezegd waardoor Grey zo plotseling en doelbewust in haar auto stapte? Opeens kreeg Kassie een akelig voorgevoel.

Grey reed weg en keek naar links en rechts om te zien of er verkeer aan kwam. Kassie deed een stap naar achteren, zelfs nu bang dat ze ontdekt zou worden. Toen ze bij Adam was vertrokken, had ze besloten naar huis te gaan, de wereld een paar uur te ontvluchten, maar dat lukte hier niet, niet zolang de politie haar huis overhoophaalde.

Voor het eerst in haar korte leven voelde Kassie zich opgejaagd.

67

Madelaine Baines postte haar tweet en opende direct daarna WhatsApp. Sinds haar gesprek bij de Phone Shack zat ze vol energie en maakte ze haar mening overal op social media genadeloos bekend. Het nieuws van een tweede moord in dit deel van de stad was inmiddels bekend, zelfs bij degenen die niet regelmatig het nieuws op radio of tv volgden. Maar reacties en roddels waren er nog niet genoeg. Daar moest iets aan gedaan worden.

Madelaine was altijd iemand geweest die graag iets terug deed. Sinds ze haar baan had opgezegd om voor de kinderen te zorgen, had ze tijd over. Meer tijd dan prettig was, als ze heel eerlijk was. Dus hielp ze graag mee met liefdadigheidsacties, taarten bakken voor het goede doel en andere buurtevenementen. Ze wist dat ze geluk had – lieve ouders, een toegewijde echtgenoot, schatten van kinderen – en dat gaf haar het zetje om anderen te helpen die het minder goed hadden. Als er een plaatselijke ramp was of een ziek kind van wie de verzekering een essentiële operatie niet vergoedde, was zij de eerste die klaarstond om te helpen. Dan voelde ze zich nuttig, het gaf haar het gevoel dat ze nog steeds wáárde had. Die bekende energie en opwinding voelde ze nu ook in zich opborrelen. Haar man zei vaak dat ze te veel hooi op haar vork nam, dat ze niet iedereen kon helpen, maar anderen helpen was voor haar net zo normaal als ademhalen. En daarom moest ze nu iets doen.

De mensen uit de buurt zouden natuurlijk afscheid willen nemen van de overledenen: een overheidsdienaar en een jonge hulpverlener, zo zinloos vermoord. Een kerkdienst was een mogelijkheid, maar daar zag ze van af omdat ze geen idee had welk geloof de slachtoffers aanhingen. In plaats daarvan koos ze voor een wake bij kaarslicht in Granary Park. Dat was een passende plaats en een perfect verzamelpunt. Want niet alleen werden zo de slachtoffers herdacht, het was ook van wezenlijk belang dat het niet nogmaals gebeurde, dat de gemeenschap beschérmd werd.

In feite was dat haar belangrijkste drijfveer. Ze woonde al twintig jaar in deze buurt; haar man werkte er, haar kinderen gingen er naar de middelbare school. De gedachte dat hun iets zou overkomen… Rochelle was nog geen tien jaar ouder dan haar oudste, en dan te denken wat dat arme kind had moeten doorstaan… Nee, het was cruciaal dat de mensen uit de buurt bijeenkwamen om elkaar te beschermen, dit kwaad uit te roeien. Niemand, zelfs niet de meest vastberaden crimineel, mocht denken dat hij tegen de oren en ogen van een hele gemeenschap op kon.

Nadat ze haar strijdkreet in haar buurtappgroepen had laten horen, ging ze verder met Facebook. De eerste reacties stroomden al binnen – vol afschuw, maar vastberaden en resoluut – en Madelaine voelde haar optimisme sterker worden. Ze gingen het dóén, ze zouden terugvechten. Een van de eersten die hadden gereageerd, was Amy, haar jongste dochter, die veel op Madelaine leek en kennelijk al medeleerlingen aan het ronselen was voor de wake. Haar hart zwol van trots voor Amy, Joanne, haar man, Paul. Zij stonden in deze kwestie vierkant achter haar, daar was ze zeker van. Dat had je met zulke tragedies. Hoe afschuwelijk ze ook waren, ze herinnerden je er altijd weer aan hoeveel geluk je had dat je deel uitmaakte van een gelukkig, liefhebbend gezin.

68

'Even voor de duidelijkheid... Je bent gisteravond naar het huis van Rochelle gegaan en daar heb je íngebroken?' Gabrielle klonk zowel verbijsterd als geschokt.

'Ja,' bevestigde Adam ongemakkelijk.

Gabrielle bleef naar hem staren in een poging deze onverwachte ontwikkeling tot zich door te laten dringen.

Het was uiterst merkwaardig voor Adam om haar zo in zijn praktijk te zien staan – meestal spraken ze elkaar op háár terrein – maar ze had twintig minuten geleden onaangekondigd op de stoep gestaan. Ze had gehoopt Kassie te vinden, maar had nu al meer gehoord dan ze had verwacht.

'Hoe laat?'

'Iets na tien uur.'

'Kénde je Rochelle?'

'Beroepsmatig. We hebben elkaar een paar keer ontmoet en ik stuur vaak tieners naar haar door voor verslavingstherapie.'

'Is Kassie Wojcek een van haar cliënten?'

'Ja, ik heb ze vorige week met elkaar in contact gebracht. Ik heb je toch verteld dat ik het belangrijk vond dat Kassie behandeld zou worden?'

Gabrielle keek hem nog steeds recht aan, alsof ze hem probeerde in te schatten.

Hoewel Adam niets te verbergen had, was hij toch gespannen.

'Waarom ben je daar gisteravond naartoe gegaan?'

'Kassie wilde haar per se vinden, dus ben ik met haar meegegaan. Ze maakte zich zorgen om Rochelle en wilde er zeker van zijn dat alles goed met haar was.'

'En om dat te vragen heb je bij haar ingebroken?' wilde Gabrielle ongelovig weten.

'Dat deed Kassie, ik niet. Ik had willen wachten tot de volgende ochtend, maar...'

'Doe je dat vaker met je cliënten? Op inbrekerspad ga...'

'Rochelle deed niet open,' onderbrak Adam haar geërgerd. 'Maar ze was wel thuis geweest.'

'Hoe weet je dat?'

'We konden haar tas en telefoon in de gang zien liggen.' Adam wist dat het slecht klonk – met z'n tweeën bij Rochelle naar binnen gluren om vervolgens in te breken – maar hij ging verder, vastbesloten om vol te houden. 'Luister, Kassie was ervan overtuigd dat er iets mis was...'

'Waarom?'

Dat was de vraag waar hij tegen op had gezien. Adam koos zijn woorden met zorg: 'Kassie had heel sterk het gevoel dat Rochelle op het punt stond aangevallen te worden... door dezelfde persoon of personen door wie Jacob Jones is vermoord, en dus...'

'Ze wilde haar wáárschuwen...?'

'Ja,' antwoordde Adam, en hij negeerde haar sarcasme. 'Daarom was ze haar na de NA-bijeenkomst gevolgd.'

'En heb je haar ook gevraagd waarom ze er zo van overtuigd was dat Rochelle gevaar liep?'

De vraag echode door de ruimte, waarna Adam zei: 'Ze had... een soort visioen. Tijdens therapie.'

'Wéér een? Heeft ze die visoenen dagelijks of alleen als iemand op het punt staat om in mootjes gehakt te worden?'

'Gabrielle, ik doe mijn best om je vragen eerlijk te beantwoorden,' snauwde Adam. 'Ik zou het op prijs stellen als je zo beleefd wilt zijn om me serieus te nemen.'

'En ik zou het op prijs stellen als je mijn vraag beantwoordt.'

'Ja,' ging Adam korzelig verder. 'Ze beweert dat ze ze elke dag heeft. Maar we hebben alleen de twee van Jacob en Rochelle besproken.'

Gabrielle dacht hierover na. 'En wat is er gisteren gebeurd toen je in het huis was?'

'Niets. Helemaal niets,' hield Adam vol, zich ervan bewust dat hij steeds afwerender klonk. 'We hebben Rochelle gezocht. Ze was er niet. Toen zijn we weggegaan.'

'Hoe laat was dat?'

'Kwart over tien… twintig over tien… we zijn niet lang gebleven.'

'En jullie zijn samen vertrokken?'

'Nee…' moest Adam toegeven. 'Ik ben naar huis gereden. Kassie… ik denk dat Kassie de nacht in de metro heeft overnacht.'

'Ze heeft de hele nacht in de metro gezeten?'

'Dat zegt ze.'

'En waar was jij? Rond half elf?'

'Thuis, bij mijn vrouw.'

'De hele nacht?'

'De hele nacht,' antwoordde Adam boos.

'Is er iemand anders die dat kan bevestigen?'

'Niet echt. Tenzij een van de buren me thuis heeft zien komen.'

Gabrielle zei niets, maar haalde een notitieboekje uit haar zak en maakte wat aantekeningen.

'Ik ben toch niet serieus een verdachte, hè?' wilde Adam weten.

'Ik sluit niets uit.'

'O, toe nou toch.'

'Je hebt gisteravond bij Rochelle Stevens ingebroken. Vanmorgen hebben we haar lichaam gevonden.'

'We wilden alleen maar hélpen.' Maar hij wist dat het zwak klonk.

'Waar is Kassie nu?' vroeg Gabrielle, en ze negeerde zijn protest.

'Dat weet ik niet. Als ze niet thuis is, is ze misschien op school.'

'Nee. Volgens de rector is ze al dagen niet op school geweest.'

'Dan zou ik het echt niet weten.'

Deze keer keek Adam haar aan, vastbesloten zich niet te laten intimideren. Maar Gabrielle leek niet onder de indruk van zijn uitdagende houding en staarde terug.

'Vertel me eens,' zei ze uiteindelijk. 'Waarom was jij gisteravond bij Rochelles huis?'

'Dat heb ik je al uitgelegd.'

'Je hebt verteld dat Kassie zich zorgen om haar maakte. Waarom was jíj daar?'

'Ik wilde aantonen dat er niets met Rochelle aan de hand was, dat ze geen enkele reden had om zich zorgen te maken.'

'Dus je hebt het adres van een collega-hulpverlener aan een cliënt gegeven...'

'Zo was het niet...'

'En dat was nog niet genoeg, je bent met je cliënt naar Rochelles huis gegaan, waar je vervolgens hebt ingebroken en...'

'Moet je horen, ik had het niet moeten doen, dat weet ik. Maar Kassie was ervan overtuigd dat Rochelle gevaar liep en dat klópte dus.' De woorden waren eruit voordat hij ze kon tegenhouden. Onmiddellijk wenste Adam dat hij ze kon terugnemen, maar het was te laat.

'O. Mijn. God.' Gabrielle sloeg haar hand voor haar mond en

haar argwaan werd verdrongen door oprechte verbazing. 'Je gelooft haar, of niet? Jij gelooft echt dat dit meisje een soort... een soort medium is?'

'Natuurlijk niet,' snauwde Adam terug.

'Wat dan?'

'Ik probeer haar te hélpen.'

'Door haar waanideeën te stimuleren?'

'Door naar haar te lúísteren. Dat is het verschil tussen jou en mij, Gabrielle. Jij wantrouwt alles wat je te horen krijgt. Ik heb die luxe niet. Ik moet werken met wat mijn cliënten me vertellen.'

'Je bedoelt dat je hun leugens moet slikken.'

'Ik moet naar ze luisteren, interpreteren wat ze zeggen en dan proberen ze te helpen.'

'Hoor je wel wat je zegt...?'

'Waarom zou Kassie hierover liegen?' onderbrak Adam haar, en zijn stem klonk luider naarmate zijn humeur slechter werd. 'Als zij hierbij betrokken is, waarom zou ze dan überhaupt de aandacht op zichzelf vestigen door met mij te praten?'

'Dat is wat ik wil uitzoeken.'

'Het is helemaal niet logisch. Ze heeft geen motief.'

'Dat is niet waar.'

'Bovendien kan ze die moorden onmogelijk zelf hebben gepleegd.'

'Wat is precies jouw relatie met Kassie?'

'Wat wil je daarmee zeggen?'

'Je lijkt haar erg te willen beschermen. En als ik het me goed herinner, zou het niet de eerste keer zijn. Jouw vrouw was in eerste instantie ook een cliënte van je, of niet?'

'Donder op!' riep Adam. 'Kassie is vijftien, waar zie je me voor aan?'

Gabrielle zei niets. Elke illusie van beleefdheid was verdwenen.

Adam en Gabrielle hadden het in het verleden goed met elkaar kunnen vinden, maar hun werkrelatie was nu kapot.

'Bedankt voor je tijd,' zei Gabrielle opeens, en ze pakte haar tas. 'Iemand van mijn team neemt contact met je op om een volledige, geschreven verklaring op te nemen. In de tussentijd verzoek ik je de stad niet te verlaten, akkoord?'

Adam knikte, maar durfde niets te zeggen.

Gabrielle wilde zich omdraaien om te gaan, maar bleef even staan om nog een laatste opmerking te maken. 'Ik weet niet wat er aan de hand is, Adam, maar laat me je wat advies geven. Verbreek vandáág nog het contact met Kassie Wojcek, pak je normale werk weer op en...' Ze keek hem strak aan. '... kijk dan eens goed in de spiegel.'

69

Zachtjes liep ze het huis binnen en keek om zich heen. Ze had verwacht dat haar moeder haar zou overvallen met een stroom aan verwijten, maar het was doodstil in huis. De politie was tien minuten geleden vertrokken, zonder veel moeite te doen om de rotzooi op te ruimen. Het trof Kassie diep – het besef dat ze hier waren geweest, en door hun volmaakt verzorgde, keurige huisje hadden gebanjerd.

Overstuur en zenuwachtig liep Kassie snel naar de achterkant van het huis. Vanuit de smalle gang hoorde ze in de verte geluid en ze duwde de slaapkamerdeur van haar moeder open. Tot Kassies verbazing zei Natalia niets tegen haar, maar wierp ze alleen even een snelle blik op haar dochter voordat ze verderging met inpakken. Een bijna volle koffer lag op bed en op de grond stond er nog een.

'Wat ben je aan het doen?'

'We gaan weg.'

Kassie zei niets, sprakeloos.

'Ik heb tante Marija net gesproken. We mogen een tijdje bij haar logeren, al is het niet ideaal.'

'We gaan naar Minneapolis?'

'Zodra we klaar zijn. Ik heb je kleren al ingepakt. Als je nog iets anders uit je kamer wilt meenemen, moet je het nu pakken.'

'We kunnen niet zomaar weggaan.'

'Verwacht je dat ik hier blijf?' snauwde haar moeder fel terug. 'Zodat de politie nog een keer kan komen? Dit huis – míjn huis – overhoop kan halen? Zodat de buren kunnen roddelen en... zeiken.' Ze sloeg een kruisje terwijl ze het zei.

'Mama, het spijt me.'

'Waag het niet... waag het niet om...' Ze stak haar vinger op om haar dochter het zwijgen op te leggen, maar hield plotseling haar mond, overmand door emoties. Met tranen in haar boze ogen ging ze verder met inpakken. 'Ik heb mijn best gedaan, Kassie. Ik heb geprobeerd je goed op te voeden. Met respect voor de kerk, voor de wet, voor míj. Maar ik moet nu volwassen genoeg zijn om toe te geven dat ik heb gefaald.'

'Dat moet je niet zeggen,' zei Kassie smekend en zelf plotseling in tranen.

'Ik weet niet waar je in verzeild bent geraakt, waar je denkt mee bezig te zijn, maar ik zal je wat zeggen. Ik blijf hier niet om... vernederd te worden. Onze lieve Heer weet dat me dat al genoeg is overkomen, al die jaren.'

Kassie staarde haar moeder verbijsterd aan.

'Misschien komen we terug, misschien ook niet. Maar ik heb hulp nodig. En jij moet hier weg. Misschien kan oom Max je in het gareel krijgen, hij is niet zo soft als ik.'

Kassie huiverde toen haar moeder over haar oom begon. Zij noemde hem streng. Kassie noemde hem een bullebak.

'Ik kan niet mee, mama.'

'Waarom niet? Waarom kun je niet bij je tante op bezoek die altijd van je heeft gehouden?'

'Je weet waarom.'

'Nee, dat weet ik niet. En ik wil het ook niet weten.'

‘Er gaan mensen dood…’

‘Dat heeft de politie me verteld.’

‘Wat hebben ze gezegd?’ vroeg Kassie plotseling bezorgd.

‘Het doet er niet toe wat ze zeggen. Ze hebben het mis. En als jij hier niet bent, kunnen ze zich nergens mee bemoeien, niets insinueren. We gaan en daarmee uit.’

‘Maar als ik nou kan helpen?’

‘Je hebt nog nooit iemand anders geholpen dan jezelf.’

Kassie knipperde met haar ogen, geschokt door het venijn in haar moeders reactie. Ze vermande zich en antwoordde: ‘Dan is dit misschien mijn kans om het goed te maken. Iets goed te doen.’

Natalia staarde vol afschuw naar haar dochter, alsof het kind gek was geworden. ‘Ik ga wég, Kassie. Ik vertrek uit dit huis. Als je bij dit gezin wilt horen, dan ga je met me mee.’

‘Maar stel…’ Kassie wist niet goed hoe ze het moest zeggen. ‘Stel dat er een reden is dat ik die dingen zie.’

Haar moeder staarde haar aan met een blik van verbitterde gelatenheid op haar gezicht. ‘Dan heb je je keus gemaakt.’ Zonder verder iets te zeggen ritste Natalia haar koffer dicht en beende langs haar dochter heen de kamer uit.

Kassie bleef geschrokken en overstuur achter. Ondanks alles hield ze van haar moeder, hield ze zielsveel van haar. Maar ze wist ook dat ze haar nooit meer zou zien.

70

Ze dook op haar af zodra ze binnenkwam. Jane Miller had al uren geprobeerd haar baas te pakken te krijgen, maar had steeds opnieuw de voicemail gekregen. Toen Gabrielle Grey eindelijk, met een afwezige en onrustige blik op haar gezicht, de overvolle recherchekamer binnenkwam, liep Miller haastig op haar af.

'Rechercheur Miller,' begroette Gabrielle haar toen ze dichterbij kwam. 'Zeg me alsjeblieft dat je goed nieuws voor me hebt...'

Miller was verrast door de geforceerde vrolijkheid in de stem van haar baas. Meestal was ze zo'n levendige, dynamische aanwezigheid, maar vanmorgen leek ze uitgeblust. Feit was dat ze allemaal onder toenemende druk stonden bij het oplossen van deze afschuwelijke zaak. Commissaris Hoskins was hoogstpersoonlijk langsgekomen om hen eraan te herinneren hoe belangrijk een snelle arrestatie was en was gewapend geweest met de *Chicago Sun*, met op de schreeuwerige voorpagina alle daden van de moordenaar die ze De Slager hadden gedoopt.

'Suarez en ik hebben naar Rochelles financiën gekeken, en op het afschrift van vorige maand vonden we dit...' Ze gaf Gabrielle een kopie waarop een betaling was gemarkeerd. 'Tachtig dollar aan CleanEezy. Ik heb ze gebeld en ze hebben de klus bevestigd:

tapijtreiniging op haar huisadres. En raad eens wie dat heeft gedaan…'

'Conor Sumner.'

'Oftewel Kyle Redmond.' Miller keek hoe Gabrielle dit in zich opnam.

'Beide slachtoffers laten die vent dus binnen,' zei Grey, en ze dacht hardop na. 'Dan moet hij genoeg tijd hebben gehad om hun ontvoering te plannen…'

'Precies.'

'… en hij kent Kassie Wojcek, dus is het heel goed mogelijk dat zij zijn handlanger is. Heeft iemand enig idee waar ze is?'

'Tot nu toe niet.'

'En Redmond?' ging Gabrielle zichtbaar gefrustreerd verder.

'Ook nog niet gesignaleerd, maar we hebben met enkele klanten van CleanEezy gesproken bij wie hij de afgelopen maanden heeft gewerkt, en volgens hen rijdt hij in een bruine Ford-pick-up met kentekenplaten uit Louisiana. We hebben niet het volledige kenteken, maar…'

'Geef toch maar door aan de verkeerspolitie. We kunnen hun hulp goed gebruiken.'

'Regel ik.'

'En breng het hele team op de hoogte. We moeten onze eigen mensen de straat op sturen om te zien wat we kunnen vinden.'

'Absoluut.'

'Ik ga in de tussentijd achter het bevelschrift aan. We moeten die trailer in…'

'Hebben we een uur geleden gekregen,' antwoordde Miller vrolijk, en ze gaf het aan Gabrielle.

'Wat zou ik zonder jou moeten?' vroeg Gabrielle luchtig, en eindelijk kon er een glimlach af. 'Zullen we over vijf minuten gaan?' Ze draaide zich om en liep met grote passen naar haar kamer.

Miller zwol van trots, maar duwde het gevoel weg en liep snel naar haar bureau om haar spullen te pakken. Eindelijk boekten ze vooruitgang. Ze hadden een hoofdverdachte.

Ze hoefden hem alleen nog maar te arresteren.

71

Hij bracht de sigaret naar zijn lippen, nam een trekje en voelde hoe de bittere rook zijn mond vulde. Het brandende uiteinde lichtte roodgloeiend op en er ging een rilling door hem heen. Hij zag tegenwoordig zelfs in de kleinste dingen betekenis: de kleine, knetterende, gloeiende deeltjes leken een passende bevestiging van zijn macht.

De tv stond aan en de nuchtere nieuwslezers moesten hun opwinding verbergen terwijl ze wauwelden over het lijk op de parkeerplaats. Ze hadden het de afgelopen uren nergens anders over gehad. Opnieuw was er een keurige kleinburgerlijke wereldverbeteraar uit haar huis ontvoerd en in stukken in de achterbak van haar eigen auto geëindigd. Voor de dichtgeplamuurde nieuwslezeres en haar stompzinnige kijkers was het een beangstigende gedachte. Hun kon ook iets overkomen. In hun eigen huis, in hun slaap, onder de douche of tijdens het bidden... Het deed hem onnoemlijk veel plezier om te denken aan de duizenden middenkadermanagers, huismoeders, pasgetrouwden en alleenstaanden die vannacht zouden liggen woelen in hun bed. De nachtmerrie speelde zich niet langer in hun hoofd af, maar voor hun neus.

De Slager. Dat was voorspelbaar gezien de wellustige aandacht van de media voor het gruwelijke einde van Jones en Stevens, maar toch maakte het hem kwaad. Het klonk stom en beestachtig, alsof die mensen willekeurig gekozen en in mootjes gehakt waren. Ja, de pijn en de angst wonden hem op – de verschrikking in hun ogen op het moment dat het leven uit hun flappende kelen sijpelde – maar daar ging het niet om. De media, de politie, ze hadden geen idee waarom deze verdienstelijke mensen uitgekozen waren en hoeveel werk ervoor nodig was geweest om hun verwoesting te bewerkstelligen. Dit was geen toeval. Dit was geen gelúk.

Weer nam hij een lange trek van zijn sigaret. Misschien was het dom om zo opgewonden te zijn – eigenlijk deed het er allemaal niet toe. Ze konden hem noemen wat ze wilden, maar dat deed niets af aan het feit dat er angst in de stad heerste. Chicago, zíjn stad, deze verbitterde, verknipte, achteloze metropool sidderde van angst, geterroriseerd door een van zijn eigen inwoners. Wat had het ze weinig geïnteresseerd. Wat zou hij hun een leed bezorgen.

Jones had zijn verdiende loon gekregen. Rochelle Stevens ook. En ze zouden niet de laatsten zijn. Ergens te midden van de miljoenen verdoemde zielen in deze stad was iemand anders wier laatste uur geslagen was. Ze wist het nog niet. Dat kon ook niet. Maar de nietsvermoedende trut had een afspraak met het slagersmes.

72

Madelaine Baines keek ontroerd en geïnspireerd naar het tafereel voor zich. Hoewel ze wist dat haar oproep aan de gemeenschap veel reacties had opgeleverd op Facebook en Twitter, en ook was genoemd in enkele plaatselijke nieuwsuitzendingen, had ze toch niet zo'n indrukwekkende opkomst verwacht. Overal kwamen mensen vandaan die met zaklampen, lantaarns, kaarsen en foto's van Jacob Jones en Rochelle Stevens in de richting van Granary Park liepen. Het was intens triest maar ook onvoorstelbaar ontroerend, die mengeling van verdriet, opstandigheid en vastberadenheid.

De wake zou zo beginnen, en dus keek Madelaine nog even naar haar speech. Ze had niet veel tijd gehad om hem te schrijven en hoopte dat ze het er even goed van af zou brengen als de andere gemeenschapsleiders op het haastig opgetrokken podium. De plaatselijke priester, een prominent politicus en een vriend van Rochelle waren er, maar het was aan Madelaine om het programma af te sluiten. Ze hoopte dat ze de taak waardig was – ze had er niet om gevraagd om leider van deze wake te zijn, maar omdat zij hem had georganiseerd, was het er min of meer vanzelf van gekomen. Ze was opeens zenuwachtig en opgewonden tegelijk; ze was gewend aan vrijwilligerswerk, maar spreken in het openbaar was niet haar ding.

Ze was vanmorgen druk bezig geweest om contact op te nemen met plaatselijke hoogwaardigheidsbekleders en meningsvormers, en ze had iedereen benaderd van wie ze wist dat het hun aan hun hart ging. Het had haar zo veel energie gegeven dat ze er niet bij had stilgestaan wat ze in gang had gezet. Nu ze naar de plaatselijke bevolking keek die zich in het kleine park had verzameld, begon het tot haar door te dringen. Het park liep snel vol, nog even en er was geen grassprietje meer zichtbaar. Het was hartverwarmend om te zien dat er nog zo veel betrokken mensen waren. Enkele televisieploegen hingen in het park rond, spraken met buurtbewoners en maakten opnamen van de groeiende menigte.

Madelaine had gewild dat de pers aanwezig was, natuurlijk, maar toch begon ze nu wat zenuwachtig te worden. Ze las haar tekst opnieuw en hield zich voor dat ze rustig moest praten om de woorden tot iedereen te laten doordringen. Dit ging per slot van rekening niet om haar eigen gevoelens, het ging om de veiligheid van iedereen. Als zij mensen kon wijzen op de gevaren, als ze de aandacht van anderen kon richten op het uitroeien van dit kwaad, dan had ze haar werk gedaan. En wie kon twijfelen aan de vastberadenheid en het bereik van al deze mensen? Ze stonden dicht bijeen in het park, arm in arm, met brandende kaarsjes, en zo nu en dan werd er gezongen. Het was een indrukwekkend gezicht, een blijk van solidariteit van jong en oud, donker en blank, homo en hetero, schouder aan schouder met kaarsen en lichtjes die flikkerden in de wind. Het was meer dan een intentieverklaring.

Het was pure schoonheid.

73

De aantrekkelijke tiener had een foto van Rochelle in haar ene hand en een flakkerende kaars in haar andere, en ze was aan het zingen. Ze was een van de velen bij de wake, maar de camera bleef op het gezicht van het jonge meisje gericht, bij wie tranen over de wangen liepen. Ze was opstandig – liet van zich horen – maar ook verdrietig omdat iemand uit haar eigen buurt hun zo wreed was ontnomen.

Adam draaide zich om, hij kon er niet naar kijken. De tv in het café stond al een tijd op WGN en de meeste stamgasten zaten aan het beeldscherm gekluisterd. Adam wilde het juist niet zien en dus richtte hij zijn aandacht op zijn bier, om tot de ontdekking te komen dat zijn glas al leeg was.

'Nog een, alsjeblieft.'

De barkeeper tapte een nieuw biertje zonder hem aan te kijken; de man was veel meer geïnteresseerd in het nieuws dat voorbijkwam dan in zijn gestreste gast. Adam pakte het biertje van hem aan, dronk zijn glas halfleeg, maar voelde zich niet beter. Misschien moest hij iets sterkers nemen. Hij liet zijn blik langs de lange rij flessen op de plank achter de bar glijden die fier voor de groezelige spiegelwand stonden en zag zijn eigen spiegelbeeld terug staren. Was dit de spiegel die Gabrielle had bedoeld, dacht hij bitter.

Sinds hij zijn heil in het café had gezocht, had hij alleen maar aan hun gesprek gedacht. Het leek bijna niet te bevatten dat hun relatie zo snel was verzuurd. Maar de afgelopen dagen had niets meer normaal geleken. Een week geleden was hij een gerespecteerd psycholoog, had hij goede contacten bij de politie en was hij een biechtvader voor velen, met een gelukkige echtgenote en een baby op komst. En wat was hij nu? Een man die zijn zorgen verdronk en zoals vele anderen in dit café wenste dat hij de tijd kon terugdraaien...

Was hij gek aan het worden? Had hij een soort inzinking? Als hij bij Kassie was, werd hij meegesleept in haar geestdrift, koesterde hij ideeën waarvan hij wist dat ze absurd waren, deed hij dingen waarvan hij wist dat ze gevaarlijk en onprofessioneel waren. Maar zodra hij niet meer bij haar was, zich weer in de echte wereld bevond, kwam hij met een klap in de realiteit terecht. Gabrielles woorden hadden hem diep geraakt en haar toon was zo misprijzend geweest dat hij alleen maar vol schaamte kon terugdenken aan zijn recente manier van handelen. Ze had gelijk, hij was dom, roekeloos en toegeeflijk geweest.

Maar kon hij werkelijk, met zijn hand op zijn hart zeggen dat Kassie loog? Dat ze hem bespeelde? Haar beschrijving van de moorden was gedetailleerd en aangrijpend en haar gedrag onder hypnose had echt geleken. Zo op het eerste gezicht leek ze te lijden aan een vorm van psychose met waanideeën, maar ze had de dood van Rochelle correct voorspeld. Dat betekende dat ze betrokken was bij de moorden of iets wist over de dader en Adam erbij betrok... maar waarom? Ter afleiding? Om iets te verhullen? Tijdens hun sessie vandaag had hij zich heel even afgevraagd of de vrouw die Kassie had horen lachen in werkelijkheid Kassie zélf was; dat ze op de een of andere manier haar betrokkenheid bij deze moorden in haar hoofd had vervormd om Adam op haar eigen verwrongen, omslachtige manier naar het hart van het raadsel te leiden. Maar ook die uitleg voldeed niet helemaal – hij had nog nooit iemand in zo'n hevige dissociatieve fugue gezien en was er vrij zeker van dat ze het niet speelde. Maar goed, de enige andere mogelijkheid was dat Kassies gave echt was, en dat was onmogelijk.

Adam keek omlaag en zag dat zijn glas alweer leeg was, hoewel hij zich niet kon herinneren dat hij het had leeggedronken. Zelfs de gewoonste handelingen hadden op het moment een surrealistisch tintje, waardoor hij amper nog functioneerde. Wat moest hij doen? Doorgaan met drinken of naar huis gaan, naar Faith? Kassie bellen om haar te vertellen dat de politie haar verdacht of voorgoed zijn banden met haar verbreken? Voor het eerst in zijn leven had Adam Brandt werkelijk geen idee wat hij moest doen.

Op dit soort momenten miste hij zijn vader. Zijn hele leven had Adam hem om raad kunnen vragen. Het was een man met onbuigzame standpunten, een sterke persoonlijke moraal en een krachtige besluitvaardigheid. Gebogen over zijn lege bierglas, in een armoedig café, voelde Adam zich maar een slap aftreksel van hem.

74

De lucht was overweldigend. Toen ze de versterkte metalen deur openwrikten, drong de bijtende walm in haar neus. Scherp, industrieel, misselijkmakend. Gabrielle deed een masker voor haar mond en neus en draaide zich om, om te zien of Miller klaar was. Ze zagen er een beetje absurd uit in hun forensische overalls en met hoezen om hun schoenen, gewapend met een zaklamp en een vuurwapen, maar het was niet anders. Als dit de plek was waar de slachtoffers waren vermoord, dan moesten ze hem veiligstellen, maar ze moesten zichzelf ook beschermen. Gabrielle verwachtte niet dat er iemand binnen was – de trailer zag er verlaten en doods uit – maar ze mocht geen onnodige risico's nemen, zeker niet met een jonge politievrouw bij zich.

'Ik tel tot drie. Een, twee, drie...'

Met haar zaklamp en wapen in de aanslag duwde Gabrielle de deur verder open. Iets bewoog links van haar en ze draaide zich om, maar het was alleen een schaduw die op de muur danste. Ze liepen door, Gabrielle inspecteerde de linkerkant, Miller de rechter. Ze slopen verder en zochten in de donkere trailer naar tekenen van leven. Maar er was niemand; het was er leeg, op een berg schoonmaakspullen en wat apparaten in de hoek na.

Gabrielle richtte haar zaklamp op de afgedankte spullen. Er

stond industriële tapijtreiniger die zijn beste tijd had gehad, er hing een gescheurde slang uit de fles, maar er lagen ook andere spullen die nieuwer leken: schoenenhoezen en beschermende kleding, plastic zeilen en latex handschoenen. Gabrielle ging op haar hurken zitten en dacht aan de vlekken op Jacob Jones' wang die waren veroorzaakt door een latexallergie. Had er op Rochelles lichaam ook bewijs gezeten dat ze was aangeraakt met latex handschoenen? Gabrielle wist dat er geen vingerafdrukken of vezels waren gevonden, maar deze specifieke vraag had ze Aaron Holmes niet gesteld en ze nam zich voor om dat alsnog te doen zodra ze hier klaar waren.

Naast de stapel plastic zeilen stond een groot vat. Gabrielle scheen er met haar zaklamp op en zag een overvloed aan waarschuwingssymbolen waarmee de giftigheid van de inhoud werd weergegeven en ook de naam van het middel. Natriumhypochloriet.

'Natriumhypo... Wat is dat voor spul?' vroeg Miller, die het label over de schouder van haar baas las.

'Industrieel bleekmiddel. Maar waarom je het voor het reinigen van tapijten nodig hebt, weet ik echt niet.' Gabrielle kwam overeind en liet haar zaklamp over de lege vloer glijden. 'En waarom zo veel?' Ze zweeg en bukte zich opnieuw om de vloer van de trailer te inspecteren. Voor zo'n verlopen, vergeten plek was de vloer wel brandschoon; geen spoortje vuil te zien. Was Redmond extreem hygiënisch of verborg het gladde, schone oppervlak iets onheilspellenders? De lichtstraal viel op een afvoerput, rechts in de hoek van de ruimte. 'Help even, wil je?' zei ze, en ze liep er snel naartoe.

Boven op de afvoerput lag een zwaar, metalen rooster. Met z'n tweeën tilden ze het met gemak op en Gabrielle richtte haar lamp erin. De straal verlichtte een brede pijp die ongeveer anderhalve meter naar beneden liep en in het water uitkwam. Hij zag er vies en donker uit, en zelfs met de krachtige zaklamp was het moeilijk om iets te zien, omdat het licht op het water reflecteerde. Wat wel duidelijk was, was dat er grote hoeveelheden bleek doorheen waren gegooid – de giftige lucht was in de pijp net zo sterk als in de ruimte erboven.

'We hebben de technische recherche nodig,' zei Gabrielle, toen ze het rooster teruglegden. 'Deze hele trailer moet onderzocht worden.'

'Ik bel direct,' zei Miller. Ze haalde haar telefoon uit haar zak en liep snel naar buiten.

Gabrielle bleef waar ze was en nam de verlaten trailer in zich op. Ze kreeg er de rillingen van – hij had iets akeligs, iets dreigends – en ze wilde niets liever dan weten wat er binnen deze vier muren was gebeurd. Maar dat zou moeten wachten tot de technische recherche hier morgenochtend kwam. Welke geheimen deze eenzame trailer ook bevatte, ze zouden voorlopig verborgen blijven.

75

Adam liep de gang in, haalde even diep adem en merkte opnieuw dat zijn emoties op scherp stonden. Hij was geneigd om het bier dat in zijn lijf klotste de schuld te geven, maar de waarheid was dat hij zich tegenwoordig elke keer anders voelde als hij thuiskwam: gespannen, boos, opgelucht, zenuwachtig. Zo anders dan toen hij – nog maar zo kort geleden – zorgeloos en met een glimlach op zijn gezicht naar de voordeur liep.

Zijn emoties waren nu één grote warboel. Hij voelde zich schuldig omdat hij Faith alleen had gelaten, baalde dat zij hem had weggeduwd, was boos dat het leven zo klote kon zijn en had zo nu en dan het vurige verlangen om het uit te schreeuwen en de boel kort en klein te slaan. Maar boven alles was hij zenuwachtig omdat hij niet goed wist wat hij kon verwachten.

Vanavond had hij gedacht dat alles rustig zou zijn. Hij was ervan uitgegaan dat Faith zich in haar studio had teruggetrokken of al naar bed was gegaan, maar toen hij de voordeur zachtjes achter zich dichtdeed, hoorde hij stemmen in de woonkamer. Daar zag hij tot zijn schrik Kassie en Faith op de bank zitten kletsen.

Ze draaiden zich om toen hij binnenkwam. Kassie bloosde een beetje en Faith zei: ‘Hallo.’

'Hoi,' antwoordde Adam, en hij glimlachte op een manier die niet-overtuigend was, dat wist hij.

'Kassie heeft wat problemen met haar moeder,' ging Faith verder. 'Ze moest onverwachts weg, dus heb ik gezegd dat Kassie hier wel een paar nachtjes mag blijven slapen, tot ze weet wat ze wil.'

Het werd luchtig gezegd, alsof het niets voorstelde, en Adam knikte gelaten, maar in werkelijkheid was dit een luide alarmbel. Het was onder geen enkele omstandigheden een goed idee dat een cliënt bij haar psycholoog bleef slapen. Ze konden veel beter haar maatschappelijk werker inschakelen om een hostel of hotel voor haar te vinden, en normaal gesproken was dat precies wat hij zou doen. Maar Faith wilde haar kennelijk graag helpen en Adam kon het niet aan om haar in het bijzijn van Kassie teleur te stellen. Aan de geforceerde luchtigheid in Faiths stem te horen besefte zijn vrouw heel goed dat dit veel gevraagd was, maar kennelijk was het belangrijk voor haar.

'We helpen graag,' zei Adam, wat half waar was.

'Het is maar voor een paar dagen,' zei Kassie snel, en ze keek even verlegen naar haar tas naast de bank.

'Het is geen probleem,' stelde Adam haar gerust. 'Maar de politie wil je spreken, dus stel ik voor dat we ze morgenochtend direct bellen. Eens kijken of we dit niet uit de wereld kunnen helpen.'

Kassie leek niet blij met dit vooruitzicht, maar knikte.

Faith wierp een blik op Adam die zei dat ze het idee had dat hij Kassie het gevoel wilde geven dat ze niet welkom was. 'Wil je iets eten, Kassie?' vroeg ze, en ze richtte zich tot het meisje.

'Nee, dat hoeft niet, ik wil niet lastig zijn...'

'Het is geen enkel probleem,' onderbrak Faith haar. 'We bestellen wat.'

'Dat is heel lief, maar ik heb al gegeten en...' antwoordde Kassie aarzelend, voordat ze verderging. '... ik wil graag naar Granary Park, voor de wake...'

'Natuurlijk.'

Faiths snelle instemming gaf aan dat ze al bijna had verwacht dat Kassie dat zou zeggen. Tot zijn schande besefte Adam nu pas dat hij de buurtbijeenkomst glad was vergeten.

'Ik weet niet of we er iets mee bereiken, maar ik voel me zo hulpeloos als ik niets doe,' ging Kassie verder, en ze haalde verlegen haar schouders op.

'Ik zal je even een sleutel geven,' zei Faith. 'Voor het geval we al in bed liggen als je thuiskomt...'

Snel liep ze de kamer uit, waardoor Adam en Kassie alleen achterbleven.

'Is alles goed me je?' vroeg Adam.

'Ja, hoor.'

'En je moeder? Wat is er gebeurd?'

Maar Kassie schudde alleen haar hoofd en een paar tellen later was Faith terug en duwde een sleutel in Kassies hand. 'Ik ga het bed in de logeerkamer voor je opmaken.'

Hun logeerkamer was de afgelopen weken het domein geweest van haar moeder Christine, maar de laatste paar dagen had hij leeggestaan.

'Dat is heel lief. Dank je wel,' antwoordde Kassie. 'Ik wist niet waar ik anders naartoe moest...'

'En we zijn blij dat je er bent. Of niet, Adam?'

'Absoluut.'

Kassie keek hem door samengeknepen ogen aan, alsof ze een inschatting probeerde te maken van zijn antwoord. Daarna vertrok ze.

Even werd het stil in huis. Kassies voetstappen stierven langzaam weg, terwijl Faith en Adam elkaar aanstaarden. Plotseling draaide Faith zich om, liep naar de tafel en pakte het afhaalmenu. 'Wat wil je, Indiaas of Chinees?'

'Faith...'

Ze stopte met lezen en draaide zich om.

'Is dit wel verstandig?'

'Verstandig?'

'Ze is een cliënt van me.'

'Dat weet ik.'

'En de politie wil haar spreken in verband met een lopend moordonderzoek...'

'Dat is onzin. Die klampen zich aan strohalmen vast.'

Adam staarde zijn vrouw even aan, jaloers op haar ongecompliceerde overtuiging. Ze staarde terug en weigerde zich te verontschuldigen voor haar gastvrijheid.

'Wat ik bedoel is... Als bekend wordt dat ik een cliënt te logeren heb, kan dat forse beroepsmatige gevolgen hebben.'

'Dat begrijp ik, maar het is maar voor een paar dagen. En we hoeven niet rond te bazuinen dat ze hier is.'

Adam wilde dat hij zich net zo makkelijk bij de situatie kon neerleggen als Faith, maar het lukte niet. Hij wist dat Kassies aanwezigheid problemen voorspelde.

Faith leek dit aan te voelen, want ze schoot in de verdediging. 'Ik bedoel, wat is het alternatief? Een hotel? Zo'n akelig hostel waar ze weggelopen kinderen naartoe sturen?'

'Zo erg zijn ze niet.'

'Ze is een meisje, Adam. Een kwetsbaar meisje...'

'Dat weet ik. Maar er zijn andere manieren om haar te helpen, wij hadden dit niet hoeven doen.'

'Misschien is het je ontgaan,' was Faiths weerwoord, en haar wangen kleurden, 'maar ze hééft niemand anders. Haar eigen moeder, de enige die haar zou moeten beschermen, zou moeten… koesteren, is vertrokken, misschien wel voorgoed. De rest van haar familie wil haar niet kennen, ze heeft geen vrienden…'

'Er zijn veilige plekken waar ze naartoe kan. Als ik met haar maatschappelijk werker praat…'

'Kassie moet beschérmd worden,' hield Faith vol, waarmee ze over hem heen walste. 'Ze heeft behoefte aan liefde, begeleiding. Dat zie jij toch ook wel?'

'Natuurlijk.'

'En toch wil je haar op straat zetten?' Ze staarde hem boos aan.

Adam voelde zich rot. Hij had gelijk, maar zij ook. Ze vertrouwde op haar moederinstinct en deed wat ieder fatsoenlijk mens zou doen. Hij hield van Faiths kracht, haar eenvoudige moraal, haar oprechte medeleven, en opeens wilde hij het dolgraag goedmaken, wilde hij weer één zijn met haar.

Hij kreeg er de kans niet voor, want Faith liep de kamer uit, maar niet voordat ze haar laatste vernietigende oordeel had gegeven. 'Ik dacht dat je een beter mens was dan dit.'

76

Kassie liep haastig over straat, haar voeten ketsten op het trottoir. Hoewel de wake al was begonnen, liepen er nog steeds mensen in de richting van Granary Park en ze voegde zich bij hen. In haar hand had ze een joint verstopt en ze nam er steeds discreet een haal van omdat ze die laatste kostbare trekjes niet wilde mislopen.

Ze had gehoopt dat de joint haar zou opvrolijken, maar brandende vragen bleven door haar hoofd spoken. Waarom was ze zo'n mislukkeling? Waarom bracht ze overal waar ze kwam ellende en verdeeldheid met zich mee? Haar eigen moeder wist niet wat ze met haar aan moest en had haar compleet uit haar leven gebannen. En hoe zat het met haar nieuwe 'verzorgers'? Faith was heel hartelijk geweest, maar Kassie kon merken dat Adam moeite had met haar aanwezigheid in huis, hoezeer hij dat ook probeerde te verbergen. Ze kon niet terug naar huis – al was 'thuis' een merkwaardig woord voor een plek vol afwijzing en verdriet – maar ze kon merken dat de sfeer tussen de Brandts was veranderd. Hadden ze op dit moment ruzie, probeerde Adam Faith over te halen hun gastvrije aanbod in te trekken? Die gedachte maakte Kassie nog somberder en ze gooide haar peuk in de goot. Het zat haar vandaag niet mee.

In de verte hoorde ze stemmen – luide, versterkte stemmen – en applaus. Toen ze opkeek, zag ze dat ze bij de ingang van het park was. Ze hoorde de geluidsinstallatie in het park: een mannenstem die de aanwezigen op het hart drukte om vastberaden te zijn, schouder aan schouder te staan met hun medeburgers.

Het was een boodschap die Kassie diep raakte, uitgerekend vanavond. Ze was het grootste deel van haar leven eenzaam geweest, had zich nooit echt gewenst of geaccepteerd gevoeld en nu merkte ze dat ze haastig in de richting van het geluid liep om de saamhorigheid binnen de gemeenschap zelf te voelen. Ze haalde een paar treuzelaars in, volgde een bocht in het pad en kwam op het open grasveld.

Onmiddellijk bleef ze stilstaan. Niet alleen omdat ze niet verder kon – het park was overvol – maar vooral omdat ze nog nooit zoiets hartverwarmends had gezien. Er was geen plek meer vrij, overal stonden mensen met kaarsen of lantaarns. Bejaarden die arm in arm stonden, kleine kinderen bij hun ouders op de schouders om iets te kunnen zien, jonge stelletjes die elkaar steunden in hun verdriet. Kassie voelde tranen in haar ogen prikken, het was bijna te magisch.

De man was nog steeds aan het woord. Kassie kon hem niet goed zien op die afstand, maar zo te zien was het een priester. Normaal gesproken nam ze alles wat zo iemand zei met een korreltje zout – door alles wat ze had meegemaakt vond ze het moeilijk om in de welwillende God te geloven tot wie haar moeder bad – maar vanavond troostten zijn woorden haar.

‘Schouder aan schouder, hand in hand staan wij met onze medemens. En geloof me, er is geen kwaad dat niet overwonnen kan worden door gewone, fatsoenlijke mensen die weigeren zich te laten onderdrukken, die weigeren zich te laten intimideren. Geloof in elkaar, zorg voor elkaar, dan zal deze afschuwelijke periode voorbijgaan. Verlossing ís mogelijk, maar het is aan jullie om die te volbrengen…'

Zijn toehoorders reageerden positief en Kassie ook. Ze merkte dat ze glimlachte en hardop wilde lachen, dat ze alle angst en verdriet van zich af wilde gooien en in plaats daarvan optimisme en hoop wilde omarmen. Ze voelde haar zorgen van zich afglijden toen ze opging in de woorden van de priester en de hartstocht van de menigte. Voor het eerst in lange tijd was Kassie gelukkig, opgewonden zelfs, en ze baande zich een weg door de menigte om dichter bij het podium te komen. Iets joeg haar naar voren en ze gaf er graag aan toe. Was het adrenaline? Een verlangen om erbij te horen? Glimlachend keek ze omlaag en wriemelde verder tussen de mensen door. Langzaam ging ze op in een zee van lichamen.

77

De auto reed langzaam maar doelbewust over het asfalt. De inzittenden waren stil – hun blik was op de weg gericht, registreerde elke geparkeerde auto, elk gezicht dat langskwam. Ze waren nu al bijna twee uur bezig en snakten allebei naar pauze, maar stoppen was geen optie.

Gabrielle en Miller reden al door Lower West Side sinds ze bij Redmonds trailer waren vertrokken. Hoewel hij zich overal in de stad kon schuilhouden – misschien zelfs daarbuiten – had het toch het meest logisch geleken om de zoektocht te beginnen in de wijken zo dicht mogelijk bij de trailer. Ze waren niet alleen: vierentwintig mensen van de verkeerspolitie en een handjevol rechercheurs uit Gabrielles team deden hetzelfde en reden door Pilsen, Chinatown, Medical District, Near West Side en daarbuiten. Maar tot nu toe had niemand ook maar een glimp opgevangen van Redmonds pick-up of Redmond zelf.

Misschien was het een teken van wanhoop dat Gabrielle en Miller zich bij de jacht hadden gevoegd, in plaats van de operatie te coördineren vanaf het hoofdbureau. Maar een andere strategie was er niet en nieuwe informatie ontbrak zolang Bartlett haar onderzoek niet had afgerond. Vooralsnog leidden alle wegen naar Redmond en tot ze hem hadden gevonden stokte hun onderzoek.

Miller onderdrukte een gaap en sloeg haar hand voor haar mond om haar vermoeidheid te verbergen. Maar Gabrielle liet zich niet voor de gek houden. Haar ondergeschikte had deze week amper geslapen en elk moment besteed aan het opvolgen van aanwijzingen of het uitvoeren van buurtonderzoek.

'Als je naar huis wilt, kan ik dit best alleen, hoor. Mijn dienst zit er over een paar uur toch op.'

'Nee, het gaat prima.'

'Het is niet erg. Je hebt de afgelopen dagen keihard gewerkt.'

'We dienen en beschermen,' antwoordde Miller vrolijk.

'En daar ben ik je dankbaar voor, maar zorg dat je niet opbrandt. Iedereen heeft recht op een leven.'

'Ik niet,' antwoordde Miller opgewekt. 'Ik hou van mijn werk, het biedt me alles wat ik nodig heb.'

'En je familie?' vroeg Gabrielle, zich ervan bewust hoe weinig ze eigenlijk over haar ondergeschikte wist.

'Allemaal in Detroit.'

'Een partner?'

'Geen tijd voor.'

'Echt niet? Ik dacht dat jongelui al hun vrije tijd naar links en naar rechts swipeten...'

'Niks voor mij,' antwoordde Miller, terwijl ze met haar blik een pick-up volgde die in tegenovergestelde richting reed.

De vrouw achter het stuur glimlachte naar hen toen ze passeerde. Ze reden verder en verlieten Medical District in noordelijke richting. De enorme snelweg van Chicago naar Kansas City doemde voor hen op toen ze naar West Town reden. Gabrielle betwijfelde of ze daar meer succes zouden hebben, maar ze moesten het proberen.

'Dus ouders in Detroit?' vroeg Gabrielle, toen ze een van de zijstraten insloegen.

'Mmm.'

'Ga je vaak terug?'

'Eén keer per jaar ongeveer. We hebben niet zo'n hechte band.'

Gabrielle wierp discreet een blik op haar collega, die naar de weg bleef kijken en kennelijk niet van slag was door deze bekentenis. 'Weet je, Jane, we stellen je inzet allemaal heel erg op prijs, maar het is belangrijk dat je iemand hebt op wie je terug kunt vallen. Dit is een veeleisende baan en soms heb je...'

'Ik heb het team en dat is genoeg.'

'En dat is heel mooi, maar teams veranderen. Op een dag krijg je promotie en dan krijg je een heel nieuwe reeks gezichten...'

Maar Miller schudde heftig haar hoofd. 'Ik ben tevreden waar ik ben. Dit team is meer familie dan ik ooit heb gehad.'

Ze zei het heel simpel, gewoon als een vaststaand feit, maar toch verraste het Gabrielle.

'Ik heb nooit eerder echt ergens bij gehoord,' ging Miller verder, die Gabrielles reactie aanvoelde. 'Op school, op m'n werk, zelfs thuis. Maar jij was bereid me een kans te geven... en dat zal ik nooit vergeten.'

'Je hebt mijn vertrouwen in jou meer dan terugbetaald.'

'Ik meen het,' ging Miller nadrukkelijk verder. 'Ik had geen echt doel, wist niet precies wat ik wilde tot ik bij jouw team kwam.'

Gabrielle was totaal verrast door de emotie in Millers stem. Ze had haar nog nooit zo horen praten. Toen ze voor een rood licht moesten wachten, maakte ze van de gelegenheid gebruik om Miller aan te kijken, omdat ze zich afvroeg wat deze ongewone openheid opeens teweeg had gebracht.

Miller keek even terug en wendde haar blik toen snel af. 'Ik zou dit soort dingen helemaal niet tegen jou moeten zeggen,' ging ze verder, en ze staarde naar een punt ergens boven Gabrielles schouder. 'Maar… dit is voor eerst dat iemand echt in mij gelóóft. Daarom betekent het zo veel voor me. Daarom zou ik een promotie niet eens aannemen als die me werd aangeboden. Ik wil gewoon hier op het hoofdbureau, met jou, met het team, goed werk doen…'

Er lag een geestdrift in haar stem, in haar blik, maar ook iets anders. Iets wat Gabrielle zorgen baarde. 'En reikt die goede wil ook tot rechercheur Montgomery?' vroeg ze.

'Ze is jong,' antwoordde Miller snel. 'Ze moet nog veel leren, maar ze komt er wel.'

'Met de juiste begeleiding.'

'Natuurlijk,' antwoordde Miller. 'Ik heb geen moeite met haar. Ze wordt… ze ís een goede rechercheur. En ik zal haar op alle mogelijke manieren helpen. Dat is mijn plicht, zeker na wat jij voor míj hebt gedaan…'

Gabrielle wachtte op meer – een haperende, ongemakkelijke verklaring van solidariteit en voornemens – maar tot haar verrassing zweeg Miller opeens. Gabrielle draaide zich naar haar toe, wist niet wat ze moest verwachten, maar werd opnieuw op het verkeerde been gezet. Miller keek helemaal niet naar haar, maar naar iets achter haar.

'Kijk,' zei ze zacht, en ze wees over Gabrielles schouder.

Gabrielle draaide zich om in haar stoel en durfde nauwelijks te hopen. Maar deze keer werd ze niet teleurgesteld. Verborgen in een donkere steeg, haaks op de doorgaande weg, stond een bruine Ford-pick-up met een nummerbord uit Louisiana.

78

'Wil je op versterking wachten? Of zullen we naar binnen gaan?'

De twee vrouwen stonden in de schaduw van het vervallen flatgebouw. Alle sporen van eerdere emoties bij rechercheur Miller waren verdwenen. Ze stond te wiebelen van de spanning, liep rond de geparkeerde pick-up heen en weer en controleerde haar vuurwapen nogmaals.

Gabrielle deed een stap naar achteren om weer naar het verwaarloosde gebouw te kijken dat boven hen uittorende. Het gehavende grijze beton zag er troosteloos uit en overal hingen bordjes waarop stond wanneer het gesloopt zou worden. Dat was pas over drie maanden, waardoor het lege pand een perfecte schuilplaats was. Het geheel zag er doods en verlaten uit, maar toen Gabrielle haar ogen samenkneep, zag ze binnen een vaag schijnsel.

'Ik stel voor dat we naar binnen gaan.'

'Prima,' antwoordde Miller gretig.

'De versterking kan er pas over twintig minuten zijn, bovendien bestaat de grote kans dat hun komst onze aanwezigheid verraadt.' Het was een lastige keus. Zonder versterking het pand binnengaan was gevaarlijk, maar door het verrassingselement konden ze Redmond wellicht zonder gevecht inrekenen. Ze trok haar vuurwapen uit de holster en haalde de veiligheidspal eraf. 'Oké, we gaan. Maar we doen het heel rustig aan...'

Miller knikte en deed een stap naar voren. Op de hoofdingang zat een dreigend kruis getimmerd, maar Miller leunde met haar lichaam door de opening en kon zo de deurkruk vastpakken. Geen van beide vrouwen was verbaasd toen de deur eenvoudigweg opengiing. Miller kroop tussen de planken door, Gabrielle volgde en samen verdwenen ze in het donker.

Ze slopen verder, durfden nauwelijks adem te halen. Het gebouw stond al enige tijd leeg – vloerdelen kraakten vervaarlijk, metselwerk kwam los onder hun handen en er hing loshangende bedrading aan het plafond. Gabrielle ging ervan uit dat er geen stroom op stond, maar ze was niet van plan het uit te testen; ze liep voorzichtig verder en plaatste haar voeten behoedzaam. Alles was hier vergaan – het leek alsof het gebouw je bij één verkeerde stap zou verzwelgen – en elke beweging bracht gevaar.

Er was iemand in het gebouw, ze kon boven bewegingen horen, maar de vraag was: waar? De geluiden leken van verderop te komen, maar de duisternis maakte het verwarrend en Gabrielle was erg geneigd om haar zaklamp aan te doen. Toch wilde ze Redmond niet attent maken op hun aanwezigheid. En dus ging ze in het donker verder, met haar wapen in de aanslag.

Links kon ze met moeite een deuropening zien. Gabrielle bleef even staan om te zien of Miller bij haar was en fluisterde toen: 'Op drie. Een, twee, drie...'

Snel liepen ze de ruimte binnen, zochten in de duisternis naar hun doelwit. Er schoot iets in de schaduw weg en Miller reageerde direct, maar Gabrielle legde een hand op haar arm om haar tegen te houden.

'Ratten,' fluisterde ze.

Ze draaiden zich om en bekeken de rest van de ruimte. Die was leeg. Rechts was nog een deur en snel liepen ze er naartoe, maar ook daarachter was niets te zien. De laatste ruimte op de begane grond was te gevaarlijk om binnen te gaan: verschillende vloerdelen waren compleet verrot. Hier was al tijden niemand geweest.

Ze wilden net de gang weer in gaan toen ze plotseling een geluid hoorden en bleven staan: een luid gekraak, vrijwel recht boven hun hoofd, gevolgd door doffe, gedempte stemmen. Was er boven iemand bij Redmond?

Gabrielle knikte naar Miller, waarna ze een stukje terugliepen door de gang tot ze bij de grote trap kwamen. Opnieuw keek Gabrielle op haar horloge en de wijzerplaat glom naar haar in het donker. Hun versterking kwam pas over tien minuten – te lang om te wachten nu ze de kans hadden om de moordenaar, of moordenaars, te overvallen.

Gabrielle liep met vaste maar snelle tred de trap op; deels omdat ze zenuwachtig was, maar vooral omdat de stemmen nu luider werden. Ze kon in elk geval een vrouwenstem horen. Gabrielle klemde haar vuurwapen stevig vast, hoopte dat ze het niet hoefde te gebruiken en bad dat het geluk aan haar kant zou staan als het toch nodig was.

Boven aan de trap kwam ze bij een lange, donkere gang uit. De geluiden kwamen uit een ruimte aan de linkerkant. Gabrielle nam grote, lichte stappen – zelfs het zachtste geluid kon hen nu verraden. Ze leunde tegen de deurpost en gebaarde zwijgend naar Miller, die zelfverzekerd maar stil aan de andere kant ging staan. De vrouwen bevonden zich nu in een goede positie om de hele ruimte vanuit verschillende hoeken te bekijken. Gabrielle duwde gedachten aan haar gezin, aan het gevaar waarin ze zich bevond weg en knikte naar Miller. Met een zwaai stapten ze de ruimte binnen, hun wapen naar voren gericht.

Tot Gabrielles verrassing was het er leeg, op een tafel en stoel na. Op de tafel stonden wat afhaalbakjes en er balanceerde een smeulende sigaret op de rand van een asbak. Op de grond lagen wat kartonnen dozen en oude kranten, en daarachter stond een flikkerende tv waarop nu het nieuws van WGN te zien was. De nieuwslezeres bracht een kernachtig en helder verslag van de meest recente ontwikkelingen wat betreft de jacht op De Slager. Was dit de vrouwenstem die ze beneden had gehoord, vroeg Gabrielle zich af. De brandende sigaret wees erop dat hier iemand aanwezig was. Maar wie?

Onrustig trok Gabrielle zich terug op de gang, met haar Colt .45 voor haar lichaam. Doelbewust liep ze verder; haar enige doel was het inrekenen van haar verdachte. Ze was zo geconcentreerd dat ze bijna met haar voet door een rotte plank zakte, maar als de doorgewinterde politievrouw die ze was, wist ze die net op tijd terug te trekken. Ze rechtte haar rug, gebaarde naar Miller dat ze haar moest volgen en zette voorzichtig weer een stap.

Op hetzelfde moment schoot er een figuur aan het eind van de gang voorbij die zijn wapen afvuurde. Gabrielle dook naar rechts; de kogel sloeg in het metselwerk op de plek waar ze had gestaan. Onmiddellijk vuurde ze terug – een keer, twee keer, drie keer – de kogels vlogen door de lange gang, maar misten net hun doelwit, dat de kamer aan de andere kant in dook. Gabrielle draaide zich snel om om te zien of alles goed was met Miller en blafte tegen haar geschrokken collega: 'Blijf achter me!'

Miller deed wat haar gezegd werd. Gabrielle sloop langs de muur door de gang, haar vuurwapen gericht op de deuropening. Haar vinger lag strak rond de trekker, klaar om opnieuw te vuren. Ze had dit niet gewild, maar nu was het erop of eronder. Snel liep ze verder en toen ze bij de deuropening kwam, liep ze met een zwaai de hoek om en bleef laag bij de grond. Ze was klaar om haar wapen af te vuren, maar de kamer was leeg en een ijskoude wind bulderde door het open raam.

Ze rende naar het raam en keek naar buiten, waar ze nog net zag hoe een lange, kaalgeschoren man in een berg vuilniszakken landde en overeind kwam. Even keken ze elkaar aan – het was Redmond. Gabrielle richtte haar wapen, maar hij was al in beweging en zij was een seconde te laat. Vloekend draaide ze zich om en rende de kamer uit, waarbij ze Miller bijna omverliep.

Binnen een paar seconden was ze bij de trap en stormde ze naar beneden. Ze sprintte door de gang, wrikte aan de deur, trapte een keer, twee keer, en schopte de houten planken los. Ze kon Miller achter zich horen, maar aarzelde geen moment. Ze stoof de kou in, rende naar rechts en dook een smalle steeg in die naar de achterkant van het gebouw liep. Eenmaal daar rende ze tussen kapotte meubels en achtergelaten speelgoed door tot ze het raam vond waaruit Redmond naar beneden gesprongen was. Ze oriënteerde zich, zag hoe hij was gevlucht – via een bredere steeg in noordelijke richting – en sprintte die kant op. Tot haar grote opluchting kon ze hem in de verte zien.

'Stop! Politie!'

Een kogel vloog een meter boven haar hoofd, maar Gabrielle vertrok geen spier en rende verder door de steeg. Redmond keek nogmaals om, koos ervoor om niet opnieuw te schieten op die afstand, draaide zich om en vluchtte weg.

De jacht was geopend.

79

Kassie liep met gebogen hoofd tussen de mensenmassa door. Ze was nu twaalf meter van het podium verwijderd, maar de muur van mensen voor haar maakte het moeilijk om verder te komen. Ze hadden haar in eerste instantie getolereerd, maar nu werden er opmerkingen gemaakt en werd hier en daar gevloekt als ze zich langs hen heen wurmde en met ellebogen en schouders in aanraking kwam. Eigenlijk was het stom, ze kon het prima horen, en als ze de moeite nam om te kijken, kon ze het podium prima zien, maar iets joeg haar verder.

Was het hoop die haar voortdreef? Een behoefte om te geloven dat alles goed kwam? Of iets anders? Haar hart ging tekeer en ze was een beetje duizelig. Het ene moment voelde ze zich overmand, alsof ze te midden van de mensenmassa zou flauwvallen, en het volgende moment was ze euforisch en licht in haar hoofd. Het was verbijsterend, een beetje eng en op de een of andere manier meeslepend, vandaar dat ze struikelend maar koppig verderging.

Ze trapte op iemands voet, maar was te snel om het ongenoegen van diegene volledig te horen. En toen opeens was ze er, stond ze tegen de hekken voor het podium. Ze draaide zich om en keek naar achteren, naar de zee van gezichten, en vroeg zich even af hoe ze erin geslaagd was door zo'n onheilspellende massa van vlees en bloed te komen. Op hetzelfde moment werd er luid gejuicht, waardoor ze losgerukt werd uit haar gedachten en zich weer omdraaide naar het podium.

Een vrouw van middelbare leeftijd was aan het woord en spoorde de inwoners van Chicago aan om de stad te bewaken, het kwaad binnen de gemeenschap uit te roeien. Zij leek de belangrijkste persoon, de organisator van de wake misschien, en de reactie van de menigte leek luider te worden met alles wat ze zei. Het was alsof ze naar een climax toe werkte – naar iets anders, iets rauwers – naar een klaroengeschal voor bezorgde burgers overal.

De aanwezige West Towners werden erdoor in vervoering gebracht, net als Kassie. De spreekster was zelf ook aangedaan, ze verhief haar stem en wees naar mensen, drong er bij ze op aan om iets te doen, terug te vechten. Het was alsof ze mensen zalfde en ze toestemming gaf om leiding te geven aan de strijd, en Kassie zocht haar goedkeuring, hunkerde naar haar instemming en de geruststelling die beide zouden geven.

De vrouw leek haar niet te zien, staarde naar een plek links van haar, boven haar, rechts van haar… en opeens zag ze haar. Ze zweeg even, maar hervatte haar speech op het moment dat haar blik die van Kassie ontmoette. Kassie struikelde en botste tegen de persoon achter haar aan.

'Hé, kijk uit!'

De woorden klonken gedempt en ver weg. Kassie wilde zich aan ze vastklampen, wilde zich terugslepen in het heden, maar het was te laat. Haar ogen waren aan die van de vrouw gekluisterd en er was geen weg terug. Even was er een ademloze stilte, waarna Kassie zonder waarschuwing lang en hard schreeuwde en op de grond in elkaar zakte.

80

Alles deed hem zeer, maar toch ging hij verder.

Hij had een val van vierenhalve meter uit het raam gemaakt en het was een flinke smak geweest. Zijn val was deels gebroken door de vuilniszakken in de steeg, maar hij was hard met zijn elleboog op de grond terechtgekomen. Zijn hele arm was verdoofd – was hij gebroken? – maar hij kon er niet naar kijken, niet nu zijn achtervolger hem zo dicht op de hielen zat.

Hoe hadden ze hem in godsnaam gevonden? Hij begreep er niets van. Hij was zo voorzichtig geweest, had zich schuilgehouden in een van de weinige vervallen flats die niet waren verbouwd tot luxeappartementen. Het was de perfecte vluchtplaats voor iemand die buiten beeld moest blijven.

Weer werd er van achteren een waarschuwing naar hem geschreeuwd. De vrouw won terrein en hij verwachtte elk moment een kogel in zijn rug… maar hij was nog niet verslagen. Hij kende deze stegen op zijn duimpje en paste zijn kennis nu toe, dook naar links en naar rechts voordat hij weer terug rende om zijn achtervolger in de war te brengen. Chicago was een stad van steegjes en hij had ze altijd in zijn voordeel weten te gebruiken.

Toch zat ze hem nog steeds achterna. Ze was beslist niet dom. En laf was ze ook niet; ze rende naar het gevaar toe in plaats van ervan weg. De politie van Chicago had de reputatie sterk te zijn, en zij was daar het bewijs van, maar hij had nog één troef: ze zou niet op hem schieten als er burgers in de vuurlinie stonden, en het was vanavond druk op straat. In de verte hoorde hij lawaai – kennelijk was er iets aan de gang – en terwijl hij door de stegen slingerde die de hoofdwegen van Chicago met elkaar verbonden, ving hij een glimp op van mensen die allemaal dezelfde kant op liepen. Hij wist niet waar het over ging – er was vanavond geen wedstrijd – maar het zou zijn redding kunnen zijn. Als hij zijn achtervolger niet te snel af kon zijn, kon hij haar misschien wel te slim af zijn.

Hij had zich tot nu toe niet onder de mensen begeven, uit angst dat hij gezien zou worden door patrouillerende politiemensen, maar voorzichtigheid was geen optie meer. Ze zat maar vijftien meter achter hem, binnen schootsafstand als ze kans zag om haar wapen af te vuren, en hij wilde niet in een stinkende steeg in Chicago aan zijn einde komen, niet terwijl hij nog zo veel te doen had.

Aan het eind van de steeg rende hij struikelend de straat op.

Een geschrokken vrouw keek op, zag zijn rode bezwete gezicht en liep snel verder. Hij liep achter haar aan en zag dat ze naar een park ging waar het wemelde van de mensen. Hij aarzelde geen moment, haalde de vrouw in en liep naar de overkant in de hoop zijn achtervolger kwijt te raken in het drukke park.

Maar de agent – een zwarte vrouw van middelbare leeftijd – stond al op straat, op zoek naar haar prooi. Er volgde één ogenblik van besluiteloosheid, waarna ze naar links liep, zijn kant op. Hij vloekte zacht – hij was een paar meter op haar uitgelopen, maar ze zou hem snel genoeg inhalen als hij geen plek kon vinden om zich te verstoppen. Met hernieuwde energie rende hij in de richting van het drukke park.

Terwijl hij dat deed, drongen er geluiden tot hem door: een vrouwenstem – versterkt door een geluidsinstallatie – maar ook applaus en zo nu en dan kreten van verzet. Toen wist hij het weer. Hij had het op tv gezien, maar er op dat moment geen aandacht aan besteed. De wake bij kaarslicht voor Jacob Jones en Rochelle Stevens. Het was bijna te mooi om waar te zijn. Het was perféct. En het zou zijn redding zijn, nu hij die het hardst nodig had.

Met alles wat hij had, sprintte hij naar de ingang, maar opeens vloog hij opzij. Met een klap kwam hij op het trottoir terecht, en zijn bonkende hoofd sloeg tegen de grond. Hij kreeg even geen lucht, maar toch krabbelde hij overeind… en zag dat zijn aanvaller hetzelfde deed.

De jonge politievrouw stak haar hand in haar zak en haalde haar wapen uit de holster. 'Politie. Laat je wapen vallen en…'

Redmond aarzelde geen seconde en ramde zijn voorhoofd tegen haar gezicht. Ze viel naar achteren en klapte duizelig tegen de grond. Hij greep zijn wapen – hij kon haar hier met gemak afmaken – maar hij moest verder. Hij was bijna bij het park.

Hij deed een stap naar voren en voelde op hetzelfde moment de koude loop van een wapen tegen zijn achterhoofd. In de verwarring had hij zijn eerste achtervolger niet dichterbij zien komen. Wat nu? Kon hij haar van zich afschudden en zich omdraaien om haar neer te schieten? Hij had het idee dat het kon, maar terwijl hij zijn kansen overdacht, hoorde hij een koele stem achter zich: 'Ga je gang, Kyle. Geef me een reden om de trekker over te halen.'

En op dat moment wist hij dat alles verloren was.

81

Kassie zat op de kapotte kunststofstoel met een ijskompres tegen haar bonzende hoofd. Ze had haar ogen dicht – haar hoofdpijn werd alleen maar erger van de tl-verlichting in het ziekenhuis – maar hoorde voetstappen dichterbij komen. Zonder op te kijken wist ze wie het was.

'Het spijt me heel erg,' zei ze zacht. 'Ze wilden per se iemand bellen.'

'Het is al goed,' zei Adam vermoeid. 'Zolang je bij ons logeert, ben je onze verantwoordelijkheid.'

Daardoor voelde Kassie zich nog beroerder.

'Wat is er gebeurd?' vroeg hij zacht.

Opeens voelde Kassie zich overspoeld door dankbaarheid. Ondanks alles deed Adam nog steeds zijn best om aardig te zijn. Er waren niet veel mensen die zo veel geduld met haar hadden.

'Ik viel flauw bij de wake en ben met mijn hoofd ergens tegenaan gekomen. Even later lag ik achter in een ambulance. Ik zei nog dat ze me moesten laten gaan, maar ze stonden erop om me hiernaartoe te brengen.'

'Hoe voel je je nu?'

'Wel goed… en volgens de dokters is er niets aan de hand. Eerlijk gezegd wil ik hier zo snel mogelijk weg.'

'Had je gerookt? Voordat je flauwviel?' Kassie aarzelde, dus drong Adam aan: 'De dokter zei dat hij wiet op je adem rook.'

'Eén joint, meer niet.'

'Je zou stoppen...'

'Dat weet ik en dat ga ik ook doen, maar dat had er niets mee te maken.'

'Wat is er dan gebeurd?'

Kassie wist dat het moment daar was, maar ze was er nog niet klaar voor.

'Kwam het door al die mensen? Heeft iemand je pijn gedaan?'

Kassie pulkte aan haar nagels.

'Moet je horen, ik ben niet boos op je, als je daar soms bang voor bent...'

'Ik had weer een visioen.'

Adam zweeg. Aan de blik op zijn gezicht te zien, had hij dit al vermoed, gevreesd misschien.

'Ik was bij de wake en het was geweldig,' ging Kassie snel verder. 'Het was opwindend, troostend... maar toen zag ik haar...'

'Wie?'

'De vrouw die sprak... Madelaine nog wat...'

'Madelaine Baines.'

'Ja. Het was niet mijn bedoeling, maar ik keek in haar ogen en toen zag ik het. Haar pijn, haar doodsangst, allemaal vuur om haar heen dat haar vertéérde...' Ze draaide zich naar Adam toe en zei met trillende stem: 'Madelaine Baines wordt zijn volgende slachtoffer.'

82

Kyle Redmond staarde woest naar Gabrielle en rukte aan de banden die hem op zijn dwangstoel hielden. Met een wapen tegen zijn hoofd was hij rustig geweest, maar eenmaal in hechtenis was hij door het lint gegaan – hij had geschopt, gestompt, zelfs een van de agenten gebeten die hem hadden moeten inboeken. Ze hadden hem in bedwang moeten houden voordat ze hem naar de verhoorruimte hadden gebracht. Een dwangstoel werd over het algemeen eerder geassocieerd met Guantanamo Bay, maar Gabrielle was gerechtigd hem te gebruiken en wilde geen risico nemen. Rechercheur Miller werd nog onderzocht en Gabrielle vermoedde dat ze haar neus had gebroken.

'Jacob Jones. En Rochelle Stevens.'

Gabrielle schoof foto's van de twee slachtoffers over tafel tot Redmond ze onder zijn neus had. Hij negeerde ze en staarde haar recht aan. Zijn ogen leken over haar gelaatstrekken te glijden alsof hij ze in zijn geheugen probeerde te prenten.

'Allebei op gruwelijke wijze vermoord. Kun je me zeggen wanneer jij ze voor het eerst hebt ontmoet?'

Redmond richtte zijn aandacht nu op rechercheur Suarez, die de gewonde Miller verving, en staarde hem strak aan. Hij probeerde ze overduidelijk te bespelen – verdeel en heers – maar ze wist dat Suarez zich niet liet intimideren. Hij was een doorgewinterde politieman die tuig als Redmond makkelijk aankon.

'Ik zal je helpen. Je hebt het huis van meneer Jones aan West Erie Street gereinigd. En Rochelle Stevens pand staat aan Washington Close. Heb je ze gesproken toen je er was, Kyle? Heb je ze een beetje leren kennen?'

Loom bracht Redmond zijn blik weer naar Gabrielle. Hij leek het bijna grappig te vinden. Zo te zien was hij absoluut niet onder de indruk van zijn arrestatie.

'Nee? Misschien hadden ze haast, moesten ze naar hun werk,' ging Gabrielle ontspannen verder. 'Ze hadden allebei een druk leven. Dan had je daarna zeker het huis voor jou alleen? Heb je toen wat meegenomen? Reservesleutels, misschien?'

Redmond kneep zijn ogen even samen, maar bleef zwijgen.

'Het zit namelijk zo: degene die hen heeft ontvoerd, had toegang tot hun huis en de sleutels van de bewoners zelf zijn terecht, dus...'

Gabrielle liet de woorden door de ruimte echoën, maar Redmond hapte niet.

'Nee? Oké, dan gaan we terug naar de basis,' ging ze verder. 'Waar was je in de nacht van 10 april?'

Redmond hoorde de vraag aan, maar zei niets.

'Nee? Die van 15 april dan? De nacht dat Rochelle Stevens is vermoord.'

Redmond schoof in zijn stoel heen en weer en trok weer boos aan zijn boeien.

'Ik heb je een vraag gesteld, Kyle.'

Onwillig stopte Redmond met trekken. 'Weg. Ik weet niet meer waar.'

'Wat was je aan het doen? Feesten? Drinken?'

'Ik zat in de auto, denk ik.'

'Was je in de buurt van West Town?'

Redmond haalde zijn schouders op.

'Daar woonden de slachtoffers. Maar dat weet je natuurlijk, hè? Aangezien je al eerder bij ze thuis was,' ging Gabrielle gemoedelijk verder.

'Ik ben niet goed in gezichten,' antwoordde hij uitdagend.

'Echt niet? Twee aantrekkelijke mensen als zij? Kijk eens naar de foto's, Kyle. Dat zijn twee kanjers. Als je die gezichten zag, zou je ze wel onthouden, toch? Maar goed, misschien keurden ze jou geen blik waardig.'

Redmond bracht met een ruk zijn gezicht omhoog om te zien of Gabrielle hem belachelijk maakte. Zijn eigen gezicht werd gedomineerd door een grote wijnvlek, en in combinatie met zijn tatoeages, piercings en boosaardige, kaalgeschoren hoofd betekende het dat Redmond iemand was om wie je met een grote boog heen liep.

'Je geniet ervan om mensen in je macht te hebben, of niet?'

'Wat?'

'Verkrachting, kidnapping, marteling. Het staat hier allemaal zwart op wit. Je houdt ervan om mensen te terroriseren, te vernederen...'

Redmond snoof en rukte nogmaals aan zijn boeien. Hij raakte zichtbaar gefrustreerd door het feit dat hij geen kant op kon en zweet parelde op zijn voorhoofd.

'Je gaat nergens naartoe tot je met me praat, Kyle. Vertel me maar eens over Dani. Wat had zij jou aangedaan?'

Kyle stopte met zijn geworstel, verrast door het horen van de naam van zijn ex.

'Ze vond je leuk. Nam je in huis. En op jouw beurt hield je haar achtenveertig uur lang gevangen. Martelde haar, sneed twee vingers af.'

'Die trut was niet te vertrouwen, had geen stijl...'

'En in jouw dossier zie ik dat je als minderjarige je moeder hebt aangevallen.'

'Niemand verdiende het meer dan zij,' zei hij, terwijl er voor het eerst een glimlach over zijn gezicht gleed.

'En dan zijn er nog je broers en zussen, medeleerlingen...'

Redmond haalde zijn schouders op, maar Gabrielle zag dat hij trots was op de herinneringen.

'En nu Jacob Jones en Rochelle Stevens. Vertel me eens, hoe voelde het toen ze aan je overgeleverd waren?'

Redmond keek haar onderzoekend aan.

'Wilde je ze vernietigen? Onherkenbaar maken voor hun familie, hun dierbaren? Zeiden of deden ze iets wat jou kleineerde? Iets waardoor je je heel nietig voelde?'

Redmond liet zijn blik naar de foto's op tafel zakken en nam de beelden in zich op.

'Nee? Misschien heb ik het helemaal mis. Misschien ben je onschuldig?'

'Eindelijk snap je het...' Hij glimlachte vreugdeloos en ontblootte verschillende gouden tanden.

Gabrielle rook zijn ranzige tabaksadem, maar verborg haar afkeer, vastbesloten om niet te reageren op zijn tartende gedrag. 'Waarom sloeg je dan op de vlucht voor ons?' wilde ze weten. 'Als je zo onschuldig bent, waarom schoot je dan op een politieagent? Waarom viel je mijn collega aan?'

'Ik heb de regels van mijn vervroegde vrijlating overtreden. Als ik gepakt word, moet ik de cel weer in.'

'Lul niet. Omwille van zo'n overtreding probeer je toch geen politieagent te vermoorden.'

'Heb je wel eens in Cook County gezeten?' vroeg hij minachtend.

'Natuurlijk niet.'

'Hoe weet jij dat dan? Het zit er stikvol idioten. Dan word ik nog liever neergeschoten, jezus, ik zie mijn moeder nog liever in de hel dan dat ik daar weer naartoe moet.'

'Is dat een feit?'

'Reken maar,' antwoordde Redmond zelfverzekerd, alsof hij zojuist een punt had gescoord.

'Goh, da's nou jammer,' voegde Suarez eraan toe, 'want daar ga je nou net naartoe.'

Woede vlamde in Redmonds ogen op. Hij stond op het punt Suarez uit te schelden, maar Gabrielle kwam tussenbeide.

'Waar heb je het gedaan, Kyle?'

'Jezus chrrissstusss...'

'We weten dat het in de buurt van water is gebeurd,' ging Gabrielle verder. 'Een rivier of een meer. Heb je het soms in je trailer aan South Morgan Street gedaan?'

Redmond verstijfde, zichtbaar op het verkeerde been gezet door Gabrielles bewering.

'Een paar mensen wist van die trailer, maar niemand die ertoe deed, nietwaar? Het was privé, ver weg en 's nachts heel stil.'

'Bovendien had je er alles om het bewijsmateriaal weg te spoelen,' vulde Suarez aan. 'Lekker gemakkelijk...'

'Waar heb je het over? Ik heb geen trailer aan South Morgan Street.'

'Jawel, Kyle. Je hebt hem gehuurd onder een van je favoriete aliassen.'

Opnieuw een reactie.

Gabrielle had het idee dat Redmond zich eindelijk opgejaagd voelde. 'De technische recherche is op dit moment onderweg. Als we ook maar één haar van Rochelle Stevens of Jacob Jones vinden...'

'Je vindt helemaal niks,' was zijn weerwoord.

'Waarom had je het er dan zo grondig schoongemaakt? Het stonk er naar bleek en dan heb ik het over het industriële spul, niet over zo'n huishoudgoedje.'

'Dit is gelul.'

'Je kende de slachtoffers, je hebt een strafblad...'

'Nee, nee, nee, nee.'

'Bovendien heb je geen alibi én je beschikt over de perfecte moordplek.'

Redmond zweeg en staarde naar zijn voeten.

Gabrielle liet de stilte even aanzwellen voordat ze verderging. 'Je liegt al tegen me vanaf het moment dat je hier voor me zit, maar... ik geef je nog een kans. Ik weet dat je niet alleen werkt. Ik denk dat je misschien niet eens degene was die dit allemaal in gang heeft gezet, dus ga ik je nog één vraag stellen. En deze keer wil ik graag de waarheid.'

Redmond bleef naar de grond staren. Het was alsof hij helemaal de weg kwijt was, alsof hij geen idee had wat er nu ging komen.

'Ken je dit meisje?' Ze schoof een foto van Kassie Wojcek over tafel.

Onwillig keek Redmond op en hij fronste zijn wenkbrauwen weer toen hij naar de foto keek.

'Je antwoord zal grote gevolgen hebben voor het verloop van deze zaak, Kyle. Dus denk goed na en zeg me... ken je dit meisje?'

Redmond staarde lange tijd naar de foto alsof hij zich beraadde over zijn antwoord. Uiteindelijk mompelde hij: 'Nee.' Langzaam schudde hij zijn hoofd, maar hij weigerde Gabrielle aan te kijken. 'Nog nooit gezien.'

83

In stilte reden ze door de donkere straten. Kassie begon wat helderder te worden, de pijn was minder hevig en opnieuw voelde ze zich beschaamd en ongemakkelijk. Adam had weinig gezegd over haar laatste visioen en had zich in plaats daarvan geconcentreerd op het tekenen van de nodige ontslagpapieren. Kassie had sterk de indruk dat hij haar uit het ziekenhuis weg wilde hebben voordat ze nog iets anders zei.

De Lexus rolde soepel over de weg en versterkte de stilte binnen. Ze waren op weg naar huis. Om naar bed te gaan en alles te vergeten? Haar laatste voorval te bespreken en er iets mee te doen? Maatschappelijk werk te bellen? Het leek allemaal zo ingewikkeld, zo verwarrend en Kassie verlangde opeens naar duidelijkheid. Adam had er toch mee ingestemd om haar te helpen haar gave te onderzoeken? Of had hij haar al die tijd naar de mond gepraat? Ze keek hoe Adam naar voren leunde om de radio aan te zetten. Hij werd kennelijk ook gek van de stilte. Het was WKSC, een typische papazender met jarentachtigrock en jarennegentiggrunge. Kassie moest tot haar eigen verbazing een glimlach onderdrukken, ze hield wel van de kleffe hits die deze radiozender draaide, maar die muziek was vast wat oud voor Adam, die er prat op ging dat hij een trendy, jeugdige veertiger was. Kassie slikte haar pret weg en probeerde op te gaan in de muziek – een rocknummer dat snel werd opgevolgd door een powerballad uit de jaren tachtig. Het was fijn om haar gedachten even uit te zetten, weg te dromen bij de banale teksten en bekende melodieën. Maar veel te snel was het afgelopen en werd de betovering verbroken door een nieuwsuitzending.

'Voordat we naar het weer gaan, volgt hier eerst het nieuws,' kondigde de nieuwslezer aan. 'Rond negen uur vanavond heeft de politie van Chicago een verdachte gearresteerd in de zaak van de moorden op Jacob Jones en Rochelle Stevens, de zogenaamde Slager-moorden. Volgens bronnen bij de politie wordt de verdachte momenteel op het hoofdbureau in Bronzeville ondervraagd door de recherche...'

Kassie bleef doodstil zitten, verbijsterd door het nieuws. De stem van de nieuwslezer kabbelde verder, maar de stilte in de auto was alleen maar uitgesprokener geworden. Het duizelde Kassie. Wat betekende dat allemaal? Ze had het toch niet mis? Dat was nooit eerder gebeurd... Ze draaide zich naar Adam en zag zijn bleke gezicht, de manier waarop zijn handen gespannen om het stuur lagen. Bang, zenuwachtig en vertwijfeld hoorde ze zichzelf zeggen: 'Geloof je me?'

Maar Adam zei niets en staarde recht voor zich uit in het donker.

'Ik vroeg je wat, Adam. Geloof je me?'

Het bleef lang stil voordat Adam antwoordde: 'Eerlijk gezegd weet ik niet wat ik moet geloven.'

'Dat moet je niet zeggen,' antwoordde Kassie gekwetst.

'Je zegt dat er weer een moord gepleegd gaat worden, maar de politie heeft een verdachte gearresteerd. Je zegt dat een vrouw de moordenaar helpt, maar de enige vrouw die de politie in beeld heeft ben jij. Je zegt me dat ik jou... iets zal aandoen, maar de gedachte is nog nooit bij me opgekomen, zou nooit bij me opkomen.'

Het kwam er als een waterval uit, zo snel en vernietigend dat Kassie geen kans zag te reageren.

'Dus, zeg het maar, Kassie, wat moet ik denken? Wat?'

Kassie staarde hem even aan, geschrokken van zijn woorden en zijn felle, wanhopige toon. Snel wendde ze haar hoofd af.

'Moet je horen, het was niet mijn bedoeling om me zo af te reageren,' ging hij verder, en hij keek haar even bezorgd aan. 'Maar, eerlijk waar, ik weet het gewoon niet meer.'

Het schuldgevoel dat haar overmande was vernietigend. De enthousiaste, betrokken hulpverlener die had aangeboden haar te helpen, zag er nu verslagen en uitgeput uit. Ze leunde achterover in haar stoel en voelde zich helemaal verloren. Ze kon merken dat Adam spijt had van zijn uitbarsting en met haar in gesprek wilde, maar daar was ze nu even niet toe in staat. Dus staarde ze uit het raam en verborg ze haar tranen voor hem, terwijl ze verder reden door de stille straten van Chicago.

84

Madelaine Baines deed de voordeur dicht en leunde er met haar hoofd tegenaan. Ze was kapot, uitgeput, schor, maar erg blij. Het was beter gegaan dan ze ooit had verwacht.

Ze deed de deur op het nachtslot, rechtte haar rug en sleepte haar vermoeide lijf naar de keuken. Daar vrolijkte ze op bij het zien van een felgekleurd briefje op de ontbijtbar. Met viltstift stond erop: *Goed gedaan, SuperMama. Je bent de beste!!!* Bij het zien van de bloemetjes eromheen en het grillige handschrift van haar dochters zwol Madelaines hart van geluk. De meiden hadden samen met hun vader naar de minuut stilte op tv gekeken, maar dat was kennelijk genoeg geweest – de aanblik van de hordes mensen met kaarsen had zo veel indruk gemaakt dat ze iets op papier hadden gezet.

Met het briefje in haar hand zocht Madelaine de magneet die ze in de Grand Canyon hadden gekocht en bevestigde het op de koelkast. Het gevoel erachter deed haar blozen, maar de meiden hadden toevallig wel gelijk: ze had iets bereikt. Waar eerst paniek en angst hadden geheerst, waren nu vastberadenheid en standvastigheid. Het gaf haar een warm gevoel en haalde bijna het ergste van die verpletterende vermoeidheid weg.

Met een glas water in haar hand liep Madelaine naar boven.

Het was helemaal stil in huis – de meiden lagen waarschijnlijk diep te slapen en aan het zachte gesnurk in hun slaapkamer te horen, Paul ook. Even was Madelaine teleurgesteld toen ze de slaapkamer binnenliep – natuurlijk wilde zij ook graag slapen, maar ze wilde haar overwinning ook met iemand delen en de vele verschillende emoties die ze ervoer verwerken.

Tegen het einde was er een kleine verstoring geweest – een tiener op de voorste rij was flauwgevallen – maar verder was alles precies gegaan zoals Madelaine had gehoopt. Er hadden natuurlijk veel tranen gevloeid, maar er was ook applaus geweest voor datgene wat beide slachtoffers vóór hun vroegtijdige dood voor Chicago hadden gedaan. Iedereen had zich aan de minuut stilte gehouden, de toespraken waren opzwepend geweest en hoewel ze het niet hardop wilde zeggen, vond Madelaine dat haar eigen bijdrage perfect was geweest. De menigte leek haar woorden te waarderen, en toen iedereen was weggeslenterd – getroost en gesterkt – had Madelaine even over haar succes kunnen nadenken. Kort daarna waren de telefoontjes begonnen – van radio- en televisiezenders, de schrijvende pers. Morgenochtend zou ze bij WGN News verschijnen en daarna zou ze geïnterviewd worden door de *Tribune*. Het was duizelingwekkend en als ze heel eerlijk was ook wel spannend.

Eigenlijk wilde ze de tv aanzetten om te zien hoe de plaatselijke zenders de wake versloegen, maar dat moest tot morgen wachten. Ze was te moe om de afstandsbediening te pakken, en dus liep ze naar de andere kant van de slaapkamer, naar haar zijde van het bed, liet zich zachtjes op het matras zakken en deed haar nachtlampje aan.

Ze draaide zich naar Paul om te zien of ze hem wakker had gemaakt, maar hij lag stil te slapen. Langzaam knoopte ze haar blouse los en gooide hem in de wasmand voordat ze haar oorbellen uitdeed. Ze legde ze op het nachtkastje naast haar glas water en op dat moment viel haar iets op. Haar lievelingsfoto – van hun vieren tijdens het wildwatervaren in Montana – stond anders. Normaal gesproken kon ze hem vanuit haar bed zien en kon ze genieten van die hartverwarmende herinnering aan gelukkige tijden. Maar nu was hij verschoven, zodat alleen de meisjes zichtbaar waren.

Madelaine bleef even zitten. De werkster was vandaag niet geweest en Paul kwam nooit aan deze kant van het bed – haar gezichtcrèmes en gezondheidsserums vond hij maar eng. Dan moest het een van de meisjes zijn geweest, maar wat moesten die bij haar nachtkastje? Er lag hier niets interessants – iPads waren niet toegestaan op de slaapkamer.

Het was een mysterie, maar dat zou het moeten blijven, want Madelaine was veel te moe om het nu uit te vogelen. Ze zou het de meiden morgen vragen en was nu al benieuwd met wat voor smoesjes ze zouden komen.

Met een glimlach trok Madelaine de rest van haar kleren uit en kroop in bed. Met een laatste zelfvoldane blik op de foto, die nu weer goed stond, leunde ze opzij en deed het licht uit, zodat het donker werd in de kamer.

85

Faith hield haar ogen dicht en ademde heel rustig.

'Faith?' herhaalde Adam zacht.

Ze had tien minuten geleden de voordeur open horen gaan. Kort daarna was Adam de slaapkamer binnengekomen, had zich in het donker uitgekleed en was gaan liggen. Nu hing hij half over haar heen.

'Slaap je?'

Ze bleef doodstil liggen, verroerde zich niet. Even later draaide Adam zich om. Ze kon merken dat hij teleurgesteld was en hoorde een heel zachte zucht van frustratie, maar ze kon het niet aan om weer met hem in discussie te gaan. Ze wist dat ze daarstraks niet aardig was geweest, maar was er nog niet aan toe om haar excuses aan te bieden. Ze was boos geweest omdat hij het kennelijk prima vond om Kassie weg te sturen, maar ze wist dat hij haar boze beschuldigingen niet verdiende. Misschien kwam het door haar eigen verdriet dat ze overbezorgd was, misschien waren het de hormonen die haar woede aanwakkerden; hoe dan ook, ze voelde zich schuldig over haar harde woorden, vooral omdat Adam geen moment had geaarzeld om de tiener te hulp te schieten toen het ziekenhuis belde. Zijn vertrek, zonder iets te zeggen, zijn onbaatzuchtige barmhartige daad midden in de nacht, was het beste weerwoord op haar beschuldigingen.

Maar toch… Faith voelde de behoefte om Kassie te beschermen en ze maakte zich kwaad als het meisje werd weggeduwd. Niet alleen omdat deze probleemtiener alleen op de wereld was, of omdat Faith een zekere verbintenis met Kassie voelde – ook zij had als tiener en twintiger psychische problemen gehad – het was ook omdat Kassie zo goed kon luisteren. Adam ook wel, natuurlijk, maar hun gesprekken over Annabelle waren erg beladen, vanwege haar gevoel van falen omdat ze niet in staat was geweest een baby te voldragen en de onbeantwoorde vraag wanneer – óf – ze het ooit opnieuw zouden proberen. Kassie was neutraal in deze situatie, was nieuw in hun leven en was bereid Faiths verdriet en pijn met haar te delen. Daarom stelde ze haar gezelschap zo op prijs.

Adam had zich inmiddels omgedraaid en leek te slapen, zijn borst ging ritmisch op en neer, dus liet Faith zich uit bed glijden en liep zachtjes naar de keuken. Ze had het warm, haar mond was droog en ze snakte naar een glas koud water. Net toen ze naar het aanrecht wilde lopen, werd ze zich bewust van het feit dat er iemand in het donker zat. Ze slikte een kreet van schrik in, deed het licht aan en zag dat Kassie aan de keukentafel zat met een glas melk en wat koekkruimels voor zich.

'Sorry, ik kon niet slapen,' zei Kassie snel, bang dat ze Faith had laten schrikken.

'Ik ook niet,' antwoordde Faith, en ze liet water in een glas stromen.

'Ik hoop dat je het niet erg vindt dat ik…'

'Helemaal niet. Neem waar je zin in hebt. Eerlijk waar, ik heb de afgelopen dagen op toastjes met kaas geleefd. Ik kan niets anders verdragen…'

Kassie knikte maar zei niets.

Dat was een van haar beste kwaliteiten, dat gevoel dat het soms prima was om niets te zeggen. Maar vanavond was er iets anders. Er zat haar iets dwars. 'Alles goed?' vroeg Faith, en ze ging naast Kassie zitten.

'Jawel.'

'Wat zeiden ze in het ziekenhuis?'

'Het stelt niets voor. Alleen een bult op m'n hoofd.'

'Hebben ze je iets gegeven? Tegen de pijn, bedoel ik? We hebben pijnstillers in huis...'

'Het gaat wel, echt.' Kassie glimlachte even gespannen en nam nog een slok melk.

Ze leek heel neerslachtig, ontmoedigd, en zat onrustig op haar stoel te wiebelen. Faith bedacht opeens hoe merkwaardig deze situatie was – hun verschil in leeftijd, het feit dat ze elkaar eigenlijk helemaal niet kenden – en wist niet wat ze moest zeggen. Dus keek ze alleen. Ze had nooit echt de tijd genomen om Kassies gezicht goed te bekijken, maar Faith zag nu ware schoonheid: de sproetjes hier en daar op de bleke huid, de fraaie omlijsting van haar volle, roodbruine haar, maar ook een vermoeidheid, een gevoel dat ze getekend was door het leven. Het was een betoverende combinatie.

Kassie speelde met haar glas, draaide het steeds opnieuw om in haar hand. De beweging leek haar te troosten, maar toen ze opkeek en zag dat Faith naar haar keek, stopte ze. 'Sorry,' mompelde ze met een beschaamde blik.

'Het geeft niets,' zei Faith. 'Ga rustig verder...'

Maar dat deed ze niet en het werd weer stil. Faith wist niet wat ze moest zeggen, maar ze konden geen van beiden slapen en de absurditeit ervan stoorde haar. Wat moesten ze doen? Ze wilde net voorstellen om de tv aan te zetten – er vast wel iets wat Kassie leuk vond, ook al was het laat – toen er een idee in haar opkwam.

Ze was het niet van plan geweest, maar opeens leek het perfect. Sterker nog, ze zou het misschien zelfs leuk vinden, de nieuwigheid van een nieuw onderwerp. En dus vroeg ze: 'Kassie, zou ik je mogen tekenen?'

86

'Laat je kin iets zakken en kijk naar de deur.'

Kassie deed wat ze zei, maar de hoek klopte niet helemaal, dus liep Faith naar haar toe, legde een hand rond haar kin en bewoog hem iets. Daarna liep ze terug naar haar plek een meter voor Kassie en ze was blij om te zien dat de gelaatsuitdrukking van de tiener volmaakt was. Er lagen een bepaalde schoonheid en een zekere spanning in, maar ook kwetsbaarheid en complexiteit.

Altijd als Faith een portret begon, was dát waar ze naar op zoek was. Schoonheid was belangrijk, maar het was de afbeelding van de waarheid die essentieel was – het moest een afbeelding zijn van iemands karákter. Met het idee dat ze dat had gevonden, pakte Faith haar potlood en begon te schetsen.

Tot haar verrassing werkte ze snel. Eén dag, twee dagen geleden zou het potlood dik en vreemd in haar hand hebben gelegen. Het onderwerp zou haar niet geïnteresseerd hebben omdat ze opging in haar eigen tragedie. Maar nu leek het gemakkelijker – de streken voelden natuurlijk en ze had echt weer het gevoel dat ze genoot. Het duurde niet lang of ze had de contouren van het gezicht op papier en een eerste opzet van de sierlijke gelaatstrekken van het meisje. Die moesten nog verfijnd worden, want het karakter lag in de ogen, de boog van de wenkbrauw, de stand van de mond. Er zouden meerdere pogingen voor nodig zijn en een dieper inzicht in het onderwerp om het kloppend te krijgen, maar het was een goed begin. 'Ik wilde dat ik jouw teint had,' zei ze opeens. Ze had altijd het idee gehad dat roodharigen exotischer en betoverender waren dan andere vrouwen.

'Ik wilde dat ik jouw stijl had,' zei Kassie eenvoudig.

'Schei uit, je ziet er geweldig uit.'

'Dat meen je niet.' Met een ongemakkelijke en ontevreden blik liet Kassie haar vingers langs een van haar lokken glijden. 'Ik knip mijn eigen haar altijd en mijn moeder vond het maar niks als ik make-up droeg.'

'Nou, daar kunnen we wat aan doen,' was Faiths reactie. 'Van wie heb jij je haarkleur? Is je moeder net als jij...'

'Nee, zij heeft donker haar. Ik heb het van mijn oma. Mijn moeders moeder...'

'Vertel eens over haar.' Faith legde haar potlood neer en ging op het randje van haar kruk zitten.

Vaak voelde het geforceerd en gekunsteld om een onderwerp te laten praten, ervoor te zorgen dat die persoon iets prijsgaf van zijn karakter, zijn familie. Maar plotseling had Faith het sterke verlangen om meer te weten over deze mysterieuze, melancholieke tiener. Kassie aarzelde en even dacht Faith dat ze zou weigeren.

Na een tijdje begon de tiener omzichtig te praten. 'Mijn oma zit nu in een tehuis – ze is dement – maar toen ze jonger was, was ze heel spontaan. Ze liet zich leiden door haar gevoel, niet haar verstand. Ze kon streng, soms zelfs hard zijn, maar voor mij was ze altijd lief en vrijgevig.'

'Hoe heet ze?'

'Wieslawa. Wieslawa Zuzanna,' zei Kassie, en er trok een glimlach aan haar mondhoeken.

'Heb je een hechte band met haar?'

'Heel hecht.' Ze zei het resoluut, bijna uitdagend. 'Ze kon het niet met iedereen goed vinden, eigenlijk met heel weinig mensen, maar zij en ik...'

'Waarom was dat, denk je?' Kassie zweeg, alsof ze niet goed wist hoe ze moest reageren, dus Faith ging verder. 'Lijk je op haar?'

'Ja en nee. Ze is een sterke vrouw, veel sterker dan ik. Ze heeft veel ellende in haar leven meegemaakt, maar heeft die weten te doorstaan. Ze kwam met niets naar Amerika, heeft hier een thuis voor zichzelf en haar kinderen opgebouwd... maar ze is getekend door haar ervaringen, door haar jeugd. Daardoor heeft ze vaak een kort lontje, ze kan heel streng zijn voor anderen. En ze trekt soms mensen voor...'

'Je moeder?'

Kassie schoot in de lach, maar het klonk niet blij. 'Nee, haar niet. Mij wel, maar mijn moeder niet.'

Faith leunde geïntrigeerd naar voren. 'Waarom kunnen ze het niet met elkaar vinden?'

'Omdat ze... tegenpolen zijn. Mijn moeder is plichtsgetrouw, pragmatisch, verantwoordelijk. Mijn oma is dat helemaal niet...'

'Dat heb je in families. Verschillende karakters, verschillende temperamenten...'

'Nee, het was meer dan dat,' hield Kassie vol. 'Mijn oma... had dingen gezien waardoor ze zich afvroeg of het wel zo verstandig was om op zeker spelen, te vertrouwen op de toekomst.'

'Tijdens de oorlog, bedoel je?'

'Ja,' antwoordde Kassie, en ze knikte. 'Polen werd tijdens de Tweede Wereldoorlog zwaar getroffen. Mijn familie had geluk, die wist op tijd weg te komen. Ze zagen wat ging komen, nou ja, mijn oma zag het. Gelukkig lúísterden haar ouders naar haar, ze waren niet zo wantrouwig als mijn...'

'Hoe kon ze dat weten?' onderbrak Faith haar.

'Sorry?'

'Ze moet in die tijd nog een kind zijn geweest.'

'Ze was negen,' beaamde Kassie.

'Zo jong nog. Ik bedoel, hoe kon ze voorzien wat er ging gebeuren?' Maar nog voordat ze was uitgesproken, wist ze het antwoord al, alsof het al die tijd volkomen logisch was geweest. Al haar gesprekken met Adam – zijn getergde, verwarde reacties op Kassie – tolden door haar hoofd. Ze wist niet of ze de vraag durfde te stellen, maar kon zich er niet van weerhouden. 'Was jouw… was jouw oma net als jij? Ik bedoel, kon ze dingen zien? Aanvoelen wanneer mensen…?' Faith wist niet hoe ze haar zin moest afmaken, maar dat was ook niet nodig.

Kassie knikte. 'Ik besefte het pas toen ze al best oud was. Dan ging ik bij haar op bezoek in het tehuis en vertelde ze me dingen, dingen die me bang maakten, maar die ook heel logisch waren. Pas later, toen ik erover had nagedacht, begreep ik waarom ze mensen voortrok, waarom ze meer liefde gaf aan de kinderen die jong zouden komen te overlijden, waarom mijn moeder… zich buitengesloten voelde.'

Faith zei niets, maar worstelde met alles wat ze hoorde. Het was onmogelijk, verbijsterend, maar Kassie zei het alsof het niets voorstelde.

'Ik weet nog dat ze me een keer over haar jeugd in Polen vertelde…' Kassie keek niet langer naar Faith. Het was alsof ze in zichzelf praatte. 'Ze spijbelde vaak. Ze had een hekel aan school, was niet erg populair. Maar op een dag betrapte de hoofdmeester haar; hij bracht haar eigenhandig naar de klas en toen ze het lokaal binnenliep, draaiden alle leerlingen zich om om naar haar te kijken. En toen zag ze…' Kassie rilde even, alsof ze werd overvallen door emoties.

Faith wilde een hand op de hare leggen, maar weerhield zich ervan.

'Ze zag dat... over minder dan een jaar twee derde van haar klasgenootjes dood zou zijn. Vermoord door de nazi's.' Kassie veegde een traan weg.

Faith zag dat haar gezicht nog bleker was dan anders.

'Ik denk dat dat beeld haar haar hele leven heeft achtervolgd,' ging Kassie zachtjes verder en haar stem trilde.

Opeens begreep Faith het. De gave die Kassie met haar grootmoeder deelde – als hij echt was, als Kassie de waarheid sprak – was buitengewoon, goddelijk zelfs. Het was alsof ze een plattegrond van ieders leven had, alsof ze met een lichtje in de donkerste hoeken kon schijnen, de meest fundamentele vragen kon beantwoorden... maar de prijs voor die kennis was hoog. Het ontroerde Faith om te bedenken dat haar intuïtieve geloof in de spirituele wereld mogelijk gebaseerd was op de waarheid, maar ze schrok van Kassies onthullingen. De vloek van deze vooruitziende blik was duidelijk: Kassie en haar oma waren allebei door de dood overspoeld vanaf het moment dat ze waren geboren.

Faith keek nogmaals naar haar schets en leek hem voor het eerst te zien. Eindelijk begreep ze waarom haar onderwerp zo'n getergde blik had.

87

De dageraad voelde koud en doods aan, als een verstikkend wolkendek dat de zon tegenhield.

Gabrielle Grey stapte uit haar auto en keek naar het viesgrijze water dat kolkte en stroomde. De Chicago River had deze stad gevormd, maar vandaag zag hij er bezoedeld en vermoeid uit, als bloed dat te weinig zuurstof krijgt. Ze wist niet of ze daardoor moest rillen of dat het door de lentekou kwam.

Ze trok haar jas strak om zich heen en liep haastig naar de trailer. De eerste keer had het terrein er verlaten uitgezien, maar vandaag was het er een drukte van belang: politieduikers, mensen van de technische recherche en agenten in uniform die nieuwsgierige omstanders op afstand hielden. Te midden van dat alles stond rechercheur Jane Miller met haar gehavende neus in het verband.

'Ik had jou gezegd dat je een paar dagen vrij moest nemen,' zei Gabrielle beschuldigend.

'Volgens de dokter is hij alleen maar zwaar gekneusd en, trouwens, dit wilde ik echt niet missen.' Ze gebaarde naar de drukte achter zich.

'Is Bartlett binnen?'

'Ze wacht op je,' antwoordde Miller, en ze deed een stap opzij, zodat Gabrielle erlangs kon.

Na een korte glimlach stapte Gabrielle de trailer binnen. Het contrast met haar vorige bezoek kon niet groter zijn. Toen was hij leeg, nu liepen er allerlei mensen rond en stonden er in elke hoek felle lampen. Emily Bartlett stond in haar forensische overall bij de afvoerput in de hoek die nu open was. Toen Gabrielle dichterbij kwam, zag ze een van Bartletts mensen in de put staan en opeens wist ze weer waarom ze rechercheur had willen worden en geen forensisch onderzoeker.

'Sorry dat ik je zo vroeg belde,' zei Bartlett opgewekt toen ze Gabrielle zag.

'Twee uur slaap is meer dan genoeg...'

'Maar dit wil je wel zien, denk ik.'

Ze had een bewijszak vast die op het eerste gezicht leeg leek te zijn.

'We zijn al vier uur met de afvoer bezig,' vertelde Bartlett, en ze gaf Gabrielle de zak. 'Eerlijk gezegd is het de schoonste afvoer die ik ooit heb gezien, bovendien komt hij uit op de rivier, dus zou je je geen betere dumpplek kunnen voorstellen, zeker als je bedenkt dat de bleek de tijd heeft gehad om z'n werk te doen.'

Gabrielle luisterde zorgvuldig, maar haar blik werd getrokken naar iets in een hoekje van de bewijszak. Klein en goudkleurig.

'Op de plek waar de twee helften van de buis samenkomen, zit een vervorming, waardoor er een rand is ontstaan waarachter dingen kunnen blijven haken, en daar hebben we dit gevonden.'

Gabrielle bracht de zak naar haar gezicht en zag nu iets wat leek op een halve manchetknoop. Het kettinkje tussen de twee helften leek te zijn gebroken, wat de ontbrekende helft verklaarde.

'We hebben het natuurlijk nog niet forensisch onderzocht, maar kijk even naar de onderkant.'

Gabrielle had al zo'n vermoeden wat ze daar zou vinden, maar haar hart sloeg toch even over toen ze onder op de kapotte manchetknoop twee initialen gegraveerd zag staan: J.J.

Met een opgeluchte blik keek Gabrielle naar Bartlett. Eindelijk hadden ze de moordplek gevonden. De plek waar Rochelle Stevens en Jacob Jones hun laatste, hartverscheurende uren op aarde hadden doorgebracht.

88

Hij staarde verward en geschrokken naar de lege kamer. Het bed was niet opgemaakt, haar spullen slingerden op de grond, maar Kassie was er niet. Adam draaide zich om en liep snel naar de keuken.

'Heb jij Kassie vanmorgen gezien?'

Faith schudde haar hoofd. Ze zat aan de keukentafel over een kop koffie gebogen.

'Ik kan haar nergens vinden. Ze neemt haar mobiel niet op.'

'Ze was al weg voordat ik op was,' zei Faith mat.

'Enig idee waar ze naartoe is? Heeft ze jou gisteren iets gezegd?'

Faith haalde haar schouders op, maar gaf geen antwoord. Ze leek meer geïnteresseerd in de inhoud van haar kopje dan in haar man. 'Bel haar nog een keertje als je je zorgen maakt,' opperde ze uiteindelijk, waarna ze opstond en naar de gootsteen liep.

Adam was geneigd dat te doen. Hij had vanmorgen met Kassie willen praten, had willen proberen haar zover te krijgen geen contact te zoeken met Madelaine Baines, had haar willen overhalen om met de politie te gaan praten, maar bij het zien van Faith die door de keuken schuifelde, begon hij te twijfelen. Ze had hem nog steeds niet aangekeken en leek afstandelijker dan ooit.

'Moet je horen, Faith, het spijt me van gisteren...' Adam wist niet of het aan hem was om excuses aan te bieden, maar hij snakte naar wat rust tussen hen. Het was de afgelopen dagen wat beter met Faith gegaan, maar nu leek ze opeens weer heel kwetsbaar. '... dat je het idee had dat ik hardvochtig leek of dat Kassie hier niet welkom was. Haar veiligheid staat voorop, dus mag ze hier blijven tot we een beter alternatief hebben gevonden.'

Maar de woorden leken over Faiths hoofd heen te zweven, bijna alsof ze hem niet had gehoord.

'Faith?'

'Moeten we het daar nu over hebben?' Ze stond nog steeds bij het aanrecht en leunde ertegenaan alsof ze steun nodig had.

'Gaat het?'

'Ik ben alleen een beetje moe.'

'Kijk me aan, Faith.'

Langzaam, onwillig, draaide ze zich om. Adam schrok van haar bleke gezicht en de donkere wallen onder haar ogen.

'Heb je wel geslapen?'

'Een beetje.'

'Ben je vannacht uit bed geweest?'

'Ik vind het moeilijk om mijn gedachten uit te schakelen.'

'Neem je je medicijnen nog? Het is heel belangrijk dat je...'

'Ja, dokter. Ik doe alles wat je me hebt gezegd.'

'Faith, ik probeer je te helpen,' antwoordde Adam, gekwetst door haar goedmoedige sarcasme.

'Door me te ondervragen?'

'Door voor je te zorgen.'

'Ik heb toch al gezegd dat het goed gaat?' zei ze snel, en ze maakte aanstalten om weg te gaan.

'Blijf nog even, praat met me...'

'Wat moet ik zeggen? Wat kunnen we elkaar in vredesnaam

zeggen om… dít beter te maken?' Ze klonk eerder verslagen dan vijandig.

Adam werd opeens overmand door emotie; alle verdriet van de afgelopen dagen overviel hem. Waarom was hún dit overkomen?

'Ik kan niets zeggen om het beter te maken,' antwoordde Adam oprecht. 'Natuurlijk niet. Maar als je ongelukkig bent, wil ik het weten. Want ik hou van je…'

Tot zijn verrassing sneden zijn woorden dwars door haar boosheid heen. Faith kromp een beetje in elkaar en er sprongen tranen in haar ogen.

'Ik weet het,' mompelde ze, en ze speelde met het koord van haar badjas. 'Ik weet het en het spijt me… Ik vind het gewoon niet fijn… om zo in de gaten gehouden te worden.'

'Niemand houdt je in de gaten.'

'Alsof ik een zwakke schakel ben, een klein kind.'

'Toe lieve schat, dat zeg ik helemaal niet.'

Adam deed een stap naar haar toe, maar Faith stak haar hand op. 'Nee, Adam. Ik meen het.'

Adam bleef staan.

'Ga Kassie zoeken. Ga naar de praktijk. Doe íéts. Geef me nou maar een beetje ruimte.'

Het was het laatste wat hij wilde, maar haar toon duldde geen tegenspraak.

Ze liep naar de deur, bleef op de drempel nog even staan en fluisterde: 'Ik hou ook van jou.'

Toen was ze weg.

89

Kassie zat in haar eentje aan de bar en negeerde de nieuwsgierige blikken van de kok die afwezig pancakes omdraaide. Ze tolde met haar telefoon op het geborstelde staal en keek hoe het ding rondjes draaide. Als hij zo dadelijk stillag en naar haar wees, zou ze bellen, anders niet. De beweging was betoverend, hypnotisch en ze hield haar blik eraan gekluisterd toen hij steeds langzamer draaide en uiteindelijk wijzend naar haar tot stilstand kwam.

'Twee uit drie,' mompelde ze, en ze gaf hem weer een draai.

De telefoon maakte langzaam zijn omwentelingen met hetzelfde resultaat. Boos griste Kassie hem van de bar en duwde hem in haar zak. Wie hield ze voor de gek? Ze wist dat ze Adam moest bellen, haar excuses moest aanbieden voor haar plotselinge vertrek, hem moest uitleggen waarom ze weg had gemoeten, maar ze kon er de woorden niet voor vinden. En trouwens, zou ze Adam daarmee niet juist weer naar zich toe trekken, terwijl ze net had besloten om alleen verder te gaan?

Ze kon hem zijn twijfel, zijn scepsis niet kwalijk nemen, maar het was wel duidelijk dat hij niet bereid was haar nog te steunen. Hij zou haar beschermen, begeleiden, zelfs proberen te 'genezen', maar hij zou haar zorgen, haar angsten niet meer geloven, en dus had het geen zin om misbruik te maken van zijn gastvrijheid. Ze kon Adam en Faith maar beter met rust laten, ze had hun al genoeg problemen bezorgd.

'Ga je nog wat bestellen of hou je alleen die kruk warm?' De kok staarde haar nog steeds aan.

Ze rukte zich los uit haar gedachten, zocht in haar zak en vond uiteindelijk een verfrommeld briefje van tien. 'Twee pancakes, alsjeblieft.'

Ze had geen trek, was niet van plan ze op te eten, maar het was lekker warm in de diner, een tijdelijk toevluchtsoord. Ze schoof het geld over de bar naar hem toe, maar hoorde tegelijkertijd geluiden – woorden – die angstaanjagend bekend klonken. 'Jacob Jones'. 'Rochelle Stevens'. Ze draaide zich om op haar kruk en zag de radio aan de zijkant van de keuken staan.

'Wil je die wat harder zetten?' vroeg ze.

Onwillig deed de chagrijnige kok wat ze vroeg.

Kassie luisterde geconcentreerd, haar hele lichaam gespannen.

'... dat Kyle Redmond, voormalig inwoner van Belford Park, wordt beschuldigd van de gruwelijke tweevoudige moord. We hebben begrepen dat Redmond elk moment van het hoofdbureau van politie kan worden overgeplaatst naar Cook County Jail en dat de borgtochthoorzitting morgen zal plaatsvinden. De begrafenis van Jones, zijn eerste slachtoffer, vindt over twee dagen plaats en er wordt veel aandacht van de media verwacht...'

Kassie wendde haar hoofd af en kon amper geloven wat ze hoorde. Madelaine Baines ging vandaag sterven, waarom was de politie er dan zo van overtuigd dat Redmond schuldig was? Had iemand anders het soms op haar gemunt? Een handlanger? Het logische alternatief was dat Kassie zich had vergist, dat ze de situatie op de een of andere manier verkeerd had ingeschat, maar ze wist zeker dat dat niet zo was. Haar visioen van Madelaines dood was zó intens geweest, zó duidelijk... Ze kon nog steeds die kakelende, onmenselijke lach horen.

Nee, er klopte iets niet. De politie had Redmond dan wel aangeklaagd, ze hadden zichzelf er misschien van overtuigd dat hij De Slager was, maar Kassie wist dat er iets heel erg mis was. De enige vraag was nu wat zij bereid was daaraan te doen.

Ze kon onmogelijk toekijken en nietsdoen. Haar lot, evenals dat van Madelaine, hing ervan af. Dus liet ze zich van haar kruk af glijden, griste haar jas mee en rende naar de deur, net toen de verbijsterde kok haar dampend hete pancakes op de bar zette.

90

De garagedeuren gingen omhoog en even later reed de zwarte Cadillac Escalade naar buiten. Madelaine Baines bleef even op de oprit staan – hij zag haar hand uit het raam steken toen ze met de afstandsbediening de garagedeuren sloot – en reed toen weg. Even later klapten de garagedeuren dicht en was alles stil.

Toen de Cadillac om de hoek was verdwenen, haalde hij zijn mobiel uit zijn zak. Snel keek hij om zich heen om te zien of hij niet zou worden verrast door nieuwsgierige buren, richtte zijn aandacht toen weer op de telefoon en haalde Madelaines agenda tevoorschijn. Tot zijn opluchting zag hij dat er niets was veranderd. Ze had eerst een afspraak bij WGN en daarna, om twaalf uur, bij de *Tribune*. Snel duwde hij de telefoon weer in zijn zak. Hij had genoeg tijd.

Nogmaals tuurde hij naar links en rechts om te zien of er potentiële getuigen waren, maar de straat lag er verlaten bij, dus stapte hij uit zijn auto en stak de straat over naar het huis van de familie Baines. Aan de zijkant van de oprit stond een grote struik en niet voor de eerste keer dook hij daarachter. Weer een snelle blik om zich heen, waarna hij op het knopje van zijn RollJam drukte en de garagedeuren onmiddellijk opengingen. Toen de deuren anderhalve meter open waren, dook hij er snel onderdoor. Ze gingen nog steeds omhoog, en hij drukte opnieuw op het knopje, waardoor ze met een schok tot stilstand kwamen en weer begonnen te zakken.

Met een glimlach draaide hij zich om en liet het apparaatje in zijn zak glijden. Het had hem maar tweeëndertig dollar gekost, maar was elke cent waard. Moeiteloos registreerde en hackte hij daarmee de draadloze commando's van contactloze sleutels, waardoor hij garagedeuren en autoportieren ongehinderd open kreeg. De eigenaars van de contactloze sleutel hadden misschien wel door dat het ding het de eerste keer niet deed, maar wantrouwig waren ze bijna nooit. Ze probeerden het gewoon nog een keer en als hij het dan wel deed, gingen ze verder met hun drukke leven, zonder te beseffen dat ze zojuist gehackt waren.

De deur van de garage naar het huis was niet afgesloten. Hij was hier al een paar keer binnen geweest en de familie Baines deed hem nooit op slot. Waarom zouden ze ook, in zo'n welvarende, misdaadvrije buurt? De gebeurtenissen van de laatste dagen hadden hier niets aan veranderd – merkwaardig eigenlijk, gezien de wreedheid van de misdrijven – maar ze verwachtten niet dat zíj er rechtstreeks mee te maken zouden krijgen.

Zachtjes deed hij de deur achter zich dicht en bleef even staan. Als er toevallig toch iemand thuis was, kon hij nog onopgemerkt wegkomen. Maar natuurlijk was het huis leeg – hij had ze allemaal zien vertrekken – en dus had hij het rijk alleen.

Hij genoot van dit moment. Hij had het vaak gedaan, in veel verschillende huizen, maar nog altijd kreeg hij er een kick van; hij was een indringer, een insluiper, maar nu was dit zíjn plek. De familie Baines was druk bezig met alles wat ze zo belangrijk vonden, zonder enig besef dat er op dit moment een vreemde in hun woonkamer stond. Hij kon doen wat hij wilde, zonder bang te zijn dat hij ontdekt werd. Hij had veel te doen in beperkte tijd, maar hij was vastbesloten om maximaal van dit moment te genieten. Hij moest nog leren, wist elke keer meer plezier uit zijn daden te halen, maar één ding was hem inmiddels heel duidelijk: voor hem was de jacht even bevredigend als het doden.

91

'Bel me alsjeblieft zodra je dit hoort.'

De stem vulde de praktijk terwijl Adam bij zijn bureau stond.

'Ik heb gisteren een zorgelijk gesprek met Gabrielle Grey gehad en… nu ja, ik wil graag jouw kant van het verhaal horen.'

De stem verdween en werd vervangen door een harde pieptoon. Adam drukte op de rode knop, kapte het bericht af, maar maakte geen aanstalten om te bellen. Hij wist precies wat Gabrielle aan Gould, voorzitter van het medisch tuchtcollege, had verteld, en Adam had geen idee hoe hij moest reageren of hoe hij zich moest verdedigen. Zijn handelen van de afgelopen dagen was onverdedigbaar… voor de buitenwereld, in elk geval.

Adam negeerde de telefoon, ging aan zijn bureau zitten en zette zijn laptop aan. Naar aanleiding van reacties op de e-mails die hij eerder in de week had gestuurd, had hij de komende dagen afspraken met enkele vaste cliënten. Hij wist nog steeds niet of hij het aankon, maar er zat niets anders op dan doorgaan. Misschien zou het hem goeddoen om het normale leven weer op te pakken.

Maar toen hij zijn agenda opende, zag hij tot zijn verbazing dat die bijna leeg was. Gisteren hadden er vijf afspraken in gestaan. Nu nog maar twee; drie cliënten hadden in de afgelopen vierentwintig uur afgezegd. Dat kon natuurlijk toeval zijn, maar de timing was merkwaardig. Geoff Gould was niet alleen een zeer kundig psycholoog, hij was ook een enorme kletskous. Als hij Greys zorgen met collega's en vrienden uit het vak had gedeeld, was het heel goed mogelijk dat mensen al wisten dat hij het adres van Rochelle Stevens aan een cliënt had gegeven, bij haar had ingebroken en een hechte band had met een van de verdachten in een lopende moordzaak.

Snel belde hij Vestra Healthcare, de gezondheidsorganisatie waarvan hij de meeste verwijzingen kreeg.

'Ze belden vanmorgen om af te zeggen,' legde zijn contactpersoon op verveelde toon uit, zonder Adams bezorgdheid op te merken.

'Heb je ze de gelegenheid gegeven om een nieuwe afspraak te maken?'

'Ja, ik heb ze allemaal meerdere alternatieven aangeboden, maar ze zeiden dat ze nog wel zouden bellen.'

Adam beëindigde het gesprek en liet zich achterover in zijn stoel zakken. Rochelle was een geliefd persoon binnen de gezondheidszorg in Chicago – geruchten dat hij ook maar íéts met haar dood te maken had konden het einde van zijn carrière betekenen. Chicago was een grote stad, maar zijn beroepswereld was klein, en het zou niet lang duren voordat zijn kleine praktijk ter ziele was. Niet alles tegelijk: eerst zou hij Gould moeten bellen om te vragen wat hij wist. Maar Adam zag ertegen op. Hoe open moest hij zijn? Hoe open kon hij zijn?

Zijn dag was slecht begonnen en werd alleen maar erger. Kassie was verdwenen – hij had nog steeds geen idee waar ze was of wat ze deed – en Faith had hem weggeduwd. Zelfs op zijn werk, een plek die heel lang zijn toevluchtsoord was geweest, keerden de dingen zich tegen hem. Adam had opeens heel sterk het gevoel dat er buiten zijn controle om dingen gebeurden die zijn wereld op z'n kop zetten en hem de afgrond in dreigden te duwen. Het was dom om zo te denken, hij deed idioot, paranoïde zelfs, maar hoezeer hij deze gevoelens ook weg wilde wuiven, hij kon niet ontkennen dat hij voor het eerst in zijn leven echt bang was.

92

Gabrielle Grey staarde uit het raam en keek naar de binnenplaats beneden. Ze had deze afgelegen gang op de vierde verdieping gekozen omdat hij het beste uitzicht bood, met onbelemmerd zicht op de plek vanwaar de gevangenen werden vervoerd, zonder dat ze zelf werd gezien. Ze had hier vaak gestaan en was niet van plan deze kans te laten lopen.

Geflankeerd door stevige gevangenisbewaarders, kwam Redmond heel nietig over op de binnenplaats. Toen ze hem vanmorgen opnieuw hadden verhoord, had hij geweigerd mee te werken. Ze had hem met het nieuwe bewijsmateriaal geconfronteerd, waarop hij eerst ijzig stil was gebleven en vervolgens hevige beschuldigingen en dreigementen had geuit. Hij had haar nota bene in het gezicht gespuugd – een bescheiden vorm van geweldpleging die ze met veel genoegen had toegevoegd aan de aanklacht. Gezien de omvang van de andere beschuldigingen zou er natuurlijk nooit iets mee gedaan worden, maar Gabrielle was niet iemand die dingen zomaar over haar kant liet gaan.

Redmond werd nu naar Cook County Jail gebracht, waar hij zijn groezelige kleren zou verruilen voor een oranje overall – de eerste stap in zijn overgang van vermoedelijke moordenaar tot veroordeelde misdadiger. Soms had Gabrielle medelijden met de mensen die ze in staat van beschuldiging stelde – veel mensen hadden een beroerde achtergrond vol armoede – maar niet met Redmond. Zijn misdrijven waren te wreed, te sadistisch om vergoelijkt te worden. Ze zou met genoegen toekijken hoe de celdeur achter hem werd dichtgeslagen.

Redmond stond nu met een strakke blik bij de bus, terwijl de achterportieren voor hem opengingen. Gabrielle genoot van de laatste paar seconden van zijn ongemak toen ze haastige voetstappen in de gang hoorde. Ze draaide zich om en zag tot haar verrassing rechercheur Montgomery op haar afkomen.

'Hoe weet een nieuwe agent over dit verborgen plekje?' zei Gabrielle ter begroeting.

'Rechercheur Suarez,' antwoordde Montgomery niet-begrijpend. 'Hij zegt dat je hier heel vaak bent.'

'Werkelijk?' zei Gabrielle opgewekt. 'Kom je van de voorstelling genieten?' Ze gebaarde naar de binnenplaats.

'Niet echt,' antwoordde Montgomery gespannen.

Gabrielle was even stil. De nerveuze blik op Montgomery's gezicht baarde haar zorgen.

'Wat is er, rechercheur? Wat zit je dwars?'

'Ik moet met je praten.'

'Zullen we even naar mijn kamer gaan?'

'Nee, laten we het maar hier doen.'

Gabrielles bezorgdheid nam toe, al kon ze niet zeggen waarom. 'Vertel.'

'Het gaat om het bewijsmateriaal dat vanmorgen is gevonden,' zei Montgomery op gedempte toon. 'Er zit me iets niet lekker.'

'Wat is er aan de hand?' vroeg Gabrielle geschrokken.

'De manchetknopen zijn best apart. Verguld, gegraveerd...'

'Jones had ze van zijn verloofde gekregen. Dat weten we...'

'Wat ik wil zeggen is...' ging Montgomery haperend verder,

'... dat ze best opvallend zijn. Daarom besefte ik... dat ik ze eerder heb gezien.'

'Hoe bedoel je?' vroeg Gabrielle, terwijl er in haar gedachten alarmbellen begonnen te rinkelen.

'Ik heb ze bij Jones thuis zien liggen, toen we het op 11 april onderzochten. Ze waren niet belangrijk, dus heb ik er een korte aantekening van gemaakt en ben toen verdergegaan. Maar ik weet zeker dat ze op Jones' nachtkastje lagen.'

Haar woorden echoden even door de gang voordat Gabrielle reageerde. 'Misschien was het een ander setje. Hoe weet je het zo zeker?'

'Omdat ik de inscriptie zag. Dat vond ik zo triest, omdat de man dood was.'

'Hoe zeker ben je van je zaak?'

'Nou, ik heb mijn originele aantekeningen nog, en hier...' Montgomery gaf Gabrielle een transparante map. 'Foto's van het huis van Jones,' ging ze verder, toen Gabrielle de map opensloeg. 'We hebben alleen een overzichtsfoto van het bed en het nachtkastje, maar kijk...'

Montgomery wees naar de foto, maar Gabrielle had al iets gezien wat op gouden manchetknopen leek, half verborgen op het nachtkastje, naast een donkerbruine paperback.

'Je kunt de inscriptie natuurlijk niet zien, maar ik zweer je dat dit de manchetknopen zijn waarvan Bartlett er vanmorgen een heeft gevonden.'

'Het eerste wat moeten doen is teruggaan naar het huis van Jones,' zei Gabrielle gedecideerd.

'Al gebeurd,' zei Montgomery, een beetje ongemakkelijk.

'En?'

'Daar liggen ze niet meer.'

Gabrielle werd even onpasselijk. Ze was nog niet overtuigd; ze wilde het eerst met eigen ogen zien. Maar als Montgomery gelijk had, als er met het bewijsmateriaal was geknoeid, hadden ze zojuist een vreselijke vergissing gemaakt – een die catastrofale gevolgen kon hebben.

93

Madelaine deed de deur achter zich dicht en slaakte een zucht van verlichting. Ze was thuis.

Het was een heerlijke maar slopende dag geweest. Voorafgaand aan het televisie-interview was ze één bonk zenuwen geweest, maar onder de hete lichten van de studio had ze het uiteindelijk goed gedaan, de stroom positieve Twitter-reacties bewees dat. Na afloop was ze doodmoe geweest, maar er was geen tijd om uit te rusten: ze was door twee radiozenders benaderd voor interviews en wist die er nog net in te passen voordat ze bij de *Tribune* moest zijn. Dat was bijna het meest bevredigende deel van de dag geweest: het beroemde gebouw binnenlopen en als een vorst behandeld worden, terwijl ze werd geïnterviewd en gefotografeerd. Uit het niets was ze binnen een paar dagen op de een of andere manier de stem van Chicago geworden.

Het duizelde haar als ze eraan dacht, maar ze was bijna te moe om ervan te genieten. Zelfs áls ze had willen zwelgen in de lofbetuigingen, dan was er geen tijd voor. Het was bijna twee uur en ze moest zo weer weg om naar de softbalwedstrijd van de meiden te kijken. Ze kon Paul natuurlijk wel vragen of hij wilde gaan, maar dat wilde ze niet. Ze had behoefte aan iets normaals dat evenwicht bood tegen de gekte van de afgelopen achtenveertig uur.

Met een snelle blik op de klok liep Madelaine de trap op, terwijl ze haar jasje uittrok en haar blouse losknoopte. Als ze snel was, had ze net genoeg tijd om zich te verkleden en haar make-up bij te werken, voordat ze weg moest. Ze keek uit naar de ontspannen middag en avond, een kans om bij haar gezin te zijn en samen een rustige, onbewogen avond te hebben.

Maar toen ze over de overloop naar haar slaapkamer liep, bleef ze even staan. Het zolderluik zat boven haar en toen ze opkeek, zag ze licht door de kieren schijnen. Ze onderdrukte de neiging om te vloeken – Paul kwam daar vaak, op zoek naar gereedschap dat hij daar bewaarde en vaak vergat hij het licht uit te doen. Ze aarzelde: ze moest echt voortmaken, maar wist toch al dat ze dat niet zou doen. Ze kon er niet tegen om elektriciteit te verspillen. Dus pakte ze de ladder uit de kast, rekte zich uit om het luik open te maken en klom naar de stoffige zolder.

Snel en een beetje geërgerd keek ze om zich heen, het was hier een rommel, hoog tijd dat Paul er iets aan deed. Ze schudde haar ergernis van zich af, deed een paar stappen naar de lichtknop en zette hem met een aangename klik uit. Het was nu donker, het enige licht was afkomstig van de overloop beneden. Maar toen Madelaine zich omdraaide, ging ook dit licht opeens uit toen het luik met een klap dichtging.

Wat was dat nou?

Haar hart ging tekeer, maar ze probeerde rustig te blijven. Misschien had ze het niet goed opengedaan? Had de wind het dichtgewaaid? Niet waarschijnlijk, maar toch... Ze draaide zich om om het licht weer aan te doen, maar op hetzelfde moment hoorde ze iets kraken, alsof iemand haar kant op liep.

'Hallo?' Haar stem klonk zwak en beklemd. 'Hallo?' zei ze iets luider, maar er kwam nog steeds geen reactie.

Madelaine begon nu in paniek te raken. Ze had altijd een hekel aan het donker gehad en begon zich allerlei afschuwelijke dingen in te beelden. Ze deed een stap naar achteren, zocht naar de lichtknop en kreeg toen eindelijk een reactie… een bloedstollende reactie.

Een zachte stem fluisterde twee woorden en klonk zo dichtbij dat ze zijn adem in haar nek voelde. 'Dag, Madelaine.'

94

Ze stond doodstil en nam het tafereel in zich op.

Het huis van de familie Baines was een indrukwekkende gezinswoning. Hier werd in elk geval geen armoede geleden. Dat kon je zien aan de keurig geschilderde buitenkant en het overvloedige interieur. Madelaine en haar man Paul waren er zichtbaar trots op – het huis kwam in vele Facebook-posts voor, waarin zogenaamd een rommelmarkt of koekjesverkoop voor het goede doel werd aangekondigd, maar die eigenlijk de exclusiviteit van hun buurt en de pracht van hun huis onderstreepten. Het had Kassie niet veel tijd gekost om de buurt en daarna de straat te achterhalen, en de zilverkleurige brievenbus op een strak geschilderde paal met de familienaam liet er geen twijfel aan bestaan welk huis ze moest hebben.

Kassie checkte of er niemand keek en stak toen snel de straat over. Ze tuurde door het raam en zag de enorme plasma-tv, de leren banken en de kunst in de fraai ingerichte woonkamer. Het was stil binnen en de jaloezieën waren open, wat Kassie opeens hoop gaf. Misschien was ze toch niet te laat.

Ze liep naar de deur, drukte op de bel en wachtte. Er was geen beweging binnen, dus belde ze opnieuw aan, maar nog altijd werd er niet opengedaan. Gefrustreerd begon ze op de deur te bonzen.

Nog steeds niets. Kassie deed een paar stappen naar achteren en keek naar boven, op zoek naar iets, wat dan ook. Omdat ze niets zorgwekkends kon ontdekken, tuurde ze door de straat, maar ze zag geen buren en er was niemand op straat. Kassie vroeg zich opeens af of de moordenaar – of moordenaars – deze rustige buitenwijken bewust had gekozen. In de luidruchtige chaos van South Shore zou het veel moeilijker zijn om deze misdrijven te plegen.

Door deze gedachte moest ze weer denken aan wat Madelaine te wachten stond. Ze deed een stap naar achteren, vouwde haar handen rond haar mond en riep: 'Madelaine, ben je thuis?'

Geen reactie, alleen haar stem die nog even over straat echode. Ze probeerde het nog een keer, harder. 'Madelaine… kun je me horen?'

95

Madelaine Baines draaide haar hoofd om en keek versuft in de richting van het geschreeuw, maar haar overweldiger bleef doodstil staan. Hij tuurde even door een kiertje tussen de gordijnen naar de persoon buiten, maar had moeite met wat hij zag. Wie wás dat meisje? En wat wilde ze?

Opnieuw keek hij naar buiten. Was ze een vriendin van Madelaine? Hij kende de vrouw veel minder goed dan Rochelle en Jacob, dus was het moeilijk te zeggen, maar hij had niet het idee dat dit meisje in Madelaines wereld thuishoorde. Ze zag eruit als een liefdadigheidsgeval met haar foute haar en Motörhead-hoody. Wat was haar band met Madelaine? En waarom had ze haar zo dringend nodig?

Zwetend keek hij op zijn horloge. Hij kon onmogelijk het huis verlaten zolang zij er was; zelfs als hij Madelaine ongezien in de garage en in de auto kon krijgen, zou hij zeker gespot worden als hij wegreed. Het meisje kon de auto weliswaar niet tegenhouden, maar ze zou hem wel zien. Hij kon natuurlijk een bivakmuts op doen, maar dat was alleen maar verdacht en dan zou ze gegarandeerd de politie bellen. Ondertussen werd Madelaine zo dadelijk bij de softbalwedstrijd verwacht. Als ze niet kwam opdagen, zouden er vragen gesteld worden, zou er alarm geslagen worden.

Haar man zou zich naar huis reppen, misschien zouden de kinderen met hem meerijden. Wat moest hij in dat scenario doen? Haar keel doorsnijden en achterom wegvluchten? Nee, nee, nee, dat was helemaal niet het plan.

Het meisje riep niet meer, maar bonsde nu weer op de deur. Ze deed een stap naar achteren en keek omhoog. Haar blik was zo ingespannen dat hij even bang was dat ze hem had gezien, maar uiteindelijk gleed haar blik naar de andere kant van het huis.

Zwaar ademend draaide hij zich naar het slachtoffer en vroeg zich af of zij het hem kon vertellen. Hij zou het haar graag willen vragen, maar de prop in haar mond verwijderen was geen optie.

Nee, hij kon het beste even wachten. Wachten om te zien wat het meisje ging doen. Zou ze het uiteindelijk opgeven en weggaan? Of zou ze proberen binnen te komen? Opeens wilde hij het dringend weten.

Zijn lot en dat van Madelaine hingen ervan af.

96

'Dit is gelul. Dit is echt zo'n gelul!'

Miller ijsbeerde door Gabrielles kamer. Ze was boos, beledigd en hield vol dat ze onschuldig was. Maar het viel Gabrielle op dat haar trouwe medewerker haar niet één keer recht had aangekeken.

'Ik stel je alleen een vraag, dat is mijn plicht.'

'Tuurlijk, maar als iemand mij beschuldigt, dan is dat omdat hij andere bedoelingen heeft, een rekening wil vereffenen. Misschien is die persoon wel op mijn baan uit...'

'Zo is het niet.'

'Echt niet?'

Haar twijfel werd met veel nadruk uitgesproken, maar Gabrielle had het gevoel dat de woorden geforceerd klonken.

'Wat kan het anders zijn?' ging Miller verder. 'Ik ben héél loyaal naar jou, naar het team, ik werk dag en nacht...'

'Ik weet dat je werk veel voor je betekent...'

'Reken maar, verdomme.'

'Maar ik weet ook dat je soms overhaast te werk gaat, dat je geneigd bent je er soms wat gemakkelijk van af te maken. Daar hebben we het al eens over gehad.'

Miller zei niets, maar bleef nu stilstaan.

‘We staan allemaal onder grote druk. Dit is een extreem lastig, geruchtmakend onderzoek. En ik kan me voorstellen waarom het verleidelijk zou zijn voor een agent om het proces wat te bespoedigen, aangezien we de hoofdverdachte in hechtenis hebben, maar er niet genoeg bewijsmateriaal is…’

‘Nee, nee, nee,’ was Millers reactie, en ze schudde heftig haar hoofd.

‘Jane, toen wij die eerste avond bij Redmonds trailer waren, stelde je voor om er in te breken. Als we er nu naartoe gaan, hoe groot is dan de kans dat een van die ramen is geforceerd?’

Opeens liet Miller haar protesten varen. Haar blik gleed naar de vloer, alsof ze een verloren muntstuk zocht. Nog altijd weigerde ze haar baas aan te kijken.

‘Ik ben vanmorgen bij het huis van Jones geweest. De manchetknopen die op de foto’s van de plaats delict duidelijk zichtbaar waren, ontbreken nu. Iemand heeft ze weggehaald.’

Miller bleef naar de grond staren.

‘Dus vraag ik het je nogmaals, Jane. Heb jij Jones’ manchetknopen in de trailer gelegd?’

Miller aarzelde een seconde te lang voordat ze haar mond opendeed, en dat was het moment waarop Gabrielle het wíst. Even zag het eruit alsof Miller zou blijven ontkennen, maar ze kon de woorden niet vinden en barstte opeens in tranen uit. Haar hele lichaam trilde van de spanning.

Gabrielle staarde haar aan. Ze wilde haar een fikse uitbrander geven, tegen haar tekeergaan, haar woede op haar afreageren, maar toen ze uiteindelijk haar mond opendeed om iets te zeggen, zei ze met overslaande stem van verdriet: ‘Waar ben je nou in godsnaam mee bezig, Jane?’

97

'Ga je me nog vertellen waar dit over gaat?'

Paul Baines was verrast dat de brutale tiener die voor hem stond langs de beveiliging had weten te komen. Hij was nog meer verrast dat ze hem vragen stelde over zijn vrouw.

'Ik wil alleen weten of u pas nog contact met uw vrouw hebt gehad?'

'Juist... Ben je een vriendin van haar?'

'Ik heb haar bij de wake ontmoet,' loog Kassie. 'We hadden vandaag afgesproken, maar ze deed niet open.'

Baines keek haar onderzoekend aan, twijfelde zichtbaar aan haar verhaal. 'Hoe laat?'

'Even na twee uur.'

Paul nam dit in zich op, was verward, zelfs een beetje wantrouwig. 'En ze had echt met je afgesproken? Ze moest namelijk direct daarna bij een softbalwedstrijd op school zijn...'

'We zouden het heel kort houden...' Het meisje zag er onbetrouwbaar uit, vermeed oogcontact met hem terwijl ze praatte.

'Wilt u haar bellen?' vroeg ze opeens. 'Om te vragen of alles goed met haar is?'

'Ze zal wel met de meiden onderweg zijn naar huis. Ik vraag wel aan haar of ze je wil bellen...'

'Alstublieft.'

'Wat is dit? Wat is er aan de hand?'

'U hoeft zich geen zorgen te maken. Alstublieft... Belt u haar nou. Als alles goed is, beloof ik u dat ik verdwijn. Het is heel belangrijk.'

Iets in haar eenvoudige, bezorgde houding raakte hem. Hij pakte snel zijn mobiel en belde zijn vrouw.

'Hallo, dit is Madelaine. Spreek na de pieptoon...'

'Met mij,' zei Paul, toen de automatische begroeting was afgelopen. 'Bel me als je dit hoort.' Hij hing op en probeerde het opnieuw, maar kreeg opnieuw de voicemail. 'Misschien is ze al thuis,' zei hij, net zozeer tegen zichzelf als tegen zijn bezoek. Hij belde hun nummer thuis, maar de telefoon ging over totdat het antwoordapparaat het overnam en de vriendelijke stem van zijn vrouw hem begroette. Hij probeerde haar mobiele nummer nog een keer, maar die ging weer over op de voicemail, dus hing hij op en wendde zich nogmaals tot het merkwaardige meisje.

'Ik weet niet waar ze is.'

Aan haar reactie kon hij zien dat dit haar zorgen baarde. En hem opeens ook.

98

Allerlei vragen raasden door Madelaines hoofd, de ene nog schokkender dan de andere. Waar was ze? Wie was de man die haar had aangevallen? En wat was hij met haar van plan?

Hij had haar op zolder overvallen – ze was zo verbijsterd geweest dat ze niet had gereageerd, en een tijdje later was ze op de grond van hun slaapkamer bijgekomen. Haar herinnering aan wat er toen was gebeurd was verward en wazig – er was buiten kennelijk wat beroering geweest – en niet lang daarna was ze in de kofferbak van haar eigen auto geduwd. Ze was vastgebonden, geblinddoekt en had een prop in haar mond, en het uur dat volgde, waarin ze heen en weer rolde in het ritme van het remmen en optrekken van de auto, was het meest beangstigende van haar leven.

Het was pikdonker, het werd steeds warmer, de lucht was bedompt en onaangenaam. In eerste instantie was ze ervan overtuigd dat ze daar in de kofferbak zou doodgaan en dat dat al die tijd ook de bedoeling van haar aanvaller was geweest. Maar toen de minuten voorbijgingen en de verkeersgeluiden afnamen, drong zich een andere mogelijkheid aan haar op. Werd ze naar een afgelegen plek gebracht? Zo ja, waarom? Om als gijzelaar te dienen? Aangevallen te worden? Vermoord te worden?

Madelaine deed haar best om positief te denken, de best mogelijke scenario's in gedachten te houden, maar voordat ze er een kon kiezen die te verteren was, kwam de auto met een schok tot stilstand. Even later ging de kofferbak open en werd ze naar buiten gehesen. Vervolgens werd ze over de harde grond gesleept – haar enkels hotsten pijnlijk over stenen, zo te voelen – en opeens was ze ergens binnen. Een paar seconden later werd ze op iets hards gezet, op een stoel of zo, waar haar armen aan vastgebonden werden.

En toen… was ze alleen gelaten. Ze kon een man horen scharrelen, maar hij zat niet aan haar, en dus probeerde ze haar gedachten op een rijtje te zetten en een idee van haar omgeving te krijgen. Ze kon lampolie ruiken, maar ook iets anders. Hout. Vochtig, rottend hout. En ze kon dingen horen: de man die aan het rommelen was, het kraken van vloerplanken, maar ook gelach in de verte.

Hulpeloos zat ze op de stoel, terwijl haar hart het ritme van haar angst sloeg. Ze wilde weten waar ze was, wat ze had gedaan om deze aanval uit te lokken. Ze bewoog haar hoofd, wilde zich losmaken, wilde wanhopig iets zien of horen wat haar duidelijk zou maken wat haar te wachten stond. Terwijl ze schudde en wriemelde, merkte ze iets. Haar blinddoek was wat verschoven toen ze de schuur in gesleept was, en het materiaal over haar linkeroog was dunner, meer als gaas, dan de stof over haar rechteroog. Misschien was het de rand van de stof, misschien was het materiaal gescheurd – hoe dan ook, als ze haar rechteroog dichtdeed, kon ze met haar linkeroog iets zien door het dunne materiaal.

Ze was in een soort bijgebouw. De muren waren donker, bruinig, maar de vloer was veel lichter, bijna wit. Verward gleed Madelaine met haar voeten over de grond voor zich en merkte hoe hij bewoog en ritselde. Hij voelde koud en leek wel... van plastic. Verward en doodsbang richtte Madelaine haar aandacht op haar aanvaller, die in de buurt bezig was. Hij had een gemiddelde lengte, was een beetje dik, zijn overall puilde bij de buik wat uit. Hij droeg nog steeds een bivakmuts, wat haar met angst vervulde, omdat ze zich alleen maar kon voorstellen wat voor monster eronder zat.

Ze had de hele beproeving geprobeerd om positief te blijven, maar nu wist ze intuïtief dat haar ontvoering iets te maken had met haar recente acties namens de gemeenschap. Ze had deze gedachte weggeduwd, maar nu was die terug, knagend en volhardend. Opeens wist ze precies waarom ze was ontvoerd en welk lot haar te wachten stond, een vermoeden dat werd bevestigd toen de man zich omdraaide met een groot slagersmes in zijn hand.

Haar eerste neiging was om te schreeuwen, maar op de een of andere manier wist ze haar doodsangst in toom te houden. Ze was in groot gevaar, maar had één klein lichtpuntje. Als ze het goed had ingeschat, had haar aanvaller niet door dat ze hem kon zien, en dus bleef Madelaine, ondanks het bonken van haar hart, heel stil zitten. Hij stond nu vlak voor haar. Madelaine zette zich schrap voor het mes dat ging komen, maar in plaats daarvan ging hij op zijn hurken voor haar zitten. Ze zaten nu bijna met de neuzen tegen elkaar. Haar overweldiger zat vol genoegen naar haar te kijken, hoopte misschien dat ze zou trillen van angst.

Zonder waarschuwing dook Madelaine naar voren. Ze dacht niet na, volgde haar instinct en ramde met haar voorhoofd tegen het gezicht van haar overweldiger. Brullend van pijn viel de man naar achteren en kwam hard op de grond terecht. Madelaine aarzelde geen moment, maar kantelde naar voren tot haar voeten de grond raakten en ze kon staan. Bijna verloor ze haar evenwicht omdat de stoel waar ze aan vastzat haar achterover trok. Maar wankelend wist ze haar evenwicht te hervinden en schuifelde zo snel mogelijk naar voren.

Haar aanvaller lag nog steeds kreunend op de grond.

Madelaine hobbelde naar de deur. Zo te zien zat hij niet op slot, en als ze hem open kreeg, kon ze misschien vluchten, om hulp roepen.

Wonder boven wonder wist ze de deur te bereiken. Hij stond op een kier, dus draaide ze zich half om, duwde de tenen van haar rechtervoet in de open ruimte en duwde uit alle macht. De deur ging open en ze zag de modderige kustlijn buiten, met het water daarachter. Ze schuifelde verder... maar merkte opeens dat ze achteroverviel. Even begreep ze niet wat er gebeurde, maar toen ze haar hoofd omdraaide, zag ze dat haar overweldiger de stoel vasthad en haar terugsleepte.

Het was nu een gevecht op leven en dood, Madelaine worstelde uit alle macht en schreeuwde het uit van boosheid en angst. Maar de rollen waren omgedraaid en ze werd onverbiddelijk teruggetrokken in haar gevangenis. Even later belandde ze uitgeput en wanhopig weer op het plastic zeil. Met een harde dreun klapte ze tegen de rugleuning van haar stoel en toen ze iets rustiger werd, zag ze haar overweldiger hijgend voor haar staan met ogen die vlamden van woede en met dat afschuwelijke mes in zijn hand.

Ze wilde huilen, smeken, maar kon geen woord meer uitbrengen door de ontzetting die haar van haar stem beroofde. En toen haar ontvoerder dichterbij kwam, met zijn mes in de aanslag, kon ze alleen die gruwelijke, galmende lach horen.

99

Ze voelde hun blikken op haar. Overal in de recherchekamer hadden politiemensen van alle rangen hun werk stilgelegd om dit spektakel te zien. Met elke seconde en elke nieuwe vernedering werd haar gevoel van schaamte erger.

Ze had een half uur in Gabrielles kamer moeten wachten terwijl er een team van Interne Zaken was opgeroepen. Het was het langste half uur van haar leven geweest. In het verleden hadden zij en Gabrielle zich vaak teruggetrokken in deze kamer om, al klagend over de koffie, nieuwe aanwijzingen in een onderzoek te analyseren. Het had altijd een bijzondere, zelfs een magische plek geleken die ze deelden. Hun kleine oase, ver weg van de chaos en duisternis. Maar vandaag leek het eerder een gevangenis, alsof Gabrielle – de vrouw voor wie ze zo veel bewondering had – haar gegijzeld hield. Haar baas had geen woord gezegd, misschien, vermoedde Jane, omdat ze zichzelf niet vertrouwde.

Uiteindelijk waren de agenten van Interne Zaken gearriveerd – een zuur kijkende, magere vrouw en een onwelriekende beer van een vent – en nu stond ze naast haar bureau terwijl de inhoud daarvan en haar dossiers onderzocht, gelabeld en ingepakt werden. Haar telefoon was haar afgenomen, haar laptop ook, maar ze hadden het beste voor het laatst bewaard.

'Je tas, alsjeblieft,' zei de man, zonder opkijken.

Ze gehoorzaamde en gaf hem haar versleten tas. Langzaam en doelbewust haalde hij de inhoud eruit: een verfrommeld zakdoekje, haar ov-kaart, haar tampons, zelfs haar sigaretten, terwijl ze iedereen had verteld dat ze was gestopt. Dit ging helemaal niet over het onderzoek naar haar wangedrag, het was alleen bedoeld om haar te vernederen en de toekijkers te waarschuwen.

Jane bleef strak naar de grond kijken. Ze zou ongetwijfeld op borgtocht vrijkomen, maar wat dan? Gedurende het onderzoek zou ze geen salaris krijgen en ze had vrijwel geen spaargeld. Wat moest ze doen? Ze had hier wel een paar vrienden, maar niemand die ze in vertrouwen kon nemen. Moest ze terug naar haar ouders in Detroit? De immer zo fatsoenlijke Mary en Eric Miller die zo veel van hun aantrekkelijke, succesvolle oudste zoon hielden dat er geen ruimte was voor iemand anders? Wat zouden ze teleurgesteld zijn, maar niet verbaasd. Jane kon wel janken toen ze zich hun stuurse gezichten voorstelde, maar ze slikte haar verdriet weg. Dát gunde ze ze niet.

'Klaar?' De verveling in de stem van de agent was vernietigend. Dit was voor hem een doodnormale werkdag, maar voor haar een ramp van ongekende omvang. Ze knikte kort.

'Dan gaan we,' ging hij verder, en hij gebaarde naar de uitgang.

Gedurende de hele beproeving had ze hier niet willen zijn, maar nu aarzelde ze. Om haar heen was het stil geworden; haar collega's deden niet eens meer alsof ze werkten. Geschokt en ontzet was hun blik gefixeerd op het drama. Ze wenste dat ze allemaal... zouden verdwijnen, dat deze hele afschuwelijke nachtmerrie voorbij was, maar voor deze zondaar was er geen gemakkelijke uitweg. Dus draaide ze zich om, keerde de vrouw voor wie ze zo veel respect had gehad de rug toe en begon aan de lange, beschamende weg naar buiten.

100

Kassie slofte over het vale linoleum. Ogen flitsten haar kant op toen ze passeerde, maar ze zag ze amper en hield haar blik strak gericht op de tere figuur op het terras. Ze wist niet goed waarom ze was gekomen – wat kon ze hier nu mee bereiken? – maar ze kon nergens anders naartoe. Telkens als het leven haar hoop de bodem insloeg, trok ze zich terug bij de enige die ooit echt van haar had gehouden.

Wieslawa keek over het meer naar de vogels. Ze droeg een warme duster en had een wollen deken rond haar benen, die Kassie even rechttrok, zodat er geen koude lucht onder kwam. Ze gaf haar oma een zoen op haar voorhoofd, ging naast haar zitten en nam haar hand vol ouderdomsvlekken in de hare.

Wieslawa reageerde nauwelijks, bracht haar blik even naar haar kleindochter en richtte hem toen weer op het uitzicht. Maar ze trok haar hand tenminste niet terug, wat ze zo nu en dan deed als ze van slag was. Door de jaren heen had Kassie geleerd dat je nooit kon voorspellen in wat voor bui haar oma zou zijn. Soms was ze passief en traag, soms opgewekt en innemend. Op die dagen durfde Kassie bijna te geloven dat Wieslawa haar echt herkende, als ze zinnetjes mompelde of zelfs plaatsen of gebeurtenissen uit het verleden noemde. Andere dagen was ze huilerig en rusteloos en wierp ze wantrouwige blikken op de mensen om zich heen. De artsen waren in de loop der tijd met verschillende diagnoses gekomen – dementie, psychose met waanideeën en andere die haar kleindochter was vergeten of wilde vergeten – maar Kassie had altijd iets anders gedacht. Wieslawa was haar hele leven omringd geweest door de dood, maar nooit zo erg als hier, op een plek waar bejaarden door hun kinderen werden gebracht om dood te gaan – uit het oog, uit het hart. Ze huiverde bij de gedachte wat Wieslawa wel niet moest zien, de ophanden zijnde dood van zo veel mensen die ze in de gangen, de recreatiezaal en aan de tafeltjes langs het meer tegenkwam. Ze hoopte vurig dat haar grootmoeder te ver heen was om het te zien, maar ze vreesde dat dat niet het geval was.

'*Kochanie*,' mompelde de oude vrouw.

Kassie keek hoopvol op, maar Wieslawa bleef naar de horizon staren. Kassie liet haar hoofd weer hangen en voelde zich opeens helemaal kapot. Ze had hier een veilige plek gezocht om na te denken en onder ogen te zien dat ze Madelaine in de steek had gelaten, zichzelf in de steek had gelaten. De liefdevolle moeder van twee kinderen kon elk moment wreed worden vermoord en zelf had Kassie minder dan twee weken te leven. Haar falen zou hen allebei fataal worden. Het feit dat haar oma's lot haar zo gespaard bleef, bood vandaag geen troost: Kassie voelde zich volkomen leeg en verslagen.

'*Kochanie*,' fluisterde haar oma, iets luider deze keer.

Kassie keek niet op, ze durfde niet te geloven dat de oude vrouw haar leed begreep of er iets om gaf. In plaats daarvan kuste ze de hand van de oude vrouw, legde hem weer teder op de wollen deken en vertrok.

Ze kon niet goed tegen de benauwde sfeer van de bezoekersruimte en liep naar de waterkant. Ze zou wel een andere weg naar de uitgang vinden – eentje waar ze niet zo bekeken werd – maar toen ze bij het meer kwam, bleef ze even staan, getroffen door wat ze voor zich zag.

Lake Michigan lag er vanavond schitterend bij. De ondergaande zon streelde het enorme wateroppervlak, het gouden licht danste op het kabbelende water. In de verte lag het centrum van Chicago, bruisend en vol energie, maar het meer zelf was sereen, zonder enige menselijke aanwezigheid, zelfverzekerd in zijn afmetingen en grootsheid. Niets viel het lastig, niets doorbrak de rust, alleen de waadvogels en zilverreigers, de adelaars en plevieren die door de lucht scheerden en elkaar riepen. Kassie keek omhoog en volgde hun elegante cirkels in de hoop troost te vinden in hun niet-gehaaste vlijt. Jaar in, jaar uit kwamen ze hier, ongeacht de drama's en verdorvenheid in de stad. En jaar in, jaar uit zouden ze blíjven komen. Die gedachte vrolijkte haar wat op – haar eigen leven, haar eigen verhaal was misschien niet belangrijk in het grote geheel – en ze bleef staan, wilde zichzelf verliezen in deze afleiding, verlangde naar rust.

Maar terwijl ze daar zo stond, drong iets tot haar bewustzijn door. Een gedachte... nee, geen gedachte. Een geluid. Een geluid dat ze eerder had gehoord. Een fractie van een seconde dacht Kassie terug aan die afschuwelijke schuur, aan hém, aan de ontzetting en angst, en even later was ze weer terug in het heden en staarde ze verwonderd naar de lucht.

Opeens wíst ze het.

101

Met drie treden tegelijk rende ze de trap op. Haar frustratie had haar de hele weg naar Lincoln Park voortgejaagd en toen ze bij Adams kantoorgebouw was, aarzelde ze geen moment. Een jonge vrouw kwam net de voordeur uit, en Kassie schoot langs haar heen, sprintte door de lobby en rende de trap op.

Ze stormde de receptie van de achtste verdieping binnen, rende naar de praktijkdeur en smeet hem open. Adam zat aan de telefoon en zijn hoofd schoot omhoog toen Kassie naar hem toe liep. Met zijn hand over de hoorn wilde hij haar de les lezen, maar hij kreeg er de kans niet voor. Kassie griste de telefoon uit zijn handen en hing op.

'Waar denk je dat je mee bezig bent?' sputterde hij.

'Ik moet met je praten.'

'Dat was een belángrijk telefoontje…' protesteerde hij boos en bezorgd.

'Ik weet wat het is,' zei ze, en ze negeerde hem.

'Waar heb je het…?'

'Ik weet wat het is. Die lach.' Adam keek haar nog steeds verward aan, dus legde Kassie het uit. 'Die vrouwenlach in de schuur… Ik zei toch dat hij niet menselijk klonk? Dat is ook zo. Het zijn de vogels.' Ze gebaarde naar de plafondhoge ramen die het meer omlijstten. In de verte was nog steeds te zien hoe de vogels eindeloos cirkelden.

'Het zijn de vogels,' herhaalde ze met een lach. Adam keek haar aan alsof ze gek was geworden, en dus liep Kassie naar het raam en opende het. Het meer werd bezocht door heel veel vogels – roerdompen, adelaars, reigers – en hun constante, hoge gekwetter was zelfs op deze afstand hoorbaar.

Kassie draaide zich om en keek naar Adam. Zojuist had hij op ontploffen gestaan, maar nu was hij stil en luisterde naar het akelige, boosaardige geluid.

'Madelaine… ze is in de buurt van water,' zei Kassie dringend. 'Ze wordt ergens bij het meer of een rivier vastgehouden, ik weet het zeker.' Terwijl ze het zei, zag ze dat er een schaduw over Adams gezicht gleed, alsof ze iets bij hem had losgemaakt. 'We moeten er alleen achter zien te komen waar.'

'Kassie…'

'Ze heeft nog maar een paar uur te leven. Maar nu hebben we in elk geval een káns…'

'Wees nou verstandig, Kassie. Het meer is gigantisch groot en er zijn verschillende rivieren.'

'We moeten erachter zien te komen waar de vogels samenscholen. Het moet op een afgelegen plek zijn waar die vent niet gestoord kan worden. Als we die vinden…'

'Dat is zoeken naar een speld in een hooiberg.'

'We kunnen haar redden, ik weet het zeker,' hield Kassie vol, en ze liet zich niet uit het veld slaan. 'Maar ik weet niet waar ik moet beginnen, met wie ik hierover moet praten.'

Onwillekeurig reageerde Adam.

Kassie zag het en hoopte vurig dat Adam haar kon helpen, als ze hem daartoe kon overhalen. 'Ken jij iemand?'

'Nee. Of eigenlijk, ja. Maar ik kan niet zomaar…'

'Dan moeten we nu naar hem toe gaan.'

'Pas als je me verteld waar je bent geweest en waarom je denkt dat deze…'

'Daar is geen tijd voor!'

Ze schreeuwde de woorden bijna, waardoor Adam geschrokken zijn mond hield.

'Ik heb hier twee keer gelijk over gehad en toen hebben we niéts gedaan. Laat me alsjeblieft niet verantwoordelijk zijn voor nóg een dode. Dat zou ik niet kunnen verdragen.'

Nog altijd aarzelde Adam.

'Als je dit voor me doet, zwéér ik dat ik je nooit meer zal lastigvallen.'

'Ik weet het niet, Kassie…'

'Als we haar redden, komt alles misschien goed. Voor jou én voor mij. Alsjeblieft, Adam, doe nog één ding voor me. Ik sméék het je.'

Haar toon was dringend. Had ze genoeg gedaan?

Adam staarde haar aan, werd zichtbaar verscheurd, alsof hij niet wist of hij haar haar zin moest geven of moest zeggen dat ze moest maken dat ze wegkwam. Maar tot haar grote opluchting pakte hij zijn telefoon en jas en leidde haar naar de deur.

102

Tranen stroomden over haar gehavende gezicht, maar het maakte niets uit. Er was hier geen genade.

Haar overmeesteraar had haar bijna bewusteloos geslagen, maar was opeens gestopt. Madelaine zat nog steeds naakt, bont en blauw en rillend op de stoel, maar de vent had nu een van haar polsen losgemaakt en legde haar vrije hand op een tafeltje dat hij naast haar had gezet. Haar blik was aan het gruwelijke mes gekluisterd dat in de buurt lag, maar hij leek het even te zijn vergeten. Hij had veel meer belangstelling voor háár.

Hij hield haar hand in de zijne en leek verrukt om te zien dat hij trilde. 'Ben je bang, Madelaine?'

Madelaine maakte een vreemd geluid – een snik en een bevestiging tegelijk.

'Heel goed.'

Ze zag hoe zijn glimlach bruine tanden ontblootte en weer snikte ze.

'Laten we een spelletje spelen,' ging hij vrolijk verder.

'Dat wil ik niet...'

'Normaal gesproken begin ik met de tong, maar vandaag maak ik een uitzondering.'

'Doe me alsjeblieft geen pijn.'

Hij negeerde haar, bleef haar hand vasthouden en gleed met zijn vinger over haar duim.

'Naar bed, naar bed, zei Duimelot...'

Vervolgens bracht hij zijn vinger naar haar wijsvinger.

'Eerst nog wat eten, zei Likkepot...'

'Nee...'

'Waar zal ik dat halen, zei Lange Jan?'

'Alsjeblieft... nee...' zei ze hijgend, luider deze keer.

'Uit grootmoeders kastje, zei Ringeling...' Hij ging van haar ringvinger naar haar pink. 'Dan zal ik het verklappen, zei 't Kleine Ding.' Met haar pink nog in zijn hand, pakte hij het slagersmes.

Madelaine schreeuwde – lang, hard, doodsbang – maar het was alsof hij haar niet hoorde.

Hij zette het mes aan de basis van haar pink, bracht het toen omhoog en liet het hard neerkomen.

Madelaine gilde het uit – haar kreten maskeerden de zachte plop waarmee haar afgehakte pink op het zeil landde. Een ogenblik van doffe schrik, gevolgd door een intense, brandende pijn. Die was ondraaglijk en even raakte Madelaine buiten bewustzijn voordat ze weer in het gruwelijke heden terugkwam. Ze begon te wauwelen, smeekte haar overmeesteraar om genade, deed een beroep op alles wat haar dierbaar was, maar het leek hem alleen maar meer op te winden. Tot haar ontzetting zag ze het begin van een erectie in het strakke kruis van zijn overall.

Ze schreeuwde opnieuw, schreeuwde tot haar longen brandden. Ze was duizelig, verdoofd, werd overweldigd door pure wanhoop en bad dat haar hart ermee ophield, dat ze aan deze afschuwelijke nachtmerrie kon ontsnappen. Maar hij stond dat niet toe en sloeg haar hard, opdat ze zou ophouden met krijsen. Even was ze stil, maar het duurde niet lang voordat ze weer brabbelde en jammerde uit angst en woede. De pijn was zo hevig dat ze zich niet stil kon houden, wanhopig veel behoefte had aan een vorm van verlossing. Maar die kwam niet.

'Zo, Madelaine...' Haar beul maakte een tevreden geluid en pakte haar bloederige hand weer stevig vast. 'Zullen we nog een spelletje doen?'

103

‘Het is heel belangrijk, Brock. Denk goed na...’

Brock Williams had met zijn financieel partners midden in een vergadering gezeten over de ontwikkeling van de flats aan Lakeshore, maar toen zijn secretaresse Adams naam noemde, had hij alles uit zijn handen laten vallen en was hij de kamer uit gelopen. Nadat Faith een doodgeboren kindje had gekregen, had hij een condoleanceberichtje gestuurd, maar hij had Adam niet meer gezien, en toen hij zijn oude vriend en het merkwaardige tienermeisje zijn kantoor binnenleidde, putte hij zich uit in verontschuldigingen voor het feit dat hij zo’n slechte vriend was geweest.

Tot zijn verbazing wuifde Adam zijn excuses weg. Hij was hier met een specifieke reden: Brocks vogelkennis. Brock dacht even dat Adam een grapje maakte, hem plaagde, maar toen duidelijk werd dat hij bloedserieus was, vroeg hij zich af of Adam soms had gedronken. Verder leek de man gewoon zichzelf; een beetje geërgerd misschien, maar helder, pienter en precies.

‘Zo te horen zou het een adelaarssoort kunnen zijn, die je bedoelt,’ zei Brock aarzelend. ‘Kun je het nog een keer laten horen?’

De tiener – Kassie, heette ze – deed de schreeuw van de vogel zo goed mogelijk na en kraaide lang en schel. Brock liep direct naar zijn laptop en opende YouTube. 'Is dit wat je bedoelt?' vroeg hij, en hij liet een clip horen.

De kamer werd gevuld met een rauw gekraai, terwijl een groep vogels naar elkaar riep.

'Ja, dat is het! Ik weet het zeker,' riep het meisje met een merkwaardig ontroerde blik op haar gezicht.

'Dan heb je een Amerikaanse zeearend gehoord.'

'Waar is dat opgenomen?' vroeg Adam snel, en hij wees naar de clip.

'Het is gewoon een opname. Niet van hier,' antwoordde Brock, verrast door de dringende toon in de stem van zijn vriend.

'Maar ze komen wel in Chicago voor, toch?'

'O ja, je ziet ze hier elk voorjaar.'

'Waar nestelen ze?' kwam het meisje ertussen.

'Overal. Ze komen hier om te eten, blijven een week of zes...'

'Wáár in het bijzonder?'

'Overal waar veel water is,' zei Block, die het gevoel kreeg dat zijn antwoorden niet goed genoeg waren. 'Lake Michigan is erg populair...'

'Dat is een te groot gebied,' onderbrak Adam hem. 'Waar vind je ze nog meer? We zoeken een afgelegen plek.'

'Lake Winnebago heeft een grote populatie, maar dat ligt ten noorden van Milwaukee.'

'Dichterbij,' drong het meisje aan.

'Tja... als je echt een plek in de buurt zoekt, ken ik één watermassa die je misschien bedoelt. Ik ben er zelf nog nooit geweest omdat het lastig is om er te komen, maar er schijnt dit jaar een enorme populatie Amerikaanse zeearenden te zijn.'

'Waar?' wilde Adam weten.

Brock zweeg even en antwoordde toen: 'Lake Calumet.'

104

Ze reden in stilte, allebei in gedachten verzonken. Lake Calumet lag ten zuiden van de stad en was ooit een druk overslagterrein en industriegebied geweest. Toen de handel minder werd, was het een vuilstortplaats geworden, maar zelfs dat was niet duurzaam gebleken. Nu was het een braakliggend terrein in de schaduw van de Bishop Ford Freeway, zeer geliefd bij trekvogels en een incidentele dappere vogelaar.

Kassie had er wel eens van gehoord, maar was er nog nooit geweest. En toen ze over de hobbelige weg naar het hek reden en borden met GEVAAR! en VERBODEN TERREIN negeerden, zag Kassie waarom. Een enorme vervallen graanlift torende als een treurig geraamte boven allerlei verlaten industriële gebouwen uit. Het leek een overblijfsel van de welvaart van weleer, want het hele terrein lag er verloren en verwaarloosd bij en was waarschijnlijk gevaarlijk, gezien de waarschuwingsborden op het hek over giftige chemicaliën op de vuilstortplaats.

Je kon onmogelijk niet bedroefd worden bij het zien van het haveloze terrein, maar toen er een Amerikaanse zeearend boven haar hoofd cirkelde, wist Kassie weer waarom ze hier waren. Zenuwachtig frunnikte ze aan de zoom van haar mouw en wierp een blik op Adam. Ze kon zien dat hij zich net zo voelde als zij:

hij zag er gespannen uit en roffelde met zijn vingers op het stuur.

De auto kwam tot stilstand en Adam zette de motor af, waarna hij de sleutels in zijn zak stopte en naar het onheilspellende terrein achter het hek staarde. 'We kijken even kort rond en als we iets verdachts zien, maken we daar melding van,' zei hij snel, en hij wilde het portier openen.

'Adam, wacht.'

Hij draaide zich naar haar toe toen ze een hand op zijn arm legde.

'Je hebt gedaan wat ik je vroeg. Nu moet je naar huis.'

Adam wilde protesteren, maar ze snoerde hem de mond. 'Wat er daar ook is, ik red me wel.'

'Heb een beetje vertrouwen in me, zeg,' antwoordde hij geringschattend.

'Ik weet dat je dit nooit hebt gewild, dat ik je alleen maar ellende heb bezorgd.'

'Ik laat je dit niet alleen doen.'

'Alsjeblieft, Adam,' hield Kassie vol. 'Je hebt een vrouw, verantwoordelijkheden. Ga naar huis, naar Faith, en laat me afmaken wat ík ben begonnen.'

'Ik heb je gezegd dat dit het allerlaatste is dat ik voor je doe, en dat maak ik af. Ik laat je hier absoluut niet alleen...' Hij gebaarde naar de troosteloze woestenij. 'Maar als dit niets oplevert, als je het mís hebt, wil ik dat je me belooft dat je je door mij laat helpen. Misschien kunnen we een plek in een behandelcentrum voor je regelen.'

'Dat is goed, maar...'

'Kom op, dan. We verdoen onze tijd hier.'

Adams woorden plaagden haar geweten – elke seconde kon grote gevolgen hebben voor Madelaine – maar toch aarzelde ze nog. Was dit éérlijk? Kon ze dit echt maken?

Adam was de auto al uit en liep naar de achterbak. Onwillig stapte Kassie ook uit. Nadat hij een zaklamp had gevonden kwam hij bij haar staan. De zon was bijna onder en over niet al te lange tijd zou het donker zijn.

'Kom op.'

Hij beende weg en Kassie rende achter hem aan. Ze volgden het hoge ontzagwekkende hek tot ze bij de hoofdpoort kwamen. Het was een degelijke, goedgebouwde constructie, ontworpen om metaaldieven te weren, en zat met een groot hangslot dicht. Ze liepen naar de grimmige hindernis en vroegen zich af hoe ze binnen konden komen, maar toen Adam met zijn zaklamp op het hangslot scheen, zagen ze direct dat het stuk was. Adam trok het ding naar zich toe en liet het aan Kassie zien. De beugel was aan een kant doorgeknipt, waarschijnlijk met een betonschaar.

'Dat zegt niks,' mompelde Kassie. 'Kunnen ook dieven zijn...'

Zo te zien geloofde Adam dat net zomin als zij, maar ze moest het hem nageven, hij wist zijn zenuwen in bedwang te houden en rukte het hek open. Langzaam liepen ze verder, voorbij een oud pakhuis. De ondergaande zon wierp vreemde schaduwen op de grond en meer dan eens had Kassie het gevoel dat ze de contouren van een man zag. Maar haar hersenen speelden een spelletje met haar, tenminste, dat hield ze zich voor.

Ze liepen in stilte verder langs stapels kisten, verlaten graanschuren en lege kantoren, op zoek naar houten bijgebouwen.

'Denk je dat we de zaklamp uit moeten doen?' vroeg Kassie opeens. 'Ik bedoel, als er iemand is en die ziet het licht...'

Adam keek naar Kassie alsof ze compleet gek was geworden, maar moest haar daarna onwillig gelijk geven en deed hem uit.

'Er komt denk ik wel genoeg licht van de snelweg.'

'Oké,' antwoordde Adam, niet echt overtuigd. 'Maar blijf bij me in de buurt.'

Steeds verder gingen ze het terrein op. Het was hier dichter bebouwd en ze werden door een nauwe steeg geleid. Kassie bleef dicht bij Adam en haar blik flitste heen en weer door de schaduwen van de steeg. Ze zouden zo vast bij het water zijn en dan…

Opeens dook iets op haar af. Een donkere schaduw deed een aanval op haar. Half schreeuwend viel ze struikelend in Adams armen, één hand in de lucht om zichzelf te beschermen… maar het was alleen een geschrokken duif die met zijn kale vleugels klapperde en de nacht in vloog, misschien om als voedsel te eindigen voor de arenden.

'Sorry,' fluisterde Kassie, en ze kwam overeind. Ze wist niet goed waarom ze fluisterde, maar ze had buikpijn van de zenuwen en iets zei haar dat ze alert moest blijven. Voorzichtig liep ze naar het einde van de steeg, keek om een hoekje en zag eindelijk het meer. Het leek een grote zwarte vlek in het landschap, omlijst door de imposante snelweg, een gruwelijk beeld van verval en bederf. Er liep een rilling over haar rug, maar met al haar moed liep ze de steeg uit en zette een paar passen naar voren.

Op hetzelfde moment voelde ze hoe een stevige hand haar tegenhield. Adam trok haar terug in de schaduw en wees naar een gebouwtje iets verderop, aan de rand van het meer. Het was een soort schuur, oud en verweerd, en zag er niet heel anders uit dan de andere verlaten bouwwerken op het terrein behalve dan dat binnenin licht en bewegingen zichtbaar waren. Nog intrigerender was de SUV die in de schaduw naast de schuur stond.

'Zou die van Madelaine zijn?' zei Kassie haperend, hoewel ze het antwoord al wist. Ze keek opnieuw naar de schuur, die prachtig verstopt bij het meer stond, compleet verlaten, op de tientallen vogels na die in het omliggende watergebied zaten te broeden. Dit was het dan. Ze hadden Madelaine gevonden. En als ze haar wilden redden, was het nu of nooit.

105

Ze kon niet meer. Ze had gevochten, gevochten met alles wat ze waard was, maar ze had het einde van haar verzet bereikt. De marteling hield niet op, zijn wreedheid was eindeloos. Haar tong was weggesneden, haar vingers en tenen waren geamputeerd. Met elke gruwelijke daad was ze door de pijn buiten westen geraakt, maar elke keer had hij haar weer bijgebracht – had water in haar gezicht gegooid, haar geslagen, wat er maar voor nodig was om haar wakker te houden.

Een paar keer had ze het gevoel gehad dat haar hart zou exploderen. Op die momenten had ze gebeden om een hartstilstand, om een vorm van verlichting van dit vagevuur. Maar haar aanvaller verstond zijn kunsten en bracht haar steeds weer terug. Maar nu was het einde nabij, en alsof hij dit kon voelen, zei hij: 'Kijk, Madelaine, kijk wat er van je is geworden…'

Gehoorzaam tilde Madelaine haar hoofd op en zag dat hij een spiegeltje voor haar hield. Toen ze zichzelf zag, moest ze kokhalzen – ze was een gehavende, bloederige massa, een gruwel.

'Mooi, hè?'

Ze kokhalsde weer, er kwam pure gal boven.

'Er ontbreekt nog maar één ding. Je houdt toch van kettingen?'

Madelaine wist niet of ze hem goed had gehoord, maar knikte.

'Mooi,' koerde hij, terwijl hij het slagersmes pakte en het op haar keel zette. 'Want het is tijd voor de laatste snee.'

106

De kofferbak van de Escalade stond open, als de gapende mond van een monster dat op zijn prooi wacht. Kassie sloop erlangs – ze wilde er niet in kijken – en hield haar blik in plaats daarvan op de schuur gericht. De deur stond op een kier en toen ze dichterbij kwam, kon ze stemmen horen. Een mannenstem, diep en dreigend, en een vrouwenstem, zwak, gebroken, klaaglijk.

Geschrokken deed Kassie een stap naar voren en stak haar hand uit naar de deur, maar Adam trok haar terug. 'Ik eerst,' fluisterde hij. Met de zaklamp in zijn hand geklemd duwde hij langzaam de deur open. Kassie gluurde over zijn schouder en hapte naar adem bij wat ze zag. Het was donker in de schuur, er stond alleen een olielamp, maar het flikkerende licht was voldoende om een man in een blauwe overall te tonen die over Madelaine heen gebogen stond – of wat er van haar over was. Haar handen en voeten waren gruwelijke stompjes, ze zat onder het bloed en het lemmet van een slagersmes zat tegen haar keel geduwd.

De gemaskerde man leek haar te tergen, hij genoot van haar angst. Hij stond op het punt haar keel door te snijden, maar toen zijn slachtoffer iets zag bewegen bij de deur, kreunde ze lang en hard. Onmiddellijk draaide de man zich om en vloekte verrast.

Kassie stond als aan de grond genageld, maar Adam rende naar voren, terwijl de gemaskerde man zich opmaakte om zich te verdedigen en het mes van Madelaine op de indringer richtte. Adam aarzelde geen moment, zwaaide wild met zijn zaklamp en sloeg het mes uit de hand van de man. Toen die besefte welk gevaar hij liep, reageerde hij direct. Hij ramde zijn hoofd naar voren in een poging zijn tegenstander een kopstoot te geven. Maar Adam ontweek hem en bracht zijn knie naar het kruis van de man. Kreunend struikelde de man naar achteren, waardoor hij zijn verslagen slachtoffer omverstootte en Adam boven op hem kon duiken.

Adam gaf hem een harde klap en de gemaskerde man wankelde. Hij wilde het afmaken, greep de man bij zijn hoofd vast en wilde hem omdraaien. Maar opeens was Adam degene die naar achteren viel, waarbij hij de bivakmuts in zijn hand mee nam. In een flits zag Kassie het gezicht van de man – blank, flets, met een sik – maar hij draaide zich om en ramde met zijn vuist tegen Adams kin. Adam viel met een doffe dreun op de grond en Madelaines overweldiger dook boven op hem, duwde zijn zwaaiende armen opzij en klemde zijn handen om Adams keel.

Adam lag te kronkelen op de vloer en trapte wild met zijn benen in een poging zijn aanvaller van zich af te schudden.

Kassie kwam in actie; ze voelde het gevaar en dook naar voren. Adams aanvaller had haar aanwezigheid niet opgemerkt, want hij deed geen poging zich te verdedigen. Ze maakte hier gebruik van, sloeg haar armen om zijn brede nek en rukte hem uit alle macht naar achteren.

De man kreunde – van schrik en van pijn – en liet Adam los. Kassie rukte nog harder, maar hij gooide zijn lichaam naar achteren, trok haar arm van zijn nek en ramde met zijn elleboog tegen haar hoofd. Opeens viel ze opzij en een seconde later kwam ze met haar wang hard in aanraking met de ruwe vloer.

Kreunend bleef ze liggen, niet in staat zich te bewegen. Ze was duizelig, de ruimte tolde om haar heen. Toch besefte ze dat ze op moest staan, dus ging ze moeizaam op haar knieën zitten. Ze wilde helpen, Adam en Madelaine uit de handen van deze genadeloze moordenaar redden, maar toen ze opkeek, besefte ze dat het hopeloos was. De man had zijn aanval op Adam hervat, zijn handen lagen rond de nek van zijn slachtoffer en hij kneep en kneep en kneep…

Ze moest iets doen. Ze kroop naar hen toe, maar verloor haar evenwicht en viel opzij. Ze had nog maar een paar seconden – Adams ogen puilden uit en hij zag paars – maar ze kreeg haar lichaam niet naar voren. Vloekend begon ze te huilen. Zou het echt zo aflopen?

Maar tot haar verrassing krabbelde de man nu overeind. Adam was nog bij bewustzijn – nog net – en lag kokhalzend en hoestend op de grond. Waarom was zijn aanvaller opgestaan? Kassie werd zich bewust van een akelige, verraderlijke lucht die de ruimte begon te vullen. Ze keek naar rechts en zag wat er aan de hand was. In de commotie was de olielamp omgevallen, waardoor de dodelijke brandstof over het tafeltje was gestroomd en vlam had gevat. Een deel van het gebouw stond al in brand en over een paar seconden zou de hele schuur in lichterlaaie staan.

Verbijsterd keek Kassie hoe de man zijn slagersmes pakte en ervandoor ging, zonder zijn slachtoffer en aanvallers nog een blik waardig te keuren. Even later hoorde ze de SUV starten en wegscheuren. Dat geluid bracht haar weer tot leven en zonder nadenken, rende ze naar Adam toe.

'Gaat het?' riep ze, en ze trok aan hem.

'Ja,' zei hij hees, en hij worstelde zich overeind.

Kassie draaide zich om en zag Madelaine op de grond liggen, terwijl de vlammen haar dreigden te omcirkelen. Ze rende naar haar toe, duwde haar armen onder de vrouw en probeerde haar op te tillen. Kassie kon de hitte van het vuur voelen, kon het hout boven haar hoofd horen kraken, maar wat ze ook deed, ze kreeg de vrouw in de stoel niet overeind. Dus richtte ze haar aandacht in plaats daarvan op de touwen die haar aan de stoel vasthielden.

Maar op hetzelfde moment deed een afschuwelijk klaaglijk geluid boven haar hoofd haar opkijken, en ze zag nog net hoe een brandende balk rechts van haar op de grond viel, op het plastic zeil stuiterde en vonken liet opspatten. Kassie wierp een blik op het brandende dak, dat vervaarlijk kraakte en voerde haar inspanningen op.

Ze rukte en rukte, duwde haar vingers tussen de touwen, probeerde de knopen los te krijgen, maar tevergeefs. Bittere walmen vulden de schuur toen het plastic zeil waar ze op zaten, begon te smelten. De rook brandde in haar ogen, vulde haar longen, maar ze wist dat ze niet kon stoppen. Ze moest Madelaine naar buiten krijgen.

Zweet gutste over haar gezicht, ademhalen ging steeds moeilijker; toen pakte ze het touw rond Madelaines verminkte handen en begon aan haar te sjorren. Als er niets anders op zat, moest ze haar maar naar buiten slepen. Een van haar nagels scheurde, toen nog een, maar het kon haar niets schelen. Ze slaagde erin Madelaine een paar centimeter mee te trekken, en daarna nog een paar centimeter.

Weer viel er een balk; hij raakte Kassie tegen de schouder, waardoor ze haar evenwicht verloor. Even was ze haar richtinggevoel kwijt, terwijl de rook om haar heen dwarrelde, maar toen zag ze Madelaine weer liggen en begon opnieuw te trekken. Ze slaagde erin haar weer een paar centimeter te verplaatsen, maar opeens wilde het niet meer. Was de stoel ergens achter blijven haken?

'Madelaine?' Haar kreet was hees en schril. Ze kreeg geen antwoord. Kassie gaf nog een ruk, maar op hetzelfde moment vielen nog twee balken omlaag die haar met vonken bespatten. Ze bleef rukken, maar voelde dat iemand haar van achteren vastpakte. Ze draaide zich om en zag in het donker tot haar verrassing Adams gezicht. Hij probeerde iets te zeggen, ze zag zijn mond bewegen, maar het geluid ging verloren toen er opnieuw een plafondbalk naast hen op de grond klapte.

Hij bleef aan haar trekken. Kassie probeerde hem van zich af te slaan, maar hij had een ijzeren greep. Nu trok hij háár naar de deur. Woest draaide ze zich om en probeerde Madelaine te pakken. Maar ze kon haar in de rook niet meer vinden.

'... ssie, we moeten hier weg.'

Adams stem drong nu tot haar door en enkele seconden later voelde ze frisse lucht op haar huid toen hij haar uit de brandende schuur trok. Even worstelde ze in zijn armen, maar ze wist dat het hopeloos was. De hele schuur stond in lichterlaaie en wie er nu binnen was, was voorgoed verloren.

'We kunnen niets meer doen, Kassie,' zei Adam hijgend, en hij hield haar vast.

Ze bleef worstelen, maar het was halfslachtig en haar lichaam schokte toen de tranen begonnen te stromen. Even later stortte het hele dak in.

'We waren te laat...'

Ze liet zich slap tegen hem aan hangen, overmand door wanhoop en uitputting. Adam liet haar niet los, klampte zich juist aan haar vast. Ze hadden hun best gedaan, maar hadden gefaald. Ze konden niets meer doen, dus bleven ze wankelend staan, met hun blik aan de brandende schuur gekluisterd, terwijl hoge vlammen omhoogschoten, omlijst door het zwarte water van het meer daarachter.

107

'Beschrijf hem nog eens.'

Ongelovig keek Kassie op. Ze was uitgeput, stonk naar rook en was nog maar net door het ambulancepersoneel onderzocht, en toch leek Gabrielle Grey vastbesloten haar te tergen.

'Wat kan ik nog meer zeggen?' vroeg Kassie schor.

'De man die je hebt beschreven kan iedereen zijn. Had hij opvallende kenmerken?'

'Het was donker, de schuur stond vol rook. Ik heb hem alleen in een flits gezien...'

'"Blank, van middelbare leeftijd en met een sikje", dus. Dat kan half Chicago zijn.'

Kassie keek haar boos aan; haar intense afkeer van deze cynische politievrouw werd steeds sterker. Ze waren in allerijl bij de brandende schuur weggerend en hadden direct het alarmnummer gebeld. Tot hun ongenoegen was Gabrielle Grey vijf minuten na de agenten in uniform gearriveerd en had ze geduldig gewacht tot het ambulancepersoneel Adam en haar gezond had verklaard, voordat ze hen had gescheiden en voor ondervraging had afgevoerd naar het hoofdbureau van politie. Kassie wilde alleen maar met rust gelaten worden, naar bed en zichzelf in slaap huilen, maar ze wist dat ze hier niets te zeggen had.

'Hij had een grijzend baardje,' ging ze weinig enthousiast verder. 'En hij was wat aan de dikke kant. Ik had zijn speknek vast toen ik hem van Adam probeerde af te trekken...'

'We hebben geen huid onder je vingernagels gevonden.'

'Die is zeker verdwenen toen ik Madelaine probeerde los te trekken. Ik heb twee nagels gescheurd door dat touw...' Kassies stem sloeg over en tranen prikten in haar ogen. De gedachte aan Madelaines lot was te afschuwelijk voor woorden.

'Kleur ogen?' ging Grey genadeloos verder.

Kassie schudde haar hoofd.

'Tatoeages?'

'Niet in zijn gezicht of nek. Verder kon ik hem niet zien.'

'Littekens? Moedervlekken?'

'Nee.'

'Maar als je hem weer zag, zou je hem herkennen?'

'Ja. Ja.'

'Nou, de wonderen zijn de wereld nog niet uit...'

Die laatste opmerking was voor haar collega bedoeld, maar Greys poging tot galgenhumor kwam niet aan. De doorgewinterde rechercheur leek veranderd sinds de laatste keer dat Kassie haar had gezien... ze zag er uitgeblust uit, geplaagd, zelfs.

'En die man is weggereden?' vroeg haar collega werktuiglijk. 'Toen jullie nog binnen waren?'

'Ja, in een zwarte Escalade. Jullie hebben de bandensporen toch zeker wel gezien?'

'We hebben bandensporen gezien,' antwoordde hij koel.

'Godsamme!' Kassie ontplofte, en haar stem sloeg over van emotie. 'Waarom geloven jullie niet wat ik zeg? Adam Brandt kan alles bevestigen.'

De twee politiemensen keken elkaar even aan. Kassie wist niet goed wat dat betekende. Adam had haar toch wel gesteund?

'Er wás een man daar. Jullie moeten een tekening van hem laten circuleren, zorgen dat zijn gezicht op het nieuws komt.'

'O, ja?'

'Hij zal wel gewond zijn, blauwe plekken hebben. Iemand moet iets gezien hebben, iemand weet wie hij is...'

'Vertel me nog eens over jouw relatie met Madelaine Baines,' onderbrak Gabrielle haar, waarmee ze Kassies suggestie wegwuifde.

'Dat heb ik al verteld. Ik heb haar nooit ontmoet. Ik heb haar bij de wake gezien, maar verder niet.'

'En je was bij Lake Calumet omdat...?'

'Ik heb al uitgelegd waarom we bij het meer waren...'

'Tuurlijk,' onderbrak Grey haar. 'Maar het punt is dit: ik geloof niet in mediums en waarzeggers... en ook niet in de Kerstman of de tandenfee. Ik geloof in bewijsmateriaal, feiten, concrete verbanden, en dus wil ik graag weten waarom jij en Brandt in deze zaak blijven opduiken. Jij bent het enige wat de drie slachtoffers met elkaar verbindt. Je viel Jacob Jones lastig en hebt ingebroken bij Rochelle Stevens. Een tienermeisje dat voldoet aan jouw signalement heeft vandaag bij de familie Baines op de voordeur staan bonken.'

'Dit is belachelijk.'

'O ja?' Gabrielles toon was hard, haar blik onverschrokken.

Maar Kassie was nog niet klaar. 'Als ik hier iets mee te maken had, waarom zou ik dan die schuur in brand steken? Mijn eigen leven op het spel zetten? Waarom zou ik het alarmnummer bellen?'

'Misschien was er een ongeluk. Misschien kreeg je de brand niet meer onder controle. Misschien zit je hier allemaal leugens te vertellen.'

Sprakeloos schudde Kassie haar hoofd.

'Je hebt toegegeven dat je Rochelle van je NA-bijeenkomst kent. En Jacob Jones was verantwoordelijk voor een eerdere veroordeling van je. Wat ik wil weten is hoe je Madelaine Baines kende.'

'Ik kende haar niet.'

Maar de blik op hun gezichten wees erop dat zij iets anders dachten.

'Ik zweer je, ik kende haar niet,' herhaalde ze, iets minder resoluut.

'We hebben de agenda van mevrouw Baines van de afgelopen maanden doorgenomen,' ging Gabrielle verder. 'En nu blijkt dat ze werkt voor een liefdadigheidsinstelling die leesprogramma's organiseert op zwakke scholen, om moeilijke kinderen "echte" literatuur te leren lezen. Jij stond voor dat programma ingeschreven...'

'Wat...?'

'Maar je werd uit het programma gezet wegens slecht gedrag.'

'Ik heb haar nooit ontmoet,' hield Kassie vol.

'Kassie...'

'Er komen zo veel mensen op school en trouwens, ik was er bijna nooit.'

'Madelaine Baines was maandenlang aanwezig op jouw school. Ga je mij nu serieus vertellen dat je haar nooit hebt ontmoet? Dat ze niets te maken heeft gehad met het feit dat jij uit het programma bent gezet?'

'Voor zover ik weet niet.'

'Niet goed genoeg, Kassie. Drie gezagsdragers zijn op wrede wijze vermoord, drie gezagsdragers met wie jíj contact had.'

'Nee...'

Maar Kassies protest klonk nu zwak en Gabrielle greep haar kans.

'Jij bent de link, Kassie. Jij en jij alleen.'

108

Boos en ontevreden staarde hij naar zichzelf.

Nadat hij bij het meer was weggevlucht, had hij een eind keihard gereden en de SUV van Baines vervolgens op een verlaten parkeerplaats in South Shore gedumpt. Dat was altijd al het plan geweest, maar toch was hij onzeker en kwaad toen hij zich van het voertuig ontdeed. Terwijl hij het interieur had schoongeveegd en misselijk was geworden van de lucht van het ontsmettingsmiddel, had hij voortdurend zenuwachtig naar de lege parkeerplaats gekeken. Hij wist dat er 's nachts bendes actief waren en hij had geen zin om overvallen te worden terwijl hij de auto schoonmaakte. Hij had genoeg verrassingen gehad voor één nacht.

Hij was zo opgegaan in Baines' doodsstrijd dat hij haar zogenaamde redders niet had horen aankomen. Hij was in eerste instantie verbijsterd geweest, had niet gesnapt wat er gebeurde. Maar toen had hij teruggevochten en uiteindelijk de overhand weten te krijgen, en hij had tot zijn schrik beseft dat hij een van hen herkénde. Het was hetzelfde meisje dat hem had gestoord toen hij bij de familie Baines thuis was geweest.

Wie wás ze in vredesnaam? En hoe had ze hem bij Lake Calumet gevonden?

Deze vragen kwelden hem toen hij gehaast door South Shore

liep, in de schaduw bleef en keek of hij de nachtbus zag. Had ze hem gevolgd? Nee, dan had hij haar wel gezien. Had ze een soort zendertje op Baines' auto geplaatst? Nee, dat sloeg nergens op. Minstens zo dringend was de vraag hoe ze had geweten dat Madelaine in gevaar was, terwijl hij als enige haar lot had bepaald. Het was onmogelijk en toch had ze hem op de een of andere manier door, op de een of andere manier *wíst* ze wat hij van plan was.

Eenmaal thuis in zijn haveloze kamer kreeg hij nog steeds de rillingen van die vraag. Hoe? Hoe deed ze dat? Maar de spiegel bood geen antwoorden, alleen een waarschuwing voor gevaar. Een van zijn voortanden was beschadigd, maar daar zat hij niet zo mee; er was een stukje afgebroken, maar hij glimlachte toch bijna nooit. Er zaten schrammen op zijn rechterwang, maar daar kon hij wel een excuus voor verzinnen: een ongelukje thuis, de kat, wat dan ook. Het was de grote bloeduitstorting op zijn wang – door de kopstoot van die trut Baines – die moeilijker te verklaren zou zijn. Hij had al wat foundation gestolen van een van zijn huisgenoten en hoewel hij de donkerpaarse kring wat had afgezwakt, kon hij hem er niet helemaal mee verbergen. Zouden mensen er iets van zeggen? Of juist niet? Hij was nooit erg populair geweest – thuis of op zijn werk – en misschien was dat nu in zijn voordeel.

Maar de bloeduitstorting was niet zijn enige probleem. Het meisje had hem gezien – dat zat ze nu waarschijnlijk in geuren en kleuren aan de politie te vertellen. Waren ze al met een digitale compositietekening bezig? Een gelijkenis van hem? Dat sikje moest direct weg, er zat niets anders op. Dat zou helpen, maar was geen waterdichte oplossing. Hij kon alleen, tegen beter weten in, hopen dat niemand hem herkende. Die gedachte gaf hem een onmiskenbaar onaangenaam gevoel. Dat meisje – wie ze ook was

– had zichzelf vanaf de eerste dag in zijn verhaal gewurmd. Aanvankelijk was ze een verdachte geweest – hij was ervan overtuigd dat zij de vijftienjarige arrestante was die na de dood van Jones in de kranten was genoemd – maar wat was ze nu? Een of andere burgerwacht? Waarom was ze naar de schuur gekomen, waarom had ze geprobeerd Baines te redden? Hoe was het mogelijk dat ze elke stap die hij maakte wist te voorspellen?

Voor het eerst sinds hij was begonnen, voelde hij dat het net zich rond hem sloot.

109

'Wat is de aard van jouw relatie met Kassie Wojcek?'

Adam staarde naar Gabrielle; hij was verbijsterd door haar volharding en vijandigheid. Ze hadden hem een uur in de ijskoude verhoorkamer laten zitten, hij had niemand mogen bellen, had niet eens een glaasje water gekregen. En nu werd hij onderworpen aan een langdurig, vijandig verhoor.

'Daar hebben we het al over gehad. Ze is mijn cliënte.'

'En vanavond, wat was dat? Therapie onderweg?'

'Luister, je weet dat we dachten dat Madelaine Baines in gevaar was...'

'Door Wojceks visioenen?'

'Zo noem ik ze niet...'

'Maar je was er vanwege haar, of niet? Omdat ze jou ervan had overtuigd dat Baines het volgende slachtoffer zou zijn?'

'Ja.' Het had geen zin om het te ontkennen. Alles wat er de laatste tijd was gebeurd, kwam door Kassie.

Gabrielle nam dit in zich op en vroeg toen: 'Was je betrokken bij de moorden op Jacob Jones, Rochelle Stevens...'

'Nee!'

'... en Madelaine Baines?'

'Natuurlijk niet.'

'Toch ben je altijd in de buurt, of niet? Je zorgt ervoor dat Kassie de jeugdinrichting uit mag en een paar uur later wordt Jacob Jones ontvoerd en vermoord.'

'Ik deed mijn wérk...'

'Jullie breken samen in bij Rochelle Stevens en een paar uur later is zij ook dood. Madelaine Baines wordt op gruwelijke wijze vermoord in een afgelegen schuur en daar zijn jullie weer...'

'Ik heb mijn betrokkenheid uitgelegd, ik heb je een alibi gegeven voor de nachten waarop Jacob Jones en Rochelle Stevens zijn vermoord.'

'Thuis bij je vrouw,' zei Suarez hoofdschuddend.

'Moet je horen, ik heb mijn best gedaan mee te werken,' was Adams boze reactie, 'maar als je serieus die kant op wilt gaan, dan wil ik een advocaat.'

Gabrielle wuifde zijn bezwaren weg, alsof zijn verontwaardiging niet interessant was.

'Is Kassie Wojcek degene die deze moorden organiseert? Is zij degene die ze gepland heeft?'

'Nee. Ik was vanavond bij haar. Ze heeft met die vent gevochten, heeft geprobeerd Madelaine te redden. Ik moest haar die schuur uit trekken.'

Gabrielle knikte, maar leek niet onder de indruk.

'Kassie is nota bene gewond geraakt,' ging Adam verhit verder. 'Ik ook, trouwens, moet je die kneuzingen zien, verdomme.' Hij wees naar de donkerpaarse striem rond zijn hals. 'Denk je dat ik dit mezelf heb aangedaan?'

'Ik heb geen idee, maar feit blijft dat ze alle slachtoffers kende.'

'Nee, dat is niet waar.'

'Jacob Jones vervolgde haar. Rochelle Stevens begeleidde haar. Madelaine Baines deed vrijwilligerswerk op haar school... met kinderen zoals Kassie.'

Adam zei niets, tot zwijgen gebracht door deze nieuwe informatie.

'Drie mensen die een rol speelden in haar leven – die haar wilden straffen, haar wilden helpen – zijn nu dood,' ging Gabrielle verder. 'Ik zou maar oppassen, Brandt. Voor hetzelfde geld ben jij de volgende.'

'Doe niet zo absurd.'

'De laatste keer dat wij elkaar spraken, liet je doorschemeren dat je in Kassies "gave" gelooft.'

'Helemaal niet,' protesteerde Adam.

'Ik dacht dat je gek was, maar nu denk ik dat ze jou gebruikt, jou betrekt bij haar spel. Misschien als dekmantel, misschien als buffer tegen ons, misschien gewoon voor de lol. Ik denk dat je een stukje van de puzzel bent.'

'Ik wil haar helpen, dat is mijn enige doel.'

'En wat heb je bereikt? Er zijn drie mensen dood. In alle gevallen wist Kassie Wojcek van tevoren dat ze gingen sterven. Ze nam je zelfs mee naar de moordplek van Madelaine omdat... wat was het ook alweer, Suarez?'

'Omdat ze vogels in haar visioen hoorde,' zei hij gehoorzaam.

'Omdat ze vogels in haar visioen hoorde,' herhaalde Gabrielle. 'Een visioen dat ze in jouw praktijk had, zogezegd onder hypnose. Zie je dan niet wat er gebeurt?'

'Ik weet niet wat je bedoelt.'

'Geloof jij dat ze helderziend is?'

'Nee. Nee...'

'Dan is er nog maar één verklaring, niet?' Gabrielle leunde naar voren. 'Wees eerlijk, Adam. Ze heeft je vanaf dag één bespeeld.'

110

Kassie zat op het koude bankje en keek naar de vunzige graffiti op de muren en de vieze vlekken onder haar voeten. Ze had wel eens eerder in een arrestantenbusje gezeten, na ruzies en vechtpartijen, maar nog nooit in haar eentje. Opeens voelde ze zich kwetsbaar en angstig. Niet dat haar hier iets zou overkomen – het was maar een kort ritje van het hoofdbureau naar de jeugdinrichting – het was wat daarna kwam wat haar beangstigde.

Grey en Suarez hadden om beurten vragen en beschuldigingen op haar afgevuurd. Grey in het bijzonder had vastbesloten geleken om haar te laten zweten; ze had ingehakt op Kassies misdrijven uit het verleden, had genadeloos doorgezeurd over data en tijden en had een concreet verband aangetoond tussen haar en de drie slachtoffers.

Zouden ze haar aanklagen? Hadden ze genoeg? Kassie huiverde bij de gedachte. Ze was een vijftienjarig meisje, had geen diploma, was naïef – wat had zij voor kans tegen Grey en justitie? Ze hadden haar een advocaat beloofd, iemand die ervoor zou zorgen dat de regels in acht werden genomen, maar Kassie had behoefte om te praten met iemand die haar kende, iemand die om haar gaf. Tijdens een pauze in het verhoor had ze geprobeerd haar moeder te bellen. Ze had zich voorgenomen dat ze de rest van haar leven haar uiterste best zou doen om een voorbeeldige dochter te zijn als haar moeder bereid was haar nu te helpen. Maar Natalia's mobiel was eindeloos overgegaan, en omdat er andere mensen stonden te wachten die ook hun dierbaren wilden bellen, had Kassie het uiteindelijk moeten opgeven.

Kassie had nog nooit zo dringend medeleven en steun nodig gehad als nu. Maar haar moeder was weg, en Adam... Wie wist wat er met hem was gebeurd? Opeens voelde Kassie zich volkomen overweldigd. Alle ellende, boosheid en ziekte die dit busje door de jaren heen had gezien, overspoelde haar, bedekte haar met wanhoop, beroofde haar van haar standvastigheid. Ze had het gevoel dat ze in de val zat, dat ze geen kant op kon, een gevangene van het systeem, overgeleverd aan de storm die haar belaagde. Ze zou haar dagen omgeven door argwaan slijten en beschimpt worden door iedereen die ze kende.

Toen de bus optrok, door de hekken rolde en de donkere straat opreed, liet Kassie haar hoofd in haar handen zakken en begon te huilen.

111

Adam rende de trap af en keek over straat of hij een taxi zag. Zijn auto stond nog in het politiedepot, maar het wemelde hier altijd van de taxi's om advocaten op te pikken die het hoofdbureau van politie platliepen. Hij voelde zich afschuwelijk; Gabrielles beweringen tolden door zijn hoofd, terwijl een restje loyaliteit aan Kassie, zelfs een sprankje overtuiging, terugvocht. Hij was ongerust, bang en uitgeput, en wilde alleen maar naar huis.

Een taxi kwam aanrijden en Adam zwaaide wild met zijn arm, maar de auto reed voorbij. Vloekend pakte hij zijn mobiel en zette hem aan. Hij kon op z'n minst Faith bellen om te vertellen wat er was gebeurd, haar geruststellen en dan een taxi regelen. Maar zodra de telefoon tot leven kwam, begon het ding koortsachtig te zoemen: vijf nieuwe voicemailberichten.

Geschrokken speelde hij ze af. Het eerste was van Faith, maar slecht te verstaan door alle verkeer. Het was alsof ze huilde en ze fluisterde bijna. Dus ging hij naar het volgende en het volgende. Allemaal waren ze warrig – Adams hart begon steeds sneller te slaan – en hij ging naar het laatste bericht. Het was kort, maar nog schrikbarender.

'Het spijt me zo, Adam. Het spijt me van alles. Ik hou van je...'

Adam liet de telefoon vallen en begon te rennen.

'Faith?'

Zijn roep echode door de lege hal. Hij was binnen tien minuten thuis geweest, had op South Giles Avenue een taxi weten te bemachtigen en toen ze bij hun rijtjeshuis waren gearriveerd, had hij geld in de richting van de geschrokken taxichauffeur gesmeten.

'Faith, ben je thuis?' Zijn stem klonk gespannen en wanhopig.

Hij kreeg geen antwoord en beende naar de keuken. De radio stond aan, net als vanmorgen, maar zijn vrouw was nergens te bekennen.

'Faith?'

Hij rende door de gang naar de studio. Maar ook daar was het leeg en donker. Hij rilde ervan – de plek die zo speciaal was geweest voor Faith leek nu verlaten en levenloos. Hij draaide zich om en liep haastig naar de slaapkamer, maar ook die was leeg.

Snel liep hij over de overloop naar de vaste telefoon om Christine te bellen. Misschien had Faith haar toevlucht gezocht bij haar moeder. Maar toen zag hij iets: de deur van de babykamer was dicht en er kwam een streepje licht onderdoor. Opeens kreeg Adam het benauwd. Faith was daar niet meer binnen geweest sinds...

'Faith?'

Hij pakte de deurkruk vast, duwde hem omlaag en deed de deur met een zwaai open. Tot zijn verbazing lag de vloer bezaaid met babykleertjes – de babykleertjes die hij op zolder had verstopt – allemaal keurig uitgespreid, klaar om te dragen.

Verward en doodsbang deed hij een stap naar voren, maar bleef toen plotseling staan. Even was hij verstijfd, niet in staat te verwerken wat hij voor zich zag, terwijl hij een ijselijke kreet slaakte. Faith wás de babykamer binnengegaan, en haar slappe lichaam bungelde nu langzaam heen en weer aan de hoge balk.

DEEL 3

112

Het was druk op straat, voortdurend botsten lichamen tegen haar aan. Iemand had al op haar rechtervoet gestaan, ze had een elleboog in haar ribben gehad, maar Kassie merkte het amper. Ze moest doorgaan. Ze moest hem vinden.

Een week geleden had ze dit tempo niet vol kunnen houden. Wat ze bij Lake Calumet had meegemaakt, had zijn tol geëist – haar keel en longen waren door de rook beschadigd en ze had een lichte hersenschudding gehad door die klap op haar hoofd. Ze was helemaal uitgeteld geweest toen ze het ritme van de jeugdinrichting weer had opgepakt. Schuldgevoelens omdat ze Madelaine niet had kunnen redden en intens verdriet om de nodeloze dood van Faith werden vermengd met de misselijkmakende zekerheid dat de drie moorden haar in de schoenen geschoven zouden worden. Maar na een dag was ze nog altijd niet aangeklaagd en aan het eind van de tweede dag was ze plotseling vrijgelaten.

Deze onverwachte ontwikkeling had haar energie gegeven en hoewel ze in een leeg huis was gekomen, had ze het gevoel gehad dat het tij was gekeerd. Haar spullen lagen nog bij Adam, dus had ze de reservesleutel moeten gebruiken die onder de plant lag, maar eenmaal binnen had ze haar laatste geld bijeengeschraapt en was ze naar de supermarkt gegaan. Daar had ze veertig dollar verbrast en nadat ze te veel had gegeten en zes blikjes bier had gedronken, was ze ingestort en had ze voor het eerst in weken de hele nacht geslapen. De volgende ochtend voelde ze zich opgefrist. De vraag was: wat moest ze nu doen?

In eerste instantie had ze zich afgevraagd of het misschien beter was om níéts te doen, om zich te concentreren op haar eigen problemen, maar… híj was nog op vrije voeten. Dat simpele feit tergde haar. Ze had hem heel even te pakken gehad, maar hij had haar van zich afgeschud en was ontsnapt. Dankzij haar was Chicago nog steeds aan hem overgeleverd. En dus had ze besloten iets te ondernemen, ondanks haar bedenkingen, ondanks de knagende angst die ze in zich voelde opkomen.

Ze ontweek een jonge zakenman die op haar afkwam en bleef bij een grote wasserette staan. Ze was al in een diner, een ijzerwarenzaak en een nagelsalon geweest en begon ontmoedigd te raken, maar toch duwde ze de deur open en ging naar binnen. Onmiddellijk gleden acht paar ogen haar kant op; de verveelde klanten rukten hun aandacht los van de hypnotische cyclus van hun wasmachine. Kassie keek ze aan, flitste snel van de een naar de ander, zonder de details in zich op te nemen: een hartaanval, een hersenbloeding, een verdrinking, een bedrijfsongeval, nog een hartaanval… Ze struikelde even toen de levendige beelden haar overvielen, maar slaagde erin rustig te blijven, totdat ze de laatste persoon had gecontroleerd. Ze keken haar bevreemd aan – waarom hing dit meisje in de deuropening en staarde ze naar hen? – dus draaide ze zich om en vertrok weer. Het was niet slim om de aandacht op zichzelf te vestigen, ze had hier niets te zoeken.

En zo ging ze verder, ploeterde ze voort en liet ze haar blik langs het winkelend publiek glijden en langs iedereen die haastig naar zijn werk ging. De moordenaar leek zijn slachtoffers willekeurig te kiezen, ze kwamen alleen allemaal uit dezelfde buurt. Daarom had Kassie besloten om haar zoektocht hier te beginnen en struinde ze koffietentjes, broodjeswinkels, restaurants, parken en bioscopen in West Town af, in de hoop de moordenaar op te sporen door zijn volgende slachtoffer te vinden. Ze wist dat het een hopeloze klus was – er liepen elke dag duizenden mensen door deze buurt – maar ze moest het proberen.

Ze was via West Grand Avenue naar West Chicago Avenue gelopen, en vervolgens door Ukrainian Village, van Noble Square in het oosten tot aan North Sacramento Boulevard in het westen. Ze had de populairste plekken bezocht, had bezoekers van het Talcott Museum en de MetWest Community Garden bestudeerd, zelfs wat opschudding veroorzaakt onder de wantrouwige kerkgangers van St. Columbkille, die bezwaar hadden gemaakt tegen haar indringende aanwezigheid. Daar zag ze de ironie wel van in.

Het grootste deel van haar leven was ze voor haar visioenen weggelopen, en nu zocht ze ze op, verdronk ze dagelijks in een caleidoscoop van dood. En allemaal tevergeefs. De identiteit van het volgende slachtoffer was nog altijd niet duidelijk.

Kassie ontweek een groepje kwebbelende vrouwen, bleef even staan om op adem te komen en leunde met haar hoofd tegen het raam van een trimsalon. Terwijl ze dat deed, zag ze het spiegelbeeld van een jonge hardloopster die aan de overkant van de weg hurkte om haar veters te strikken. Ongetwijfeld was de andere undercoveragent – die Kassie 'skater boy' noemde, vanwege zijn vergeefse poging om er jeugdig uit te zien – ook in de buurt. Zij en anderen volgden haar al sinds ze uit de jeugdinrichting was vrijgelaten. Ze was duidelijk nog niet uit de problemen.

Maar hun aanwezigheid stoorde Kassie niet. Sterker nog, ze was blij met ze. De tijd drong en als ze de moordenaar op het spoor wilde komen, hem wilde ontmaskeren in de korte tijd die haar nog restte, dan had ze hun hulp nodig.

Uitgerekend vandaag was ze blij met hun hardnekkige aanwezigheid.

113

'Hoe zeker ben je van je zaak?'

Hoskins' vraag was bot en ter zake.

'Negenennegentig procent,' antwoordde Gabrielle gespannen. 'We hebben alleen het bewijs nodig...'

'Je hebt alleen het bewijs nodig.'

Het sarcasme droop ervan af. Commissaris Hoskins liet zijn gezicht niet vaak op de zevende verdieping zien, maar als hij kwam, dan was hij niet te missen.

'Kassie Wojcek heeft met álle slachtoffers een band,' ging Gabrielle stug verder. 'Ze stalkte ze kort voor hun dood.'

'Dat heb je al eerder gezegd.'

'En nu brengt ze hele dagen in West Town door, speurt ze in winkels, diners, buurthuizen. En dat past, want alle slachtoffers...

'... kwamen uit West Town. Ik heb je rapporten gelezen, Gabrielle. De kranten lees ik ook. Ik heb er zelfs een paar meegenomen, voor het geval je ze nog niet had bekeken...' Hij wierp een sensatiekrant op het bureau en las de kop hardop. 'SCHRIKBEWIND SLAGER DUURT VOORT. POLITIE STAAT MET LEGE HANDEN...'

Een volgende landde erbovenop: 'DE WAARHEID OMTRENT VLAMMENZEE LAKE CALUMET.'

Daarna volgde de *Tribune*: 'POLITIE CHICAGO MET HANDEN IN HET HAAR...'

Onder die laatste krantenkop stond een foto van een gejaagde Gabrielle. Journalisten en fotografen hingen nog steeds bij het hoofdbureau van politie rond in de hoop op nieuwe informatie, of op z'n minst op bewijs van het falen van de politie. Een dappere fotograaf stond zelfs bij Gabrielles huis te posten, wat die ochtend tot een fikse ruzie tussen haar en Dwayne had geleid. Hij maakte zich steeds meer zorgen over de tol die deze zaak van haar en het gezin eiste. Gabrielle was het helemaal met hem eens – dit raakte íédereen – maar ze kon zich nu niet terugtrekken uit de zaak.

'Nog vierentwintig uur en de zaak is opgelost,' antwoordde ze zo zelfverzekerd mogelijk.

Hoskins trok een wenkbrauw op. 'Denk je dat?'

'Absoluut. We hebben een undercovereenheid van acht man die haar schaduwt. Ze leidt ons naar het volgende slachtoffer. En dan...'

Hoskins keek nog steeds sceptisch.

'Gelooft u me, overmorgen zien de krantenkoppen er een stuk beter uit.'

'Terwijl je geen idee hebt wie haar handlanger is? Of ze zelfs een handlanger heeft?' bracht Hoskins hiertegen in.

'Wojcek is de sleutel. En ze maakt vanzelf een fout. We zijn heel dichtbij.'

'Ik zou willen dat ik je kon geloven, Gabrielle,' antwoordde Hoskins somber. 'Maar dit onderzoek is vanaf het begin al in opspraak.' Hij keek door de recherchekamer en liet zijn blik op Millers lege stoel vallen.

Hij had Gabrielle bijna van het onderzoek gehaald, ze kon zich zijn met krachttermen gevulde reactie op Millers bekentenis en schorsing woord voor woord herinneren, en had er alleen van afgezien omdat Gabrielles ontslag ongetwijfeld negatieve reacties in de pers zou opleveren. Niettemin hing haar baan aan een zijden draadje en dat besefte Gabrielle maar al te goed. ‘Chef, u hebt me deze baan gegeven omdat u vertrouwen in me had, omdat u ervan overtuigd was dat ik deze afdeling goed zou kunnen aansturen,’ ging ze verder, en ze duwde haar zorgen weg. ‘Houdt u dat vertrouwen nog een dag vast. Als ik dan niet het gewenste resultaat heb geboekt, kunt u doen wat u wilt. Maar geef ons de kans om deze zaak op ónze voorwaarden ten einde te brengen, om te laten zien dat de politie van Chicago de taak die haar is toevertrouwd aankan.’ Ze deed een onbeschaamd beroep op zijn trots, zijn gevoel voor succes en reputatie.

Hoskins dacht lang na, woog de risico’s en de voordelen tegen elkaar af, knikte toen kort en vertrok.

Gabrielle keek hem na, opgelucht dat ze ook dit conflict had overleefd, maar zich er terdege van bewust dat haar gratie tijdelijk was.

Haar hoofd lag op het hakblok.

114

'Wat moet je, verdomme?'

Kassie schrok van de boze stem. Toen ze opkeek, besefte ze dat iemand haar had zien staren. Hoofden draaiden haar kant op en de agressieve toon van de man echode door de stille bibliotheek.

'Ik vroeg je wat.' Hij stond op, geërgerd en van zijn stuk gebracht door Kassies indringende blik.

Kassie deed een stap naar achteren en zocht koortsachtig naar een passend antwoord, iets om de situatie te ontzenuwen, maar het enige waar ze aan kon denken, het enige wat ze zag was hoe deze arme man, met de vuile naald nog in zijn hand, in zijn eigen braaksel stikte.

'Het spijt me... ik wilde je niet storen.'

'Te laat,' antwoordde hij, en hij liep naar haar toe.

Kassies blik gleed naar zijn armen – zijn mouwen waren opgestroopt en ze zag de naaldsporen. Waarom was ze zo dom geweest? Hij was helemaal niet relevant, dus waarom had ze naar hem gestaard? Geschrokken wilde ze de aftandse openbare bibliotheek verlaten. De vent zag er gestoord uit en kennelijk was het hem menens.

Kassie botste tegen iets hards aan en kreeg even geen lucht. Gedesoriënteerd verstijfde ze en ze verwachtte dat de jonge verslaafde haar elk moment zou belagen. Maar tot haar verbazing trok hij zich terug en ging snel zitten. Kassie draaide zich verward om en zag dat ze tegen de potige beveiliger van de bibliotheek aan was gelopen. Hij keek haar onvriendelijk aan, de afkeer stond op zijn gezicht geschreven.

'Volgens mij is het tijd dat jij met die magere kont van je verdwijnt, denk je niet?'

Kassie liep struikelend naar buiten, het daglicht in, en liet zich op de koude, stenen treden van de bibliotheek zakken. De forse beveiliger had haar in hoog tempo naar de uitgang gebracht en haar verteld welke straf haar stond te wachten als ze het zou wagen terug te komen. Haar gezicht stond hem duidelijk niet aan; Kassie kon aan hem zien dat hij dacht dat ze psychisch gestoord was, iets wat hij eng en weerzinwekkend vond. Nadat hij haar nog wat stevige beledigingen naar het hoofd had geslingerd, had hij haar het gebouw uitgezet.

Geschrokken had Kassie het op een lopen willen zetten om deze gênante toestand zo ver mogelijk achter zich te laten, maar in plaats daarvan was ze op de grond gaan zitten. Het kon haar niet schelen wat passanten en de undercoveragenten, die ongetwijfeld in de buurt waren, van haar dachten. Ze liet haar bonzende hoofd op haar knieën zakken, deed haar ogen dicht en liet zich overspoelen door de duisternis.

Elke ochtend stond ze met hernieuwde hoop op en wist ze op de een of andere manier de teleurstelling van de vorige dag van zich af te zetten. Maar er was nu bijna een week voorbij en ze vond het steeds moeilijker om optimistisch te blijven. Ze wist dat ze op de rand van de afgrond stond, dat er geen seconde te verliezen was, maar haar lichaam verzette zich tegen zichzelf, verlamd door angst en wanhoop. En zoals altijd was er niemand die haar hielp.

Haar moeder was honderden kilometers ver weg. Ze had geen vrienden. Ze was van school getrapt wegens haar aanhoudende gespijbel – de officiële, getypte brief had op haar liggen wachten toen ze uit de jeugdinrichting kwam. Nu ze nergens naartoe kon, liep ze hele dagen over straat, zette ze haar vergeefse zoektocht voort en trok ze zich alleen thuis terug als ze te moe was om verder te gaan. De weinige uren die ze thuis was, waren uren vol angst en spijt, een troosteloze figuur die ronddwaalde in een lege doos. Een week geleden zou ze Adam gebeld hebben, hem hebben opgezocht, maar daar was nu natuurlijk geen sprake van.

Kassie wreef hard met haar voorhoofd over haar knie in een poging niet te huilen, maar ze kon zich niet eenzamer voelen, haar verdriet was totaal. Ze had Adam gemogen, Faith ook, maar ze had hen allebei kapotgemaakt. De een had deze wereld verlaten, de ander was achtergebleven en leed op een manier die Kassie zichzelf niet durfde voor te stellen. Dit waren de wrakstukken van de levens die ze aanraakte.

De waarheid was dat het altijd zo was geweest. Waar ze ook kwam, ze werd gevolgd door rampspoed. Het feit dat haar tijd er bijna op zat bood geen troost – ze had in haar vijftien jaar meer aangericht dan anderen in een heel leven deden. Dit was haar nalatenschap.

Wat was het leven toch vreemd. Toen ze twee weken geleden op North Michigan Avenue tegen Jacob Jones aan was gebotst, had ze een doel gehad, was ze vastbesloten geweest om de levens te redden van degenen wier dood ze had gezien. Maar nu? Ze zou zich overeind hijsen en doorgaan met haar zoektocht – wat kon ze anders? – maar veel hoop had ze niet meer. Ze had zich vastgeklampt aan het idee dat haar betrokkenheid bij deze moorden iets betékende, dat ze een doel had. Maar was ze misschien toch niet meer dan een toevallige getuige van de meedogenloze wreedheid van een moordenaar? Waren al deze bezeten inspanningen niet meer dan zinloze stuiptrekkingen voorafgaand aan het onvermijdelijke einde?

Onwillig kwam Kassie overeind. Er zat niets anders op, ze moest doorgaan. Maar ze wist nu dat ze gedoemd was om te falen.

Haar tijd zat erop en ze wist dat ze geen kant meer op kon.

115

Sinds Faiths dood had ze door het huis gedwaald.

Adam was eraan gewend om Christine om zich heen te hebben – ze had haar eigen sleutel en was gedurende Faiths zwangerschap veel langs geweest – maar dat waren gelukkiger tijden geweest, toen ze nog vol verwachting waren, opgewonden en hoopvol. Nu was alles anders. Adam verkeerde nog steeds in shock, stommelde van de ene dag in de andere, maar hij had in elk geval dingen te doen. Veel onaangename taken – verbijsterde vrienden, familieleden en collega's informeren over haar dood, de uitvaart van haar en Annabelle voorbereiden, zich voorbereiden op het verplichte gerechtelijke onderzoek – maar ze gaven hem een doel, op korte termijn, in elk geval.

Christine had die troost niet en slingerde heen en weer tussen luide, jammerende wanhoop en verbijsterde apathie. Ze had al haar hoop op haar dochter en het vooruitzicht op een kleinkind gevestigd, en nu had ze niets meer. Ze woonde alleen, haar man was lang geleden al overleden, en dus begreep Adam waarom ze er behoefte aan had om hier in huis te zijn, om bij iemand te zijn die haar verdriet deelde. Maar het maakte het er niet gemakkelijker op. Christine waarde in huis rond, huilde, zette eindeloze kopjes thee die ze niet opdronk, om vervolgens voor de tv te gaan zitten en hulpeloos voor zich uit te staren, terwijl presentatoren in zichzelf praatten. Dat laatste vond Adam bijzonder moeilijk; het feit dat zijn schoonmoeder zich als een zombie gedroeg, dat haar aanwezigheid geen troost bood, maar juist de zinloze, wreedheid van Faiths dood onderstreepte.

Ook nu zat ze weer somber naar de Weather Channel te kijken. Ze leek zich niet bewust van zijn aanwezigheid, en dus glipte Adam langs de woonkamerdeur naar de gang. Onderweg naar de voordeur bleef hij even bij de grote spiegel staan. Hij droeg het Ermenegildo Zegna-kostuum, dat Faith voor zijn veertigste verjaardag had gekocht en met zo veel zorg had uitgezocht opdat de kleur, de stof en de snit perfect waren. De tranen schoten in zijn ogen toen hij bedacht hoeveel liefde ze in dit cadeau had gestopt, en hij hoopte vurig dat hij vandaag iets van haar hartelijkheid, liefde kon overnemen. Hij had het nodig.

Over minder dan een uur moest hij voor het medisch tuchtcollege van de staat Illinois verschijnen. Deels was hij daar nog steeds boos over, maar deels besefte hij ook dat het, gezien zijn recente gedrag, onvermijdelijk was. Hij had de sommering aanvankelijk voor Christine verzwegen, had zichzelf ervan overtuigd dat het niet relevant was, dat zijn relatie met Kassie niet had bijgedragen aan Faiths dood. Maar dat was niet waar en uiteindelijk had hij zich over zijn schaamte heen gezet en het haar verteld. Ze had heel rustig gereageerd, maar Adam had kunnen merken dat ze hem stilzwijgend had veroordeeld en deze 'afrekening' niet meer dan juist vond. Niet dat ze geïnteresseerd was in de grieven van het tuchtcollege, in de verschillende grenzen die Adam had overschreven tijdens zijn behandeling van Kassie. Haar beschuldigingen waren veel scherper en persoonlijker. Waarom had hij als ervaren psycholoog en Faiths echtgenoot de signalen niet gezien? Waarom had hij niet geweten wat ging komen? Waarom had hij haar die noodlottige dag alleen gelaten?

Sinds Faiths dood had hij zichzelf vaak die vragen gesteld; nachtenlang had hij zichzelf gekweld, waarbij de minuten voorbij leken te kruipen. Maar nog altijd had hij geen antwoorden. Ja, Faith had het moeilijk gehad. Ja, haar stemmingen wisselden sterk – het ene moment was ze sterk en opstandig geweest, het volgende moment ontroostbaar en wanhopig. Maar in zijn ergste dromen had hij niet gedacht dat ze zichzelf van het leven zou beroven. Ondanks de psychische problemen die ze vroeger had gehad, was ze de laatste tijd stabiel en evenwichtig. Haar verlangen om moeder te worden had haar tijdens de vele vergeefse ivf-pogingen soms overweldigd, dat was waar, en dat had haar soms depressief gemaakt, maar ze had haar verlangen om te leven nooit opgegeven. Ze was dol op haar moeder, dol op hém – daar was nooit enige twijfel over geweest. En toch... had ze ervoor gekozen hen te verlaten.

Ze had een kort briefje op de vloer achtergelaten, maar daar had alleen de onbegrijpelijke boodschap op gestaan: *Er is geen hoop*. Was haar depressie overgegaan in een psychose, een geestelijke toestand waarin ze niet in staat was om de gevolgen van haar handelen te overzien? Misschien had haar verlangen, haar behoefte om moeder te zijn haar simpelweg kapotgemaakt? Haar keus om zelfmoord te plegen in de babykamer duidde daarop, maar toch, als dat het geval was, waarom had hij dat dan niet gezien? Faith was die laatste ochtend vijandig en overstuur geweest, ze had Adam weggeduwd, maar dat was niet vreemd... De enige zegen was dat ze niet had geleden – haar nek was direct gebroken – maar dat had niets veranderd aan Adams schok en verdriet over haar dood.

Soms maakte Christines onuitgesproken verlangen om hem de schuld te geven hem boos, dan weer was hij blij met haar afkeuring en vond hij dat hij die verdiende. Op weer andere momenten moest hij aan Kassie denken. Hij had nauwelijks tijd gehad om Gabrielle Greys insinuaties tot zich te laten doordringen voordat hij Faith had gevonden, en sindsdien was hij daar helemaal niet mee bezig geweest. Toch had hij er de afgelopen dagen weer aan moeten denken. Grey had Kassies vermeende talent als medium en Adams bereidheid daarin mee te gaan bespot, en hoewel hij zich op het moment zelf tegen haar kritiek had verzet, zei zijn intuïtie hem nu dat ze gelijk had. Ja, Kassies gave om de identiteit van de slachtoffers te voorspellen was griezelig goed, maar ze had ze allemaal persoonlijk gekend. Ja, het had erop geleken dat ze hen had willen helpen, maar wie had ze gered? Niemand. Ze waren alle drie onder de meest gruwelijke omstandigheden omgekomen. Wat had het Kassie dan opgeleverd? De aandacht van veel mensen: van haar moeder, de autoriteiten, maar boven alles van hem en Faith. Ze had hen voor zich gewonnen, was in hun huis getrokken, had zichzelf in hun levens gemengd.

Eén veelzeggend feit bleef aan Adam knagen. Kassie was hun verlies binnengedrongen, ze hadden dicht op elkaar geleefd, ze had hen letterlijk in de ogen gekeken, en toch had Kassie Faiths dood niet aan zien komen. De twee hadden veel tijd met elkaar doorgebracht, Faith had Kassies aanwezigheid vertroostend gevonden, leek het – ze was zelfs een schets van haar begonnen – en toch had Kassie Faiths lot niet voorzien, ze had niet beseft dat haar dood naderde.

Wat betekende dat? Dat haar gave wisselde, er soms wel en soms niet was? Of dat ze helemaal geen gave had?

Adam wist niet wat hij moest doen en werd gekweld door onbeantwoorde vragen. Maar over één ding bestond geen twijfel. Het enige – het belangrijkste – wat Kassie had moeten zien aankomen, had ze niet voorzien. En daarom vroeg Adam zich af of hij haar ooit had moeten geloven.

116

In zijn ene hand hield hij zijn koffiebeker, terwijl hij met de andere over zijn kin streek. De gladde huid voelde vreemd aan – hij had een week geleden zijn sikje afgeschoren, maar moest er nog steeds aan wennen. De plotselinge verdwijning had wel wat opmerkingen op zijn werk veroorzaakt, maar hij had de redenen voor de verandering geoefend en niemand vond het verdacht. Iedereen zei dat hij er jaren jonger uitzag. Sommigen opperden zelfs dat hij misschien wel een nieuwe vriendin had, wat hij erg grappig vond. De blauwe plekken in zijn gezicht hadden meer belangstelling opgewekt, maar ook die had hij gemakkelijk kunnen verklaren en zijn collega's hadden moeiteloos geloofd dat hij zo dom was geweest om tijdens het joggen in het donker tegen een tak aan te lopen. Hun lage dunk van hem leverde hem eindelijk iets op.

Na die ramp bij Lake Calumet was hij in eerste instantie in paniek geraakt. Hij was doodsbang geweest dat zijn onzorgvuldigheid tot zijn arrestatie zou leiden. Maar de volgende ochtend was er geen compositietekening van hem in de pers verschenen; het had zelfs een hele dag geduurd voordat er een beeld van een man van middelbare leeftijd met een sik in de media was getoond. Het was een redelijke gelijkenis, maar meer ook niet – de ogen en de vorm van het gezicht klopten niet – en trouwens, de oproep van de politie was in bedekte termen geweest. Deze man was iemand die de politie 'wilde spreken'. Hij was niet officieel de hoofdverdachte of zelfs maar een verdachte, ze wilden hem alleen horen. Dat had hem opgelucht, maar ook bevreemd. Wat voor spel speelden ze?

Verward en zenuwachtig had hij de kranten en online nieuwssites geanalyseerd en de berichtgeving van het onderzoek nauwgezet gevolgd. Op Blacklisted.com had hij iets gevonden: de beruchte nieuwssite had een foto gepubliceerd die een gevangene met een mobieltje had genomen van een vijftienjarige die naar een politiebusje werd geleid. Het meisje was geboeid en op weg naar de jeugdinrichting. Volgens de website was zij de hoofdverdachte van de politie, hetzélfde meisje dat na de moord op Jacob Jones was gearresteerd.

Hij had zijn jeugdige vijand direct herkend: de nukkige tiener die elke stap van hem leek te kunnen voorspellen. Met het smoesje dat hij een zieke in de familie had, had hij direct een paar dagen vrij genomen en was naar de jeugdinrichting aan South Hamilton Avenue gegaan. Een paar verveelde journalisten had bij de ingang rondgehangen, maar hij was bij de achteringang gaan staan. Uit eigen ervaring wist hij dat gevangenen meestal via een discrete route, 's morgens vroeg of 's avonds laat, werden vrijgelaten. Het duurde niet lang of zijn vooruitziende blik was beloond: de onhandige tiener was een paar dagen na haar arrestatie sloffend via de achteruitgang naar buiten gekomen, de kou van Chicago in.

Hij had haar willen benaderen, haar willen ontvoeren, antwoorden willen eisen, maar bij het zien van de undercoveragenten was hij blijven staan. Hij had hen op discrete afstand tot helemaal in Back of the Yards gevolgd, waar het meisje een kleine, keurige bungalow was binnengegaan. De agenten hadden aan de andere kant van de straat positie ingenomen, hun blik op het huis gericht. Volledig in de war was hij snel weggereden. Het leek onmogelijk, zelfs absurd, maar de website had gelijk. Dit tengere meisje was daadwerkelijk de hoofdverdachte in de drievoudige moordzaak. Er was geen andere verklaring voor. De politie had dus geen idee waar ze mee te maken hadden.

Dat was iets wat ze met zijn collega's gemeen hadden, want zij waren absoluut niet geïnteresseerd geweest in zijn korte afwezigheid en leken meer belangstelling te hebben voor computertijdschriften dan voor het monster in hun midden. Hij schudde zijn hoofd om hun achterlijke domheid, haalde zijn telefoon uit zijn zak en zocht Jans profiel op, waarna hij diens agenda erbij haalde. Die bevestigde dat de Slowaakse jongeman de vroege dienst had en om drie uur klaar zou zijn met zijn werk. Had hij iets anders verwacht? Natuurlijk niet. Hij had Jans agenda vandaag al drie keer bekeken. Hij was extreem voorzichtig, maar wist ook dat dit ritueel bij de opbouw hoorde; de voortdurende controle van het schema van zijn slachtoffer was een aangenaam voorspel voor wat ging komen. Die arme Jan had zulke grote plannen voor zichzelf, zijn vriendin en zijn zusje, en hij had geen idee dat hij nog maar een paar uur te leven had.

Hij duwde de telefoon terug in zijn zak en nam het plan nogmaals door. Het was riskant om zo snel na Calumet weer toe te slaan, maar hij kon onmogelijk stoppen. De doodsangst van zijn slachtoffers – hun smeekbedes, hun verdriet, hun pijn – was één ding, maar het was de reactie van de stad die hem nu opwond. Zijn moorden hadden een kwellende angst veroorzaakt die door de welgestelde wijken van Chicago golfde. De zwaargewichten van de stad waren eraan gewend om over geweld te lezen in de *Tribune* – foto's van de zoveelste schietpartij – maar de gedachte dat de dood hén kon stalken, hún huis binnen kon wandelen en hén op de schouder kon tikken maakte hen bang. Als zíj niet veilig waren, was niemand veilig.

Je zag het in de televisie-interviews, hoorde het op de radio van luisteraars die inbelden, las het op de online prikborden: angst. Het gevaar was nog nooit zo dichtbij geweest en ze wilden dat het ophield. Er werden waken gehouden, protesten georganiseerd, men eiste extra politiemensen op straat, men wilde wanhopig graag dat deze… deze terreur stopte.

En dat kwam allemaal door hem.

117

Gabrielle Grey zat op haar kamer met de jaloezieën naar beneden en de deur op slot. Dat was niet haar gebruikelijke manier van doen – ze was een voorstander van een informele dynamiek op de afdeling. Maar op dit moment had ze er behoefte aan om alleen te zijn.

Haar gesprek met Hoskins lag haar nog vers in het geheugen. Na zijn vertrek was ze direct naar Suarez in de recherchekamer gegaan en had daarna contact gezocht met rechercheur Richards, die de leiding over het surveillanceteam had. Het nieuws was niet bemoedigend: Kassie Wojcek struinde nog steeds ogenschijnlijk doelloos door West Town. Ze gedroeg zich steeds onvoorspelbaarder – ze was zojuist de openbare bibliotheek uitgezet omdat ze de lezers had lastiggevallen – en Gabrielle kon merken dat haar team zo langzamerhand niet meer zeker wist of hun surveillance wel iets zou opleveren.

Overweldigd en gefrustreerd had Gabrielle zich teruggetrokken op haar kamer. De verwachte doorbraak rond Kassie Wojcek kwam maar niet. De tiener hield haar eenzame zoektocht vol, maar had niets interessants of bezwarends gedaan. Bovendien had ze met niemand contact gezocht. Dat laatste was bijzonder verontrustend omdat het hun theorie was dat Kassie een handlanger had; dat ze haar prooi koos en stalkte voordat ze hem aan een meer ervaren moordenaar overliet. Maar gedurende vijf dagen surveilleren had ze volgens Gabrielles mensen met niemand contact opgenomen. Ze had haar telefoon niet gebruikt, had met niemand afgesproken, dus wat hield die samenwerking precies in?

Gabrielle pijnigde haar hersenen, onderzocht alle mogelijkheden, maar kwam niet verder. Het was om gek van te worden: Kassie moest op de een of andere manier bij deze zaak betrokken zijn: ze wist als eerste wie de slachtoffers waren en had zichzelf bij elke gelegenheid in het verhaal gemengd. Bovendien had ze een reden om een hekel aan hen te hebben. Maar toch… bepaalde aspecten van haar gedrag, aspecten waar Adam Brandt maar al te graag op had gewezen, strookten niet met het idee dat Kassie een bedreiging voor deze mensen vormde. Ze had volgehouden dat ze Jacob Jones had willen waarschuwen, iets wat de man zelf had bevestigd in zijn korte verklaring aan de agenten in uniform die haar op North Michigan Avenue bij hem hadden weggesleept. Ook haar gedrag bij Rochelle Stevens huis en Lake Calumet kon worden gezien als een poging om de slachtoffers te helpen. Dat laatste was bijzonder verwarrend – het was alsof Kassie een reeks gebeurtenissen in gang had gezet die tot hun aanwezigheid bij Lake Calumet had geleid. Als ze samenwerkte met de moordenaar, waarom had ze Adam Brandt dan naar de plek van de moord gebracht, de aanval op Baines verstoord en zichzelf verwond?

Toch duwde Gabrielle deze twijfels opzij. Als Kassie niet bij deze moorden betrokken was, als ze inderdaad had geprobeerd hen te helpen, dan had ze de waarheid verteld. En dat was onmogelijk. Gabrielle had nooit in het bovennatuurlijke geloofd en daar ging ze nu niet mee beginnen ook.

Aan de andere kant was ze ook niet gek, en ze had niet jarenlang aan allerlei zaken gewerkt om de mogelijkheid te negeren dat er meer dan één uitleg was, dat er iets was wat ze nog niet wist, wat de zaak in een ander licht zou plaatsen. Stel dat het meisje gestoord was, dat ze op de een of andere manier wist of dacht te weten wie de slachtoffers zouden zijn, stel dat ze ze écht probeerde te helpen, dan zou dat betekenen dat ze geen relatie met de moordenaar had en hen ook niet naar hem toe zou leiden…

Geschrokken van deze gedachte sloeg Gabrielle haar dossiers nogmaals open. Ze wist dat het zinloos was; van het staren naar de foto's van de slachtoffers zou ze echt niet opeens een ingeving krijgen, maar verscheurd door twijfels had ze het gevoel dat ze niets anders kon doen dan teruggaan naar de basis, in de hoop – of uit angst – dat ze iets hadden gemist.

Ze legde de foto's van Jones, Stevens en Baines naast elkaar. Dit waren niet de macabere lijkfoto's, maar de foto's die de families hadden aangeleverd om te gebruiken bij hun oproep voor getuigen. Het waren vrolijke, lachende foto's en Gabrielle huiverde toen ze naar ze keek. Deze mensen hadden stuk voor stuk dierbaren – partners, moeders, vaders, echtgenoten, kinderen – en toch waren ze onbelemmerd ontvoerd en vermoord.

Hun aanvaller had zijn daden perfect getimed. De verloofde van Jacob Jones was naar een congres, Madelaine Baines' gezin was aan het werk en op school, en Rochelle Stevens keek op dinsdag altijd naar haar lievelingsprogramma op tv. Hun moordenaar had extreem veel geluk gehad of had zijn huiswerk gedaan. Dat duidde erop dat hij in de eerste plaats een stalker was en daarna een moordenaar, maar toch was er weinig bewijsmateriaal waarmee ze deze theorie kon onderbouwen. Op beelden van beveiligingscamera's was niet te zien dat de slachtoffers voorafgaand aan hun verdwijning waren gevolgd en ook hadden hun buren geen verdachte personen of ongewone activiteiten in de buurt opgemerkt. De moordenaar was kennelijk extreem voorzichtig, maar toch zou je verwachten dat er iets te vinden zou zijn, bewijs van zijn werk. Hoe was het anders mogelijk dat hij had geweten dat Madelaines dochters op donderdag altijd een softbalwedstrijd hadden, en dat Rochelle op dinsdagavond vaak alleen thuis was en dan naar haar lievelingsprogramma keek?

Opeens had ze een idee. Zo eenvoudig maar ook zo indringend dat Gabrielle meteen overeind kwam. Er was één manier waarop hij al hun gangen kon nagaan zonder ooit bij ze in de buurt te komen. Ze liep om haar bureau heen en haastte zich naar de recherchekamer.

'Montgomery...'

De jonge politievrouw keek op toen Gabrielle dichterbij kwam.

'De telefoon van Rochelle Stevens. Waar is die?'

'Hier,' antwoordde ze. Ze liep naar de kast met bewijsmateriaal en pakte een plastic zakje met daarin de telefoon van de jonge vrouw.

Gabrielle trok latex handschoenen aan en pakte de zak aan. Ze zette de telefoon aan en opende de agenda van de dode vrouw: al haar afspraken, tot en met de koffiedates, de boodschappenbezorging en televisieprogramma's. Deze vrouw had van plannen gehouden.

'En de telefoon van Baines?'

Montgomery gaf haar een Samsung-toestel.

'Lag in de woning, net als bij de anderen. We gaan ervan uit dat de moordenaar ze heeft laten liggen, zodat hij niet gevolgd kon worden.'

Gabrielle knikte en opende Madelaines agenda. Ook die stond vol verplichtingen, liefdadigheidsevenementen, ophaaltijden van de kinderen en softbalwedstrijden. Gabrielle staarde naar de lange lijst afspraken en allerlei gedachten raasden door haar hoofd. 'Was de telefoon van Baines gesynct met die van iemand anders?'

'Ja,' antwoordde Montgomery, met een blik die zei dat ze niet begreep waar Gabrielle naartoe wilde. 'Volgens mij met die van haar man. Ze hadden een gezamenlijke agenda.'

'En weten we waar Baines de telefoon heeft gekocht?'

Montgomery staarde haar even aan en begon toen door een stapel papieren te bladeren. 'Volgens mij kwam hij bij de Phone Shack vandaan. Ze kwam daar vrij vaak, geloof ik.'

'Welke?'

'Die in West Town,' antwoordde Montgomery een beetje aarzelend, alsof ze bang was dat ze iets belangrijks over het hoofd had gezien.

Gabrielle dacht na voordat ze verderging: 'En Rochelle Stevens?'

Montgomery bladerde al door haar dossiers. Snakkend naar antwoorden keek Gabrielle toe.

'Ik weet dat ze bij Verizon zat, al een tijdje... Ze had het contract meer dan twee jaar geleden afgesloten bij een Talk Warehouse in de Loop. In de buurt van waar ze werkt, geloof ik.'

Gabrielle staarde haar aan. Had ze het dan toch mis?

'Maar ik weet zeker dat ik een betaling aan een Phone Shack voorbij heb zien komen,' onderbrak rechercheur Suarez haar gedachten, terwijl hij bij hen kwam staan. 'Van een paar maanden geleden. Ik heb het onthouden omdat ze hen niet eerder had gebruikt en omdat het om een eenmalige betaling ging.'

'Ja, hier heb ik 'm,' bevestigde Montgomery, en ze wees naar een regel op een van Rochelles bankafschriften. 'Een eenmalige betaling aan de Phone Shack in West Town...'

'Denk je dat de Phone Shack het verband is?' vroeg Suarez, en hij gaf het bankafschrift aan Gabrielle.

Gabrielle zweeg even voordat ze antwoord gaf en probeerde haar gedachten op een rijtje te zetten. 'De slachtoffers waren alle drie alleen thuis. Rochelle Stevens was veel weg. Vrijwel elke avond had ze wel therapiesessies of privéafspraken, behalve op dinsdag, want dan keek ze altijd naar *Scandal*. Baines had het ook heel druk, maar haar dochters hebben op donderdag altijd softbal, dus dan komen ze laat uit school. Geen van beide vrouwen zat veel op Twitter of andere social media – op die manier zou je hun gangen niet kunnen nagaan – maar ze hielden wel allebei heel nauwgezet hun agenda bij, dus als je daar toegang tot had, zou je heel gemakkelijk kunnen zien wanneer ze alleen thuis waren. Jones was meer een huismus dan de andere twee, maar zijn verloofde was naar een congres op de avond dat hij werd ontvoerd...'

'En dat stond al weken in zijn agenda,' voegde Suarez er snel aan toe.

'Dan gaan we er dus van uit dat Jones ook bij de Phone Shack kwam?'

'Mogelijk,' antwoordde Gabrielle behoedzaam. 'Misschien heeft iemand daar hun account gekloond of hun telefoon gesynct...'

'In dat geval... zou die persoon al hun apps kunnen zien, toegang hebben tot hun agenda... alles,' vulde Montgomery aan. 'Hij kon precies zien waar ze op dat moment waren door hun locatievoorzieningen aan te zetten.'

'Precies. Hij wist waar ze waren, waar ze naartoe gingen, wanneer ze waarschijnlijk alleen zouden zijn...' Fluisterend concludeerde ze: 'Hij wist alles van ze.'

118

Kassie duwde de deur open en ging naar binnen. Er waren verschillende Starbucks in West Town, maar deze was verreweg het drukst, en hoewel ze er de afgelopen dagen al vaak was geweest, was ze er nu opnieuw omdat ze zich wilde opwarmen na een ontmoedigende ochtend. Ze liep naar een vrij tafeltje en trok een koffiekop naar zich toe die iemand had laten staan, in de hoop dat het personeel zou denken dat zij die besteld had en haar met rust zou laten.

Het was een goed uitkijkpunt – in het midden van de zaak, met goed zicht op de ingang, de toonbank en de personeelsruimte. Ze keek naar de gezichten van de mensen die langsliepen en probeerde ongeïnteresseerd over te komen, terwijl ze hun lot in zich opnam en vanbinnen beetje bij beetje kapotging.

Minuten gingen voorbij, ze werd steeds somberder en kreeg steeds meer zin in iets lekkers. De koffie rook zalig en de amandelcroissants en mueslirepen die andere klanten naar binnen werkten zagen er heerlijk uit. Ze was vanmorgen vergeten te ontbijten en ondanks haar duizeligheid en sombere gevoel knorde haar maag.

Ze duwde haar hand in haar zak en vond uiteindelijk een briefje van twintig, haar schamele restje spaargeld. Ze stond op en liep snel naar de toonbank. Een Koreaanse man van middelbare leeftijd stond achter de kassa op nieuwe bestellingen te wachten.

'Een latte, alsjeblieft,' mompelde Kassie. 'En een chocoladecroissant.'

'Prima,' antwoordde de man monotoon, terwijl hij het bankbiljet aannam en gebaarde dat ze bij het uitgiftepunt moest wachten. Kassie liep langs de toonbank, bleef een stukje verderop staan en wiebelde van haar ene voet op de andere. Even later kwam een gejaagde barista met haar koffie.

'Alstublieft, mevrouw,' zei hij, met een zwaar Europees accent.

Kassie pakte de beker gretig aan en op hetzelfde moment ontmoette haar blik de zijne. Onmiddellijk sidderde er een schok van pure angst door haar heen. Haar beker viel in scherven op de grond en de hete koffie spatte tegen haar benen, maar Kassie bleef doodstil staan. Ze kon niet langer zien wie haar bediende, was niet meer in Starbucks. Ze was in een kamer die ze niet herkende, lag te kronkelen in een plas bloed, hapte naar adem terwijl het leven langzaam uit haar sijpelde...

Gillend probeerde ze uit te halen, houvast te vinden, een manier om uit die afschuwelijke, besmeurde kamer te komen. Haar hand raakte iets en ze graaide ernaar – en opeens was ze weer in Starbucks en had ze het T-shirt van de geschrokken barista vast. De jongeman keek verward, zelfs een beetje bang en probeerde zich los te maken uit haar greep.

'U moet weg.'

Maar de jongeman had niets gezegd en Kassie schudde verward haar hoofd. Toen zag ze de manager naast haar staan.

'U maakt de andere klanten bang. U moet weg.' Hij rukte Kassies hand van het shirt van de jongeman.

In een glimp zag Kassie de naam van de barista – Jan Varga – op zijn naambordje staan, maar had geen tijd om hem iets te zeggen, omdat ze in de richting van de uitgang werd geduwd. Te laat probeerde ze het initiatief te herwinnen, probeerde ze zich los te rukken uit de stevige greep van de manager, maar haar voeten gleden over de vloer toen hij haar bij de toonbank wegsleepte.

'Je begrijpt het niet. Ik moet met hem praten…' Haar stem klonk hoog en hysterisch. Ze wist dat ze gestoord klonk, maar ze moest het proberen. 'Hij loopt gevaar. Ernstig gevaar. Ik moet…'

'U bent het enige gevaar,' antwoordde de manager boos. 'En nou wegwezen, voordat ik de politie bel.'

Hij trok de glazen deur open en duwde haar naar buiten. Kassie hervond haar evenwicht en dook weer op de ingang af, maar de potige manager hield haar tegen. Ze gilde en schreeuwde naar hem – hoe haalde die eikel het in zijn hoofd? – maar hij was niet te vermurwen. Achter hem zag ze dat Jan werd getroost door andere barista's, maar ze kon hem niet bereiken. Alleen zij wist wat hem te wachten stond – welke lijdensweg hij zou moeten doorstaan – maar op dit moment was ze slechts een uitzinnige maar machteloze aanwezigheid aan de verkeerde kant van de dikke glazen deur.

119

'Nee, nee, nee!' Adam sloeg met zijn hand op tafel op het ritme van zijn verontwaardiging. 'Het is nóóit mijn intentie geweest om mijn cliënten in gevaar te brengen.'

'En toch is dat precies wat u hebt gedaan,' reageerde Geoff Gould met klem. 'U hebt het leven van een kwetsbaar tienermeisje in gevaar gebracht, u hebt uw éígen leven in gevaar gebracht...'

'En dat was verkeerd. Dat heb ik al toegegeven. Maar ik had het gevoel dat we, gezien de omstandigheden, geen andere keus hadden. Iemands leven was in gevaar en de politie deed niets...'

'Dus koos u ervoor om met uw cliënt mee te gaan naar Lake Calumet...'

'Ik vond dat het moest, om haar te beschermen.'

'U koos ervoor om de getuigenis van een jonge vrouw met problemen te geloven,' voegde dokter Brown eraan toe.

'Als ze verward was, als ze het had verzonnen, zou er geen gevaar zijn,' was Adams snelle reactie. 'Maar als dat niet het geval was, als haar woorden een kern van waarheid bevatten, dan kon ik haar niet alleen laten gaan.'

'De juiste aanpak zou zijn geweest om haar, voor haar eigen veiligheid, te laten opnemen en uzelf terug te trekken als haar behandelaar,' ging Gould verder. 'Het is duidelijk dat u te zeer bij haar betrokken bent geraakt.'

'Ik heb haar al overgedragen aan een collega, maar er was geen reden om haar te laten opnemen. Ze was overtuigend, helder, verkeerde niet in een psychose...'

'Dus u geloofde haar? U nam haar visioenen voor zoete koek aan?' vroeg dokter Barkley, en hij trok een wenkbrauw op.

'Nee, natuurlijk niet.'

'Waarom was u daar dan? Als u haar verhaal niet geloofde, wat deed u dan bij het meer?'

Hier had Adam natuurlijk geen antwoord op. Geen antwoord dat ergens op sloeg, in elk geval. Hij tastte al in het duister sinds hij Kassie had ontmoet en was nog steeds niet dichter bij de oorzaak of omvang van haar aandoening.

'Nou?'

De vraag echode door de ruimte. Alle leden van het college keken vol verwachting zijn kant op, maar wat had het voor zin? Ze zouden alleen maar met meer beschuldigingen komen waar hij geen weerwoord op had: waarom had hij niet krachtiger opgetreden toen Kassie voor het eerst dit zelfvernietigende gedrag vertoonde, waarom had hij Rochelle Stevens' privéadres aan zijn cliënt gegeven, waarom had hij bij haar ingebroken, waarom had hij zijn opleiding, alle regels en protocollen die hij ooit had geleerd genegeerd?

Adam stond op, staarde even naar zijn beschuldigers en verraste zelfs zichzelf met de woorden: 'Doe wat je wilt.'

Daarmee draaide hij zich om en liep met grote stappen naar de deur.

120

Hij liep naar achteren en deed de deur zachtjes achter zich dicht. Het was druk in de winkel, het voltallige personeel was bezig en hij mocht nu niet gestoord worden. Hij liep naar de rij kluisjes, deed zijn rugzak af en toetste de toegangscode in. Moeizaam sprong het slot los, waarna hij de deur opentrok.

Het kluisje was nagenoeg leeg, er lag alleen een verfrommelde plastic zak in. Snel pakte hij hem en haalde er wat spullen uit. Een extra bivakmuts. Een koevoet. Het hakmes. Hij stopte ze in zijn rugzak, sloot het kluisje en deed het weer op slot.

Grappig hoe handig deze plek was geworden. Hij was bedoeld als personeelsruimte, maar dat sloeg nergens op – er stonden alleen wat kluisjes en een paar stoelen ter aanvulling op het vocht en de roestige leidingen. Vroeger vermeed hij deze plek als de pest, maar nu was hij er vaak. Zijn collega's kwamen hier nog steeds niet graag en dat kwam hem prima uit.

Het was zijn heiligdom geworden, hoe muf en onaangenaam het er ook was. Aanvankelijk had hij zijn spullen thuis bewaard, hoewel 'thuis' een groot woord was voor het vervallen huis dat hij met vier andere huurders deelde. De kamers waren klein en koud, de badkamer was smerig, om van de keuken maar helemaal te zwijgen. Toch had hij het er in eerste instantie prettig gevonden.

De meeste huurders spraken slecht Engels, dus vroegen ze hem niet waar hij 's nachts soms uithing. Ze waren ook niet echt geïnteresseerd in wat hij overdag deed, dus als iemand ooit vragen zou komen stellen, zouden ze weinig hulp kunnen bieden. Zelfs de huisbaas, een grote Roemeen die de huur contant accepteerde zonder ooit vragen te stellen over zijn overduidelijk valse legitimatiebewijs, zou de autoriteiten geen steekhoudende informatie kunnen geven.

Maar mettertijd was zijn enthousiasme voor zijn verblijf minder geworden. Hij vertrouwde de andere huurders niet, was ervan overtuigd dat een of twee van hen in zijn afwezigheid wel eens op zijn kamer waren geweest. Het hangslot op de deur was bedoeld om iedereen buiten te houden, maar hij was er zeker van dat iemand binnen was geweest en in zijn kluisje had gezeten. Niet dat ze daar iets belastends zouden vinden, maar hij was ervan geschrokken en had besloten om zijn spullen voortaan op zijn werk te bewaren, ver weg van nieuwsgierige blikken.

Het was merkwaardig hoe de geschiedenis zichzelf herhaalde. Zijn ouderlijk huis was niet minder chaotisch of onvriendelijk geweest dan het krot waar hij nu woonde. Zijn moeder had zeven kinderen en maar twee grote liefdes: de ene kwam uit een fles, de andere uit een glazen pijp. Haar kinderen had ze grotendeels verwaarloosd en zouden van de honger zijn omgekomen als zijn oudste zus, Jacqueline, niet had gebedeld en geleend om brood en melk te kunnen kopen. Hij had van haar gehouden, totdat ook zij chagrijnig en bitter was geworden en uiteindelijk nog gewelddadiger dan zijn moeder. Over het algemeen kon je je bij haar in de buurt maar beter gedeisd houden, wat de meesten natuurlijk deden.

Maar zo zat hij niet in elkaar. Terwijl de anderen de verwaarlozing en ellende voor lief hadden genomen, was hij niet bereid geweest alles stilletjes over zich heen te laten komen. Nu negeerde hij de aandacht van zijn huisgenoten, maar vroeger thuis had hij zo veel mogelijk zijn best gedaan om zijn aanwezigheid te verkondigen. Hij had dierbare aandenkens kapotgeslagen, in hun bedden geplast en zijn geslachtsdeel aan zijn zusjes laten zien. Dan gaven ze hem een pak slaag, noemden hem een klootzak, een wangedrocht, een misbaksel. Hij moest glimlachen bij de gedachte. Ze vonden dat ze beter waren dan hij, voorbestemd om iets te bereiken, degenen te worden die het wél redden en iets van hun leven zouden maken. Wat hadden ze zich vergist. Ze waren allemaal bekrompen junkies, alcoholisten en mislukkelingen, een opsomming van foute keuzes en mislukte huwelijken, terwijl zijn daden de geschiedenisboekjes in zouden gaan. Kon hij hun reactie maar zien op de dag dat ze de krant opsloegen en zagen dat híj nu de grote baas was.

De deur rammelde opeens, waardoor hij uit zijn gedachten werd losgerukt. Eén afschuwelijk moment dacht hij dat zijn heiligdom aangetast zou worden… maar het was maar een collega die langs de vergeten kamer stommelde en ondertussen iets naar een collega riep.

Opgelucht pakte hij zijn rugzak en liep met grote stappen naar de achterdeur. Hij was nog steeds onzichtbaar voor die sukkels, maar treuzelen was ook niet goed. Legendes worden niet gedroomd, ze worden gemáákt.

En hij moest aan de bak.

121

Jan hing zijn schort aan de haak en liep snel door de gang naar de achterkant van het gebouw. Het was een loodzware dienst geweest en hij wilde zo snel mogelijk weg.

Zo vroeg opstaan was moordend, en als hij eenmaal op zijn werk was, ging het achter elkaar door. Ze kwamen personeel tekort vanwege de buikgriep, dus had iedereen moeten bijspringen en de pauzes moeten inkorten om te helpen als het heel druk was. In dit deel van de stad was het bijna altijd heel druk – dankzij de zakenlieden en nanny's, de studenten en sportschooltypes die bij Starbucks kwamen – wat betekende dat het tempo meedogenloos was. Op zich was dat niet erg, hij was eraan gewend, alleen had hij nog steeds een knoop in zijn maag, dat knagende, ondermijnende gevoel van angst sinds hij háár had gezien.

In eerste instantie was ze hem nauwelijks opgevallen – de zoveelste slungelige tiener die naar haar schoenen staarde en zenuwachtig wiebelde terwijl ze stond te wachten op haar cafeïneshot. Maar toen hij haar de latte had gegeven, was er iets gebeurd. Het was alsof ze van hem had gewalgd. Zo erg dat ze de hete koffie had laten vallen en keihard had geschreeuwd. Ze had hem vastgegrepen, wilde tegen hem schreeuwen of iets tegen hem zeggen of zo… maar toen had Max ingegrepen en haar de zaak uitgezet.

Hij was geschrokken, maar was wat rustiger geworden bij de gedachte dat ze wel weg zou gaan of haar aandacht op iemand anders zou richten. Een dolende gek die op zoek was naar problemen. Maar tot zijn verbazing was ze buiten blijven staan, had ze tegen de ruiten gebonkt en hém aangestaard. Uiteindelijk was er een politieauto gearriveerd en ze was ervandoor gegaan voordat de agenten haar konden aanspreken. Maar de herinnering aan haar heftige, verafschuwde reactie kon hij niet uit zijn hoofd zetten.

Daarom nam hij nu geen risico. Het was heel goed mogelijk dat ze nog buiten rondhing, dus ging hij niet via de voordeur naar buiten, maar nam hij de nooduitgang. Dat was ten strengste verboden, maar hij werd toch niet betrapt en het zou hem een veilige aftocht bieden via de steeg achter het restaurant. Bij de deur bleef hij even staan, keek door de gang achter zich en glipte toen naar buiten.

De kou overviel hem; de mooie lentedag was snel afgekoeld en het miezerde nu. Zonder aarzelen liep hij snel de ijzeren trap af. Nog geen minuut later stond hij achter de vuilnisbakken in de stinkende steeg. Hij trok zijn capuchon op en liep haastig weg. Zijn onrust begon al wat te zakken en de knoop in zijn maag trok langzaam weg. Hij had het gered, eindelijk kon hij zich ontspannen.

Maar toen hij met gebogen hoofd tegen de wind en de regen het eind van de steeg had bereikt, kwam er iemand tevoorschijn vanuit haar schuilplaats. Het was een tengere jonge vrouw in sjofele, tweedehands kleren. Ze zag hem om de hoek verdwijnen en liep toen stilletjes achter hem aan.

122

Hij wist niet of hij moest blijven of vluchten.

Adam was vastberaden Faiths studio binnengegaan en had de deur resoluut voor Christines neus dichtgedaan. Ze had hem die ochtend niet zien vertrekken, had zijn nette pak en gespannen houding niet gezien, dus was ze geschrokken toen hij opeens terug was alsof hij gekleed was voor een begrafenis. Zenuwachtig en verward had ze hem gevraagd wat er aan de hand was. Maar Adam had geen zin om de details van de beschamende ochtend nogmaals door te nemen; ze zou er gauw genoeg achter komen dat hij nooit meer als psycholoog aan het werk zou kunnen in Chicago.

Hij was naar de studio gevlucht om wat rust te vinden, een ogenblik van kalmte om zijn gedachten op een rijtje te krijgen, maar in de grote, lege ruimte werd hij opeens overvallen door een overweldigend verdriet. De studio was Faiths plek; in deze kamer lagen – meer dan in welke kamer ook – haar sporen, en zijn aanwezigheid hier versterkte zijn gevoel van gemis. Ze was overal aanwezig: in haar schilderijen aan de muur, in haar schilderschort aan de haak, zelfs in de beker, waar nog een restje koffie in zat, die ze tijdens hun reisje naar Niagara Falls had gekocht. Om de een of andere reden had ze altijd een glimlach op haar gezicht gehad als ze naar die beker keek.

Adams keel voelde dichtgeknepen, hij wilde zich het liefst omdraaien en wegvluchten, maar dan zou hij zijn schoonmoeder met al haar vragen onder ogen moeten komen en dus bleef hij waar hij was. En met elke seconde die voorbijging, werd zijn verdriet, hoe hevig het ook was, iets minder. Er hing een enorm gevoel van verlies in deze kamer, maar het was er ook vertrouwd en dat troostte hem merkwaardig genoeg. Faith was er niet meer, maar ze had zijn leven jarenlang zin gegeven en het bewijs was overal om hem heen te zien: in de vrienden en collega's die ze had geschilderd, in haar uitgesproken dikke penseelstreken, in de gekrabbelde handtekening die altijd rechtsonder op haar schilderijen stond.

Hij raapte al zijn moed bijeen, liep naar de andere kant van de studio en ging op haar kruk zitten. Dat had hij vrijwel nooit gedaan toen ze nog leefde, omdat het echt háár kruk was, en het was niet aan hem om erop te zitten, aangezien hij geen greintje artistiek talent had. Dat was de reden dat ze zo goed bij elkaar pasten, dacht hij vroeger vaak: ze hadden allebei het grootste respect voor elkaars roeping, al begrepen ze die niet en zouden ze het zelf ook nooit kunnen. Liefde was altijd vermengd geweest met bewondering.

In het verleden had die gedachte hem vaak een goed gevoel gegeven, maar vandaag had hij het tegenovergestelde effect. Het bewijs van Faiths talent stond pal voor zijn neus – een bijna voltooide schets van Kassie – maar welk bewijs was er voor het zijne? Hij had de waarschuwingssignalen niet gezien, had zijn vrouw niet voldoende gesteund, ook al wist hij dat ze depressief was en het moeilijk had. Misschien had het tuchtcollege gelijk. Misschien had Christine gelijk. Wat voor hulpverlener, wat voor professional was hij als hij niet eens voor zijn dierbaren kon zorgen?

Er is geen hoop. De woorden schoten hem opeens te binnen.

Vier afschuwelijke woorden op een vodje papier onder haar voeten in de babykamer. Faith was wanhopig geweest, had geen toekomst meer gezien en hij was er niet geweest om haar te troosten. Die wetenschap verscheurde hem, maar verwarde hem ook en overtuigde hem ervan dat ze waanvoorstellingen moest hebben gehad. Waarom was er geen hoop? Ze rouwden om hun kind, hadden intens veel verdriet, maar ze hadden elkaar nog. De communicatie was verstoord, dat was een feit, maar ze hadden elkaar in het ochtendgloren in stilte vastgehouden, een intiem en teder moment waar Adam zich aan vastklampte als hij het heel erg zwaar had.

Faith had momenten van kracht getoond, bijvoorbeeld toen ze hem het huis uit had gestuurd om Kassie te zoeken. 'Omdat ik verdomme niet van porselein ben.' En ze had zo nu en dan aan de toekomst gedacht, had de wil getoond om de schade te herstellen toen ze hem had gevraagd of hij dacht dat ze het ooit nog eens zouden proberen.

Het was onvergeeflijk dat hij die kans om haar op te vrolijken had laten lopen, maar zíj had het geopperd en dat was interessant. Hun vele ivf-pogingen waren voor Faith emotioneel slopend geweest en ze had het moeilijk gevonden om bij vrienden te zijn die kinderen hadden, maar haar doorzettingsvermogen en wilskracht hadden nooit gewankeld. Natuurlijk had het doodgeboren kindje haar zelfvertrouwen aangetast, maar waarom was ze zo wanhopig geweest? Ze was een keer zwanger geworden, dus waarom niet nog een tweede keer? Er was toch zeker nog hoop, tenzij ze zeker wist dat ze nooit een kind zou krijgen, wat niet waarschijnlijk was, aangezien het ziekenhuispersoneel nadrukkelijk had gezegd dat een doodgeboren kindje niet betekende dat de volgende zwangerschap ook zo zou verlopen. Waar was dat verdriet, die wanhoop, dan opeens vandaan gekomen?

Adam stond op – het had geen zin om hier te blijven zitten en zichzelf te kwellen – maar op hetzelfde moment viel zijn blik op de schets voor hem. Kassie staarde terug, haar hoofd en hals bedreven met potlood op papier gezet. Eigenlijk keek ze niet naar hem, maar naar de grond. Het was een geniale vertolking van het verwarde, maar verleidelijke meisje, en toch zag hij iets wat hem zorgen baarde, nu hij er voor het eerst goed naar keek.

Adam was er in eerste instantie van uitgegaan dat Kassie verlegen was geweest, de klassieke omlaag gerichte blik van een tienermeisje dat zich niet prettig voelt door al die aandacht. Maar nu hij naar de schets keek, dacht hij terug aan hun eerdere sessies, toen Kassie over haar eenzaamheid had gesproken, over het feit dat ze gezelschap bewust vermeed en altijd naar de grond keek, zodat ze niemand in de ogen hoefde te kijken...

Terwijl hij naar haar gezicht bleef staren, begon hij de schets anders te zien. Haar afgewende blik leek niet onschuldig of verlegen, maar schuldbewust en getergd, alsof ze het niet kon verdragen om Faith aan te kijken, alsof ze iets wíst.

Overweldigd door deze gedachte liet Adam zich met een plof weer op de kruk zakken. Was het mogelijk dat Kassie Faiths lot had voorzien? Haar dat had verteld? Het leek een absurde, perverse gedachte, maar welke andere verklaring kon er zijn voor Faiths plotselinge overtuiging dat alles verloren was en dat ze nooit moeder zou worden?

Was dit altijd de uitkomst geweest, ondanks alle liefde die hij Faith had geschonken, ondanks al hun hoop en plannen voor de toekomst?

123

'Ja, ze was hier eerder deze week. Mevrouw Baines komt hier vaak... kwam hier vaak...' Jason Schiffers stem stierf weg. De manager van West Towns Phone Shack was er niet aan gewend om door een politieagent ondervraagd te worden, laat staan dat zijn klanten op een vroegtijdige en onaangename manier aan hun einde kwamen.

'Wanneer was ze hier?' vroeg Gabrielle rustig.

Schiffer kneep zijn ogen samen, pijnigde zijn hersenen en zei toen: 'Woensdag. Zeker weten, woensdag. Ze kwam haar nieuwe telefoon halen.'

'En deze vrouw?' vroeg ze, en ze liet hem nog een foto zien. 'Rochelle Stevens. We denken dat ze hier 19 februari is geweest...'

Geïntrigeerd bekeek Schiffer de foto, waarna hij rond de toonbank naar de computer liep.

Terwijl hij iets intypte, keek Gabrielle om zich heen: het was geen gezellige winkel, maar stond wel vol technische snufjes. Overal stonden telefoons, tablets en andere apparaten uitgestald die een groot publiek trokken. Het was duidelijk een populaire winkel.

'Hier is ze. Zo te zien was ze foto's op haar telefoon kwijtgeraakt en wilde ze weten of wij ze konden terughalen.'

Gabrielle dacht koortsachtig na. 'En Jacob Jones?' Ze gaf hem de laatste foto.

Hij keek er een ogenblik naar. 'Hem herken ik niet. Maar dat zegt niets. Ik ben vaak achter.'

Hij typte weer iets in en Gabrielle keek toe.

'Nee, niets. Volgens deze gegevens is hij hier nooit geweest.'

Dat was niet wat Gabrielle had verwacht. Of gehoopt. 'Zou u het aan uw personeel willen vragen? Ik begrijp dat ze het druk hebben, maar...'

'Geen probleem. Geen enkel probleem.'

Hij liep haastig weg met de foto in zijn hand, zichtbaar blij dat hij de politie kon helpen, maar ook omdat hij de zaak wilde uitzoeken. Als de winkel op de een of andere manier bij deze moorden betrokken was, moest hij het weten.

Gabrielle keek toe hoe hij een van zijn medewerkers onderbrak en haar even terzijde nam om haar discreet naar Jacob Jones te vragen. De jonge blondine schudde haar hoofd, waarna hij doorliep naar de volgende. Maar ook deze schudde zijn hoofd, na even te hebben nagedacht.

Gabrielle draaide zich om, ze kon het niet aanzien. Suarez stond naast haar en zag er al even gespannen uit als zij. Hij wilde net iets zeggen – ongetwijfeld een flauwe opmerking om de spanning te doorbreken – toen Gabrielles telefoon begon te zoemen.

Hoskins. Het was niet de eerste keer dat hij haar probeerde te bereiken sinds hun onderonsje. En het zou ook niet de laatste zijn. Ze kon zich voorstellen dat hij steeds bozer werd bij elke poging om haar te bereiken – maar ze wist toch al wat hij haar zou zeggen. En daar had ze nu geen tijd voor.

'Ik heb hier iemand die u misschien kan helpen...'

Gabrielle rukte zich los uit haar gedachten, draaide zich om en zag dat hij een jonge vrouw haar kant op leidde.

'Zeg rechercheur Grey wat je mij zojuist hebt verteld, Jodi,' zei hij bemoedigend.

De vrouw – niet ouder dan negentien – schraapte haar keel en zei: 'Ik herinner me hem. Hij… hij kwam naar de winkel omdat zijn scherm kapot was, dat van zijn iPhone…'

Gabrielle Grey knikte en luisterde aandachtig naar de jonge vrouw.

'Dat hebben we gerepareerd en vervolgens heeft hij bij mij afgerekend.'

'Hij was geen vaste klant,' voegde Schiffer eraan toe, 'en hij betaalde contant, dus zijn naam staat niet in ons systeem.'

'Wanneer was dat?' vroeg Gabrielle.

'Ongeveer zes weken geleden. Hij was niet lang in de winkel,' bevestigde de jonge vrouw.

'Maar je weet zeker dat hij het is?'

'Ja,' antwoordde ze resoluut. 'Ik zag hem op het nieuws en toen vertelde ik het verhaal aan mijn moeder. Zij was net zo geschrokken als ik.'

De jonge vrouw begon overstuur te raken en dus maakte Gabrielle snel een einde aan hun gesprek. Ze dacht even na en wendde zich toen weer tot Schiffer. 'Kunt u nakijken wie deze drie klanten heeft geholpen?'

Tot haar grote teleurstelling schudde Schiffer zijn hoofd.

'We kunnen zien bij wie de klant heeft afgerekend, maar niet wie de klant heeft geholpen. We hebben hier geen vaste werkplekken, dus…'

'Goed, dan heb ik de gegevens nodig van iedereen die hier werkt. Management, winkelpersoneel, techneuten, iedereen die mogelijk contact kan hebben gehad met deze drie klanten.'

Jason Schiffer schrok even van dit verzoek, en van de reden daarachter, vermoedde Gabrielle. Maar haar toon was heel duidelijk: ze ging hier niet weg voordat ze kreeg wat ze nodig had. Schiffer haastte zich naar achteren om te doen wat ze hem had gevraagd. Met een groeiend gevoel van opwinding keek ze hem na. De adrenaline begon te stromen – misschien hadden ze eindelijk een doorbraak in deze verontrustende zaak. Ze was ervan overtuigd dat iemand bij de Phone Shack zijn eigen telefoon had gesynct met die van de slachtoffers, zodat hij hun gangen, hun hele leven, kon nagaan. Die vent was goed – een eenentwintigste-eeuwse stalker.

Maar zijn tijd zat er bijna op.

124

Het moest vandaag gebeuren. Het moest nu gebeuren.

Jan Varga woonde samen met zijn vriendin Marsha in een vervallen driekamerflatje. Dat leverde direct twee problemen op: om te beginnen was er geen garagedeur die hij kon hacken om geluidloos en zonder risico binnen te komen, bovendien had zijn vriendin geen baan. Vrije toegang tot Jan was dus een probleem. Gezien deze obstakels had hij in eerste instantie overwogen om het op te geven en iemand anders te kiezen, maar zijn trots had hem daarvan weerhouden. Hij weigerde zich gewonnen te geven en trouwens, de manier waarop Jan hem had behandeld vroeg om wraak.

De vent had een verschrikkelijk accent, zijn Engels was te beroerd voor woorden, en hij was nota bene een barista, maar toch weerhield dat hem er niet van om neer te kijken op de dikke man van middelbare leeftijd die hem hielp bij de aanschaf van een nieuwe telefoon.

Het was een blik die hij vaker had gezien – bij Jones, Stevens, Baines en anderen voor hen – een blik die suggereerde dat hij niet eens een mens was, maar een automaat die aan hun behoeftes moest voldoen. Mensen maakten die vergissing vaak; dan gingen ze ervan uit dat hij niets voorstelde, dat hij niet meer was dan het decor voor hun eigen belangrijke leven. Stevens helemaal: ze had hem niet één keer aangekeken.

Hij had ervoor gezorgd dat die lui – die succesvolle, aantrekkelijke, arrogánte types – hadden geleden. Hij had genoten van hun angst, hun machteloosheid, hun pijn. Jan zou ook lijden. Misschien zou hij deze keer zelfs voor wat éxtra pijn zorgen – hij hield niet van buitenlanders. Marsha moest een nachtje in het ziekenhuis blijven, goddank. Uit Jans berichtjes kon hij opmaken dat het slechts een routine-ingreep was, maar het betekende wel dat ze tot morgenmiddag weg was, waardoor dit het perfecte moment was om toe te slaan.

De toegang kon nog wel lastig worden, maar hij had het gebouw twee keer verkend en tot nu toe was alles soepel gegaan. Ongezien wist hij via de brandtrap de tweede verdieping te bereiken, waarna hij zijn bivakmuts op deed en zijn koevoet tussen het raam aan de achterkant zette; het slot was waardeloos en schoot gemakkelijk los.

Toen hij naar binnen klom, schrok hij even van een hond die buiten blafte, maar deed toen snel het raam dicht, liet het rolgordijn zakken en verdween in de flat. Hij verstopte zich in de kast op de logeerkamer en wachtte.

Hij was er zeker van dat Jan vanavond alleen zou zijn. Zo had hij het graag. Elke aanval werd gevaarlijker, ingewikkelder, maar alles zat vanavond mee.

Het was tijd om weer te moorden.

125

Jan liep tien meter voor haar en was met gebogen hoofd door de drukke straten op weg naar huis. Zo nu en dan wierp hij een snelle blik over zijn schouder, maar Kassie had zich klein gemaakt en zorgde ervoor dat er voldoende winkelend publiek voor haar liep om haar te verbergen. Voor het geval de menigte zich zo nu en dan verspreidde en ze plotseling zichtbaarder werd, hield ze in de gaten waar er portieken waren waar ze zo nodig in weg kon duiken. Ze vroeg zich af of de politieagenten die háár volgden hetzelfde deden. Waarschijnlijk, al had het weinig zin; de manier waarop ze haar volgden was even onhandig als opvallend.

Jan sloeg af en liep doelgericht door West Huron Street. Kassie bleef rustig lopen, hield zich voor dat ze niet moest gaan jagen en slenterde rustig de hoek om. Hier was het ook druk en tot Kassies grote schrik zag ze Jan niet. Ze tuurde door de straat, maar zag zijn opvallende groene hoody nergens meer. Waar was hij gebleven?

Ze keek van links naar rechts en zag hem opeens weer. Hij was overgestoken en liep daar snel verder. Kassie stapte de stoep af en rende naar de overkant.

Een auto toeterde en remde hard, maar ze treuzelde niet en wierp een zenuwachtige blik op Jan, bang dat het getoeter zijn aandacht had getrokken. Goddank had hij zo te zien niets door, en dus liep Kassie verder en negeerde de scheldpartij van de chauffeur.

Ze liep nu echt het risico dat ze hem zou kwijtraken. Hij was vijftig, zestig meter voor haar en het was een drukte van jewelste. Zo nu en dan verdween hij uit beeld, dus versnelde Kassie haar pas en liep onbehouwen verder, tot grote ergernis van het winkelende publiek. Terwijl ze dat deed, werd ze zich bewust van iets anders. De auto, een auto althans, toeterde nog steeds. Ze zette het uit haar gedachten en ging door – maar het geluid werd steeds luider. Kassies blik was strak naar voren gericht, maar nu merkte ze dat er een auto met haar meereed.

'Kassie!'

Tot haar verbijstering hoorde ze haar naam. Ze was nog verbaasder toen ze zag dat Adam Brandt achter het stuur zat.

'Ik heb geen tijd, Adam.'

'Stap in, Kassie.'

'Het spijt me, dat gaat niet.'

Ze kon Jan nog steeds zien, maar hij was bijna bij de volgende kruising. Ze mocht hem nu absoluut niet uit het oog verliezen.

'Ik moet met je praten, Kassie. Nu.'

De auto bleef naast haar rijden. Adam had één oog op de weg gericht en één oog op haar. Hij zag er gespannen uit, zelfs een beetje labiel.

'Hoe heb je me gevonden?' vroeg ze, en ze hield haar tempo vast.

'Ik had je laptop gevonden en heb Zoek iPhone gebruikt,' antwoordde hij.

'Nou, het spijt me, maar ik kan je niet helpen,' mompelde ze, waarna ze zigzaggend tussen mensen door begon te rennen in een wanhopige poging om Jan bij te houden.

Adam gaf gas, reed weg en één heerlijk ogenblik dacht Kassie dat ze van hem af was. Maar tot haar afschuw zag ze dat hij zijn Lexus twintig meter verderop parkeerde. Hij negeerde het parkeerverbod, sprong uit de auto en liep haastig naar haar toe. Kassie probeerde hem te ontwijken, maar hij was haar te snel af en versperde haar de weg.

'Alsjeblieft, Adam,' zei ze smekend, plotseling bijna in tranen. 'Ik heb geen tijd...'

'Kan me niets schelen.'

'Het is een kwestie van leven en dood.'

'Je blijft hier en je praat met me.'

Hij klonk zo streng en zijn blik was zo intens dat Kassie opeens een beetje bang werd. Ze probeerde zich langs hem heen te wurmen, maar hij pakte haar rechterschouder vast en duwde haar hard tegen de muur. Passerende mensen keken nieuwsgierig, zelfs een beetje bezorgd naar hen, maar liepen met een boog om hen heen. Kassie kon geen kant op.

'Wat heb je tegen Faith gezegd?'

'Hoe bedoel je?'

'Waar hadden jullie het over tijdens jullie gesprekken?'

'Alsjeblieft, Adam,' jammerde Kassie. 'Waarom is dit belangrijk?'

'Zeg het me.'

Kassie liet zich slap tegen de muur vallen, boos en angstig.

'We hadden het... over Annabelle. Over wat er in het ziekenhuis was gebeurd. Over alles wat er daarna is gebeurd...'

'En wat nog meer?' blafte Adam.

'Weet ik niet... we hadden het over de moorden. Over jou. Mijn moeder...'

'Heeft Faith over zichzelf verteld?'

'Natuurlijk.'

'Wat heb je haar gezegd?'

'Ik probeerde haar te troosten.'

'Heb je haar de avond voor haar dood gesproken?'

Kassie aarzelde. Nu begreep ze waarom Adam die vragen stelde. Dit was een gesprek dat ze liever nooit had gehad.

'Ja,' antwoordde ze zacht. 'We konden niet slapen en toen vroeg ze of ze me mocht schetsen.'

'En?'

'Zij schetste en ondertussen praatten we.'

'Waarover?'

'Baby's, familie, over het feit dat ze heel erg tegen Annabelles uitvaart opzag...'

'Hebben jullie het over de toekomst gehad?'

'Ja, ik geloof het wel...'

'Háár toekomst?'

'Ja...' Haar woorden waren nauwelijks hoorbaar. Ze wist waar dit naartoe ging en ze wilde dat het stopte.

'Wat vroeg ze?'

Kassie liet haar blik naar de grond zakken.

'Wat vroeg ze?' wilde hij weten, luider deze keer.

'Ze vroeg me... of ze ooit kinderen zou krijgen, een baby...'

'En wat was jouw antwoord?'

'Doe dit alsjeblieft niet, Adam.'

'Wat heb je haar gezegd?' herhaalde Adam bars, en hij greep haar steviger vast.

'Ik wilde geen antwoord geven, maar ze bleef er over doorgaan. Ze zei dat ze het móést weten.'

'En?'

'En... toen zei ik nee.'

'Verdomme!' Het woord kwam als een explosie en spuug landde op Kassies gezicht. Adam liet haar los, wendde zich geschokt af en hief zijn vuisten van frustratie en kwaadheid.

Een vrouw bleef staan alsof ze zich afvroeg of ze tussenbeide moest komen, maar haar man gaf haar een duwtje en keek hen omzichtig aan.

Ondertussen draaide Adam zich weer naar Kassie toe. 'Waarom? Waarom heb je haar dat gezegd?'

'Ik wilde het niet, maar ze smeekte me.'

'Maar hoe kon je dat weten? Hoe kón je dat nou weten?'

Adams ogen boorden zich in de hare, tartten haar voor een antwoord.

'Je weet hoe ik dat weet,' antwoordde Kassie somber.

Adam staarde haar aan, alsof zijn ergste angsten bevestigd werden. 'Wist Faith wat dat betekende?'

'Eerst niet. Maar ze zag dat ik van slag raakte, waardoor zij schrok. Ze wilde weten waarom ik het zo zeker wist.'

'Heeft ze... heeft ze je gevraagd of je wist wanneer ze doodging?'

Kassie snikte even. 'Ja,' zei ze toen.

'En?'

'En ik wilde daar geen antwoord op geven... maar toen was het al te laat. Ze kon het aan mijn gezicht zien.'

'Wat kon ze zien?'

'Ze begreep opeens waarom ik haar nooit recht aankeek, waarom ik niet over de toekomst wilde praten, waarom ik geen antwoord wilde geven op haar vragen.'

'En toen?' vroeg Adam boos.

'Toen wilde ik weggaan, ik zei haar dat ik niet meer wilde praten, maar ze pakte me vast, zei me dat ze móést weten of ze binnenkort dood zou gaan.'

'En?' vroeg Adam wanhopig.

'En...' Kassie kreeg de woorden nauwelijks uit haar mond,

maar ze wist dat ze het moest zeggen. '... toen heb ik haar de waarheid gezegd... dat ze niet veel tijd meer had.'

Adam sloeg met zijn hand tegen de muur achter haar hoofd.

Kassie schrok zich rot. Ze zag dat hij in gedachten ergens anders was, dat er van alles door zijn hoofd raasde, terwijl bepaalde puzzelstukjes eindelijk op hun plek vielen.

'We hadden ruzie,' zei hij hijgend, boos. 'Die laatste ochtend. Ze was overstuur, vijandig door wat jíj haar had verteld...'

Kassie kon hem nauwelijks aankijken.

'Godverdomme, is dat... is dat waarom je zo graag wilde dat ik naar huis ging? Toen we detective aan het spelen waren bij Lake Calumet wilde je dat ik naar huis ging. Omdat je wíst wat ze ging doen.'

'Het zou pas de volgende ochtend gebeuren. Ik dacht dat we... dat je op tijd terug zou zijn, dat je misschien iets kon doen om haar te helpen. Ik wist niet dat we gearresteerd en ondervraagd zouden worden. Als ze je ook maar een uur eerder hadden vrijgelaten...'

Adam maakte een geluid, een akelig, bijna onmenselijk geluid, iets tussen een schreeuw en een brul in.

'Ik had je weg moeten sturen,' ging Kassie snel verder. 'Ik had je moeten dwingen om naar huis te gaan. Ik had de kans, maar heb het niet gedaan. Omdat ik een egoïst ben. Omdat ik Madelaine wilde redden en mezelf...'

'Je hebt haar recht in de ogen gekeken,' zei Adam indringend, alsof hij haar niet had gehoord. 'Je hebt een kwetsbare vrouw vol verdriet recht in de ogen gekeken en haar gezegd...' Even leek het alsof hij de kracht niet had om die zin af te maken, maar toen: '... dat ze doodging.'

'Ik wist niet wat ik anders moest,' zei Kassie smekend. 'Als ik tegen haar had gelogen, zou ze het hebben geweten.'

'Jíj hebt haar ertoe aangezet. Door haar dat te zeggen, heb jíj ervoor gezorgd dat ze zelfmoord pleegde...'

'Nee Adam, zo werkt het niet.'

'Jij hebt haar over de rand geduwd.'

'Nee, nee. Ik heb geen macht, geen invloed op wat er gebeurt. Alles gebeurt met een reden...'

Adam hief zijn hand op en even dacht Kassie dat hij haar zou slaan, maar in plaats daarvan wees hij met zijn vinger naar haar.

'Zeg dat niet. Waag het niet...' Maar terwijl hij gebaarde, zakte zijn woede weg. Hij zag er uitgeteld en leeg uit. 'Waarom kon je niet...' Zijn stem klonk zwak en gebroken. 'Waarom kon je niet gewoon líégen?'

Kassie aarzelde even voordat ze antwoord gaf. Ze wilde het niet zeggen, maar ze moest. 'Omdat... de uitkomst hetzelfde zou zijn.'

Een handjevol eenvoudige woorden, met een vernietigend effect. Adam staarde haar nog steeds aan, maar zijn blik veranderde snel, alsof er iets afschuwelijks tot hem doordrong.

'Alsjeblieft, Adam, ik heb nooit gewild dat dit zou gebeuren.'

Maar hij strompelde met een blik van afschuw en verbijstering naar achteren, botste tegen voorbijgangers aan en liep al struikelend naar zijn auto.

Intuïtief wilde Kassie hem vastpakken en helpen, maar dat was niet mogelijk. Ze was hem kwijt. Net zoals ze nu ook Jan kwijt was.

126

'Kijk nog eens. We moeten iets over het hoofd hebben gezien.' Gabrielles stem klonk bars en indringend.

'Ik heb het drie keer gecontroleerd,' protesteerde Albright. 'Er werkt niemand bij de Phone Shack die een strafblad heeft.'

Gabrielle en Suarez waren met armenvol personeelsdossiers naar het hoofdbureau teruggegaan. Het team was direct aan de slag gegaan om de mannelijke personeelsleden te onderzoeken. Ze gaven prioriteit aan diegenen die overeenkwamen met de beschrijving die Kassie Wojcek had gegeven na de brand bij Calumet, maar dat waren er meer dan twaalf, inclusief Jason Schiffer zelf. De grote Phone Shack leek een toevluchtsoord voor blanke mannen van middelbare leeftijd met een fout baardje die nergens anders een baan konden vinden. Toen al die namen geen enkel strafblad hadden opgeleverd, hadden ze de rest van de mannelijke medewerkers gecontroleerd, maar zonder succes. Wanhopig hadden ze de vrouwen bekeken, maar ook daar was het resultaat hetzelfde.

'Hoe zit het met freelancers en mensen met tijdelijke contracten?' vroeg Gabrielle, al verwachtte ze er niet veel van.

'Daar doen ze niet aan.' Suarez gaf antwoord. 'Ze hebben alleen vast personeel, ze doen alles intern. Dat is goedkoper, betrouwbaarder.'

'Hebben we het dan mis? Zoeken we in de verkeerde hoek?'

'Op papier leek het te kloppen,' antwoordde Suarez. 'Een technisch onderlegd iemand die deze mensen stalkt, het op ze gemunt heeft... maar als dit niets oplevert...'

'We houden nog even vol,' zei Gabrielle opstandig. 'De kans is groot dat deze man eerst een stalker of inbreker was. Hij is te goed voor een amateur. Waarschijnlijk heeft hij daar een strafblad voor en mogelijk ook voor geweld of exhibitionisme. Het kan niet anders of hij heeft een strafblad, we moeten het alleen zien te vinden.'

'Wat stel je voor?' vroeg Montgomery.

'Tja, kennelijk werkt hij onder een valse naam bij de Phone Shack. Dan moeten we een uitgebreid achtergrondonderzoek doen naar iedere blanke man die daar werkt, aliassen zoeken, bekende...'

'Dat is zoeken naar een speld in een hooiberg. Dat gaat dagen kosten,' kreunde Albright.

'Dus niet wauwelen, maar aan de slag, of niet?'

Albright haalde haar schouders op en liep haastig weg om het team te verzamelen.

Ondanks haar frustratie voelde Gabrielle iets van voldoening toen ze zag dat haar mensen onmiddellijk in actie kwamen. Ze stond met de rug tegen de muur en de tijd raakte op.

Maar ze was nog niet verslagen.

127

Jan leunde tegen de deur en slaakte een zucht van verlichting. Zijn wandeling naar huis was godzijdank rustig verlopen na deze afschuwelijke dag. Hij trok zijn hoody over zijn hoofd, schudde hem uit en hing hem aan de haak naast de voordeur. Marsha zou wel boos worden dat hij hem niet buiten had gelaten, maar dat was dan pech…

Hij liep van de gang naar de keuken, pakte een blikje bier uit de koelkast en maakte het open. Na een fikse slok liet hij het koele vocht over zijn tong rollen en slikte het door. Hij voelde zich direct opgefrist en herboren. Niets was zo lekker als dit bier dat hij voor een dollar vijftig bij de Slowaakse winkel om de hoek kocht. Hij dronk het nu in één keer leeg en gooide het lege blikje vervolgens achteloos in de prullenbak.

Hij lustte er nog wel een. Maar met zijn hand op de deur van de koelkast bleef hij opeens staan. Zijn aandacht werd getrokken door een kleine beweging vanuit zijn ooghoek. Het rolgordijn bij het keukenraam zat dicht en klapperde een beetje.

Onzeker liep hij ernaartoe. Hij trok het gordijn op en zag dat het raam openstond, een klein kiertje boven de vensterbank. Onmiddellijk werd hij gespannen. Marsha was als laatste vertrokken en zij zou het nooit openlaten. Ze was paranoïde als het ging om veiligheid, om het wonen in een grote Amerikaanse stad, en liep de ramen en deuren altijd meerdere keren na voordat ze wegging. En hij wist zeker dat hij het zelf vanmorgen niet open had gezet, dus...

Hij bekeek de raamsluiting. Die had nooit veel voorgesteld – ook een zorg van Marsha, die er bij hem op had aangedrongen een nieuwe te kopen – maar nu viel die in zijn hand uiteen. Hevig verontrust opende hij het raam om de vensterbank te bekijken en zag daar een veelbetekenend spoor waar een deel van het hout was versplinterd. Iemand had een koevoet of een beitel gebruikt om binnen te komen. Er was iemand in de flat geweest.

Jan liep naar de keuken en trok de onderste la open, waar hij zijn gereedschap bewaarde, pakte een hamer en duwde de la weer dicht.

Zijn hart ging tekeer, maar langzaam en voorzichtig verliet hij de keuken en stak zijn hoofd om het hoekje van de woonkamer. Bij het zien van de tv en dvd-speler en de meubels in hun oorspronkelijke staat ontspande hij zich iets. Had iemand ingebroken en was diegene van iets geschrokken? Jan liep de kleine kamer uit en sloop op z'n tenen door de gang naar de achterkant van de flat. Het huis was maar klein en hij was ervan overtuigd dat hij het zou weten als er iemand was, maar toch moest hij het controleren.

Voorzichtig duwde hij met zijn voet de slaapkamer open en keek naar binnen. Alles leek in orde, dus deed hij een stap verder. Het was er stil en leeg, maar toch keek hij even achter de deur, in de kast en zelfs onder het bed. Opgelucht liep hij naar de andere kant van de gang, naar de logeerkamer. Hij voelde zich al een stuk beter, want er lag toch niets van waarde.

Ook hier stond alles nog op z'n plek – er lag niemand onder het bed, er stond niemand achter de deur – en dus liet hij zijn hamer zakken en slaakte een opgeluchte zucht, waarna hij de kastdeur opentrok.

Een man met een bivakmuts op staarde hem aan.

128

Haar longen deden pijn, maar toch rende ze verder. Hoewel het haar moeite kostte, kwam ze wel snel vooruit, en geschrokken mensen sprongen opzij als ze brulde dat ze aan de kant moesten gaan. De menigte week voor haar uiteen, op een paar omstanders na die boos en beledigd opkeken, maar zelfs zij gingen uiteindelijk opzij toen ze de wilde tiener op zich af zagen rennen. Was het haar wapperende roodbruine haar, haar vuurrode, bezwete gezicht of de wanhoop in haar stem waardoor ze zich terugtrokken? Het deed er niet toe, als ze haar maar niet in de weg liepen.

Ze was erg geschrokken door haar aanvaring met Adam en had na afloop een paar minuten tegen de muur gehangen. Maar ondanks haar verpletterende schuldgevoel en haar oprechte bezorgdheid voor Adam waren haar gedachten langzaam weer naar Jan gegaan. Naar een onschuldige man die niet veel tijd meer had.

Veel informatie had ze niet, maar ze had haar telefoon gepakt en zijn naam in Searchbug ingetypt. Tot haar opluchting had ze gezien dat er een 'Jan Varga' in een flat in Ukrainian Village woonde, op nog geen tien minuten lopen. Ze had zich van de muur losgemaakt en ingespannen naar rechts gekeken, naar de vrouwelijke jogger die akelig lang naar de etalage van een ijzerhandel stond te kijken, waarna ze zich had omgedraaid en de andere kant op was gelopen. Toen tot haar doordrong hoe dringend het was, was ze steeds sneller gaan lopen, tot ze uiteindelijk sprintte.

Deze keer zou ze op tijd zijn, daar was ze zeker van. Jan was waarschijnlijk net huis, dus zelfs als hij werd aangevallen, bestond er nog een kans dat ze hem kon redden als ze snel was en op de een of andere manier binnen wist te komen. Die gedachte gaf haar een nieuwe stoot adrenaline en bracht zelfs een glimlach op haar gezicht. Was dit het moment waarop ze de vloek zou verbreken? Waarop ze bewees dat je de toekomst kunt voorzien én kunt veranderen? Bestond er een kans dat ze toch nog gered kon worden?

Ze ging nog sneller lopen. Op school was ze nooit goed geweest in sport, maar ze was lenig en snel. Haar voeten klapten tegen het beton, ze paste haar balans voortdurend aan terwijl ze zigzaggend langs kantoormedewerkers heen liep, van wie er nu steeds meer op straat waren. Ze had een goed tempo te pakken, liep ritmisch en intens, en weigerde langzamer te gaan ook al deed alles pijn. Tien minuten later stond ze voor Jans vervallen flatgebouw.

Ze rende naar de benedendeur en gaf er een ruk aan, maar er kwam geen beweging in. Ze liep naar de intercom en gleed met haar vinger langs de lijst tot ze Jans naam vond, naast de bel voor zijn flat op de tweede verdieping. Ze wilde er net op drukken toen ze zich opeens bedacht. Als de moordenaar al binnen was, was het dan zinvol om hem van haar komst op de hoogte te stellen? Ze trok haar vinger terug, bonsde op de deur en duwde haar gezicht tegen de ruit. Ze zag een donkere hal die stil en verlaten was.

Vloekend deed ze een stap naar achteren en keek omhoog in de hoop dat er iemand voor zijn raam stond, maar er was niemand. Onmiddellijk liep ze naar de zijkant van het gebouw. Was er een steeg waar ze kon komen? Een brandtrap, misschien? Maar net toen ze die kant op liep, hoorde ze de benedendeur opengaan.

'Wat is dat voor gebons? Waar is de brand?'

Een bejaarde man in een versleten overall had de deur opengeduwd. Het gehavende naambordje op zijn borst gaf aan dat hij de conciërge was, al was dat bijna niet te missen.

Kassie nam niet de moeite om iets uit te leggen, maar duwde de geschrokken man opzij en stoof naar binnen. Ze rende door de slecht verlichte gang, greep de trapleuning vast en nam vervolgens twee treden tegelijk. Nog geen minuut later stond ze buiten adem, maar opgewonden bij Jans flat. Ze kon de oude conciërge op de trap onder haar horen hijgen, maar ze had geen tijd om te wachten. De deur waar ze voor stond was goedkoop en oud, het slot was roestig. Ze deed een paar stappen naar achteren, stormde vervolgens op de deur af en trapte met haar laars tegen het slot.

Ze stuiterde naar achteren, maar het hout rond het slot spleet en dus deed ze het nog een keer. En nog een keer. Bij de derde trap ging haar zware laars dwars door de deur. Even zat ze vast en viel bijna om, maar ze rukte haar voet terug, stak haar arm door het gat, vond de klink en lichtte hem op.

De deur ging met een zwaai open en op hetzelfde moment zag ze een razendsnelle beweging. Een grote zwarte massa schoot naar rechts. Snel ging ze de flat binnen; haar blik werd niet naar de vluchtende figuur getrokken, maar naar de woonkamer. Jan, die vastgebonden op een stoel zat, staarde haar aan. Hij leek in de war, ontzet zelfs, en terwijl Kassie het afschuwelijke tafereel in zich opnam, besefte ze waarom. Naast de schrammen en kneuzingen op zijn lichaam had hij een grote snee in zijn keel. Terwijl hij zijn hoofd bewoog en in stilte om hulp smeekte, ging deze snee op gruwelijk wijze open en dicht.

Ze had een fractie van een seconde om te kiezen en verraste zichzelf door achter zijn aanvaller aan te gaan. Ze had geen wapen, was niet goed voorbereid op een gevecht, maar was niet van plan hem nog een keer te laten ontsnappen. Enkele seconden na hem was ze in de keuken, maar hij was al half uit het raam bij de brandtrap. Wanhopig sprintte Kassie door de ruimte en slaagde erin zijn linkerbeen vast te grijpen voordat hij helemaal buiten was. Ze trok uit alle macht en zijn broek scheurde bij de zoom. Opeens verloor ze haar evenwicht, maar hij ook, en hij viel naar achteren de keuken in voordat hij weer naar buiten dook. Opnieuw stormde Kassie op hem af en deze keer vonden haar vingers zijn huid toen ze zijn zwaaiende been pakte. Intuïtief boorde ze haar vingers in zijn vel. Buiten hoorde ze hem kreunen van pijn en ze duwde nog harder. Ze had hem.

Hij zwaaide hevig met zijn been, terwijl hij aan haar greep probeerde te ontkomen, maar ze kon de overwinning voelen. Buiten hoorde ze geschreeuw, de politie kon er vast elk moment zijn en dan was het allemaal voorbij. Ze hoefde hem alleen maar vast te houden. Ze hief haar hoofd op om haar aanvaller aan te kijken, om te zien of zijn kracht afnam, maar zag een seconde te laat de koevoet die haar kant op kwam. Ze had amper tijd om haar hoofd weg te trekken voordat hij haar slaap schampte. Ze vloog naar achteren en een seconde later smakte haar hoofd tegen de grond.

Toen werd alles zwart.

129

Hij zou gewoon blijven drinken tot hij niets meer voelde.

Adam wist dat het zwak was, dat dat slecht zou aflopen, maar het kon hem niets schelen. De vergetelheid lokte en hij nam de uitnodiging maar al te graag aan.

Hij had geen idee waar hij was, en dat kwam hem prima uit. Na zijn confrontatie met Kassie was hij weggescheurd en had vervaarlijk door het verkeer geslingerd. Hij was veel te gestrest om te rijden en een paar straten verderop had hij zijn auto laten staan. Onvast op zijn voeten had hij op de stoep gestaan en toen een café gezien. Het begon vol te lopen met kantoormedewerkers die met een grote boog om hem heen liepen en graag in alle rust van hun happy hour wilden genieten. Adam was naar de bar gestommeld, had een glas whisky besteld, daarna nog een, en had zijn blik van de spiegel achter de barkeepers afgewend. Hij had geen zin om zijn gekwelde gezicht te zien.

Na nog een paar glazen had hij alle schijn laten varen en in één keer voor de rest van de fles betaald. Hij stond naast hem als zijn enige gezelschap, omdat de krukken aan weerszijden van hem leeg waren. Hij negeerde de ongemakkelijke sfeer die zijn aanwezigheid duidelijk creëerde en deed zijn best om de fles soldaat te maken, maar tot nu toe leverde het hem weinig op.

Kassies woorden bleven door zijn hoofd spoken en brachten hem terug naar Faiths studio. Naar die avond. Sukkel die hij was, had hij vlakbij liggen slapen, terwijl de twee vrouwen wakker waren geweest, elkaar hadden aangestaard en Faith haar onderwerp had geschetst. Hij kon haar hand aarzelend zien bewegen, kon haar kin op haar borst zien, kon de tranen zien die langs haar neus liepen. Annabelle, ze had het over Annabelle, en haar hele lichaam trilde. Kassie stond op, probeerde haar te troosten, legde een arm om haar schouder. Maar Faith wilde niet getroost worden. Ze wilde het weten. En ze was ervan overtuigd dat Kassie het haar kon vertellen.

'Zal ik ooit een kind krijgen?' Faiths stem trilde, en ze veegde met haar mouw langs haar gezicht om de tranen te drogen. Haar gezicht zag er gekweld uit toen ze Kassie smekend aanstaarde. Alsof zij alle kennis in pacht had. 'Zal ik ooit moeder worden?'

Kassie bleef haar troosten, maar gaf geen antwoord.

'Alsjeblieft, Kassie, ik moet het weten...'

En toen sprak Kassie. Maar het was niet het tienermeisje dat de woorden sprak. Tot zijn afschuw was het Annabelle, met haar onschuldige gezichtje boven op dat slungelige lijf, die zei: 'Nee, Faith, je zult nooit moeder worden...'

Adam slaakte een kreet en haalde uit naar het gruwelijke beeld... waardoor de whiskyfles op de grond viel. Hij rukte zich los uit zijn gedachten en besefte dat zo ongeveer de hele kroeg naar hem staarde. Zonder berouw wierp hij een briefje van vijftig op de bar en stommelde naar de uitgang. Ze kunnen de tering krijgen, dacht hij. Alleen zonde van die goede whisky.

Struikelend liep hij naar buiten en probeerde de misselijkheid van zich af te schudden die zijn akelige dagdroom had opgewekt, maar het was zinloos. Hij voelde zich hondsberoerd. Door haar. Ze was egoïstisch en schijnheilig, besmette alles wat ze aanraakte en hij had er enorme spijt van dat hij haar hun leven binnen had gelaten. Toen Faith haar had uitgenodigd om te blijven logeren, had hij op zijn intuïtie moeten afgaan en haar moeten vragen om weg te gaan. Waarom had hij niet naar dat stemmetje in zijn hoofd geluisterd? Dat had hij vaak genoeg wel gedaan en even zo vaak had hij het bij het rechte eind gehad.

Natuurlijk was het ook zijn schuld. Hij had die dag bij Faith moeten blijven, hij wist dat ze in een vreemde bui was. Waarom had hij haar niet geholpen? Waarom had hij er niet op aangedrongen dat ze hem vertelde wat haar dwarszat? Hij werd nu gekweld door het idee dat ze helemaal alleen in dat grote huis was geweest, terwijl hij door de stad rende met degene aan wie ze deze ellende te danken hadden. Zijn lieve Faith was haar laatste dag op aarde alleen geweest, gehuld in stilte, verteerd door wanhoop. Die gedachte verscheurde zijn hart en intuïtief wist hij dat hij het zichzelf nooit zou vergeven en dat hij zichzelf voor altijd zou haten.

Maar dat was niets vergeleken met de haat die hij voor háár voelde.

130

Ze leek een vreemde figuur in de lege kamer. Gekleed in een papieren overall en met haar haar bijeengebonden boven op haar hoofd zat Kassie aan de bekraste tafel en scheurde een bekertje in stukjes. Ze was alleen en het enige geluid dat de stilte doorbrak was het gescheur.

Het huilen stond haar nader dan het lachen – ze wilde huilen om zichzelf en om Adam, maar op de een of andere manier kon ze het niet. De afgelopen uren hadden haar volledig uitgeput. Versuft en verward was ze bijgekomen in een ambulance. Toen ze eenmaal wist waar ze was en op adem was gekomen, had ze vol met vragen gezeten. Wat was er met Jan gebeurd? Was zijn aanvaller gepakt?

Maar het ambulancepersoneel had haar natuurlijk niets kunnen vertellen – zij maakten zich meer zorgen over een eventuele hersenschudding. Pas later, toen ze fit genoeg was verklaard om ondervraagd te worden, had ze een idee gekregen van wat er was gebeurd. Ze was niet direct ondervraagd; er waren wel monsters van onder haar nagels genomen en haar kleren waren meegenomen voor forensisch onderzoek, maar tijdens het hele akelige proces was Kassie erachter gekomen dat het nieuws slecht was. De gezichten van de forensisch onderzoekers zeiden genoeg.

Daarna was het verhoor begonnen: Kassie tegenover Gabrielle Grey, in iets wat steeds meer op een terugkerende nachtmerrie begon te lijken.

Grey had bevestigd dat Jan het niet had overleefd en dat zijn aanvaller was ontsnapt, maar had verder weinig gezegd. Ze had Kassies verklaring opgenomen en was vervolgens verdwenen, weggeroepen vanwege een dringend telefoontje. Suarez, een collega-rechercheur, had haar op de voet gevolgd en Kassie was alleen achtergebleven.

Ze wist niet wat ze moest doen, was opgestaan, maar had toen buiten bij de deur van de verhoorruimte een agent in uniform zien staan, waardoor ze had geaarzeld. Stond ze onder arrest? Ze dacht het niet, maar zeker wist ze het niet. Gabrielle Grey had minder vijandig geleken, was meer bereid geweest om de verklaring die Kassie voor haar handelwijze gaf te accepteren, maar als ze niet onder arrest stond, waarom hadden ze dan niet gezegd dat ze weg mocht? Wat wilden ze nog meer van haar?

Het bekertje lag nu in snippers op tafel voor haar. Het zien van al die stukjes vervulde haar met een gevoel van machteloosheid. Ze verlangde ernaar om hier weg te kunnen, maar wat kon ze doen? Er zou een advocaat onderweg zijn, maar die had zijn gezicht nog niet laten zien. Wie kon ze verder nog bellen? Haar moeder nam de telefoon niet op, dus de enige andere persoon was Adam… maar hem bellen was het laatste wat ze wilde.

Eindelijk kwamen dan toch de tranen; Kassie werd opeens overweldigd door de afschuwelijke situatie waarin ze verkeerde. Haar tijd zat er bijna op, maar ze zat vast in deze stinkende verhoorkamer, terwijl de moordenaar nog op vrije voeten was. Was het echt allemaal voor niets geweest? Zou ze een plotselinge, zinloze dood sterven terwijl hij de stad bleef terroriseren? Kassie werd kotsmisselijk bij de gedachte, liet haar hoofd op de vieze tafel zakken en snikte hartverscheurend. Ze had haar best gedaan, had alles op het spel gezet, maar had gefaald.

Ze zou doodgaan in de wetenschap dat het niet de vraag was óf hij weer zou toeslaan, maar wannéér.

131

'Luister goed, mensen...'

Het hele team keek naar Gabrielle. Ze waren allemaal bijeengeroepen voor een spoedbriefing en wilden graag weten wat er aan de hand was.

'Het lab heeft zojuist de onderzoeksresultaten opgestuurd. Ze hebben de huidmonsters onderzocht... en we hebben een naam.'

Een golf van opwinding ging door de ruimte. Iedereen had gehoopt dat de huidcellen onder de vingernagels van Kassie Wojcek een concrete aanwijzing zouden opleveren, maar je wist het maar nooit. Als het monster aangetast was of als de dader niet in het systeem stond, had je nog niets.

'Kijk.' Ze gaf een stapel papieren aan de dichtstbijzijnde rechercheur en gebaarde dat ze er een af moest pakken en de rest moest doorgeven. Het waren kopieën van een politiefoto van een blanke man met een rond gezicht, met daaronder het strafblad van de overtreder.

'Jan Varga's moordenaar is Joseph – Joe – White. Hij komt oorspronkelijk uit Cicero. Zijn familie woont daar nog steeds en rechercheur Suarez is nu bij hen, maar het is wel duidelijk dat onze man zich momenteel in het centrum van Chicago bevindt.'

Het team was druk bezig met het lezen van Whites 'kwalificaties'.

'Hij is meerdere keren veroordeeld voor huisvredebreuk en het verstoren van de openbare orde. Hij is een gluurder en potloodventer die graag mensen intimideert en is een paar keer bij vechtpartijen betrokken geweest, waarschijnlijk op het moment dat zijn slachtoffers terugvochten. Het is interessant om te zien dat hij drie keer is gearresteerd op verdenking van inbraak, maar nooit is veroordeeld. Gezien de werkwijze van onze moordenaar, gezien het feit dat zijn signalement overeenkomt met de beschrijving van Wojcek, durf ik te zeggen dat dit de man is die we zoeken.

Een paar politiemensen slaakten een juichkreet en hier en daar werd geklapt.

Gabrielle stak haar hand op om ze tot stilte te manen. 'Ik heb de foto naar de media gestuurd. We noemen hem onze hoofdverdachte en vragen de inwoners van Chicago om waakzaam te zijn. Ik heb extra medewerkers voor de tiplijn aangevraagd, en tot mijn genoegen heeft commissaris Hoskins hiermee ingestemd, dus is het jullie taak om de straat op te gaan. Praat met buurtleiders, met agenten in uniform, winkeliers, barpersoneel – die vent moet ergens eten en drinken, ergens tanken, of hij neemt de metro. Hij heeft vandaag gewerkt, maar had eerder vrij genomen, waarschijnlijk om zijn aanval op Jan uit te voeren. Als zijn naam eenmaal in de pers is verschenen, zal hij wel niet meer op zijn werk verschijnen, maar ik stuur twee van jullie daar toch naartoe.'

Gabrielles telefoon begon te zoemen, maar ze negeerde het geluid.

'We moeten deze vent op een veilige manier oppakken, dat heeft de hoogste prioriteit. Hij heeft weinig gewelddadige misdrijven op zijn strafblad staan, maar hij is gevaarlijk en zal gewapend zijn, dus als je hem ziet, vraag je gelijk versterking. Ik weet dat dit een grote zaak is, maar ik wil niet dat iemand de held gaat uithangen.'

Nog steeds zoemde haar telefoon. Gabrielle keek op het schermpje en zag dat het Suarez was. Onmiddellijk griste ze hem van tafel en nam op. 'Vertel.'

'Ik ben bij het huis van de familie,' antwoordde Suarez op gedempte toon. 'Ik heb een potentieel adres voor je.'

'Ga door,' zei Gabrielle, en ze ging met haar rug naar haar team staan.

'Het is een adres in Lower West Side. West Cullerton Street 353. Een gedeelde woning, volgens mij, met verschillende huurders. Ik stuur je de gegevens nu.'

'Waarom dit adres?'

'Volgens zijn zus zou hij daar wonen. Zijn uitkering wordt een enkele keer naar zijn oude adres gestuurd, al is zijn zus niet erg attent in het doorsturen ervan, als je het mij vraagt...'

'Wanneer heeft hij haar dat adres gegeven?' onderbrak Gabrielle hem.

'Een half jaar geleden, hij verhuist nogal vaak.'

'Goed genoeg. Blijf daar om zo veel mogelijk informatie in te winnen.' Ze beëindigde het gesprek en draaide zich met een brede grijns weer naar het team. 'Zo, jongens en meisjes, aan de slag...'

Het team kwam overeind en iedereen pakte zijn jas.

'... we gaan een moordenaar oppakken.'

132

Met een boze frons staarde hij naar het flikkerende beeldscherm. In de gemeenschappelijke woonkamer beneden was geen tv – een huurder was ermee vandoor gegaan – en dus had Joseph White een tweedehands draagbaar toestel gekocht en had het achter in de kast van zijn slaapkamer verborgen. Na een lange dag bij de Phone Shack keek hij graag naar Late Night Live, terwijl hij vier biertjes achteroversloeg en een zak Doritos naar binnen werkte, maar hij werd helemaal niet blij van wat hij nu zag.

Zijn eigen gezicht staarde hem aan; op alle nieuwszenders werd met zijn politiefoto gepronkt, terwijl opgewonden nieuwslezers zijn naam, strafblad en familiegeschiedenis opsomden. Heel kort werden er foto's van zijn slachtoffers getoond – Jones, Stevens, Baines en Varga – voordat zijn eigen bolle gezicht met het sikje het beeldscherm weer vulde. Het feit dat hij zijn baard had afgeschoren en maandenlang onder valse namen had geleefd en gewerkt, gaf hem nu weinig voldoening. Hoe meer mensen – collega's, huisgenoten – die foto zagen, hoe meer ze de gelaatstrekken zouden zien die hij niet kon veranderen: zijn indringend groene ogen, de opvallende moedervlek op zijn rechterwang en het kleine litteken in zijn hals, een overblijfsel van een ongeluk in zijn jeugd. Dan zouden ze het beseffen, wéten, en de autoriteiten waarschuwen. De ruime beloning die door de politie van Chicago was uitgeloofd voor informatie die zou leiden tot zijn arrestatie zou daar wel voor zorgen.

Vloekend zette hij de tv uit en rukte de kast open. Hij haalde een versleten kakikleurige tas tevoorschijn en begon er lukraak kleren in te proppen. Daarna gooide hij er een paar mueslirepen bij, een halve fles wodka, een plattegrond van de stad en – nadat hij hem uit zijn rugzak had gehaald – het slagersmes. Alles wat hij verder had meegenomen naar Jans flat had hij vernietigd – mogelijk had hij sporen in de strijd achtergelaten – en hij was geneigd het wapen ook te dumpen omdat er mogelijk DNA-materiaal op was achtergebleven. Maar hij had geen zin om een winkel binnen te lopen, een nieuw mes te kopen en ongewenste vragen te moeten beantwoorden, dus had hij het schoongeveegd en gehouden. Hij had zo'n voorgevoel dat hij het binnenkort weer nodig zou hebben.

Hij liep de kamer door en trok een losse vloerplank omhoog. In de ruimte eronder lag een rol briefjes van tien. Het was niet veel – een paar honderd dollar die hij had gespaard voor noodgevallen – maar kon hij er even mee voort. Hij propte het geld in zijn jaszak, liep de kamer uit en haastte zich de trap af, de voordeur uit, waarmee hij zijn tijdelijke onderkomen zonder veel poespas voor het laatst verliet.

Zodra hij de koele frisse lucht in stapte hoorde hij ze: sirenes in de verte die steeds luider klonken. Vast een auto-ongeluk, dacht hij, maar hij bleef niet treuzelen en liep haastig weg. Hij dacht aan zijn Cubs-pet, haalde hem uit zijn jaszak en zette hem op, met de klep ver over zijn ogen. Hij wilde zo min mogelijk opvallen.

De sirenes werden luider. White ging sneller lopen – hij kon moeilijk gaan rennen, maar wilde zo veel mogelijk afstand creëren tussen hem en het huis. Zijn zorgen waren terecht, want bij de kruising scheurden vier politieauto's met zwaailicht en sirene de hoek om, langs hem heen de straat in. Met een schok bleef hij staan en keek ze automatisch na. Dertig seconden later kwamen ze voor zijn huis tot stilstand. Politiemensen sprongen uit de auto's, trokken hun wapen en renden naar het huis.

Joseph White bleef niet kijken naar de show. Een paar huurders waren thuis en misschien had een van hen hem zien vertrekken. Het was tijd om ergens anders te zijn, en snel ook. Hij jogde door South Ashland Avenue. Zijn hart ging tekeer, zweet liep over zijn rug en zijn ogen flitsten heen en weer op zoek naar tekenen van gevaar. Hij was maar ternauwernood ontsnapt.

133

Hij stommelde de kamer binnen en botste tegen de deurpost. Wankel helde hij naar links, dacht even dat hij zou vallen, maar schoot overeind en keek naar het tafereel voor zich. De whisky vertroebelde zijn blik, alles leek te zweven en te dansen, waardoor zelfs de kleine, nette kamer hem vreemd voorkwam. Stom, eigenlijk. Hij was honderden keren in de logeerkamer geweest, als hij het bed opmaakte voor een van Christines bezoekjes, maar vandaag leek de kamer vreemd en ongrijpbaar, alsof de ruimte hem met opzet probeerde te dwarsbomen.

Hij nam een paar grote stappen en smeet een vuilniszak op het bed. Kassie had hier geslapen en haar spaarzame bezittingen lagen nog op de grond: wat oude kleren, de gehavende laptop, een Linkin Park-pet. Adam keek naar de spullen en voelde een golf van razernij; haar aanwezigheid in hun mooie huis benadrukte haar rampzalige impact op hun leven. Toen hij Kassie net had ontmoet, was hij gelukkig, zelfverzekerd en hoopvol geweest. Nu was hij zijn carrière en zijn reputatie kwijt en, nog veel, veel erger, Faith en Annabelle. Hoe was het mogelijk dat hij alles zo snel had verloren?

Hij griste de pet van de grond en propte hem in de vuilniszak. Een broek, de laptop en een gescheurd tijdschrift volgden snel.

Woedend duwde hij alles in de plastic zak. Hij wilde Kassie hier weg hebben, hij wilde alle bewijs van haar bestaan vernietigen, heel even doen alsof dit afschuwelijke onheil niet was gebeurd.

Een paar schoenen. Een schoolboek. Een versleten zwarte hoody. Alles ging de zak in, in zijn haast om de spullen kwijt te zijn. Maar toen hij de hoody in de zak stopte, viel er iets uit wat zacht op de gepolijste hardhouten vloer tikte. Boos en gefrustreerd bukte Adam zich om het op te rapen, maar stopte toen.

Het duurde even voordat hij het goed zag, maar… het was een sleutel. Kassies huissleutel, met daaraan een vale Betty Boop-sleutelhanger. Hij glinsterde in het licht en nodigde hem uit om hem op te rapen. Hij staarde er gebiologeerd naar en nam de gouden glans in zich op. Eén absurd ogenblik vroeg hij zich af of de sleutel met een speciale reden uit de zak was gevallen, of hij hem had móéten vinden. Hij stak zijn hand uit, wilde hem nog steeds niet oprapen en vroeg zich af wat er zou gebeuren als hij het deed. Maar de aantrekkingskracht was te groot, het was alsof de sleutel hem riep, dus griste hij hem van de vloer, liep haastig de kamer uit en liet de vuilniszak staan waar hij hem had laten vallen.

134

Kassie stond bij het hoofdbureau van politie, een eenzame figuur op een drukke straat.

In het verleden had ze nog wel eens een vriendin gehad om samen iets mee te doen, en daarnaast haar moeder en de laatste tijd Adam en Faith. Maar zij waren er niet meer en ze kon niet eens vertrouwen op de schimmige aanwezigheid van de undercoveragenten.

Ze was niet langer een verdachte, niet eens iemand met wie ze wilden praten. Ze was een getuige die had gevochten met de échte moordenaar, waarbij ze per ongeluk cruciaal DNA-materiaal had vergaard dat haar en Redmond had vrijgesproken, maar dat was dan ook alles. Ze had een waardevolle rol gespeeld bij het onderzoek, maar was nu niet langer van nut.

Kassie draaide zich om en liep snel door de straat. Ze had er nooit cool of chic uitgezien, maar vanavond zag ze er wel heel erg belachelijk uit. Haar eigen kleren werden nog steeds onderzocht, dus had ze bij haar vrijlating kleren gekregen die door een plaatselijke liefdadigheidsinstelling waren gedoneerd. Het hoofdbureau van politie in Chicago was niet echt berekend op jonge mensen – de jeugdinrichting lag aan de andere kant van de stad – dus had ze iets in de kleinste maat voor volwassen gekregen. Ze verzoop erin en terwijl ze door de drukke straat liep, voelde ze zich net een kind tijdens een verkleedpartijtje.

Ze schaamde zich kapot en voelde zich doodongelukkig. Ze wist dat haar bijdrage van cruciaal belang was geweest. De politie had nu een verdachte – Joseph White – een naam die ze zonder haar tussenkomst niet zouden hebben gehad. Maar Kassie voelde vreemd genoeg geen blijdschap, geen opluchting bij deze ontwikkeling. Ze voelde zich alleen leeg en stuurloos, alsof zij haar rol in dit verhaal had mogen spelen, maar nooit het einde zou meemaken.

Intuïtief liep ze in de richting van haar huis. Wat moest ze anders? Maar het betekende niets. Het huis was koud en leeg, en tenzij haar moeder terugkwam, zou binnenkort het gas, water en licht afgesloten worden. Was dat Natalia's plan geweest? Kassie dwingen haar te volgen? Hoe dan ook, het deed er allemaal niet meer toe.

'Hé, kijk uit...'

Kassie botste tegen een boze voorbijganger en stommelde verontschuldigend verder. Hij schold nog even door, maar ze reageerde niet, liep snel weg en hield haar blik op de grond gericht. Ze wilde alleen maar naar huis, daar een paar uurtjes rust vinden. Jarenlang had ze zich afzijdig gehouden, had ze geredeneerd dat dat voor iedereen beter was, maar vervolgens was ze zo stom geweest om zich midden in het leven te plaatsen om iets te bewijzen. En het resultaat was rampzalig. Nu kon ze zich alleen nog maar voorbereiden op wat ging komen.

Ze had dit scenario vele malen in gedachten doorgenomen. Wat zou ze doen in haar laatste uren? Soms stelde ze zich voor dat ze zou bidden, God zou vinden, of iets wat op Hem leek in elk geval. Op andere momenten stelde ze zich voor dat ze zich hevig zou verzetten en op wonderbaarlijke wijze zou overwinnen. Maar nu zag ze alleen troosteloosheid en vergetelheid. Je lot veranderen, iets wezenlijks betekenen – het leek allemaal niet meer mogelijk. Ze kon maar beter accepteren wat er was, nog wat wiet roken en zich klaarmaken voor het einde.

Dit was de nalatenschap van haar gave. De prijs van haar kennis.

Dit was haar geboorterecht.

135

'Ik wil dat iedereen even naar mij kijkt.'

Gabrielle Grey stond bij het huis van Joseph White, omringd door een verzameling rechercheurs, politiemensen en agenten die zich vrijwillig hadden gemeld. Enkele voorbijgangers hingen daaromheen, maar er waren geen journalisten, dus kon ze het zich veroorloven om haar stem te verheffen. Snelheid was van levensbelang, en de mensen die voor haar stonden moesten weten wat er van hen werd verwacht.

'Volgens de andere huurders is White ongeveer twintig minuten geleden vertrokken. Zijn kast is leeg, zijn kamer zat niet op slot, dus gaan we ervan uit dat hij voorgoed is vertrokken. Het is onze prioriteit om hem zo snel mogelijk te vinden. We waaieren uit door de buurt, doen huis-aan-huisonderzoek, en zoeken naar sporen van braak, autodiefstal en dergelijke. We hebben geen idee waar hij naartoe gaat, maar laten we ervoor zorgen dat we hem pakken voordat hij er is.'

Hier en daar werd instemmend gemompeld.

'Ik heb het vervoersbedrijf gesproken en zij zullen het openbaar vervoer controleren, maar het is aan ons om hem op te pakken. Rechercheur Montgomery zal jullie in groepen verdelen. Elke groep controleert vier straten. Zodra je hem ziet, meld je je.

We willen White omsingeld hebben voordat we hem oppakken. Akkoord, we gaan.'

Iedereen liep naar Montgomery, die opgedeelde plattegronden van het gebied uitdeelde. Gabrielle deed een stap opzij en keek vol bewondering naar de jeugdige rechercheur die de groepen efficiënt en professioneel op pad stuurde. Deze zaak was buitengewoon complex en frustrerend geweest, maar de koortsachtige activiteit bij Whites voormalige woning gaf haar de hoop dat hun beproeving binnenkort ten einde zou zijn.

136

Ze keken naar hem, hij wist het zeker.

Een man en een vrouw, niet ouder dan vijfentwintig, zaten samen op een terrasje langs de weg naar hem te staren. Hij verwachtte dat ze elk moment naar hem zouden wijzen, hun telefoons tevoorschijn zouden halen en alarm zouden slaan. Hij trok de klep van zijn pet verder omlaag en liep door. Tot zijn verbazing wendden de twee zich weer tot elkaar; ze zeiden iets en lachten. Al snel waren ze diep in gesprek en hadden ze alleen nog oog voor elkaar.

Mompelend liep hij verder. Hij begon zo schrikachtig en paranoïde te worden dat hij zichzelf nog zou verraden. Het was belangrijk dat hij kalm en beheerst bleef… al was dat moeilijk als je het onderwerp van een klopjacht in de stad was. Maar toch, de politie had hem nog niet gepakt en als hij voorzichtig was, kon hij ze misschien een stap voor blijven.

Zo niet, dan kwam het door háár. Zij was de reden dat ze naar zijn huis waren gekomen. Ze had hem de afgelopen dagen achtervolgd, had hem gestoord voordat hij lekker op gang was met Varga – hij had de keel van de vent moeten doorsnijden en vervolgens moeten vluchten – en ze had hem bijna gepakt toen hij ervandoor wilde. De politie zou hem nooit geïdentificeerd hebben als zij niet zo hardnekkig en bizar achter hem aan had gezeten en uiteindelijk een stuk huid van zijn been had gerukt. Hij had zich terecht zorgen over haar gemaakt – ze leek voorbestemd om zijn ondergang te zijn.

Het was ironisch dat dit tengere meisje beter was gebleken in het opsporen van hem dan de autoriteiten. Na de moord op Baines had de politie een grove schets van hem in elkaar geflanst – ook haar werk, vast en zeker – maar ze waren niet in staat geweest de link te leggen met iemand die meerdere malen was gearresteerd wegens inbraak. Typisch de politie – ze hadden geen fantasie. Twee keer was hij onder een aanklacht voor huisvredebreuk en inbraak uitgekomen omdat er geen bewijs van braak was en er niets was gestolen; zoals zo velen had de politie hem afgedaan als een halvegare, stumperige idioot die het verkeerde huis binnen was gegaan.

De waarheid was natuurlijk dat hij had willen weten hoe de eigenaars zouden reageren als ze oog in oog kwamen te staan met een indringer in hun woonkamer en, tjonge, het was het waard geweest: de tweede keer had de vrouw het hele huis bij elkaar geschreeuwd. De politie moest zijn leugens wel hebben doorzien, maar toch was het nooit in ze opgekomen om te vragen waarom iemand zoiets deed. Het was voornamelijk dankzij hun onbekwaamheid dat hij nog op vrije voeten was.

Hij kwam bij de kruising en wachtte tot het licht op groen sprong. Toen hij om zich heen keek, zag hij dat op het grote scherm, waarop normaal gesproken schreeuwerige advertenties voor passerende automobilisten stonden, nu zijn gezicht was te zien, met daaronder: VIERVOUDIGE MOORDVERDACHTE OP DE VLUCHT. Er ging een rilling van opwinding door hem heen bij die beschrijving, maar dat gevoel werd snel vervangen door bezorgdheid, en hij liet zijn blik weer zakken. Vanuit zijn ooghoek zag hij dat een bejaarde dame die stond te wachten hem koeltjes bekeek voordat ze haar blik naar het grote scherm bracht.

Zonder op groen te wachten stapte hij de stoep af, liet een auto passeren en stak snel over. Hopelijk was de vrouw gewoon nieuwsgierig, of een Cubs-fan, of misschien alleen seniel, maar toen hij wegvluchtte, hoorde hij dat ze een gesprek aanknoopte met de zakenman die naast haar stond. Hadden ze het over hem? Overwogen ze om de politie te bellen? Of wilde ze gewoon een praatje maken?

Hij wist het niet en dat maakte hem woedend. Hij had geen idee hoe dicht ze hem op de hielen zaten, of hij tot het laatst dwarsgezeten zou worden. Hoewel hij zijn best deed om ontspannen en geconcentreerd te blijven, borrelde hij van de spanning en zag hij gevaar in elk gezicht dat hij passeerde.

Hij was nu degene op wie gejaagd werd.

137

Ze had gehuild, haar wangen waren vlekkerig van de tranen. Adam stond in tweestrijd – aan de ene kant voelde hij zich schuldig omdat hij Christine dit leed bezorgde, maar hij was ook woedend op haar omdat ze zo zwak was.

'Ik probeer alleen te begrijpen wat er aan de hand is. Je doet de laatste tijd zo raar…'

Ze stonden in haar brandschone voorkamer. Na hun vervelende confrontatie eerder die dag was ze naar huis teruggegaan. Ze was toch al gek van verdriet, maar was erg overstuur omdat Adam boos had geweigerd met haar te praten. Haar rode, gezwollen ogen toonden haar leed.

'Het ene moment smijt je de deur voor mijn neus dicht en zeg je dat ik me met mijn eigen zaken moet bemoeien en vervolgens sta je dronken op de stoep en vraag je of je binnen mag komen.'

'Ik weet het en het spijt me,' antwoordde Adam snel, en hij negeerde de schaamte die hij voelde vanwege zijn dronkenschap en zijn onhandige, harteloze gedrag. 'Maar het is bij het medisch tuchtcollege vanmorgen niet gegaan zoals ik had gehoopt…'

Er flitste iets door Christines schrijnende blik, alsof ze al had geweten hoe het zou aflopen.

'… dus heb ik een paar borreltjes genomen, meer dan een paar, eigenlijk… Het was dom van me en ik had mijn teleurstelling niet op jou moeten afreageren…' Hij kon de schrale whisky in zijn mond proeven. Hij had die middag bijna een hele fles leeggedronken, maar wilde nog steeds meer. 'Daarom wil ik mijn excuses aanbieden. Het spijt me echt…'

Haar blik verzachtte direct, waardoor Adam zich nog schuldiger voelde voor zijn leugens. Ze zag eruit alsof ze weer moest huilen, maar tot zijn grote opluchting wist ze zich te beheersen.

'Excuses aanvaard, Adam. Ik weet dat het allemaal heel moeilijk is op dit moment, maar we moeten elkaar steunen…'

Adam knikte. Hij wist van schaamte niet hoe hij moest reageren.

'Als ik nou eens koffiezet? We kunnen allebei wel een kop gebruiken.' Nog voor ze was uitgesproken haastte ze zich naar de keuken.

Adam keek haar door de klapdeuren na en liep toen snel door de gang. Hij bleef even staan om te zien of ze iets in de gaten had, maar Christine was druk in de weer met de waterkoker, dus vervolgde hij snel zijn weg naar haar slaapkamer.

Net als alle ruimtes in huis was ook deze smetteloos schoon. Adam liep de kamer door en ging op het keurig opgemaakte bed staan. Hij werd duizelig van deze plotseling stap en wankelde even vervaarlijk heen en weer. Met zijn hand tegen de muur wist hij zijn evenwicht te hervinden en zich te concentreren op zijn taak. Eerst haalde hij het portret boven het hoofdeinde weg en zette het voorzichtig naast zich op het bed, waarna hij zijn aandacht op de muur richtte waarin een kleine kluis geplaatst was. Na nog een snelle blik over zijn schouder begon hij aan de knop te draaien. Hij had Christine geholpen hem te installeren en wist dat ze voor al haar wachtwoorden haar geboortedatum gebruikte, dus had hij de kluis razendsnel open. Er lagen allerlei documenten en snuisterijen in, maar bovenop lag een Beretta M9.

Faith had nooit van wapens gehouden, maar had er uiteindelijk mee ingestemd dat haar moeder er een zou aanschaffen, omdat ze alleen woonde in een steeds gewelddadiger stad. Christine had het natuurlijk nooit gebruikt, maar ze sliep er rustiger door en daar ging het om. Snel greep Adam het pistool en stopte het in zijn jas.

Hij sloot de kluis af en hing het portret terug. Het was van Faith als jonge vrouw, geschilderd door een familievriend, en hij bleef er even naar staan kijken. Ze zag er zo jong, zo onschuldig, zo gelukkig uit. Haar ogen trokken hem naar zich toe, zochten contact, maar dat kon hij niet, niet nu. In plaats daarvan kuste hij zijn vingers en legde ze even op haar lippen, waarna hij van het bed afsprong en zich de kamer uit haastte.

Toen hij weer in de gang stond, kon hij Christine horen neurien in de keuken en hoorde hij het zachte gerinkel van serviesgoed. Er was geen tijd te verliezen, dus trok hij zachtjes de voordeur open en glipte de avondlucht in met het harde staal van het wapen tegen zijn borst gedrukt.

138

Het was kil en leeg in huis. Kassie had de verwarming aangezet, maar het was een oud systeem dat traag en rammelend tot leven kwam, en nog altijd had ze het door en door koud. Normaal gesproken had ze het nooit zo koud, had ze soms iets onder de leden? Of was het de eenzaamheid die haar deed rillen?

Het huis voelde niet goed aan, dat was een feit. Dit was haar moeders domein, dat was het altijd geweest, haar constante aanwezigheid zowel ergerlijk als merkwaardig geruststellend. Kassie besefte nu dat ze zelden alleen thuis was geweest – zij was altijd degene die uitging, afleiding zocht, in de problemen kwam. Thuis was haar moeder er, die haar betuttelde, haar bespioneerde. Zelfs als haar moeder haar wel met rust liet, kon ze niet stilzitten – dan stofte ze de meubels af, waste ze de gordijnen, maakte ze Poolse lekkernijen in de keuken.

Kassie trok de koelkast open, maar daar lagen alleen nog een pak melk en een beschimmelde tomaat. Ze deed de deur weer dicht en keek naar de brandschone keuken. Dit was de ruimte die haar het vreemdst voorkwam – de warmte in dit huis was altijd hier vandaan gekomen. Haar moeder was het gelukkigst als ze stond te koken – borrelende pannen op het fornuis, de oven die snorde, de geur van het oude land die de keuken vulde. Vroeger kreeg Kassie vaak lekkere hapjes die ze aan de keukentafel verslond, en dan bewonderde ze haar moeders efficiëntie en vaardigheid. Het waren haar gelukkigste herinneringen, in een kindertijd die vaak moeilijk en verdrietig was geweest.

Kassie kreeg pijn in haar buik. Ze miste haar moeder. Ze kon het niet mooier maken dan het was: ondanks alles miste ze haar moeders aanwezigheid. Het huis voelde doods aan, een altaar voor eenzaamheid, leegte.

Tranen prikten in haar ogen, en terwijl ze aan de keukentafel ging zitten, haalde ze haar telefoon uit haar zak. Ze begon het nummer in te toetsen, haar vingers vlogen over het toetsenbord, tot alle cijfers er stonden. Haar duim schoof naar de BEL-knop, maar ze aarzelde. Het was zoiets kleins, maar ook zoiets groots.

Wat moest ze tegen haar zeggen? Wat kón ze zeggen om hun vijftien moeilijke jaren samen op te sommen? Moest ze haar bedanken? Het haar kwalijk nemen dat ze haar dochter in de steek had gelaten? Haar zeggen dat ze ondanks alles van haar hield? Het was allemaal waar, maar toch dekte het de lading niet. Ze wist dat ze iets moest doen, iets moest zeggen, maar wat was de juiste manier om afscheid te nemen?

Waar was het uiteindelijk allemaal goed voor geweest?

139

'O ja, ik heb hem gezien. Een grote vent met een Cubs-pet op...'

De oude dame zei het heel beslist, zelfs een beetje triomfantelijk, alsof ze er een prijs mee ging winnen. Gabrielle vond dat niet zo netjes, maar zei er niets van. De teams waren al een half uur tevergeefs bezig met een zoektocht van deur tot deur. De verklaring van deze bejaarde inwoonster, die bij de kruising onder haar paraplu weggedoken stond, was de eerste echte aanwijzing die ze hadden.

'En welke kant ging hij op, mevrouw?' vroeg Gabrielle, nog steeds een beetje buiten adem.

'Die kant,' antwoordde ze, en ze wees. 'In zuidelijke richting.'

'Mag ik u vragen om nogmaals naar de foto te kijken Weet u zeker dat hij het was?'

'Heel zeker,' antwoordde de vrouw afkeurend. 'Ik ben niet seniel, lieve. Nog niet, in elk geval.'

'Zo bedoelde ik het niet, mevrouw.'

'Hij leek zenuwachtig, verdacht. Stak zo de straat over, door rood, moest een paar auto's ontwijken.'

'En kunt u beschrijven wat hij droeg?'

De vrouw – die zichzelf bekend had gemaakt als Esme Perkins

– dacht even na. 'Witte gympen, volgens mij. Een blauwe spijkerbroek, dat weet ik zeker... met een kakikleurige jas en een Cubspet.'

'Had hij iets bij zich?'

'Misschien een plunjezak... Dat weet ik niet zeker...'

'En was er iemand bij hem?'

'Nee, hij was alleen en leek haast te hebben. Ik zou nooit zomaar door rood oversteken.'

Gabrielle gaf een jonge agent een seintje dat hij de rest van de verklaring moest opnemen, ze bedankte Esme en pakte haar portofoon. Ze hield haar penning hoog, zodat iedereen hem kon zien, en stak de straat over met de portofoon tegen haar mond gedrukt. 'De verdachte is gesignaleerd op South Damen Avenue. Ik herhaal, de verdachte loopt in zuidelijke richting door South Damen.'

Toen liet ze de portofoon zakken en begon te rennen. Ze waren dichtbij, ze kon het ruiken. En ze was vastbesloten om erbij te zijn als ze hem pakten.

140

Kassie liep met tranen in haar ogen door de armoedige hal. Toen ze de moed had verzameld om haar moeder te bellen, had ze op het knopje gedrukt en zich opgemaakt voor een koele reactie, maar het telefoontje was regelrecht op de voicemail overgegaan. Hierop had ze geaarzeld, was in paniek geraakt en had zonder een woord te zeggen opgehangen.

Aarzelen was dodelijk en Kassie had de telefoon vol afkeer op tafel gesmeten in de wetenschap dat ze het doorzettingsvermogen niet had om het nog een keer te proberen. Ze wilde het wanhopig graag goedmaken met haar moeder, maar het lot was tegen haar. Haar moeder had het contact verbroken en misschien was dat de manier waarop het moest eindigen. Kassie liet haar plan varen om nog eenmaal afscheid te nemen en liep haastig naar de achterkamer. Daar lag nog een kleine voorraad wiet verborgen in een oud blikje zilverpoets en die lonkte naar haar.

Ze kon het niet ontkennen, ze was bang. Bang en bedroefd. Het kon nog slechts een kwestie van uren zijn voordat Adam haar korte leven zou beëindigen en er was niemand om haar te troosten. Ze had geweten dat dit moment zou komen, maar nu het er was, wilde ze ervoor vluchten, wilde ze zich verbergen voor haar lot. Ze kon het niet – al vanaf haar geboorte was ze onverbiddelijk afgestevend op dit wrede einde – ook al wilde ze dat ze het kon. Ze kon Adam voor zich zien, zijn gepijnigde gezicht, zijn vinger die de trekker overhaalde...

Kassie bukte zich, rukte het kastje onder het aanrecht open en zocht verwoed naar het blikje. Als ze dan geen rust kon vinden, wilde ze op z'n minst verdoofd zijn.

Nu haar moeder er niet meer was, kon ze roken waar en wanneer ze maar wilde en gretig pakte ze het blikje. Maar sommige dingen zitten ingebakken en automatisch liep Kassie in de richting van de achterdeur. Roken in huis was altijd strikt verboden, zelfs voor haar vader, die er veertig per dag rookte, en ze kon zich er niet toe brengen om haar moeders dierbare gordijnen te vervuilen. Altijd als het haar te veel werd, sloop Kassie naar de achtertuin en verstopte ze de peuken die haar konden verraden in een kapotte bloempot.

Het was een klein, armoedig tuintje dat sinds de dood van haar vader was verwaarloosd. Kassie had wat vage herinneringen aan een grasveldje waar ze als klein kind op had gelegen, maar nu was het niet meer dan een modderig vierkant vol met oude rommel die niet meer in huis paste. Toch wilde Kassie buiten zijn om zich te drogeren tegen de angst vanbinnen die steeds erger werd.

Maar bij de achterdeur stopte ze opeens. Het leek alsof de deur dichtzat, maar toen ze dichterbij kwam, zag ze dat hij op een heel klein kiertje stond. Ze bleef doodstil staan, wierp een snelle blik achterom en deed weer een stap. Ze keek ingespannen naar het slot en zag dat het geforceerd was. Voorzichtig trok ze de deur open en keek naar links en naar rechts op zoek naar tekenen van een indringer, maar zag alleen duisternis en schaduwen.

Kraak.

Bliksemsnel draaide Kassie zich om. De kamer was leeg, maar ze wist zeker dat ze iets had gehoord. Er was iemand binnen. Het kon natuurlijk een inbreker zijn, een junkie die geld zocht, maar die gedachte verwierp ze direct. De sluwheid waarmee deze persoon was binnengekomen en het feit dat hij zich onzichtbaar in huis had opgehouden, gaven haar een goed idee van wie de indringer was. Opeens werd ze overvallen door angst. Zo hoorde het niet te gaan. Zo hoorde het niet te eindigen…

Ze deed een stap naar voren maar de oude vloerdelen kraakten en verraadden haar. Met het zweet in haar handen bedacht ze wat ze moest doen. Ze kon de achterdeur uit vluchten en ervandoor gaan, maar dat was geen goed idee. Het hoge hek rond de achtertuin zat met een hangslot dicht – de sleutel hing aan een haak in de keuken – en daarachter lag alleen een uitgestrekt braakliggend terrein. Nee, ze moest er aan de voorkant uit, de straat op, waar iemand hen misschien zou zien, waar ze alarm kon slaan.

Ze kon proberen het huis uit te sluipen, of ze kon op haar snelheid vertrouwen. Dat eerste was gevaarlijk en ze wist niet of ze de spanning aankon, dus koos ze voor het laatste.

Ze dook naar voren en sprintte zo snel mogelijk door de gang. Als hij dit niet verwachtte, als ze hem overrompelde, kon ze de voordeur misschien halen. Ze rende verder, het maakte niet uit hoeveel lawaai ze maakte. Ze kwam langs de deur van haar moeders slaapkamer, toen die van haarzelf en joeg zichzelf voort. Ze was bijna bij het eind van de gang, kon de woonkamer zien. Ze versnelde haar pas, rende en rende en rende…

Plotseling werd ze opzij gesmeten. Iets was tegen haar aan geknald – iets uit de kast – en ze werd in een hoek van de gang gegooid. Ze stuiterde tegen de muur en viel de woonkamer binnen, waarbij ze met haar hoofd hard op de vloer terechtkwam. Toen ze probeerde op te krabbelen, drukte er iets zwaars op haar. Ze werd op haar handen en knieën geduwd en terwijl ze zich overeind probeerde te hijsen, voelde ze hoe een arm om haar keel werd gevouwen. Steeds strakker, tot ze bijna geen lucht meer kreeg.

Ze begon al duizelig te worden, kon zich niet goed meer concentreren; wanhopig draaide ze zich om en ramde haar elleboog in het kruis van haar aanvaller. Ze wist hem goed te raken en hij kreunde diep en laag. Even verslapte hij zijn greep en Kassie schudde hem van zich af. Ze krabbelde overeind, sprintte in de richting van de voordeur en schreeuwde uit alle macht.

Een paar seconden later was ze bij de deur en deed de klink omhoog. Goddank had ze hem niet op het nachtslot gedaan en ze rukte de deur open. De koele lucht streek langs haar gezicht, maar toen ze naar buiten stapte, voelde ze een harde klap in haar zij. Haar schreeuw werd direct onderdrukt omdat ze geen lucht kreeg, en er schoot een brandende pijn door haar lichaam. Ze voelde braaksel opkomen en werd verschrikkelijk duizelig. Ze wilde verder lopen, maar dat ging niet, en ze werd weer naar binnen getrokken. De deur sloeg dicht en haar benen werden opeens onder haar vandaan geschopt. Ze had geen tijd om zich schrap te zetten en viel als een zoutzak op de grond.

Gedesoriënteerd en buiten adem probeerde ze terug te vechten, maar het had geen zin. De man met de bivakmuts bukte zich, greep een handvol roodbruin haar vast en trok haar daaraan mee.

141

Ze vocht met alles wat ze waard was en trapte en schreeuwde terwijl hij haar door de gang naar de achterkant van het huis sleepte. Haar armen zwaaiden in het wilde weg, klapten tegen de muur, op zoek naar houvast. Ze was bijna aan het einde van de gang toen haar vingers opeens een radiatorbuis vonden; ze sloeg ze eromheen en trok uit alle macht. Onmiddellijk werd er met een zware laars op haar vingers getrapt. Jammerend van de pijn liet ze los en meedogenloos werd ze in de achterkamer gedumpt.

Ze zakte in een hoopje op de grond, maar toen ze probeerde overeind te komen landde er een vuist in haar maag. Happend naar adem klapte ze dubbel en voelde toen een dikke hand achter in haar nek. Een stoel werd door de kamer gesleept en even later werd ze erop gezet en kwam haar rug hard tegen de leuning aan. Opnieuw kreeg ze een klap – ze zag nu sterretjes – en vervolgens werden haar armen naar achteren gerukt. Ze kon bijna niet meer terugvechten en even later zat ze vastgebonden op de stoel. Met haar laatste restje energie probeerde ze te schreeuwen en kreeg prompt een doek in haar mond gepropt. Ze moest kokhalzen, maar gaf niet over, hoewel de smerige stof in haar keel kriebelde.

Haar aanvaller moest even op adem komen, zijn borstkas ging zwoegend op een neer, hij was zichtbaar uitgeput van alle krachtsinspanning. Toen vermande hij zich en liep snel de kamer uit. Ze hoorde dat hij terugliep naar de kast. Even later kwam hij de kamer weer binnen met een groezelige tas in zijn hand.

Zonder aandacht aan haar te besteden zette hij de tas neer, ritste hem open en haalde er een groot hakmes uit. Hij draaide zich om en liep naar Kassie met het wapen stevig in zijn hand. In eerste instantie was White één bonk zenuwachtige adrenaline geweest, maar nu bleef hij even rustig staan en keek naar het hulpeloze meisje voor hem.

Kassie dacht dat hij iets ging zeggen, dat hij haar wilde tergen, maar in plaats daarvan kwam hij recht op haar af en pakte haar mouw vast. Hij bracht het mes omhoog en sneed ermee langs de zoom tot de stof in tweeën spleet en haar blote arm zichtbaar werd. Kassie begon te worstelen, schokte heen en weer in de stoel, maar White negeerde haar en sneed haar andere mouw op dezelfde manier open. Daarna zette hij het mes tussen de knoopjes van haar blouse en trok het scherp omhoog. De knoopjes vlogen alle kanten op en de blouse viel open, zodat haar beha en de blote huid van haar bovenlichaam zichtbaar werden.

White slaakte een diepe zucht en bekeek zijn slachtoffer. 'Zin om te spelen?'

Kassie zei niets, maar staarde hem uitdagend aan. Tot haar verrassing trok haar overmeesteraar zijn muts af, waardoor zijn bezwete, roze gezicht zichtbaar werd. Met een triomfantelijke blik in zijn ogen staarde hij haar aan en er gleed een glimlach over zijn lippen.

Ze had zijn gezicht natuurlijk al eens eerder gezien, maar van dichtbij zag het er nog weerzinwekkender uit: de bleke slappe huid waar het sikje had gezeten, de kille doodse ogen, de dunne vetrimpels op zijn voorhoofd en kin. Hij zag eruit als een vet varken dat zin had in eten.

Hij ging op zijn hurken voor haar zitten, keek haar recht aan en fluisterde: 'Ik tel tot drie. Een...' Hij maakte een snelle haal met het mes over haar buik.

Kassie werd overvallen door een afschuwelijk branderig gevoel. Ze keek omlaag en verwachtte haar ingewanden uit haar lijf te zien vallen... maar het was alleen een nare vleeswond. Was dit het dan? Het begin van een langdurige, afschuwelijke ontwijding?

Haar aanvaller kon haar angst voelen en keek haar strak aan. 'Je zult smeken, meisje. Ik ga ervoor zorgen dat je zult sméken om genade...' Zijn kleine ogen brandden bij het vooruitzicht, en de aderen in zijn nek zwollen op. 'Straks zul je wensen dat je nooit was geboren.'

142

'Laat van je horen, mensen. Waar is hij?'

Gabrielle probeerde rustig te klinken, maar de angst was hoorbaar. Tientallen agenten hadden McKinley Park en omgeving uitgekamd. Mogelijk liep White nog ergens rond, maar hij zou zich ook ergens verstopt kunnen hebben, in een vervallen huis of een leegstaand winkelpand. En dus moest elke portiek en steeg gecontroleerd worden. Maar sinds Esme hem gezien had, was er al een kwartier voorbij en met elke minuut werd de kans groter dat White zou ontkomen.

'Hier niets, chef. We blijven zoeken,' antwoordde de stem van rechercheur Suarez. Hij bevond zich, samen met het grootste deel van de agenten, ten noorden van McKinley Park. Als White zich ergens wilde verstoppen, was Gabrielles theorie, dan zou het daar zijn. Hij kon zich in de schaduw van Interstate 55 schuilhouden, in Lower West Side verdwijnen of zelfs in de rivier springen als hij echt wanhopig was. Toch was hij nog altijd nergens gesignaleerd.

'En jij, Robins?'

Het was even stil. Rechercheur Robins en zijn groep bevonden zich ten oosten van haar, om de weg naar Bronzeville en Burnham Park daarachter af te zetten.

'Nog niets, chef,' klonk Robins krakerige stem.

'Shit,' mompelde Gabrielle, en te laat besefte ze dat haar portofoon nog uitzond. Ze zocht contact met Albright, ten westen van haar in Brighton Park, met hetzelfde resultaat. Dus bleef er nog één mogelijkheid over: White was in zuidelijke richting gevlucht. Dat leidde hem naar Back of the Yards en South Side daarachter. Maar waarom zou hij daar in vredesnaam naartoe gaan? Op dit late uur was het een gevaarlijk plan dat misschien wel gelijkstond aan zelfmoord. White was waarschijnlijk gewapend, maar hij zou daar in de minderheid zijn – als hij bendeterrein binnendrong, zou hij binnen een paar minuten hun speeltje zijn. Zelfs patrouillewagens kwamen daar alleen als het niet anders kon. Nee, het was absurd om te denken dat hij die kant op was gegaan, hoe wanhopig hij ook was. Maar toch... hij móést wel naar het zuiden zijn gegaan, tenzij hij heel veel geluk had gehad óf zij erg slordig waren geweest. Maar waarom? Waarom zou hij in vredesnaam door Back of the Yards naar de gevaren van South Side willen gaan, en...

Toen begon zich een gedachte te vormen. Een sluipende, indringende gedachte die haar hoofd deed tollen.

Opeens wist ze precies waar hij naartoe was gegaan.

143

Adam liep met grote stappen over straat, zijn blik strak vooruit. Back of the Yards was een onbekende wijk voor hem, maar Kassies huis lag in de schaduw van de Union Stock Yard en iedereen wist waar dát was. Het tekende zich dreigend af over dit deel van Chicago, als een schimmig spook, een vaal monument voor het oude Chicago toen het leven nog goed was en iedereen werk had.

Ondertussen gleed zijn hand in zijn jas naar de kolf van de Beretta. Hij lag stevig en krachtig in zijn hand en Adam voelde adrenaline door zijn lijf gieren, die hem vooruitduwde. Zelfs als hij nu wilde stoppen, wist hij niet of hij dat wel kon. Deze missie – misschien wel zijn laatste ooit – leek niet meer te stuiten.

'*Primum non nocere*, in de eerste plaats niet schaden.' Wat was die eed gemakkelijk te vergeten. Adam had nog nooit in zijn leven iemand kwaad gedaan – had het nooit wíllen doen – maar nu leek het logisch, onvermijdelijk. Iemand moest boeten voor al deze ellende, al dit leed. En die iemand moest Kassie zijn. Hij zou geen gehoor geven aan haar smeekbedes, aan zijn eigen geweten – hij wilde alleen het verderf uitroeien dat zijn leven kapot had gemaakt.

Hij nam het vuurwapen uit zijn zak, haalde de veiligheidspal eraf en liet zijn arm langs zijn zij vallen. Het interesseerde hem niet meer wie het zag. Over een paar minuten was hij bij Kassies huis en iets zei hem dat niets hem nog zou tegenhouden.

Kassie had al die tijd gelijk gehad. Adam lachte verbitterd bij de gedachte, maar het was waar. Kassie had voorzien hoe dit zou aflopen, ze had álles voorzien. Ondanks al zijn twijfels en al zijn alternatieve theorieën had ze vanaf het begin de waarheid verteld. Ze was nu thuis, wachtte op hem, wachtte op het beloofde einde. In gedachten zag hij voor zich hoe hij het wapen ophief, de trekker overhaalde. Het was alsof hij door een hogere macht naar de slotakte werd gedreven. Misschien was hij daarom zo zeker van zichzelf, had hij daarom stalen zenuwen. Kassie had voorzien dat hij haar zou doden.

En dat was precies wat hij ging doen.

144

Ze gilde van de pijn, de prop dempte het geluid van haar worsteling, maar hij stopte niet. Ze was aan hem overgeleverd en hij was vastbesloten te genieten. Hij bracht het met bloed besmeurde hakmes omhoog en haalde hem over haar blote schouder, een keer, twee keer, kriskras.

Haar lichaam reageerde, schokte wild en een diepe kreun ontsnapte aan haar lippen. White stopte even om op adem te komen en bekeek zijn slachtoffer, dat volgzaam en bloederig in de stoel voor hem zat. Haar bovenlijf, schouders en armen zaten onder de diepe snijwonden, maar hij moest haar nageven dat ze geen moment het hoofd had laten hangen, niet om genade had gesmeekt. Deze had pit, dat was zeker, en het wond hem op, hoewel het hem ook nerveus maakte.

Hij keek omlaag, pakte de stof van haar broek vast, trok die tot iets boven de huid en haalde het mes erdoorheen. De stof reet gemakkelijk uiteen en haar linkerdij lag nu bloot. Hij haalde het mes over haar bleke, sproeterige huid, zette het puntje van het mes toen op haar dij en ramde met zijn vuist op de achterkant van het lemmet. Het mes schoof vijf centimeter in haar been, waarna hij het hakmes met al zijn kracht naar zich toe haalde en haar dijbeen van boven tot onder opensneed. Een gedempte zucht, gevolgd door een gil, waarna het lichaam van het meisje schokte van pijn. White veegde het zweet van zijn voorhoofd en deed een stap naar achteren om zijn handwerk te bewonderen en te genieten van haar leed.

Het meisje had haar ogen stijf dicht en probeerde wanhopig de pijn weg te slikken, maar tot zijn verbazing deed ze even later haar ogen open. In plaats van hem te smeken om te stoppen, vermande ze zich en keek hem rustig aan, terwijl ze de pijn die nog door haar lichaam golfde negeerde.

Hij deed een grote stap naar voren, bracht het mes naar haar gezicht en veegde het bloed aan haar wang af. Ze knipperde met haar ogen en keek hem vol walging maar uitdagend aan. Zonder waarschuwing rukte hij de prop uit haar mond. Het meisje hapte naar adem en deed als een vis haar mond open en dicht alsof ze pure zuurstof opzoog. Maar hij gaf haar geen rust, bracht het slagersmes naar haar keel en liet het staal tegen haar halsslagader rusten.

'Ik was van plan het rustig aan te doen, maar misschien moet ik er nu maar een eind aan maken. Wat vind jij?'

Haar oogleden trilden toen het mes in haar huid prikte.

'Eén haal en het is gedaan. Dan bloed je voor mijn ogen leeg als een rund...' Hij liet zijn vinger langs zijn eigen hals glijden. 'Wat denk je? Zal ik het doen? Ja?' ging hij verder, op steeds hogere toon. 'Of wil je blijven leven?' Hij liet de woorden door de kamer echoën. 'Ik bén bereid je nog wat langer te laten leven. Maar dan zul je moeten smeken. Kun je smeken, Kassie?'

Dit was het. Het moment waar hij zo naar snakte. Ondanks het trauma van hun beproeving smeekten zijn slachtoffers op het eind altijd; ze wilden wanhopig graag leven, hoe verminkt en bebloed ze ook waren. En dat was het moment waarop hij ze liet weten dat er geen hoop meer was, dat ze doodgingen. Het was een heerlijk gevoel, waar hij snel aan verslaafd was geraakt.

Tot zijn verbazing bleef het meisje naar hem staren.

'Wat is er, schatje? Ben je je tong verloren?'

Nog altijd reageerde ze niet; haar wimpers bewogen nauwelijks toen ze naar hem opkeek.

'Ook goed, jij je zin,' zei hij boos, en hij deed alsof hij haar keel ging doorsnijden.

Ze verroerde zich niet. Reageerde op geen enkele manier. Nu zag hij dat het meisje dwars door hem heen keek, bijna ín hem keek, terwijl ze in zijn ogen staarde. En terwijl ze dat deed, gleed er een vage glimlach over haar gezicht.

Verward en woedend gaf White een brul en hij zwaaide met het hakmes boven zijn hoofd, maar nog altijd weigerde ze zich te laten intimideren. Voor het eerst sinds hij met deze campagne van geweld was begonnen, wist Joseph White opeens niet wat hij moest doen. Het meisje had duidelijk pijn – ze verafschuwde de aanblik van haar eigen lichaam en walgde van hem – maar er was één emotie waar ze niet toe in staat leek. De enige emotie waar hij naar hunkerde.

Angst.

145

Gabrielle rukte het portier open en sprong de auto in. Ze had hem in een zijstraat in Bronzeville geparkeerd, een behoorlijk eind buiten haar zoekgebied, en was ernaartoe gesprint, terwijl ze haar eigen stommiteit vervloekte. Ze had zich via de mobilofoon gemeld, en patrouillewagens waren nu in hoog tempo op weg naar Kassies huis, maar ze kwamen uit het noorden en westen en moesten zich een weg door het drukke verkeer banen. Als ze snel was, bestond er een kans dat ze er als eerste was, en elke seconde telde nu.

Ze sloeg het portier dicht op het moment dat Montgomery naast haar kwam zitten. Zonder een woord te zeggen zette zij de sirene aan en plaatste het zwaailicht op het dak, terwijl Gabrielle de motor startte. De auto schoot naar voren, zowel de chauffeur als de bijrijder deed met één hand behendig de gordel om en met piepende banden reden ze de nacht in.

'Hij gaat naar Wojceks huis,' zei Gabrielle buiten adem.

Montgomery hoefde niets te zeggen, ze leek de gedachtegang van haar baas direct te volgen. Er was geen enkele reden voor White om naar Back of the Yards te gaan, tenzij hij een specifiek doel had. En Kassie was zijn meest logische doelwit. Ze moesten tot hun schande toegeven dat niemand méér had gedaan om een eind te maken aan Whites terreur dan het vijftienjarige meisje. Wilde White misschien wraak op haar nemen, nog één laatste orgie van geweld houden voordat hij Chicago voorgoed ontvluchtte?

'Ben je er klaar voor?' vroeg Gabrielle, en ze wierp een blik op de jonge rechercheur.

De politievrouw knikte, trok haar vuurwapen uit de holster en legde haar vinger op de veiligheidspal.

'Natuurlijk zie ik het liefst dat we White levend pakken, maar als wij of het meisje gevaar lopen, schakelen we hem uit.'

'Ja,' antwoordde Montgomery, en ze pakte haar wapen wat strakker vast.

'Hier moet vanavond een eind aan komen. We krijgen misschien niet nog een kans.'

Het werd weer stil in de auto en beide vrouwen dachten aan wat ging komen. Gabrielle zag dat ze wegwerkzaamheden en een lange rij verkeer naderen. Ze bekeek haar mogelijkheden en beval Montgomery om het volume van de sirene harder te zetten en reed vervolgens de stoep op. Ze gebaarde wild naar voetgangers dat ze opzij moesten gaan. Iedereen dook weg in portieken of sprong in de goot. Even later waren ze de wegwerkzaamheden gepasseerd; Gabrielle gaf een ruk aan het stuur, waarna ze het asfalt weer op reden.

De weg voor hen was nu vrij, en zonder aarzelen gaf Gabrielle plankgas. De auto schoot met piepende banden naar voren. Zwetend pakte ze het stuur wat steviger vast, terwijl de adrenaline door haar lijf begon te gieren. Dit was het dan, dit was waar de afgelopen dagen onverbiddelijk toe hadden geleid.

Dit was het eindspel.

146

‘Smeken!’ brulde hij, en spettertjes spuug landdden op haar gezicht. ‘Smeken zul je, vuile trut!’

Hij stond zo dicht bij haar dat hun neuzen elkaar bijna raakten. Maar nog altijd reageerde het meisje niet, ondanks het verbale geweld dat hij op haar afvuurde. Woedend deed hij een stap naar achteren en sneed herhaaldelijk in haar dijbeen, haalde het mes heen en weer tot haar strakke vlees een bloederige massa was.

Ze zag er afschuwelijk uit – snijwonden in haar schouders, armen die bijna tot op het bot waren ingesneden, bloed op haar beschadigde gezicht uitgesmeerd – en toch weigerde ze het op te geven. Ze weigerde zich te laten verslaan.

Hij prikte met de punt van het mes in haar hals. ‘Ik snij je ogen uit als je me niet geeft wat ik wil.’

Even gleed er een blik van verwarring over haar gezicht, maar toen ze weer opkeek, leek er een bepaalde rust over haar te komen. Ze zag er ontspannen uit en het was net alsof er een halve glimlach aan haar mondhoeken trok.

‘Lach niet. Waag het niet om naar me te lachen.’ Maar zijn dreigementen maakten geen indruk op haar. Ze was niet bang voor zijn mes. Ze was niet bang voor hém. Vloekend draaide hij zich om en liep weg. Hij kon er niet tegen dat ze zo naar hem keek, alsof zíj alle macht had.

Mopperend beende hij door de gang naar de voorkant van het huis. Niets ging zoals hij het had gepland, maar als hij rustig bleef, kwam alles nog goed. Hij zou beginnen met haar ledematen. Eerst haar armen afhakken, dan haar benen. Ze zou zijn laarzen nog kussen voor een kans om uit haar lijden verlost te worden. Maar dat kon ze vergeten – líjden, zou ze.

Gesteund door deze gedachte liep Joseph White zelfverzekerd de woonkamer binnen.

Daar stond een man met een pistool op hem gericht.

147

Adam Brandt had niet geweten wat hij zou aantreffen, maar dít had hij niet verwacht.

Voorzichtig was hij Kassies huis genaderd, had de sleutel in het slot gestoken en was naar binnen geglipt. In het halfdonker had het hem moeite gekost om zich te oriënteren. De woonkamer was leeg, maar er kwam geluid achter uit het huis. Een stem, maar was dat Kassie? Hij klonk te diep, maar wie kon er nog meer zijn? Verrast, van zijn stuk gebracht, had hij met de trekker van zijn wapen gespeeld. Even later had hij geluid in de gang gehoord en totaal onverwachts kwam Joseph White de kamer binnenlopen.

Adam herkende hem direct – zijn gezicht stond in zijn geheugen gegrift na die avond bij Lake Calumet. Maar wat deed hier hij in vredesnaam? White leek net zo verrast als hij en even bleven ze allebei stokstijf staan. Zonder waarschuwing bracht Adam vervolgens zijn pistool omhoog en schoot, maar White was al in beweging, dook de gang weer in, en de kogel kwam in de muur terecht.

Adam rende achter hem aan. De man die zo veel ellende en zo veel bloedvergieten had veroorzaakt, was hier. Hij sloop naar de gang en keek om een hoekje. Het was er donker, maar zo te zien leeg. Adam overwoog om het licht aan de toen, maar kwam tot de conclusie dat hij daarmee een gemakkelijk doelwit was, dus liep hij in de duisternis verder. Hij had zijn wapen geheven, klaar om te schieten als dat nodig was, al zag hij dat zijn hand een beetje trilde.

De vloer kraakte vervaarlijk onder zijn voeten en hij stond stijf van de zenuwen. Hij ging ervan uit dat de man in de achterkamer was, maar daarvóór waren er nog een paar deuren – een prima plek voor een hinderlaag. Het was doodstil in huis, geen spoor van de voortvluchtige. Adam verwachtte dat hij elk moment tevoorschijn kon springen om zijn keel door te snijden.

Hij raapte zijn moed bijeen en naderde de deur links, duwde hem met zijn voet open, zag dat de kamer leeg was en draaide zich razendsnel om, bang om van achteren te worden aangevallen. Maar de deur aan de andere kant was nog dicht en toen hij hem openduwde, zag hij dat het een lege slaapkamer was. Hij richtte zijn aandacht nu op de achterkamer en deed nog een paar stappen.

Bij het einde van de gang telde hij in stilte af en stoof toen de kamer binnen. Opnieuw stond hem een akelige verrassing te wachten. De indringer stond er, zoals hij had gehoopt, maar Kassie ook. Ze stond naast een omgevallen stoel en wat doorgesneden touw. Haar kleding was gescheurd, haar bont en blauwe gezicht zat onder het bloed en op haar armen zaten allemaal snijwonden. Wat nog veel erger was, was dat haar linkerdij bijna tot op het bot was opengesneden, en bloed stroomde uit de gapende wond. De man stond achter haar met een enorm slagersmes op haar keel.

'Eén stap en ik snij haar keel door.'

Adam staarde hem verbijsterd aan. Hij was hier gekomen om het meisje van het leven te beroven en nu dreigde iemand anders dat voor hem te doen.

'Luister niet naar hem,' zei Kassie opeens hijgend, maar White duwde waarschuwend het mes in haar hals.

Kassie zweeg en hapte naar adem.

'Laat je wapen zakken en verdwijn,' ging White verder, terwijl hij zijn gevangene meesleepte naar de achterdeur.

Adam hield zijn wapen op White gericht. Opeens werd hij overweldigd door een storm aan emoties, waarvan verwarring en twijfel de belangrijkste waren.

'Geen stap,' beval White, terwijl hij met zijn vrije hand op de tast de achterdeur zocht en vond.

Koude lucht stroomde door de kamer toen de duisternis buiten zichtbaar werd. White trok Kassie ruw met zich mee en verdween.

148

Al struikelend bewogen ze zich door de tuin in een gruwelijke omhelzing. De grond lag bezaaid met troep die White boos wegtrapte, terwijl hij zijn gevangene in de richting van het hek sleepte.

Kassies blik schoot naar het huis, op zoek naar Adam. Ze had geen idee waarom hij was gekomen – wilde hij haar helpen of haar iets aandoen? – maar ze had hem nu nodig. Ze kon het niet langer verdragen om alleen te zijn met White en zijn wreedheden.

Daar was hij. Doelbewust liep hij de tuin in met zijn wapen op hen gericht. White reageerde direct. Hij versnelde zijn pas en sleepte Kassie mee.

Elke stap was gruwelijk, haar verminkte been dreigde het te begeven. Ze kreunde van de pijn, maar White kende geen genade en sloeg zijn hand over haar mond terwijl ze hun onhandige dans voortzetten.

Maar Adam haalde hen iets in. Hij liep nu zes meter achter hen.

'Doe het niet, man,' riep White. 'Denk aan het meisje.'

Adam bleef stug op hen aflopen.

'Ben je echt een moordenaar? Wil je haar dood op je geweten hebben?' Whites toon was spottend.

Adam was inderdaad een onwaarschijnlijke moordenaar, met zijn nette pak en verzorgde uiterlijk. Maar het was een beeld dat Kassie goed kende, een beeld dat al jaren door haar hoofd spookte.

'Je hebt het lef niet,' ging White verder. 'Zo'n brave borst als jij…' Hij kreeg geen kans om zijn zin af te maken – een kogel vloog over zijn hoofd.

De kogel miste het vluchtende stel op ongeveer dertig centimeter, maar toch schrok Kassie ervan. Het geluid was oorverdovend en de sensatie van de kogel die langs scheerde was doodeng.

'Dat was een waarschuwingsschot,' zei Adam dreigend, en hij liet zijn wapen iets zakken tot het op hen gericht was. Hij klonk overstuur, maar vastbesloten.

Voor het eerst aarzelde White even, hij bleef staan en vroeg zich af of Adam hen werkelijk neer zou schieten.

Het schot echode nog altijd door de nacht, en Kassie zag dat in omliggende huizen het licht aan ging. Lichten vergezeld van bezorgde stemmen. En toen gordijnen opzij werden geschoven, nam het geroezemoes toe en hoorde Kassie nog iets anders. Sirenes. Overal klonken sirenes. Intuïtief wist ze dat ze haar te hulp kwamen – allemaal voertuigen die met spoed naar háár huis kwamen. White had het ook in de gaten en sleepte haar mee naar het hek. Opeens werd Kassie vervuld van hoop. Als ze zich uit zijn greep kon losmaken, als ze wat tijd kon winnen, zou alles misschien nog goed komen. Dan kon ze ontsnappen, dan zou White opgepakt worden…

'Geen stap meer.' Adams instructie was duidelijk, maar zijn stem trilde.

'Haal die trekker maar over als je dat wilt,' antwoordde White bars, en hij trok Kassie wat dichter naar zich toe. 'Maar dan moet je ons allebei doden.'

Adam stond drie meter voor hen – hij kon eigenlijk niet missen – maar opeens zag hij er heel onzeker uit, alsof het overhalen van de trekker en het schieten op een ander mens op het laatste moment toch te veel waren. Dat bood Kassie een kans, ze waren nog maar een halve meter bij het hek vandaan en dus beet ze in Whites zweterige hand.

Haar overweldiger gaf een brul, trok zijn hand terug en verslapte zijn greep op haar. Onmiddellijk dook Kassie naar voren en rukte zich los. Adam was vlakbij en liet zijn pistool al zakken om haar op te vangen. Als ze zich in zijn armen kon laten vallen, zou ze veilig zijn…

Opeens schoot haar hoofd naar achteren. Het ging met zo'n kracht dat ze even geen lucht meer kreeg en alles zwart werd. Ze had het gevoel dat ze ging flauwvallen, terwijl ze achteroverviel, bij Adam vandaan. Op hetzelfde moment werd ze zich bewust van Whites hand die haar haar vasthad en haar terugtrok.

'Nee…'

White negeerde haar protesten en sleepte haar verder mee naar achteren. Adam leek in de war en zijn vuurwapen was naar beneden gericht. White daarentegen wist precies wat hij moest doen.

Ze waren bij het tuinhek en hij trapte er verwoed tegenaan. Het roestige hangslot brak open en viel met een klap op de grond, waarna het hek openzwaaide.

Te laat besefte Kassie hoe het zou lopen. Aan de andere kant van de tuin lag een woestenij. Als White die wist te bereiken, had hij vrij spel. Er waren allerlei plekken waar hij dekking kon zoeken, er waren veel ontsnappingsroutes – eindeloze weggetjes en steegjes waar hij doorheen kon rennen, terwijl de politie naar Kassies voordeur reed.

'Schiet,' zei Kassie hijgend.

Adam bracht het wapen omhoog, maar Kassies hoofd zat direct voor dat van White, waardoor hij leek te aarzelen.

'Laat hem niet ontsn...' White duwde zijn vingers in haar open mond, maar ze schudde hem ruw weg. 'Doe het!' smeekte ze.

Adam keek alsof hij pijn had. Als hij hier echt was gekomen om haar iets aan te doen, dan was dat nu niet aan hem af te zien. Maar Kassie wist wat hij móést doen, hoe hij een eind kon maken aan Whites terreur. Dus toen haar overweldiger zijn greep op haar verslapte om ervandoor te gaan, keek Kassie Adam recht aan. Even leek de tijd stil te staan – een stilzwijgende opdracht werd tussen de twee uitgewisseld – en toen gilde Kassie: 'Doe het nu!'

Met een grimas haalde Adam de trekker over; vier zuivere schoten die de rust van de koude lentenacht in Chicago doorboorden.

EPILOOG

149

Een matte zonnestraal viel op hun gezichten. Het was even na zonsopgang en Gabrielle Grey stond in haar rommelige kamer naar de foto's op de uitgespreide dossiers te staren. De anderen waren naar huis gestuurd – het was voor iedereen een loodzware nacht geweest – maar Gabrielle was naar het hoofdbureau teruggegaan om haar gedachten op een rijtje te zetten. Ze was van plan geweest om haar aantekeningen bij te werken, maar was gestopt bij het zien van de gezichten. Jones, Stevens, Baines, Varga en ook White en Wojcek staarden haar aan.

Ze had nog nooit een zaak als deze gehad en hoopte vurig dat ze er ook nooit meer een zou meemaken. Pervers genoeg was het uiteindelijk een persoonlijke triomf voor haar geworden. Ze had al een telefoontje van de burgemeester gehad – er was niemand zo blij als hij dat de zaak was opgelost – en Hoskins had laten doorschemeren dat er een promotie aan zat te komen. Ze hoopte dat ze deze nieuwe status zou kunnen gebruiken om veranderingen op de afdeling door te voeren – misschien een promotie voor Suarez en Montgomery – maar liever wenste Gabrielle dat de gebeurtenissen van de afgelopen twee weken uitgewist en herschreven konden worden. De stad was geterroriseerd, er had bloed gevloeid en veel mensen, inclusief leden van haar eigen team, waren erdoor getraumatiseerd. Niemand zou moeten doormaken wat zij de afgelopen twee weken hadden doorgemaakt. Het zou hen, en haar, altijd bijblijven.

Het was onbegrijpelijk dat een mens kon doen wat White had gedaan. Gabrielle had veel ongure types meegemaakt, maar deze vent was van een heel ander kaliber. Een beest, zonder empathie, zonder medelijden, dat genoot van de angst van zijn slachtoffers. Het was een troostrijke gedachte dat hij nooit meer iemand iets aan zou doen – ze hoopte dat hij op dit moment in de hel brandde – maar dat bood geen troost voor de nabestaanden, die de afschuwelijke beelden en de wetenschap dat hun dierbaren door hem ondraaglijk hadden geleden nooit meer kwijt zouden raken.

Gabrielle verzamelde de foto's, legde ze netjes in de bijbehorende dossiers en ruimde haar bureau op. Ze was van plan geweest om haar rapport te schrijven, nu alles nog vers in haar geheugen lag, maar opeens was ze hondsmoe. Ze wilde alleen maar naar huis en Dwayne en de jongens in de armen sluiten. De afgelopen dagen waren onmetelijk moeilijk, walgelijk en zorgelijk geweest, maar het was nu voorbij en het was tijd om het leven weer te omarmen. Ze was een van de gelukkigen, en dat besefte Gabrielle maar al te goed.

Zij had mensen die thuis op haar wachtten.

150

Hij had vaak bij deze cellen gestaan, maar van binnenuit zagen ze er heel anders uit. De stank was vertrouwd, de graffiti ook, maar op de een of andere manier leek de cel waar hij nu in zat kleiner, alsof de muren op hem afkwamen. Adam Brandt had gedacht dat hij wist hoe het was om een gevangene in Cook County Jail te zijn, maar nu besefte hij dat hij geen idee had gehad.

Hij bevond zich opnieuw diep in het binnenste van de enorme gevangenis, maar deze keer droeg hij geen handgemaakte schoenen of designer kleren. Hij droeg een gevangenisoverall, en zijn bezittingen, zijn kleren en riem waren hem afgenomen, voor het geval hij zich van het leven wilde beroven. De ironie daarvan was vernietigend, gezien alles wat hij had meegemaakt, maar het was een van de vele klappen die hij vandaag had gekregen.

Grey had hem eindeloos ondervraagd, het was een langzame kwelling geweest, evenals de gênante visitatie toen hij de gevangenis was binnengebracht. Het fluitconcert dat hij van de andere gevangenen had gekregen – van wie hij er een aantal herkende – was te verwachten, maar de beledigende woorden en, nog erger, het zwijgen van de bewakers, met wie hij jarenlang had samengewerkt, raakten hem diep. Het allerergste was wel het psychologische onderzoek dat hij had moeten ondergaan, een protocol dat hij zelf had opgesteld.

Maar niets was zo pijnlijk als het besef van wat hij had gedaan. Hij had natuurlijk geen keus gehad – hij had White niet kunnen laten ontsnappen – maar hij had twee mensen gedood. En dat zou hij de rest van zijn leven met zich mee moeten dragen.

In gedachten zag hij nog voor zich hoe Kassies lichaam had geschokt toen de kogels door haar heen waren gereten, hij kon Whites gekerm horen toen de kogels hém raakten. Instinctief – én op Kassies aandringen – had hij de trekker overgehaald, maar toch was het een schok geweest om het menselijk bloedbad voor zich te zien. Nog voordat het geluid van de schoten was weggetrokken, was White in elkaar gezakt, happend naar de lucht die hem niet zou redden. Kassie was boven op het uitgestrekte lichaam gevallen met haar lijkbleke gezicht op Adam gericht. Ze had grote, maar rustige ogen en een dun straaltje bloed was tussen haar lippen door gelopen. Adam was naar haar toe gerend – had zich te laat zijn ware roeping herinnerd – maar zijn verwoede pogingen om haar bij te brengen waren tevergeefs geweest. Hij had nog steeds over haar heen gebogen gezeten om haar te reanimeren toen de politie was gearriveerd.

Nu stonden hem twee aanklachten van moord te wachten. Die zou hij onder ogen moeten zien, want zijn schuld stond vast. De vraag was of de zaak ooit voor de rechtbank zou komen en of de jury dan zou geloven dat Kassie had gewíld dat hij schoot. Of zouden ze hem zien als de persoon die hij zich nu voelde: een schietgrage, bloeddorstige moordenaar?

De tijd zou het leren. Hij kon nu alleen maar wachten. Met

gebogen hoofd liet Adam Brandt zich op zijn gevangenisbed zakken. Kassie was dood, Faith en Annabelle ook, en voor het eerst besefte hij dat er een lot was dat erger was dan de dood.

Leven.

151

De oude dame staarde in de verte naar de zon die langzaam boven de horizon kwam. Ze was meestal niet zo vroeg op, maar vandaag was geen normale dag.

Het verpleegkundig personeel had gemopperd toen ze hen had geroepen om haar te helpen. Ze wist dat ze haar afdeden als een gestoorde oude Poolse die allang niet meer van deze wereld was, maar ze had nog wel wat pit in zich en had erop gestaan dat ze haar hielpen met aankleden en voor zonsopgang naar de waterkant reden.

Ze waren om haar heen blijven hangen, misschien bang dat ze van plan was om in het meer te springen, alsof ze daar de energie voor had.

'Weet u zeker dat ik u verder niets hoef te brengen? Een deken? Uw ontbijt?'

'Nee, dank je. Ik heb alles wat ik nodig heb.'

Nog altijd aarzelde de verpleegkundige, van haar stuk gebracht door Wieslawa's helderheid en doelgerichtheid. Ze waren er meer aan gewend dat ze kinderversjes neuriede, of in zichzelf mompelde, dan dat ze opdrachten uitdeelde.

'Ga, kind. Ik red me best.'

Onwillig trok de verpleegkundige zich terug en liet Wieslawa alleen.

De oude vrouw richtte haar aandacht weer op het meer en nam de zonnestralen over het enorme wateroppervlak in zich op. Ze wist dat ze vandaag bedroefd zou moeten zijn, maar op de een of andere manier kon ze het niet. Ja, ze was haar enige bezoek nu kwijt en ze zou haar kleine *kochanie* nooit meer zien, maar ze hadden allebei geweten dat dit moment zou komen. En was het niet zo dat het voor de nabestaanden het ergst was?

Hoe zou Natalia zich nu voelen? Had de politie haar het akelige nieuws al verteld? Ondanks hun vele problemen had de oude vrouw medelijden met haar dochter – ze wist uit eigen bittere ervaring hoe het voelde om een kind te verliezen. Toch was Wieslawa zelf niet verdrietig. Kassandra's gave was altijd een vloek geweest, net als voor haar, en het arme kind was tot het einde door het leven gekweld geweest. Maar nu was het voorbij.

Zouden ze háár vandaag ook het nieuws komen vertellen? Of zouden ze denken dat het oude mens te seniel was om het te begrijpen, te kwetsbaar om nog een verlies te verwerken? Dat vond ze een vermakelijke gedachte. Meestal bevond ze zich in een waas van pijnlijke herinneringen en fantasievolle verstrooidheid, maar vandaag kon ze meer zien dan wie ook. Vandaag zag ze alles.

Een prachtige, gekwelde ziel was niet meer. Wieslawa rouwde om haar heengaan, maar zou haar gauw genoeg weerzien. Ze keek al uit naar vanavond als ze kon genieten van een nieuwe ster aan de hemel. Maar dat moest wachten. Vooralsnog moest ze zich tevredenstellen met het enorme, gouden meer en de vrolijke, zorgeloze vogels die naar elkaar krijsten en boven haar hoofd cirkelden. Ze keek naar het majestueuze tafereel voor zich en voelde dat er een glimlach over haar gezicht gleed.

Eindelijk was haar lieve Kassie vrij.

Dankwoord

Vele mensen dragen bij aan de totstandkoming van een boek, maar ik wil er graag een paar uitpikken om vanuit de grond van mijn hart te bedanken. Het was ontzettend aardig dat dr. Susan Buratto haar vrije tijd wilde opofferen om mij de ins en outs bij te brengen van de geestelijke gezondheidszorg en het strafrechtsysteem van de Verenigde Staten. Veel van de personages en locaties in het boek zijn gaan leven tijdens onze onconventionele tour door Chicago. In het Verenigd Koninkrijk heb ik heel veel gehad aan de inzichten van dr. Lisa Barkley – dankzij haar begrijp ik nu veel meer van kinderpsychologie in het algemeen en defusietechnieken in het bijzonder. Daarnaast wil ik ook graag alle geweldige mensen van Michael Joseph bedanken, vooral Chantal Noel en Rowland White. De laatstgenoemde was een uitstekende redacteur en gids voor dit boek en voor vele eerdere boeken. Ik bedank ook mijn fantastische agent Hellie Ogden; ze is een briljant klankbord, een inspiratie en een vriendin. Tot slot: mijn grootste dank en liefde gaan uit naar Jennie, Chloe en Alex, omdat jullie me hebben aangemoedigd (en het met me hebben uitgehouden) terwijl Kassie tot leven kwam. Chloe, het spijt me dat de heldin niet 'Ruby' heet, zoals wij hadden besproken, maar ja, zo gaan die dingen nou eenmaal in het redactionele proces.